与眼镜蛇同行 Yu Yanjingshe Tongxing

时代出版传媒股份有限公司
安徽文艺出版社

作者介绍

赵焰，安徽省作家协会副主席。其创作形式多样，曾出版长篇小说《异瞳》《无常》《彼岸》，长篇文化散文《宣纸之美》《王维：空山不见人》，历史传记系列"晚清民国四部曲"，文化散文集《思想徽州》《行走新安江》《千年徽州梦》《风掠过淮河长江》，电影随笔集《人性边缘的忧伤》，散文集《此生偏爱野狐禅》等40多种。以文笔畅达、思想通透见长，多种作品在全国有较大影响，深受读者喜爱。安徽文艺出版社已推出"赵焰文集卷一：徽州文化散文精编""赵焰文集卷二：散文随笔精编""赵焰文集卷三：长篇小说精编"。

赵焰

微信扫描二维码，关注我的公众号

当代名家精品珍藏
Dangdai Mingjia Jingpin Zhencang

与眼镜蛇同行
Yu Yanjingshe Tongxing

赵 焰 /著

时代出版传媒股份有限公司
安徽文艺出版社

图书在版编目（ＣＩＰ）数据

与眼镜蛇同行/赵焰著.—合肥：安徽文艺出版社，2024.1
（当代名家精品珍藏）
ISBN 978-7-5396-7917-4

Ⅰ.①与… Ⅱ.①赵… Ⅲ.①中篇小说－小说集－中国－当代②短篇小说－小说集－中国－当代 Ⅳ.①I247.7

中国国家版本馆CIP数据核字(2024)第005760号

| 出 版 人：姚 巍 | 策　　划：朱寒冬　岑　杰 |
| 责任编辑：张妍妍　姚爱云 | 装帧设计：丁　明　徐　睿 |

出版发行：安徽文艺出版社　　www.awpub.com
地　　　址：合肥市翡翠路1118号　　邮政编码：230071
营 销 部：(0551)63533889
印　　制：安徽新华印刷股份有限公司　(0551)65859551

开本：880×1230　1/32　印张：12　字数：250千字
版次：2024年1月第1版
印次：2024年1月第1次印刷
定价：49.00元(精装)

（如发现印装质量问题，影响阅读，请与出版社联系调换）

版权所有，侵权必究

目录

红杏结 / 1

桃园记 / 19

梨园痴 / 38

死谏 / 57

骗局 / 64

春晓 / 74

辟谷 / 88

夏天里的感觉 / 101

秋天里的斜阳 / 112

冬日平常事 / 132

印 / 140

叟 / 152

姓 / 167

遥远的绘画 / 175

小说二题 / 192

大学生小安 / 198

黄蚂蚁 / 215

玻璃碎片 / 274

金色孔雀翎 / 287

栀子花开漫天香 / 307

与眼镜蛇同行 / 365

后记 / 382

红 杏 结

  孙仲雨自从夏天感染上一场疟疾后，身体就变得衰弱了。也没有什么特别的感觉，只是一直萎靡困顿，力乏得不行，锄头抡不了一会，就觉得气喘。贫下中农们都很善良，看见孙仲雨脸色发青，便催促他回屋去休息。孙仲雨拗不过，只好把锄头扛在肩上蹒跚着回到自己的"知青屋"。贫下中农们看着他瘦精精的背影，一起感叹说：这孙仲雨，也真是该走了，比他迟来几年的知青像刘文汉、牛春梅都走了。刘文汉进机关成了政工组的干事，牛春梅则进了县拖拉机厂当了一名钳工。原先孙仲雨刚来的时候还有说有笑的，话也多，可在农村待的时间越长，话就越少，现在有时整日里一句话也不说，下了田就闷头干活，收了工就径直回他的"知青屋"。年纪不大，却不修边幅，胡子养得好长。这样下去，也不是个事！

  孙仲雨是老知青了。他是 70 届高中毕业生，算一算，已经来到蔡桥公社满江红大队朱旺村小队五整年了。按理说，插队两年就有招工资格，可孙仲雨几次推荐回城都被县知青办否定了。县知青办也叫县"五七"办公室，办公室主任姓仇，一个黑黑的胖子，每次孙仲雨硬着头皮去找他，他总是从鼻孔里面哼道：

  "像你这样的情况，在农村待几年并不算长，别人待两年，你就要决心待四年。农村是个大熔炉，你要在广阔天地中炼出一颗红心来!"

　　孙仲雨每次都被仇胖子教育得无话可说。其实孙仲雨知道,自己一直回不去的原因主要有两点:一是他的父亲是右派。二是孙仲雨除了通过正常渠道反映自己的要求外,从来没有上门向仇胖子以及公社书记私下汇报过自己的思想。用当时的话来说,这叫"走后门"。孙仲雨连仇胖子等一干人的家住在哪里都不知道,怎么可能回城呢?孙仲雨知道有很多知青都是因为走后门走得勤被"放飞"的。公社里还有不少上海下放知青,更吃不了农村的苦,走后门走得更勤,也舍得花血本。孙仲雨就知道公社原来有个上海下放知青叫余阿男的,每次从上海回来,都带着大包小包的去公社柳书记家走后门,送的都是异常紧俏的的确良布料、饼干、奶油蛋糕之类的。柳书记抽的烟都是上海知青进贡的,不是"凤凰",就是"牡丹"。"凤凰"烟嘴长长的,抽起来不仅气派,烟丝还散发着一种浓浓的香味,比花露水好闻多了。所以柳书记走到哪做指示,只要往那一坐,点上"凤凰"烟,大家都愿意凑上前去,用鼻子拼命地吸着,不是为了聆听指示,而是为了吸到烟的香味。

　　也有走后门走得更厉害的,那往往是女知青,尤其是细皮嫩肉的上海女知青。仇主任、柳书记、大队支书以及其他相关的什么人,"进贡""走后门"往往还不够,还要女知青当面做思想汇报。上海女知青大都是吃不了苦的,肩膀嫩,腰杆软,韭菜、麦子分不清,胆子也小,每次卷起裤脚战战兢兢地下田,只要一两只蚂蟥吸上来,立即吓得大哭大嚷,在水田里乱跑一气。过两天肯定要向书记主任支书汇报思想,一边哭诉一边要求。领导有时抚慰得过分一点,上海女知青们一闭眼,想到蚂蟥的可怕,自然是敢怒不敢言。于是教育者就进一步得寸进尺,外面就有风言风语。女知青由于深明自己的处境,铤而走险充耳不闻,最后完成了胜利大逃亡。有一次公社柳书记酒醉之后吐真言,说:

"上海小姑娘的水色真是好,嫩得都能掐出水来!"

孙仲雨心知肚明着这一切,所以心若止水,决意把"村"底坐穿。尤其是今年夏天染了那场疟疾后,孙仲雨更是对前途感到彻底失望。

刚刚下了一场短暂的秋雨,孙仲雨坐在"知青屋"的门槛上眺望着眼前的一切。有两只狗在不远处的旷地里撒欢打闹。槐树长得丰茂的地方,村里的屋子歪歪斜斜地挤在一起,有几头黑猪、白猪在泥地里乱拱。三五成群的鸡聚集在村前刚收完的稻田里。母鸡们有的慌慌张张地啄食,有的则闲庭信步骄傲异常。公鸡们则肆无忌惮地昂着头,不时地闯进母鸡群,一会儿调戏这个,一会儿又强奸那个。而母鸡们则有点见怪不怪,被强奸时,就撅着个屁股,一动不动;被奸之后,就抖抖全身的羽毛,打个响嚏,然后若无其事地离开。岁月沉重,不仅仅是人麻木,连鸡也麻木了。

再往远处瞧,有两株高大枫树的地方,不属于蔡桥公社,是上海人的一个劳改监狱,叫翡翠湖农场。里面有个湖,不大,水特别深,也特别清,很绿,就叫翡翠湖。20世纪50年代上海人在这一带建劳改农场,选中了这个地方,就把翡翠湖给圈进去了,又围起了一长溜的铁丝网,建起红砖砌的高墙,三步一岗,五步一哨。朱旺村的人就再也没看见过翡翠湖了。两株大枫树也成了标志,靠这边的仍然归朱旺小队,那边的则归了劳改农场。农场的一切都很神秘,一条公路从朱旺边上穿过,进进出出的都是罩得严严实实的大篷车。上海人一切都是自力更生,几乎不跟地方上有任何联系,所以一开始朱旺村人还对附近这座上海农场持有兴趣,到后来,因为所有一切都跟自己毫无关系,慢慢也就将身边这座劳改农场忽略了。

孙仲雨看着看着,觉得眼睛有些疲乏,也就将视线收回来了。屋子左边歪歪斜斜的小路上,摇摇晃晃出现了一个老长的身影,孙仲雨瞄了一眼,就知道是附近竹子铺生产队的知青"长脚"。

"长脚"的真名叫吴瑞冠,是行署所在地的下放知青。"长脚"的父母亲都在地区京剧团工作,他在家中排行老大,下面有个弟弟。老大自然是要下放的,"长脚"也没有什么背景,在竹子铺生产队下放已满三年,可是每次招工都轮不到他。

"长脚"看见孙仲雨,异常兴奋,步子明显加快,急匆匆竟小跑起来。走得近了,他先是一步跨进屋子,然后回过头来,鬼鬼祟祟地将孙仲雨拉进屋里,又掩上门,拉开灯。知青用电是不用交钱的,屋子里一片雪亮。"长脚"神秘地一笑,冲着孙仲雨一龇牙,问道:

"猜猜看,我这次带来了什么?"

孙仲雨这才注意到"长脚"手里还提着一个鼓鼓囊囊的旅行袋,那是当时流行的,塑料做的,灰颜色,上面印着白色的漆字:上海。

孙仲雨一吸鼻子,高兴地叫道:"哈,狗肉!"

"猜对了!""长脚"开心地大叫一声。又猛拍了一下孙仲雨的肩膀,说:"你小子真有福气。"蹲下身来,一边拉开塑料包的拉链,拿出用塑料纸包得严严实实的狗肉,一边得意地说:"那只小花狗真是不知死活,硬是跟着我往屋里跑,这叫自投罗网!我可不管它出身贫农还是地主,用铁丝圈往它脖子上一套,掷到屋梁那边,一拽,这小花狗一点声音也没发出,就完蛋了。"

孙仲雨笑着说:"这小狗真是年少不懂事,连屠狗大将军樊哙都不认识,真是该死。"

"长脚"得意地从塑料包里摸出包"东海"烟,啪的一声扔在桌子上,又诡秘地一笑,说:"这儿还有瓶正宗的'高粱大曲',咱们二五对开,怎么样?"

孙仲雨龇开嘴笑了,连声说了几个"好"字。两个人面对面坐在桌子边,孙仲雨有点急不可待,用手撕了一大块狗肉塞进嘴里,嚼了几下吞了下去,双目一闭,一副陶醉状:"呵,真是好吃啊,名副其实的美味佳肴!"

"长脚"却不慌不忙,他拆开了"东海"烟,拍出两根,将火柴划着,自己先点上,再给孙仲雨点。孙仲雨摆了摆手,埋头吃着狗肉。"长脚"又将双方的搪瓷杯倒满酒,端起杯子,郑重其事地说:

"来,哥们,咱们干一杯。"

孙仲雨左手端杯,右手仍执着一根骨头在嘴巴里啃咬,一副野兽模样。"长脚"一仰首,一杯酒干净利索地倒进嗓子眼里。孙仲雨见状,也将杯中酒一口闷掉,只觉得嗓子眼里如火燎过一般,可是心里却异常畅快,淤积胸中的一团湿热之气化去了不少。

几盅酒下肚,双方的话匣子打开了,"长脚"跟孙仲雨都是县文化馆组织的业余文工团的成员。长脚擅长表演,两块铜板叮叮当当一敲起来就能说一口流利的山东快书。内向的孙仲雨表演才能不行,他只会写,写山东快书,写对口词,写三句半,有时候也写活报剧,也写多幕戏曲的剧本。前一段时间,县文工团公演的《果园风波》就是孙仲雨执笔写的,这是一出类似《海港》的皖南花鼓戏:丰收的果园内,苹果红了,梨子甜了,阶级敌人来搞破坏了,女支部书记勇敢地带领一群叽叽喳喳的贫下中农子女跟富农老婆作斗争,夺取了胜利,捍卫了丰收果实。

"你写的那是什么鸟戏?尿!""长脚"对孙仲雨的劳动成果不屑一顾。

孙仲雨的脸微微地有点红了,他当然知道那出戏的分量,只是没有想到"长脚"用如此直接的方式攻击他,他没有反驳,只是尴尬地苦笑。

"什么'阶级斗争为纲'?老子在农村待了十几年了,整天睁大眼睛寻找阶级敌人,想立功受奖,可硬是一个也没有逮到。""长脚"的脑子有点愣,什么话都敢说。

"阶级敌人亡我之心不死,他们总是隐藏得非常好,平时是看不出来的,只有风吹草动时,他们才会冷不丁地跳出来。"孙仲雨调侃地说。

"屁,依我看,地主富农,一个个老实得像龟孙子一样。""长脚"说。

"对对,"孙仲雨附和说,"其实数你这种人最不老实,把贫下中农的狗啊鸡啊全偷吃光了,当心哪一天贫下中农群情激愤革你的小命!"孙仲雨指着"长脚"的鼻子,笑嘻嘻地骂着"长脚"。

"老子才不怕呢,贫下中农还有房子、土地,老子可是一无所有,是真正的无产阶级!谁怕谁呀!刚开始老子来的时候,低声下气请教这个请教那个,他们都把我当孙子看,把我使唤得来使唤得去,让我进城里买这个买那个,钱都不给。后来老子索性破罐子破摔,整日里偷鸡摸狗,没想到谁见到我都点头哈腰,惹也不敢惹我……""长脚"的酒兴上来了,脸红脉子粗地吹起牛来。

狗肉吃了一半,酒喝了一半的时候,双方激烈的言谈慢慢缓冲下来了,话题也转了,先谈的是吃,什么东西最好吃。孙仲雨说古书上皇帝吃的都是熊掌、燕窝什么的,肯定会很好吃。再就是海鲜了,海参、鱿鱼、黄鱼什么的,也很好吃。"长脚"问孙仲雨可吃过,孙仲雨咽着唾沫,摇摇头说没有。"长脚"不屑一顾地说,没吃过怎么能说好吃?没有调查就没有发言权,那是不能乱说的。"长脚"认为还是猪肉最好吃,才七角三分钱一斤,眼睛不眨可以吃三斤,总是吃不厌,只是猪肉不好买,按分配的肉票,每个人一个月才半斤。

孙仲雨忍不住揶揄道:"那是因为猪不好偷,要是能偷,你小子早就吃腻了。"

"长脚"忍不住笑了,心里面觉得孙仲雨说得有道理,猪的力气比狗大多了,脖子也粗,杀头猪,得四五个人拥上去,才能将它绑得结结实实,有时候配合不好,猪一扬蹄子跑起来,十几个人都逮不到。这么一想,又因为聊了一顿食物,两人都感到很开心,胃口也大开,又开始大口吃着狗肉,一盅接一盅地喝酒。

吃的事聊完了,他们又聊起了女人。"长脚"问孙仲雨可碰过女人,孙仲雨诧异地瞪着眼睛,对"碰"字表示不解。"长脚"醉醺醺地说,"碰"就是"日"的意思,就是跟女人有实质性的接触。孙仲雨慌忙摇头做否定状。"长脚"气粗了起来,说:"原来你还是个未开叫的小公鸡,真是太可惜了,太可惜了!"

"长脚"的一连串的"可惜"让孙仲雨一阵心虚而自卑,说话的声音都因此小了不少。过了一会,双方都酒足饭饱了,谈兴也淡了下去。从窗户看出去,天色已暝,外面也没有人声了,一些夜鸟像猫头鹰、夜莺等开始在风中叫唤了,气温也下来了,两人明显感到有些寒意。"长脚"喝完杯中的剩酒,说:

"后天就是中秋节了,今年中秋、国庆在一块,有好几天假。明天我要回家,你呢?"

孙仲雨摇了摇头,苦笑着说:

"我是有家难回呵,不回去了,就在朱旺过。"

"长脚"看出来孙仲雨似有难言之隐,也就不追问,摇摇晃晃地站起来准备告辞。门开了,一轮满月照进来,现出"长脚"满脸的得意。

"孙仲雨,我一直没告诉你,我也要招工了。"

"哦?"孙仲雨感到诧异。

"不是我想要走,是那帮农民大伯联名推荐我走。""长脚"又是一脸的得意。

"为什么?"孙仲雨感到不解。

"那还不清楚,我在这儿一天,他们的鸡啊狗啊就不得安宁,所以他们这是在'送瘟神'!""长脚"哈哈大笑。

孙仲雨不作声了。突然间,他的情绪坏极了,连"长脚"也要走了!自己以后该怎么办呢?"长脚"似乎看出了孙仲雨的心思,不知从哪儿摸出一个小本本,满脸坏笑地递给孙仲雨,说:"我的未开叫的小公鸡,这本书你好好看看呀,中秋节不能回家,一个人窝在小屋里看手抄本也是一种快乐呀!"

"长脚"跌跌撞撞地走了,拎着那只瘪瘪的上海旅行包,在静夜中丢下一连串饱嗝。一直等他的背影消失在夜色中,孙仲雨才叹了口气,转身关上门,打开了"长脚"刚才塞给他的那个手抄本。确切地说,这不是一本书,而是一本练习册,上面用蓝色墨水抄得满满的。第一页上,有一行小字:《曼娜回忆录》。孙仲雨一看之下,心惊肉跳,他知道这是一本在男女知青中流传很广的黄色小说。

孙仲雨中秋节不愿意回家,是因为他心中有一个颇为尴尬的"结":他的母亲将在中秋结婚,嫁给县革委会副主任。在此之前,母亲给他写了一封长长的信,叙述了自己将要再婚的原因和理由。无非是父亲死后她感到压力颇大,整日生活在死亡的阴影之中等等。母亲还说,之所以跟革委会副主任结婚,除了他人不错之外,主要是考虑到孙仲雨。母亲说等她跟管伯伯一结婚,就跟管伯伯提出将他招工进城里,相信管伯伯一定会答应的。母亲最后希望孙仲雨中秋节一定要来城里,参加自己跟管伯伯的婚礼,实际上也不完全是为了婚礼,而是希望中秋之夜能够稍稍得到团圆。母亲最后深情地写道,希望孙仲雨的父亲在天之灵能够原谅她这个软弱的女子,也希望他安宁。母亲的信写到这里,字迹有点模糊不清,上面有斑斑点点,看得出那是母亲的眼泪。

　　信是半个月前就收到的,但孙仲雨一直没有回信。不是不回,而是怎么写都不合适,每次孙仲雨才下笔就觉得错了,于是撕了重写,写后又是撕,然后又重写,又是撕,所以回信就怎么也没回成。这么多天来孙仲雨一直惦念着这件事,那个姓管的革委会副主任孙仲雨也认识,是分管农业这一块的,典型的工农干部,矮墩墩的,国字脸,黑皮肤,说话声音很大。孙仲雨总觉得他跟母亲之间很不协调,母亲白皙修长,清秀的脸庞,高雅的知识分子气质,似乎只有父亲才跟她般配。父亲和母亲都是新中国成立初期从金陵大学分配到这个山区小县来工作的,在孙仲雨的记忆里,父亲才华横溢,个子高高,戴一副眼镜,风度翩翩。父母亲走在一起时,总会让当地人在背后指指点点,大约是他们从未看到过如此一对璧人吧。可是父亲被打成右派后,整个家庭陷入一种混乱之中。原先温文尔雅、文质彬彬的父亲和母亲也开始了争吵,又开始打斗,互相撕扯着头发,像两头疯狂的野兽……随后,更大的悲剧来临了,史无前例的运动开始之后,父亲有一种山雨欲来的恐怖,他的精神崩溃了,终于在一个月黑风高的夜晚,在后背上捆着一块上百斤的石磨盘,从县城之中的石桥上跳入水中……不知怎的,孙仲雨总不太愿意回忆这段历史,倒不是因为悲恸,他于此早就麻木了,而是他每次想起父母亲的人生轨迹和命运,想起人生的无常,心里总莫名其妙地拱动着一种荒诞感。

中秋节说来就来了。中秋节孙仲雨也没出门,家里没有什么吃的,早晨吃了两个山芋,中午又吃了一个山芋后,孙仲雨感到胃里酸楚,屁放个不停,心里也觉得酸楚。下午五点,太阳还没有落山的时候,月亮就已经悬在半空中了。白白的,一览无余,像一个不引人注目的玻璃盘。到了七点以后,天黑下来,月亮迫不及待地发起光来,又大又圆,洁净生辉。不远处村子里零零星星地放了几阵爆竹后,突然变得热闹起来,人声鼎沸的,狗也夹杂在其中不歇地叫。孙仲雨走出门外,看见远处村子里一块白幕布挂起来,原来是公社放映队来放电影。紧接着,高音喇叭也架设起来,喇叭里不时传来放映员得意的试音声。成群结队的人不时从"知青屋"门口经过,他们扛着长板凳,兴高采烈地说着话。孙仲雨知道,那都是附近生产队、附近大队甚至是附近公社的,最远的观众,可能是一二十里路远、翻着山头过来的邻县的。他们吃过中饭就开拔,看完电影再走回去。这很正常啊,孙仲雨刚下放时也干过这种事,跟几个小知青走几十里夜路到邻县去追逐着放映队。可是一段时间后,随着几个好朋友的陆续离去,心灰意冷的孙仲雨便再也没干过这样幼稚的事情了。

人群一串串地从孙仲雨门口经过,有几个面相稍稍熟的,瞧见孙仲雨悠闲地靠在门口看风景,便诧异地叫起来:

"喂,你怎么不去看电影呀!"

"什么电影呀?"孙仲雨懒洋洋地问。

"《南征北战》!"有人兴奋地回答。

"又是《南征北战》,没劲!"孙仲雨嘀咕道。

"这部《南征北战》是新拍的。听说还会加映一部《春苗》!"另一个自称有内部消息的小丫头得意地冲他嚷道。

孙仲雨这回没作声了。他是知道这两部片子的,也曾经在县城电影院的橱窗展览中看过,但觉得兴趣不大。新拍的《南征北战》,除了黑白变成彩色,解放军战士的衣衫变得漂亮整洁外,其他的好像都是老一套,张军长还是张军长,李军长还是李军长。《春苗》好像是说一个小丫头片子如何反击右倾翻案风,也是"造反有理""以阶级斗争为纲"的老一套。孙仲雨看着天上又大又圆的月亮,想着母亲在这样一个月明之夜竟要投入另一个人的怀抱,不免心里有些难过。他决定不去看电影了,掩上门,从枕头下面取出那本"长脚"丢下来的手抄本,想排遣自己心中土堆一样的郁闷。

一切都静下来了,门口杂乱的脚步声没有了,隐约一阵枪炮声和冲锋号声飘来,想必是电影开始了。才看了几页,孙仲雨便感到热血沸腾。这时候突然有笃笃的敲门声,孙仲雨吃了一惊,赶忙将手抄本塞进枕头下,站起身来拉开了门。

是一个年轻女子,正站在门口,笑吟吟地看着他。孙仲雨一怔,不知如何是好,那女子开口了,说:"同学,我进来喝口水好吗?"

孙仲雨有点慌乱,忙侧身让女子进来,门开之处,有一股寒气扑面而来。已入中秋了,白天和晚上的气温相差很大,孙仲雨不由自主地打了一个寒噤。

孙仲雨在雪亮的灯光之下打量着那个女子:女子的打扮很奇

特,上身穿着一件灰色的双排扣列宁女装,下身是一件黑色紧身西裤,脚上蹬一双半高跟的黑皮鞋;往上看,女子留着不长不短的头发,飘散在脑后,一动,便如丝绸一样摆动。她的脸上好像涂有一层淡淡的妆,嘴唇也好像抹过口红似的,鲜红鲜红的;最引人注目的是,女子眉心有一颗不大不小的红痣,那是应该称作"美人痣"的,点缀得恰到好处,俏丽妩媚。从总体上看,这个女子还是很漂亮的,身体中有一种成熟的风韵,举手投足,很让孙仲雨心旌荡漾。

女子一边喝着水,一边笑吟吟地看着孙仲雨,问:"小兄弟,你是知青吗?"

"是。"孙仲雨老老实实地点了点头。

"下放几年了?"女子仍关切地问,她的嗓音很好听,婉转流芳,像画眉一样,只是稍稍有些沙哑。

"五年了。"孙仲雨笑道。他大胆地打量着眼前这个女子,这个女子很美,但让人一时想不起她美在何处。她的年龄似乎也是看不出来的,二十七八岁?二十一二岁?抑或三十岁左右?都有点像,但好像又都不对,不过从她的表情和气质来看,应该比孙仲雨大。这女子关切而大方的举止和言语,只几分钟,就让孙仲雨心中某个东西暖暖地融化了。

"中秋节干吗不回家?"女子关切地问,又说,"一个人待在这儿多冷清呵,怎么不去看电影?"

孙仲雨心中一个东西彻底地融化了,他感到那个东西化为一股热气,从他眼眶里窜出来,他的眼眶一阵湿润。他有点控制不住自己了,觉得胸口的某个防线决堤了,心中变得哀伤起来,他原原本本地将母亲将要嫁人自己心灰意懒以至于有离开人世的想法都告诉了那个女子。

那个女子仍然是吟吟笑着，认真地聆听着孙仲雨的倾诉，什么也没表示。孙仲雨倾诉完毕之后，觉得心里似乎好受了不少，他看了看那个女子，女子仍微笑着，宁静平和，让人觉得很舒服。孙仲雨觉得他胸中淤积的愁云渐渐地化去了，有一种释放完毕的轻松。他主动转移了话题，问：

"你也是知青？你是哪个公社的？"

说这话的时候，孙仲雨的肚子突然咕咕嘟嘟叫起来，就像不断打鸣的鸡，止都止不住。孙仲雨不好意思地笑起来，一阵强烈的饥饿感开始袭击他，孙仲雨这才想起，中午只吃了一个山芋，有一整天未吃饭了。

女子也笑起来，她站起身来，问孙仲雨："我来给你做饭吧，有什么？告诉我。"

"那多不好意思——只有面条。"孙仲雨表面客气，却没有拒绝，他很想让这女子多待一会，若是能亲口尝尝这个女子的手艺，一定是一种幸福，更是一种安慰。

女子在灶下生起火来，动作很麻利，火也烧得旺，连烟都没有。孙仲雨笨手笨脚地在旁边看着，心中充满着甜蜜。女子莞尔一笑，对孙仲雨说："到外面菜地里摘点菠菜、香葱来。"

孙仲雨走到屋外，这才发现，外面一点声音都没有，电影不知什么时候已经散场了，自己竟一点也没注意到。那盘又大又圆的月亮正悬在头顶上，满天清辉。从没有一个中秋之夜如此澄明纯净。

孙仲雨在附近老乡地里随便摘了点菠菜、香葱,便急急地赶回屋子。面条已经下锅了,女子接过孙仲雨递过来的蔬菜,麻利地洗了洗,又用刀切了切,丢进锅里——一会儿,一大碗热腾腾的面条就端在孙仲雨面前。

孙仲雨从吃第一口面条起,就觉得这是自己这一辈子吃过的最好吃的一碗面条了,一口面下肚,他似乎觉得自己心中的某个东西被唤醒了,好像几辈子以前才有过这么酣畅淋漓的一餐。他吃得无比地专注,无比地香,好像每根面条都是生龙活虎的鳝鱼,都是争先恐后地游进自己的咽喉的。他几乎是风卷残云似的将一碗堆得老高的面条吃完,又将碗里的汤喝了个底朝天,这才意犹未尽地抬起头来。他看见女子正笑吟吟地盯着他看,这才觉得不好意思,挠着头说:

"吃完了。"

女子仍没有走的意思。孙仲雨也不愿意提醒她。孙仲雨着手收拾碗筷,女子在孙仲雨小小的竹编书架前站了一会,上面放着几本走红的当代小说、散文,女子回过头来对孙仲雨说:

"你不应该看这些书。你应该去读点别的,这个世界有不少好书,你要善于发现。"

"可是我也不知哪些书好呀,再说又没有书读。"孙仲雨说。

"没有书读也不要读这些书,多思考,思考别人,思考自己,答案不在别处,就在你心中。"女子神情凝重地说。

孙仲雨郑重地点点头,他觉得眼前这个女子深邃极了,也神秘极了。

女子轻松地笑笑,她仰起头来环视了一下屋子,屋顶大梁上有一个硕大无比的蜘蛛网,两只大蜘蛛正交配在一起,女子会心地笑了一下。孙仲雨也看到了,顿觉得浑身燥热,紧张得不行。女子最后把目光定格在孙仲雨的床上,轻声嚷道:

"这是什么书?哈,是本手抄本!"

孙仲雨傻了一般,不知道咋办才好,恨不得地下生个洞,自己一头就钻进去,屁股在外也顾不得了。恍惚中,他觉得灯灭了,窗外的月光如水一样泻进来,有一只纤纤玉手伸过来,握住了他的手腕,然后他不由自主地走向床边。好像有两只蟋蟀不知什么时候溜进来了,一声高一声低的,就在他的床底某个地方吟唱,唱得一派诗意盎然。一切都是由那个女子操纵,孙仲雨只觉得灵魂似乎不属于自己,正畅游在广袤的宇宙中,大脑也停止了转动,只觉得内心无比喜悦、无比畅快……

那个女子不知道是什么时候走的。孙仲雨直到第二天拂晓时才睁开眼睛,身边香气如兰,只是那个女子已不见踪影。孙仲雨却清楚地记得女子走之前笑吟吟地对他说:"不要随便抛弃生活,生活总是令人珍惜的,不管是怎么样的生活。"

自从那一个如梦如幻的晚上之后,孙仲雨便再也没有见过那个美丽的女子。他记得那个女子是略带上海口音的,便疑心是附近公社的上海下放知青。他给每个公社的同学都写了信,询问他们那儿是不是有一个个子高高的、留着不长不短的头发、眉间长着美人痣的上海女知青。同学们都回信说没有这样一个女知青,有人还在信中善意地嘲弄孙仲雨是不是走火入魔了,年纪轻轻就魂不守舍,该不是一件好事。

半年以后,由于那个革委会副主任后爸的帮忙,孙仲雨获得了招工的机会。在填志愿的时候,孙仲雨看到那个上海人办的农场在本县也有两个警察的名额,想起那个中秋之夜,心念一动便报了名。母亲为此还难过万分,以为孙仲雨是执意避开她。就这样孙仲雨如愿以偿,成为那所上海监狱里的一名工作人员。因为孙仲雨的笔头不错,人又挺内秀的,领导便安排他从事监狱里的宣传工作。

孙仲雨第一天上班,进了围墙便看到了翡翠湖,那湖不太大,大约只有二十亩,但水特别清,特别绿,因为深,所以也显得特别冷,远远地看去,真的像一块幽秘的翡翠。湖的四周是茂密的茅草,茅草丛中开着些不知名的野花,孤芳自赏地露出笑颜。湖上无论是白天还是晚上,无论是天晴还是下雨,都似有一团神秘的白雾,缠绕在水面之上,怪让人忌惮的。

孙仲雨上班不久后就开始投入工作了,几个月后,他创作了一部大型话剧《再生》,准备迎接上海劳改系统的演出。农场的领导看了孙仲雨的本子,大加赞赏。孙仲雨便提出是不是该剧由监狱里表现好的犯人来演,领导拍案叫绝,嘱咐孙仲雨全权办理此事。孙仲雨便一个中队一个中队地去挑选演员,尤其是挑选女主角,孙仲雨每次必到。劳改农场真大,孙仲雨花了整整一个星期才察看完毕所有的女犯,但很遗憾,孙仲雨仍是没有发现那个留着不长不短的头发、长着美人痣的漂亮女子。

两年以后的一个星期一,孙仲雨到农场资料室里去查看资料,按领导的要求撰写农场史志。那个资料室已经很久没有整理了,蛛网遍布,灰尘老厚,资料员毛阿弟是一个即将退休的老头,是20世纪50年代创建农场时第一批从上海来的。他一边看着孙仲雨从灰尘中拎出一摞摞资料,一边用上海话唠唠叨叨地叙述,说他受够了此地的寂寥和辛苦,终于快要回上海了。孙仲雨心不在焉地听着老人的唠叨,突然,一张发黄了的黑白照片散落在他面前,那张照片不是别人,正是那个留着不长不短的头发、长有美人痣的漂亮女人。在照片中,她穿一身素雅的旗袍,笑容仍是那样妩媚,甚至有点妖艳,双目流芳,含情脉脉地看着孙仲雨。

孙仲雨心中一阵心慌意乱,心都要跳出嗓子眼了,他强捺住激动,装作若无其事地问毛阿弟:

"这个女子是谁?好漂亮!"

毛阿弟漫不经心地扫了一眼照片,然后说:

"噢,那是冯红杏,是新中国成立前夕上海很走红的一个越剧演员,1957年反右时,被定为右派,随即押到这里,在这里关了一阵子。"

"现在呢?"孙仲雨急急地问。

"早死了,"毛阿弟轻描淡写道,"当年中秋节,她就跳翡翠湖死了,一直没捞到她尸体,这湖太深,没有人敢下去。"

桃 园 记

春娣是在桃园里应了汪忠华的。

那时春娣十八岁,是父亲和母亲唯一的女儿。春娣的家住大山的深处,独门独户,白墙黛瓦的房子被四周的青山拥搂着,像个醒目的纽扣。只有一条小路通向山外的世界,七弯八拐,离公社有十一二里路。

汪忠华那一年也不大,二十出头,农校毕业后被分配在县农水局工作。县里抽人搞工作组下乡,汪忠华来到了春娣所在的向阳公社。公社办了一个短期科学种田学习班,让汪忠华授课,春娣每天早出晚归来听课。春娣每次都是坐在第一排,目不转睛地看着汪忠华,手里拿着一个小本本认真地记录。有一个漂亮的女孩如此认真听讲,汪忠华越讲越有劲,还有心多提问春娣一些问题。几天下来,春娣和汪忠华就相当熟稔了,彼此之间也很愉快。

学习班结束之时,春娣一本正经地邀请汪忠华去自己家看一下,帮助出一些点子,看怎么发展农业生产为好。汪忠华答应了。两个人揣着几个馒头走了半天的山路,讲了一路的话,终于到达春娣家门口。汪忠华像一个风水大师一样环视着春娣家的前后左右,思考了良久,然后认认真真地说:

"春娣,从你家周围的山势、气候、土质、环境来看……你家附近的山坡上,应该种点桃树,选点好桃树苗,会有好收成的。"

春娣开心地一笑,说:"我不会种啊!得你帮我种才是。你种呗,桃白送你吃。"

汪忠华爽快地说:"行,我来种。"

春娣看着汪忠华笑,汪忠华也看着春娣笑。春娣要带汪忠华去家里,汪忠华有些害怕,说自己的馒头还没有吃完,一边吃一边回公社算了。春娣也不强求,依旧微笑着看着他,那不明不白的微笑,让汪忠华更心慌意乱。

晚饭时,春娣跟父亲谈起绿化荒山的事,把汪忠华的原话说给父亲母亲听。母亲没说话,父亲听了一会,认真地问:

"汪忠华是谁呀?他的话哪中听?"

到了后来,父亲往往胡子一撅,有点不屑一顾的神气:"是公社来的小秀才啊,他们哪懂得种树啊!八成是犯了错误,给赶到乡下来了。"

春娣气急败坏,把饭碗一撂,不再理父亲了。

一周后,汪忠华用板车拉着一车桃树苗来到春娣家,把春娣叫出来,两人一起,在房屋前右边的一块刀字形坡地上种了桃树。

过了几天,汪忠华又拉着一车桃树苗来到春娣家,在屋前左边的一块三角形坡地上种了桃树。

汪忠华第二次种树的时候,没有去春娣家,而是绕着春娣家门口过去的。暖暖的太阳将他的脸晒得通红。春娣发现左边的地上桃树苗的时候,汪忠华已坐在田畔上憩息擦汗了。春娣问:"你怎么不跟我说一下?"汪忠华笑着说:"时间还早,想等种完了,再去你家讨口水喝。"春娣说:"你是怕我大吧?"汪忠华说:"我怎么会怕他?"春娣说:"肯定是怕,我跟你说过,我大最不喜欢读书人。"正说着,春娣的父亲从屋里走了出来,走到汪忠华跟前,默不作声地看着汪忠华,把汪忠华看得寒毛都竖起来了。然后,父亲从春娣面前走过,对不知所措的春娣说:

"春娣,叫他来家里吃饭!"

春娣一听,喜出望外,故意问:

"大,他是谁呀?谁是他呀?"

大没好气地说:

"就是你喜欢的秀才。"

就这样,汪忠华进了春娣家门。进了家后,忍不住仔细环视了一番,发现屋里和别家的没有什么两样,是徽派老房子,进屋一个天井,两边各两间厢房,只是后进年久失修,已不能使用了。春娣家比别家要干净许多,唯一不同的是墙上贴了许多张戏文画,花花绿绿的。汪忠华一边呷茶一边问:

"你大喜欢看戏?"

"可不是,最喜欢看戏了,只要锣鼓一响,就走不动路了。"春娣笑着说。

汪忠华睇了一眼春娣,问:

"你大你妈呢?"

"刚才还在这里哩!应是去地里摘菜了。我妈说,准备杀一只鸡款待你呢!过年都舍不得杀鸡,这是把你当贵客了啊!"春娣笑着说。

汪忠华笑开了花,说:"这么客气啊,我可担不起。"

"怎么担不起?哪让你为我们家种了那么多桃树,如果结了果,一辈子都吃不完。"

"你家里……"汪忠华试探着问,"你大和你妈,哪一个做主呢?"

春娣一下咯咯地笑起来,说:"是我妈哩,你别看我大平日里咋咋呼呼,可遇事时,我妈总是比我大有主见。"

汪忠华也忍不住笑了起来。

春娣突然问:"种了那么多桃树,都结果的话,吃都吃不掉,不就坏了?"

汪忠华说:"你怎么这样傻呢!吃不掉,可以卖嘛,要是担不动,我会帮你担的。"

春娣故意嘟着个嘴,说:"你又不能天天来我家。你在城里上班,哪里管得了我们乡下人!"

汪忠华急了,想争辩什么,可又不知说些什么,脸涨得通红。春娣看着他,得意极了。

晚饭之时,春娣家果然上了老母鸡汤,配了点山里的香菇,还有干笋烧咸肉、蕨菜等,春娣的父亲话不多,她娘倒是很精干,也很热情地给汪忠华夹着菜,弄得汪忠华有点受宠若惊。

虽然汪忠华的工作很忙,可过个半个月一个月的,总会步行数十里,来到春娣家,帮春娣家干活。转眼已是年底,春天时在门前山坡上种下的桃树已成活了,汪忠华有时候带着春娣在桃园里修枝锄草,桃林里很静很静,除了偶尔的画眉啼鸣外,只有汪忠华和春娣的低语。

汪忠华说:"春娣,你喜欢读书吗?"

春娣咯咯地一笑,说:"好像不是太喜欢……先前在小学识字时,我顶怕的。可是我喜欢听你讲课,你讲课,我听得懂,觉得很好听,很有用哩!"

汪忠华宽厚地笑笑,一本正经地说:"读书可有意思呢,有许多事情,你从书上才能了解得到。就像你大看的戏文,都是书上现成写着的哩!"

"有在桃林里发生的故事吗?"春娣顺手掐一朵桃花,揉成泥,边染指甲边问。

"怎么没有?'夸父逐日,掷杖为林'。"汪忠华果然是个书袋子,他得意地讲完这段故事之后,灵机一动,说,"还有、还有更精彩的呢,那是……那是桃荫树。"

春娣被汪忠华的情绪感染得有点兴奋,她在想第一印象中的汪忠华可不是这样,想不到腼腆的汪忠华竟然这样能说会道。春娣一边寻思一边说:

"什么故事呀?你快说快说。"

汪忠华就咽了一下口水,凝视着如桃花一样艳丽的春娣,说:

"从前有一位小姐,这位小姐呀,美若天仙,有一天呀,这小姐遇见一位公子……"汪忠华一五一十地叙述着,只不过他把《槐荫树》中的槐树改成了桃树。

汪忠华终于说完了。也不知怎的,汪忠华和春娣都有点莫名其妙地激动,树林里鸟也不啼鸣了,好像可以听见彼此的心跳声。

汪忠华突然抓住春娣的手,春娣的身体有一丝不明显的颤动。汪忠华语气急促地说:"春娣,我早就想跟你说,可是一直又不敢说……我喜欢你……你单纯……美丽得就像这桃树将要盛开的花朵。"

汪忠华一边激动地表白,一边将春娣用力地拥在怀里。春娣情不自禁地闭上了眼睛,感觉嗅到了桃树散发出的馨香,眼前是一片桃花缤纷。

平静下来之后,春娣对汪忠华说:"昨天我大还对我说,你是县里的干部,是吃公家饭的,你不会跟我结婚的。"

汪忠华呆了一呆,很高兴地说:"你大说起我们的事情了?"

春娣温顺地点点头:"嗯,说你没事天天来,可又不提婚事,不知你小子安什么心。"

"我什么心?他们不知道?"汪忠华急了。

"他们哪知道啊?又看不到你在想什么。"春娣故意说。

"那、那我现在就跟他们说——"汪忠华起身要走。

"哎,别……这么匆匆忙忙的,其实我大只是说说,他只是不放心,我妈也不放心。"

"那就让他们放心。无论怎么样,我都不会变心的。"汪忠华信誓旦旦地说。

到了黄昏的时候,春娣慵懒而高兴地回到家。看见大在院子里面修锄头把,嘴里哼着戏文。春娣就问:"大,你是在哼《桃荫树》吧?"

"《桃荫树》?"春娣大住了口,手中活计也停下了,"什么桃荫树?"老头子很诧异地问。

"不就是一个小姐,一个公子,还有桃树公公什么的?"春娣有点后悔,打着马虎眼想过去。

老头子瞅着春娣的背影,仍然明白不过来,就啐了一口,没好气地说:

"扯淡!"

秋天红遍了山野的时候,汪忠华和春娣结婚了。也没有过多的热闹,那时自行车还挺稀奇,乡村里都把它叫作"脚踏车"或"杠子车"。汪忠华就用杠子车把自己的行李载到春娣家,成了"倒插门"的女婿。好在汪忠华没爹没娘,自己也是外县人,对此并无顾忌。闹新房的众人散去之后,山坳里一片值得回味的寂静。一对新人铺床卸装,洞房里自然别有一番春意。

黑暗中汪忠华喘着粗气说:"春娣,我想过了,我不吃公家饭了,就在你家替你大、你妈干事,我是学农的,有好多农业科技,你们不晓得哩!"

春娣已说不出来话了,只有拼命地点着头,感动得眼泪都流了出来。

早晨,春娣醒来时,汪忠华已不见踪影,春娣走出院门向下瞭,汪忠华在坡下的梯田里像个醒目的标点符号。春娣不声不响地端详良久,看得脸面一阵潮红,四顾无人,慌慌张张就离开了。

晚上,春娣在灯下柔柔地依偎着汪忠华,幽幽地说:

"今天晚上吃好饭,大夸你哩!"

"你妈呢?"汪忠华问。

"妈也夸你呢。"

汪忠华开心地笑着说,说:"我是不错,一个好女婿,抵得上两个好儿子!"

春娣缩回身子,一下变了表情,噘起嘴巴说:"就说你好,也不说我好。"

一阵嬉闹调笑之后,双方的热情都敛了下来。汪忠华一本正经地说:

"再过一年,咱们的桃树就要结果了,我们得攒点钱。我瞧着咱家屋子也太旧了,得翻新,光跟着大伙屁股后头做,也做不出个名堂来,以后要造新屋呀,还是指望自留地的桃树。"

春娣的眼中闪着柔情的光,汪忠华又瞥了她一眼,说:

"你不要走神,你也有事哩!"

"什么事?"春娣问。

"到明年给我生个儿子。没儿子你大要骂我的。"汪忠华嘻嘻一笑说。

又过了一年。春天桃花开过之后,树枝上果然吊出许许多多青翠欲滴、毛茸茸的小桃子,眼见得春娣也起了变化,经常有事无事地丢下手中的活计,踅入桃林里去,摘下树上的果子,用衣袂擦过以后就吃。起先春娣自己也没留意,有一回吃着吃着,忽然就呕

吐起来,吐得桃树下面花花绿绿一大摊。春娣忽然想起了什么,晚上洗漱上床之后,春娣第一次拒绝了汪忠华的要求,说:

"不行的,不行的,我一点也不想。"

汪忠华觉得奇怪,有点不高兴,没再追问,也可能是累了,扭过身子便睡了。

半夜里汪忠华起来小解,迷蒙间见煤油灯还亮着,这才发现春娣仍躺在床上,双眼睁得老大,枕头早已湿了。汪忠华大吃一惊,不知出了什么事,心里有点懊恼,问了半天,春娣才抽抽泣泣地说:

"对人一点也不体贴,干吗转过身子不理人?"

汪忠华说:"你不晓得,女人若是不答应,男人总是有点恼火的。"

春娣说:"你为什么不问我干吗不答应呢?"

汪忠华说:"好了,好了,不要恼了。我现在问,你为什么呢?"

春娣说:"我有了。"

汪忠华呆了呆,没有反应过来,转而醒悟,掀开被子对着春娣的肚皮左看右瞧。

汪忠华把耳朵伏在上面听,一边听一边说:"看我儿子。"

春娣一下破涕为笑,说:"你们男人呀,结婚前哄着老婆,结婚后不理老婆,生了儿子忘了老婆……我可不要生小鬼。"

气了半宿的春娣,眼睛肿肿的,像水蜜桃一样,脸色也苍白苍白的,显得十分俊俏。

汪忠华忙笑着赔不是:"好了,好了,这回我知道了,你们这些女人啊,怀了孩子总以为功劳大得不得了,说话的口气也冲,也该男人受罪了。"

春娣抽泣着说:"你不知道,女人怀孩子有多苦,也害怕……"

到了六月底,桃子一个个都熟起来,像小孩嫩嫩的脸蛋一样,由里至外泛着红。这时候春娣的肚子也实打实地凸了起来。汪忠华和春娣把树上的桃子摘下来,满满五大筐,不算多。汪忠华舍不得吃,把最好的一一挑出来,放进一个竹篮里面,让春娣吃,其他的都挑到县里去卖。那时四乡八邻种桃树的少,汪忠华的桃价廉物也美,几天下来,一季桃卖得差不多了。汪忠华把钱数了数,一百零二块五角五分。这在当时,可是一笔不小的收入。汪忠华就想,这笔钱应该给怀孕的春娣买一点营养品,以后的日子还长着呢,钱总会慢慢地攒起来。当日落黄昏、暮色初上的时候,汪忠华挑着满满一筐子从县里百货商店买的日用品,回到了山上。

快冬季的时候,春娣分娩了,是个女孩。这有点出乎春娣的意料,躺在公社医院的产房里,刚生完孩子的春娣脸色苍白,哀哀地对汪忠华说:

"我一直以为是个男娃的,却没想到是个女孩……"

汪忠华心里很感动,知道春娣想说什么,连忙捂住春娣的嘴:"你不要瞎说,我最喜欢女孩了,像你一样好看,多好啊!何况我们还可以生,再生几个就是了。"

春娣喃喃地说:"我一定要给你生儿子的,一定要给你生儿子的。"

几天后,汪忠华拉着板车带春娣回家。在路上,汪忠华和春娣商量好了,给宝贝女儿取的大号叫汪桃园,小名就叫桃桃。

这一下真的跟桃树结下了不解之缘。

春去秋来转眼间已是 20 世纪 70 年代初期了,桃桃不仅会走路了,更会赤着脚漫山遍野地跑了。汪忠华和春娣每年都要新种下一畦桃树苗,桃子也结了一茬又一茬。每年夏初,都是汪忠华担到街上,由春娣扇着蒲扇去卖。

这些年也发生了些不尽如人意的事:一是春娣的父亲和母亲相继过世,二是春娣再没见肚子隆起。也许是当年的月子坐得不好,或者是其他什么原因,眼看着汪忠华和春娣的希望成了泡影。最初的时候,汪忠华还眼巴巴地指望春娣的肚皮慢慢大起来,可是一天天地过去了,一年年又过去了,奇迹没有发生,汪忠华也变得心灰意冷起来,言语变得越来越少,人也变得憔悴起来。春娣心里也急,有时候暗自流泪。有一日汪忠华过去的同事到公社检查工作,顺便到汪忠华这里待了一个下午。汪忠华和春娣招待得很殷勤,但话却说得少,饭桌上只见汪忠华兀自往嗓子眼里倒酒,同事走了之后,趁着酒兴汪忠华忽然说:

"你别看我这同事如今是个局长,可他早先是不及我的。"

汪忠华话还没有说完,一扭头就看见春娣在那抹眼泪。酒兴就立刻醒了一半,听见春娣哽哽咽咽地说:

"都怪我,我老早就说,我是配不上你的,你要不是娶了我,也吃公家饭,说不定会当上县长了……呜呜。"

汪忠华也动了感情,抚摸着春娣的头发,深情地说:

"我什么时候后悔了？我至死不渝,娶了你这个美丽、贤淑、温柔的妻子,是我一辈子的福分哩！"

春娣仍然抽抽泣泣:"可我……可我……应该给你生个儿子呀,我总觉得……对不起……对不起你。"

汪忠华忽然豁达地一笑,推开关着的大门,指着外面漫山遍野生长的桃树说:"儿子？这成千上万株桃树,不正是我的儿子吗？"

春娣也停止了哭泣,抬起头来向外瞅去。此时正是阳春三月,从大门望过去,大片的绿色中,点缀着盛开的桃花,如烟云般盘桓在青山之上。阳光倾泻而下,桃花变得更灿烂了。这一切真美啊！春娣心里一下子感到温暖,这几年淤积的不好的情绪,一下子就消失得无影无踪了。

桃树虽然结了几年果,汪忠华和春娣也卖了几年桃,但积蓄却所剩无几。原因很简单,二老的丧事花了不少钱。汪忠华的孝顺女婿做得不错,二老的寿材都是杉木红漆的,并且办得很排场,热热闹闹的。另一部分积蓄汪忠华拿来买桃树苗了,汪忠华几乎是每一年都要种下一批桃树。这一片山头都要让他种遍了。

女人总是认着死理,天黑之后春娣总是强打精神迎上来。每到此时,汪忠华总是体味到一种人生的悲壮和激越,心里更存感恩和谦卑,到了后来,眼前常常会出现一片桃花般的彩霞,然后发狠地把自己弹射出去。

好在还有个桃桃,总不至于使二位面面相觑。桃桃的模样很是姣好,也很懂事,爱学习,早晨天不亮就起床,背着书包走二里来地去一所小学里上学,也经常问汪忠华一些弄不懂的问题,譬如,为什么星星白天没有晚上有?为什么会有风?等等。汪忠华总是很耐心地解答。日子就这么过着,依旧是花开花落,风云不起。

到了1975年,上面传达精神,要割"资本主义尾巴"。汪忠华从大队开会回来,走了一小时夜路,到家后鞋子也没脱,和衣就上床了。春娣觉得蹊跷,就问:

"今儿又学什么了?又评《水浒》批宋江了?"

汪忠华没有吭声。

春娣端来毛巾热水,一边给汪忠华脱鞋,一边叨叨地说:

"也是的,白天里干活那么累了,晚上还开什么学习会,批了这个又批那个,搞得人人自危呢!"

汪忠华顺势坐起来,没好气地说:"这回倒不是批哪个,是要割尾巴哩!"

"割尾巴?割谁的尾巴?"

"割资本主义的尾巴,要砍咱们家的桃树了!"汪忠华恶声恶气地说。

春娣大惊失色,讷讷地说:"桃树就是尾巴呀?就是资本主义?资本主义是什么呢?"

"不光桃树,所有自留地里的南瓜呀、丝瓜呀、茶树呀,说都是资本主义的尾巴,都得连根铲除呢!"

说了一会,汪忠华突然觉得胸口隐隐作痛,于是停下来喝了口水,平静了一会,然后说:

"不过上面要砍的,我们也不能不砍,共产党有恩于我们,总得听党的话……虽然这命令……这个世道,可能是出了奸臣了……"

第二天早晨,汪忠华带着斧子出了门。依旧是春天,当他打开自己家的大门时,灿若彩霞漫山遍野的桃花以一种宽容的姿态拥抱着他,汪忠华的眼泪如瀑布一样落了下来。

一共砍了七天,七天中汪忠华一句话也没说。饭也吃得少,眼圈也黑下去了。当第八天大队的人帮助着把桃树送往附近的林场时,人们突然发现汪忠华不知什么时候没了踪影。

只是在第十天以后,人们才在濒临大道的悬崖下发现了汪忠华的尸体,腰带上仍别着那把斧头。道路并不窄,或许是在想些什么,汪忠华就这样跌了下去。

春娣再嫁给刘明仁,是七八年以后的事了。在此之前,春娣孤零零地跟桃桃两人相伴于寂静苍凉的山坳里。桃树没有了,起先是光秃秃的一片,后来就是杂草丛生。春娣开始还觉得一个人孤寂,特别是夜晚的时候,后来慢慢就习惯了,或者说麻木了。人到这种程度,也就把什么都看得淡了。好在桃桃还相当懂事,学习很好,劳动也不错,学校的事压根就不用春娣操心。有时回家得早,也不像别的孩子那样贪玩,还帮着春娣做些烧饭、洗碗、打猪草之类的事情。

春娣经常跟桃桃说:"你不要像你大,他贱得很哩!好好的公家工作,却辞掉了。你要好好读书,以后吃公家饭!"

春娣每次讲完这话之后,脸上总是现出哀哀的神情。

有时候,春娣的亲戚也来这小山里头走走。春娣也有点感动,毕竟要走上七八里、十几里的山路。春娣开始还好茶好饭地款待，可是坐下来之后，谈的都是些让人心烦意乱的话，有时还分寸把握不好，说出的一番言语让春娣夜里哭湿了枕头。到了后来，春娣有点厌倦人来了，也不愿意来人提及汪忠华。说来也怪，春娣不热情的时候，人来得也就少了。可是整天看不到人影，春娣又有点慌乱。

人就是这样，经常难以捉摸。

转眼间，"四人帮"被粉碎了。分田到户的第二年春天，春娣就在心里立下了个志愿，她背着个竹篓到县里，买了几百株桃树苗，雇了个三轮车，一车拉到山里头。又放了一把火，烧掉了门前荒地上的野草。当春娣将树苗全部种下，疲惫而欣慰地回到家时，桃桃怯怯地问：

"妈，还种这么多桃树呀，结了果子，也没有人挑去卖呀？"

春娣摆了摆手，没有回答。

春娣又在汪忠华的坟边种了一圈桃树。

有一年春节，春娣带着桃桃去了隔壁的公社，去表哥吴观海家吃喜酒。吴观海的儿子吴小星结婚，春娣便用红纸包裹了四十元钱送去。

吴小星一共办了八桌，春娣和桃桃坐在第二桌，都是些不太认识的人。春娣一直怕人多，觉得如此场面跟自己有些不太融洽，只低着头，什么也不说，只是有时候给桃桃夹一些菜，让桃桃多吃一点。

吃过饭,春娣的表妹把春娣神秘兮兮地叫到一边说。

"怎么样呀,春娣?"

"什么怎么样呀?"春娣丈二和尚摸不着头脑地问。

"我都瞧见了,那个刘明仁,他不停地看着你哩!"表妹笑眯眯地说。

春娣脸一下红了。她这才想起在酒席上有个细细高高的五十多岁的男子。那个人白白的、文文的。因这一桌上只有他一人是男的,春娣当然记得住。春娣可没注意那个男人在看她,她的心思根本就没在酒桌上。

表妹继续说:"那个刘明仁,原来是个右派。被划右派之前是个医生,后来就离婚了。之后,又打成了反革命!好在现在平反了,补发了好多钱!他要是看上你,是你的福分哩!"

春娣不紧不慢地说:"钱有什么用?你会嫁给钱吗?"

表妹连忙说:"那是那是。"

春娣不说话了。哪晓得第二天上午表妹把刘明仁领到家里来了,刘明仁看起来有意换了一套衣裳,一件涤卡中山装笔挺挺的,风纪扣也扣得严严实实,看起来很拘谨,也很老实。表妹把刘明仁介绍给春娣的时候,找了个借口便走了,春娣感到很突然,有点不知所措。可是春娣转而镇定下来了,问刘明仁可喝茶。刘明仁点点头,春娣便泡了茶,端给了刘明仁。

刘明仁和春娣谈了一会,回去后刘明仁告诉春娣表妹:你表姐又贤惠又端庄,早先的时候,肯定是恬淑似静山,温柔如春水的。再三请求表妹帮忙。

表妹把刘明仁的原话跟春娣一说,也不知触动了哪一根神经,春娣的眼泪扑簌簌地掉了下来,有点感动,心里怎么也安定不下来。

刘明仁以后就独自来春娣的屋子,那常常要走上一段路的。刘明仁的家在兴隆乡,坐车只能坐到春娣所在的乡政府,还得走七八里的路。刘明仁到了春娣家,起初双方都有点拘谨。到了后来,熟人熟路的,倒像是娘家的兄弟似的。

桃桃有时放学回来见到刘明仁,就喊一声:

"伯,来了呀。"

有一天桃桃不在家,刘明仁和春娣谈话时切入正题,刘明仁就说:

"春娣,明年桃桃要进初中,到乡里去住校,你一个人待在家里?"

春娣说:"桃桃我不让她住校,七八里地……让她走着回家。"

刘明仁没了话说,歇了一会,他又说:"桃桃总是要走的,以后上大学、工作了呢?你不是说让她吃公家饭吗?"

这回轮到春娣没了话说。过了好一会,春娣开了口,说:

"以后……以后桃桃在城里工作,我一个人在家无事就去桃林走走。"

刘明仁没有言语,他是明白其中原委的。

终于有一天,刘明仁和春娣谈定下来,刘明仁回了趟老家,雇了几辆三轮车,把家中的一些东西收拾了,搬到春娣居住的屋子里来了。

结过婚的人再结婚,当然是一切从简了。只是附近来了几个人,除了助兴,还有做个证明的意思。也不尽兴地闹,只在山下的饭店里摆了两桌酒,一切只是走过场了事。到了天黑客人们都走了,春娣穿了一身鲜红的衣衫,脸被映得娇嫩,怎么也看不出是将近四十岁的人了,相比之下倒是刘明仁苍老得很。

入了洞房之后,春娣对刘明仁说,你要应了我一件事,我便依你。春娣说,她想每年春天都种下一批桃树,把这一带能种树的地方全种上,一直种到死为止。刘明仁点点头,说我和你一起种。春娣又幽幽地说,桃桃以后总是要吃公家饭的,也不会在此生活了,老屋就凑合着住,至多翻新一下,不要动它,自己一直喜欢它的老样子。

刘明仁很爽快地就答应了。春娣心里很感动,灭了灯之后,把柔情都化在了行动之中。到了某一个时刻,春娣的眼前突然浮现出一片桃花,姹紫嫣红,艳若晚霞,那可是从没有的感觉。

自此之后,春娣和刘明仁就按部就班地生活了。春娣总是把一切安排得井井有条。刘明仁也落得自在,把平反时补发的钱及其每月的退休工资悉数交给春娣。到了春天的时候,春娣就拿出一大部分积蓄买桃树苗,春娣和刘明仁一个人挑着树,一个人拿着锄头,在附近山坡的空地上掘囪栽树,配合得相当默契。

起先,春娣每年初夏还把成熟的桃子摘下挑到街上去卖。到了桃桃考取大学那一年,春娣的腰扭了,到了阴天就痛得厉害,刘明仁更是老得抡不动锄头了。这个时候,春娣就坐在屋子门口,端详着漫山遍野的桃树林,那一株株树上结满小孩脸似的红桃子。

乡政府的小管有一天到春娣这儿来办事,看见桃树林里有几十个伢子在摘桃嬉戏,春娣一副熟视无睹的样子,就问:

"那么多伢子摘你的桃,你不去赶他们吗?"

春娣笑吟吟地回答说:"这么多的桃子,不给伢子们吃,让它们烂了不成?"

春娣说这句话的时候,有一丝很亮的光线从眼睛里面溢出来。

梨　园　痴

邢玉菊从小就是极爱唱戏的。那时邢玉菊还在浙江,每到春节、端午、中秋,或者婚丧嫁娶什么的,村里的大户人家就会搭起戏台,请来本地外地的戏班子唱戏。邢玉菊不管刮风下雨,竟然每场必到,在下面目不转睛地瞅着戏台上的男男女女,一副魂不守舍的样子。邢玉菊的父母亲都是庄稼人,不太敏感,舅舅是读过几年私塾的,几次瞅见邢玉菊的模样,觉得不对劲,便私下对邢玉菊的父母说:

"这个女伢,恐怕是个戏痴哩!那男男女女调情的戏,小孩子居然也入迷,别以后成为一个情种!"

邢玉菊父亲与母亲听了一惊,开始注意邢玉菊的一举一动了。慢慢地就觉得邢玉菊跟其他的孩子有些不一样,经常有些花痴的感觉,有时嘣地就冒出几段戏文出来,"哥哥呀,妹妹呀"的,把父亲与母亲吓一跳。有一天邢玉菊竟痴痴地问母亲:

"侬跟阿大是怎样结亲的哩?"

邢玉菊当时只有八岁。邢玉菊的母亲和父亲是传统婚姻:男大当婚,女大当嫁,媒人提亲,相见洞房,波澜不惊。母亲被邢玉菊的问话弄得大吃一惊,也不知道怎么回答,只是喃喃地说:

"反正,原先跟你阿大是不认识的,后来就成亲了,你阿大人老实,就是抽烟喝酒让人烦!"

"不是像戏上说的那样,是自己定的姻缘吗?"

"哪能呢?之前都不认识,在洞房里才见到,还好不是瘸子傻子和哑巴。"邢玉菊的母亲开心地笑了。

邢玉菊忽闪着大眼睛,问:

"为什么戏上的总比现实的好呢?"

母亲不应声了。

晚上,邢玉菊父母在谈及此事时明确地表示了担忧。邢玉菊的父母认为,小孩过早地懂一些男女之事,以后肯定不会踏实过日子的。又相互抱怨,这些戏文也是的,整天情啊爱啊,把小孩子都教坏了!

那时候邢玉菊已出落得很漂亮了,一口越剧也唱得字正腔圆。

邢玉菊长到十三岁那一年,安徽一个县的越剧团到浙西山区招演员。邢玉菊的父母听说是吃公家饭的,商议后就对邢玉菊说:"有剧团来招人了,你唱给他们听听,若是考中了,就能端上好饭碗了。"

于是就带着邢玉菊来到招考的地方,招考的人是一男一女,女的叫叶春铃,男的叫吴端祥。叶春铃是剧团团长;吴端祥是剧团弹月琴的,也是叶春铃的丈夫。

十三岁的邢玉菊一点也不忸怩作态,开口便唱了起来,这是一首很老的越调,开口几句是这样的:

春日桃花明媚媚,

奴在园中呀不思归,

远处有个俊俏的哥哥哟,

瞟得奴家心神飞。

邢玉菊吐词清晰,字正腔圆。更难得的是,她在演出时,情绪很投入,沉浸在一种幻想的意境中,仿佛就是戏中人。吴端祥和叶春铃交换了一下眼色,叶春铃就问:

"邢玉菊,你唱得很不错。告诉我,你为什么喜欢唱戏呢?"

"不晓得,就是喜欢唱呗!"邢玉菊很天真地回答。

叶春铃没有再问话,把邢玉菊父母送至门口,对他们说:

"你女儿是天生的演员哩!以后会有出息的。"

于是邢玉菊在她十三岁那年,连同五个浙江小姑娘,一齐来到皖南,成为县越剧团的小演员。

光阴荏苒。邢玉菊一直跟在叶春铃后面,学着唱、念、做、白。越剧最讲究的是扮相和嗓音,扮相要漂亮,嗓音更要柔美,要娇憨、温柔,体现传统女性的魅力。这两点邢玉菊都成于天然,加上她能吃苦,到了十六岁那一年,邢玉菊已经唱得很红了。在皖南山区,是戏迷的都知道邢玉菊唱得好,不是戏迷的也知道邢玉菊长得好。

虽然叶春铃对剧团里的女演员一直管束很严,但是女孩子大了,也有很多管不住了,虽然谈不上热衷奇装异服,都喜欢打扮,经常在衬出线条的列宁装胸前缀一朵红红的小花,有时候还在脖子上扎一条丝巾什么的。邢玉菊却没有什么变化,依旧纯朴自然,下了舞台卸装之后,光彩夺人的邢玉菊会换上普普通通的衣裳,一点也不引人注目。有一次县里分管文教的许县长来到剧团检查工作,看见邢玉菊的模样,竟失声说:

"是你呀,小'林黛玉'!怎么跟舞台上一点也不像啊?"

好在20世纪60年代的风气很正,虽然叶春铃手下有一群丰姿绰约的漂亮姑娘,可敢"骚扰"她们的人却很少,许多青年男子打扮得干净整洁来看戏。每次演出,戏票很快告罄,剧场里一片暖融融的场面。

一段时间之后,叶春铃发现年轻的女弟子们也变得不安分了,有了崇拜者,也跟一些戏迷对上象了,这当中有跟邢玉菊同来的王玉英、程燕等。叶春铃摸清楚情况后很生气,上午练功时,让她们列得直直的,声音高亢地批评她们,让她们树立为人民唱戏的理想,牢记台湾都没有解放,怎么能先考虑个人问题呢?一直把她们批评得流下了眼泪,表示一定要跟追求者划清界限。吴端祥在一边看着,觉得叶春铃有些过了,晚上临睡之前,就劝慰她说:

"你又是何苦呢?她们也不小了,也有十八九岁了,你不能总把她们看作小姑娘,你那么大的时候,不也跟我对上象了?何况像王玉英她们,变声时嗓子坏了,自己觉得没前途,趁着年轻,还可以嫁个好对象。"

叶春铃叹了口气,老老实实地说:

"我不是为她们哩,我是为玉菊。玉菊唱戏太有前途了,我是怕她受周围人干扰,分心不好好唱戏,那可真可惜了。"

吴端祥就劝叶春铃:"那你也不该为玉菊瞎操心呀,玉菊是唱得好,你当年不也唱得好?单唱得好是没有用的,还得有条件,谋事在人成事在天,这小地方,要想出人头地,确实很难哩!"

叶春铃不服气地说:"你不能把玉菊跟我比,她是天生唱戏的坯子,你瞧那扮相,那表情,那嗓音,那感觉……我从来没见过这么好的条件……徐玉兰、王文娟,恐怕也不如她哩!"

第二天晚上,叶春铃来找邢玉菊。这天是周日,越剧团排练厅昏暗的光线下,只见到邢玉菊一个人在压腿练身段。邢玉菊一身白色的练功服让汗水浸得透湿,现出来的曲线看起来的确成熟动人。邢玉菊看见叶春铃过来,笑得很甜,就说:

"叶团长,你不去看电影呀?她们都去了,是《羊城暗哨》,新片子哩!"

叶春铃问:"你怎么不去呀?"

邢玉菊咯咯一笑,说:"我不想去,抓特务的,打来打去的,我不喜欢。我喜欢一个人待在这里,清静得很。"

叶春铃觉得心里泛起一股温情,便柔声说:"玉菊,玉英、程燕她们都谈对象了,你孤单吗?"

邢玉菊又是咯咯一笑,有点不好意思地说:"我才不在乎哩,我宁愿一个人,我就喜欢唱戏。唱戏,可有意思呢。我才不要结婚什么的,那多麻烦,多没意思呀!"

叶春铃一言不发地注视着邢玉菊。眼前的邢玉菊,已不是早年那个愣生生的丫头了,浑身上下,丰姿绰约。也许是有点不好意思的缘故,她那粉白粉白的脸上竟现出一片桃红,真是天生一个佳丽美人!

不久,社会上闹起了运动,叶春铃的剧团停止了演出,"才子佳人"们都戴起了红袖章热火朝天地干革命了。这当中发生了许多事,剧团里的女演员们都趁风华正茂之年各攀高枝,跟邢玉菊一同来的王玉英、程燕、俞素芳等先后都已结婚。程燕回了浙江衢州,王玉英嫁给了县政府的秘书科长小严,俞素芳则和土产公司的胡经理结了婚。剧团也不再招新人,变得冷冷清清,只剩下叶春铃等几个老同志,再就是年轻的邢玉菊了。

邢玉菊起先也戴了几天红袖章,但很快有人就不让她戴了,天天让她跟叶春铃、吴端祥等几个一起,学习材料,写思想汇报。夏天过了之后,邢玉菊、叶春铃、吴端祥三个人按照县革委会的要求,到很偏僻的山坳里接受贫下中农再教育去了。

邢玉菊他们劳动的地方叫板桥,一个很有味道的名字。当他们步行十几里地走到那穷乡僻壤时,邢玉菊一瞅四面围得不透风的山峦,愣了一愣,突然张大嘴巴号啕大哭起来,肩膀一耸一耸的,很悲恸的样子。叶春铃和吴端祥有点不知所措,也不知怎么劝慰邢玉菊。这时候另外一个同行的年轻人扑哧一声笑了,说:

"好了,哭什么哭?哭得一村人都听见了,更要说我们小资产阶级了。"

同行的年轻人说出这么一句不同凡响的话,邢玉菊他们才反应过来。原来邢玉菊的哭声在山坳里已经引起了回荡,荡荡悠悠的,此起彼伏,真有几分悦耳动人呢!邢玉菊不好意思地破涕为

笑,嗔怪着说:

"偏要哭偏要哭,偏要大家听见!"

邢玉菊说过话之后,擦了擦眼泪,看了同行的年轻人一眼。现在倒是那个年轻人不好意思了,满脸臊红,神态腼腆。这一个小伙子,是文化馆的美术创作员。邢玉菊见他身体瘦弱,像一个高中学生般,不由自主地笑了起来。

安顿下来之后,邢玉菊的情绪慢慢稳定了一些。每天仍旧是早早起来,登上屋边的高坡,咿咿呀呀地练声。山野早晨的空气中有一股淡淡的香味,闻着有点像竹子,也有点像菊花。每每邢玉菊张嘴练声时,吐纳这样的清新空气,心情就变得异常愉悦,戏文也如流珠一样滚出来。叶春铃和吴端祥看在眼里,心情也松弛下来。叶春铃感到邢玉菊的嗓音,有这清新静谧环境的滋养,更显清亮完美。只是叶春铃一想到当前的环境,就变得情绪沮丧,有时候还忍不住暗自叹息。

同行的年轻人姓曲,邢玉菊他们都喊他小曲。小曲不爱说话,可一开口,就让邢玉菊感到开心。有一次,小曲和邢玉菊在小河沟里洗衣裳。邢玉菊光听到河水哗哗地淌,很无趣,便有话无话地问小曲:

"小曲,你怎么也下乡劳动呢?"

小曲眨了眨眼睛,一本正经地说:

"你不知道啊?还不是因为画女人?画裸体女人呗。"

邢玉菊没听懂,说:

"什么?"

小曲有点不好意思。想了想,还是说:

"画裸体女人,就是没穿衣服的女人。"

邢玉菊这回听懂了。邢玉菊有点愤愤,很认真地对小曲说:

"真看不出,你还真无聊哩!"

邢玉菊露出不屑的神情,端起一盆衣裳就要走,弄得小曲连忙解释:"不是的,是书上的,书上有……那是我们搞画画必学的……他们不懂……所以……"

邢玉菊这回听懂了,瞧着小曲辩白的窘态,敛不住脸色,扑哧一声笑了出来。

邢玉菊住的地方离小曲很近,都是大队的破仓库。邢玉菊住在左边,小曲住在右边。中间是叶春铃和吴端祥的,那屋子稍大一点。邢玉菊屋子前,有一大片茂盛的杂草,有一次小曲从邢玉菊门前经过,眯着眼睛看了下房前屋后,也没吱声。等第二天邢玉菊午睡起来,门前的杂草已被除光了,小曲荷着锄头正要离开。邢玉菊心里涌起暖意,忙叫住小曲,让小曲去她房间里坐。

虽说来乡下时间不算短,可小曲还是第一次去邢玉菊房间。屋子里空荡荡,很破旧,但整洁干净。墙上还挂着一面很大很大的镜子。小曲不由得笑了,说:

"你们女同志真爱漂亮呀,下乡劳动,还带这么大的镜子。"

邢玉菊连忙说:"不是的不是的,是为了……"

小曲这才反应过来,邢玉菊是为了对着镜子练口型,练扮相什么的。小曲听着,心里突然有一种被热空气充塞的暖意,刹那间对邢玉菊有了敬佩和爱怜。

打此之后,小曲就经常在休工以后到邢玉菊这儿来坐坐。邢玉菊也不时到小曲那边去,看看小曲的画。小曲的画是很有特色的,那些平日里不引人注目的山水花卉静物景致,只要到了小曲的画布上,都显得别有情调。一来一去地从叶春铃门前经过,叶春铃都看在眼里,但什么也没说。

有一天,小曲到邢玉菊那里去,没听到邢玉菊的唱白,也没见邢玉菊像往常一样对着镜子练口型,发现她正伏在桌子上悄声哭泣。小曲心里一凛,赶忙问:

"怎么啦?为什么哭呢?"

邢玉菊听见小曲问话,哭得更伤心了,抽抽泣泣的,怎么也止不住。小曲问得急了,邢玉菊才说:

"我……天天待在乡下……我什么时候……唔唔……才能唱戏呀!"

原来,邢玉菊对着镜子扮唱累了之后,仔细凝视自己,发现不知什么时候白皙的脸庞已爬上几道浅浅的皱纹,随后竟在头顶上拣出了几根白发,然后越想越伤心,就情不自禁地哭起来。

小曲一听是这么回事,心弦一下松弛了,说:"好了好了,还唱戏呢,你不看现在是什么时候,徐玉兰、王文娟怕是也下农村当社员了,她们都唱不成戏,更何况你呢!"

邢玉菊一听哭声也止了,小声嘀咕道:

"可我……可我才二十二岁呀。这一辈子不唱戏,我该干什么呢?"

邢玉菊又嘤嘤地哭起来。

过了几天,叶春铃和吴端祥奉命回城了,山村里只剩下小曲和邢玉菊。当叶春铃回来时,小曲一本正经地告诉叶春铃,他和邢玉菊已经结婚了。

叶春铃这才注意到小曲的屋子已整理得干干净净,两张单人床并在一块,没有什么引人注目的东西,只是桌子上多了一个古朴的瓦罐,看起来有些岁月了。瓦罐里插着几束素雅清丽的白梨花,空气中弥漫着一股淡淡的芬芳。

叶春铃注意到邢玉菊的眼中噙满清亮的泪水。

结婚不久,上面来通知,让他们回城。回城之后他们发现,越剧团也解散了,邢玉菊被分配到城关文化站工作。在文化站也没什么事做,就是借借图书,书也没有什么可看的,都是《连心锁》《金光大道》《艳阳天》什么的,来的人格外少。也有忙的时候,那是准备县里的文艺调演,要对工农兵业余文艺宣传队进行辅导,教他们数来宝、三句半、活报剧、大合唱。一会打倒这个一会打倒那个,一会捍卫这个一会捍卫那个,有时候邢玉菊教着教着就兴趣索然,便痴痴地坐在那儿凝眸,一动不动。

那准是邢玉菊在咂摸先前的古装戏了。

婚后第四年的冬天,邢玉菊生了个儿子,虎头虎脑的,很可爱。小曲给他取了一个名字,叫小平,大号叫曲正平。这时候家庭的气氛发生了很大变化,生过小孩的邢玉菊仿佛换了一个人似的,经常对着镜子呆呆地望,有好几次竟顾影自怜,泪水盈满了眼眶。有一次恰巧被小曲看见。问得急了,邢玉菊忽然发起了脾气:

"还不是因为你!"

小曲整个儿丈二和尚摸不着头脑,好在小曲的脾气极好,没有说什么便离开了。自此之后,邢玉菊的性子变得很乖戾,有时候笑得好好的,忽然就来了性子发起脾气,甚至摔碗、掀桌子,工作最后也辞了。文化馆办公室里也难见到小曲人影了,总见到小曲不上班在家里任劳任怨地忙着,买米、烧饭、照顾小平。几年下来之后,小曲活活地换了一个人似的,头发过早地谢顶了,人也憔悴不堪,走路都担心被风吹走。好在邢玉菊对儿子小平相当好,要是小平吵着闹着什么的,邢玉菊会立即放下手中的活计去哄他。再一点就是,不管严冬酷暑,邢玉菊每天仍早早起来,走到四楼的平台上吊嗓子,很响很亮地唱上半小时。台步、水袖之类的动作,也是演绎得有板有眼、毫不错乱。文化馆的人起先怎么也不习惯,大清早的好梦难圆,自然不是个滋味。可谁也不敢劝告邢玉菊,只是被吵醒之后背地里骂上两句。也有喜欢听的,就躲在房间里认真地听,手指打着节拍,因为这样的戏文在当时很难听得到了。到了后来,文化馆的人都习惯了,都在邢玉菊唱第一声的时候下床小解,或者淘把米把锅放在炉上,等到邢玉菊不唱了,再去睡一个回笼觉。叶春铃仍在剧团,平日里无所事事,逢到县里搞文艺调演,便风风火火地当她的导演。有一次县里作者曹小征创作了一个现代越剧《枫林枪声》,主要角色是一个年轻的女游击队长。叶春铃想来想去觉得最佳人选是邢玉菊,就来到邢玉菊家把情况一说。邢玉菊高兴得眉飞色舞:

"好,好,我来演,我来演。"

小曲和小平也高兴得不行,家里气氛一下缓和了不少。小曲特地炒上好几个菜招待叶春铃。叶春铃起先不肯,要走,小曲说您是玉菊的老师又不常来,就在这里吃一顿便饭吧。叶春铃就坐下了。小曲在厨房炒菜时,叶春铃就对邢玉菊说:

"玉菊,你能找到小曲,真是你的福气呀!你也要照顾好小曲,他这两年老得多快呀!"

邢玉菊瞅瞅小曲的背影,现出哀哀的表情,木然说:

"叶老师,我真不该结婚。"

叶春铃叹了口气,说:"这跟结婚有什么关系呢?又不是结婚让你不能唱戏的。"这时候小曲把菜端了上来,两人不再说悄悄话了。小夫妻俩很有礼貌地给叶春铃敬着酒。

小曲送叶春铃送了很远的路。分手的时候,叶春铃叹了口气,对小曲说:

"真难为你了,玉菊的性子我知道。她是个戏痴,从小就离不开戏的,没有戏唱就跟丢了魂似的。她的心情很不好,你得忍着点。"

小曲默默地点着头。

邢玉菊第二天便去扮演那个女游击队长了。小曲总是把饭菜做得好好的等邢玉菊回来,尽管很累,可邢玉菊每次回来情绪总是很好。有时夜里还忽然有了激情,跟小曲分享,很多年都没这样了,小曲惬意极了。可没多久的一天晚上,邢玉菊回来后扑到床上就号啕大哭起来,小曲怎么劝她,她都不理。小曲和小平也不知怎么回事,三个都没动饭菜,一夜就这样睁着眼过去了。

第二天早晨,叶春铃来到小曲家,把详情告诉小曲了,原来是县革委会汪主任看了彩排,最大的意见就是女主角一举一动都像旧戏中的小姐佳人。"哪有一点女游击队长的影子!"汪主任明确要求换人。

事情到了这一步,叶春铃也无可奈何。她把难处告诉小曲。小曲能说什么?只好点着头答应劝慰邢玉菊。

邢玉菊从此以后再也没有出去唱戏,甚至没有去平台上练嗓子。家里的一切,比原来更沉重了。

转眼间风云突变,迈入了20世纪90年代。这当中小曲家发生了很大变化,先是小曲动了手术,身体虚脱得厉害,更显苍老的他,就像是邢玉菊的长辈似的。小平也进了初中,学习成绩一般。邢玉菊这时候的性情也变了一些,家务揽了不少,但仍爱痴痴作想。有时候想着想着就笑出声来,让小曲和小正平觉得怪怪的。当然,变化最大的是纷纭复杂的社会了,也不知从什么时候起,收音机里的乐调慢慢变了。邢玉菊开始有事无事地坐在那台大"红灯"收音机前,入迷地听里面的唱腔,有时也随之哼上几句。

这一日,邢玉菊早早地就出去了,到了晚上十点多钟才回来,脸潮红潮红的,很兴奋的样子。小曲见到了,忙下床替她打来洗脸水,又问她吃没吃。邢玉菊咯咯一笑,说早吃过了。

邢玉菊躺在床上一点睡意都没有,小曲有点乏了,正蒙眬时,邢玉菊扳着他的肩膀问:

"哎,小曲,我跟你商量个事哩。"

"什么事?"小曲问。

邢玉菊就唠唠叨叨地说,原来她和几个旧友商量,要办一个剧团,重新开始唱戏。小曲听后,不无担心地问:

"剧团?那是要资金的,你有那么多钱吗?再说这剧团是民间的,国家又不管,这以后的事……"

邢玉菊破例这回没生气,而是狠狠地亲了小曲一口:"傻家伙,没有钱,你老家不是有一幢老房子吗?卖了房子,先办起来,以后的事以后再说呗。"

邢玉菊的举动让小曲受宠若惊。很长时间邢玉菊没有这一股子温情了,小曲心里又有了一点酸酸甜甜的感觉。

那一天晚上,邢玉菊很激动,在之后的抚爱中,邢玉菊流下了眼泪。

第二天早晨,文化馆的四楼平台上又响起了那许久未现的唱腔。嗓音略带沙哑,但仍甜美。那一天早晨邢玉菊唱的是《红楼梦》里林黛玉的一段曲子,歌词是这样的:

　　花落花飞花满天

　　红消香断有谁怜

　　一年三百六十日

　　明媚鲜妍能几时

　　一朝漂泊难寻觅

　　花魂鸟魂总难留

　　鸟自无言花自羞

　　愿侬此日生双翼

随花飞到天尽头

……

不久,小曲变卖了老家的旧房子,把卖房的一万多块钱连同家里零星的积蓄都交给了邢玉菊。小曲同时把老母亲也接来了,好照顾小平。

一万多元是个不大不小的数目。邢玉菊把钱花完的时候,一个三十多人的小剧团轰轰烈烈地办了起来。邢玉菊在老家招了一批学员,边培训边演出。起先是邢玉菊唱主角,唱腔自然无话可说,但扮相却不尽如人意,毕竟是人老珠黄。邢玉菊一开始不承认,两次演出下来,不得不承认了。之后,她把主角让给了一个叫作王文的徒弟。王文果然不负众望,唱、扮、演、做,样样拿得起放得下。没过两年,邢玉菊的"小百合"越剧团在周围几个县开始有了一些名声了。

邢玉菊是"小百合"剧团的团长。当了团长,自然有许许多多琐碎麻烦的事。邢玉菊带着剧团在外演出,经常会在夜深人静的时候,把这些琐碎的事情啰啰唆唆地写下来,告诉小曲。小曲就回信,细细地告诉邢玉菊哪些事情做得对,哪些事情做得不对,哪些事情应该这样做,哪些事情其实应该那样做。小曲写这些信的时候,有时痴痴冥想。小曲的母亲便在一边看着,轻轻地叹着气。

邢玉菊的剧团设在离浙江比较近的一个县城,那里的观众多一点。邢玉菊的"小百合"服务的对象也是农村的,经常在山村里搭起个场子就唱。吃千家饭,喝万家水。邢玉菊长年在外,只是在

第一年春节回了一趟家,之后两年春节一直没有回来。小平考上高中那一年暑假,小曲特意带着小平去了剧团。当他们在乡下的一个破礼堂看到剧团的生活环境时,小平快快地说:

"爸,这里太苦了,你让妈回家吧。"

邢玉菊听说儿子来了,急急地赶到,也没跟小曲打招呼,看着儿子眼泪簌簌往下落。两年的工夫,小平一下子就变了样,也有点大人的身坯了。母子俩就这样呆呆地看着,眼泪淌到嘴里都是苦咸苦咸的。

晚上,小曲挤在邢玉菊的小床上,沉默了老长一段时间,憋不住了,问:

"你准备怎么办?就这样下去?"

邢玉菊叹了口气,没有言语。过了一会,刑玉菊说:

"这段时间,你们还好吗?"

"好不好,反正有妈在家,我就担心你。小平来了之后对我说,让你回家去哩!"

提起小平,邢玉菊的眼泪便不由自主地涌出来。

小曲忙安慰她,说:"你看着办吧,我只是有点担心小平,他的性情越来越怪。不过你不要担心,我会注意他的。"

邢玉菊终于克制不住,伏在小曲肩胛上悄声哭起来。

天亮的时候,他们做了一次爱,很长时间没有如此行为了,双方都显得笨拙,更让人难堪的,是双方都不愿对方发现,自己已是强打精神。邢玉菊气喘吁吁地说:"过几年,等小平考上大学了,我就回去,回去跟你在一起,我真觉得对不住你,欠你那么多!"

小曲也苦笑着说:"我也觉得,我上一辈子好像差你情义似的,为你做牛做马,我都心甘情愿。"

双方都被这种真挚的东西感动了,都把对方搂得很紧,恨不得跟另一半融为一体。

转眼间到了小平考大学这一年了。春天的时候邢玉菊给小曲以及正平写了一封信,信中吞吞吐吐地说,自己也许就要失信不能在小平考大学的时候回来了,原因是剧团里任务很吃紧,省文化厅已指定她的剧团参加国际艺术节,得完成上级交代的任务才是。看得出来,邢玉菊写这信的时候很激动。小曲读信时也很激动,他看完后把信撕了,又把碎屑放进了煤炉里,烧得一干二净。

可小曲还是回了信,说家中一切均好,勿念;说你能取得这样的成绩,别说你光荣,就是我做丈夫的也相当光荣。信中还说,你如有什么困难,尽管说,我会尽一切努力来帮助你。

信发出去后的第四天,小曲收到一份电报,让小曲速筹一万元送去。小曲一看电报,明白邢玉菊那边急需用钱了,春天毕竟不是演出的季节,几十号人要吃要喝肯定会缺钱。小曲只好四处张罗着借钱。朋友们也算慷慨,你一百他二百地都借给小曲了。小曲走后,朋友们指指点点,都在背后议论纷纷。

小曲借钱借了很多人仍是不够,只好向银行贷了五千元。文化馆的马馆长在担保协议上签了字,完全是碍于小曲的面子。画押之后,马馆长看着变得越来越瘦小的小曲,觉得心血管的某一处堵住了。

小曲借到钱之后就于当天赶到邢玉菊的住地,第二天又马不停蹄地赶了回来。进家门的时候,已是月朗星稀了。小曲跟母亲打了个招呼,又看了看在房间里看书的小平,随后烧水洗了个澡。洗完澡后对母亲说:

"妈,我有点累,先回房休息了。"

说罢就回房了。等到第二天早晨,母亲做好早饭叫小平招呼小曲吃饭时,小平这才发现,父亲躺在床上已经死了。

小曲死的姿势是相当安详的,行李收拾得整整齐齐,嘴角还现出一丝不易察觉的微笑。

夏天的时候,邢玉菊终于获得了成功,她的剧团在国际艺术节的演出中获得了成功。邢玉菊的事迹一下在省内广为传颂起来。

国际艺术节的最后一天,举行了隆重的颁奖仪式。当邢玉菊接过光灿灿的奖牌时,她突然怔住了,眼神幽幽地固定在前方的某一处,很长时间一动不动。下午,邢玉菊收到了儿子正平寄来的一封信,告知她父亲去世已两个月,自己高考也落榜了……之所以现在才告诉她,是不想她分心,怕耽误了她重要的演出。

晚上,邢玉菊呆呆地坐在镜前,她从镜中仔仔细细地注视自己,甚至打开右手仔仔细细地看着自己的掌纹。她有点认不出自己了,总觉得面对的是一个陌生人。忽然她涌出一种想法,自己是生活在戏中吗?在此之前,她竟无一点察觉,也无一点怀疑。想到整个生命的过程都被一种莫名其妙的东西主宰着,她的心一下变得空旷而缥缈起来。

夜静极了,寂寥的夜里只有游丝一样飘荡着邢玉菊的歌声:

可记得呀十八里相送长亭路
我是一片真心吐出来
可记得比作鸳鸯成双对
可记得牛郎织女把鹊桥会
可记得呀井中双双来照影
可记得观音堂前把堂拜
……

邢玉菊终于想明白了,觉得自己终有一天会从戏中醒来,重归生活,也会跟小曲再见面,到时要把自己的遭遇一一告诉他。这样想着,她的眼泪再次如小瀑布一样流下来。

死　　谏

乐福死了。

死之前是放出话的,放出那句话后就死了,说到做到。平平静静的,像出趟门,一根绳子把自己吊在村前的白果树枝杈上,腰里还插着那杆烟筒,地上的要饭打狗棍劈成两截,拦在路中间,上面有狗牙啃下的齿痕。

乐福说:"这个时候你们要出去讨饭,是没良心!丢村里的脸、国家的脸,硬要去,我便死了,死给你们瞧,省得连我也给你们羞死!"

村里人都有点惶惶。乐福当时脸涨得通红,之后便是发紫,像地里的老茄子一样。

村里人以为只是说说而已,却没想到,乐福真的死了。

乐福被人从树上解了下来,硬硬的、沉沉的,全不似生前那个瘦小佝偻的小老头。眼睛微闭,舌头伸出老长,上身着那件破旧的老头棉袄,下身只落一黑色棉裤。裤裆阔阔的,布料抵别人两件的。

村里人都伤心,可惜了,村里唯一的文化人!人大都沉默不语,也有人哭,高高低低大大小小尖尖粗粗的声音都有。

于是又想起了乐福死前的话。

话是在村东的破祠堂里说的。今年冬天闲着,村里人合计又要把粮食锁在家,出门去乞讨,吃一冬白食,明年春上回家,捎带一口袋脏票子。这样的风气,从明朝时就开始了,一直持续到现在。村民们商议好,还在祠堂里集合,再决定去哪里。

乐福遽然赶到,脸色如三九冰冻天,眼神如冰窟一样冷,扫过来便引起一串寒噤,村里人不由得想起村后亭子里的冷面山神。

乐福眼睛一瞪,脖子一下变得粗直:"什么?还要出去要饭?现在你们谁家不打个千儿八百斤粮食,又有政府补助,坐在炕上一边屙一边吃,也咽不完。再说现在种苎麻都发了,谁不是手头滑滑溜溜?是不是?"

众人只好接口说是。

"是!是还出去?在街上站着,伸手要钱,挺光荣是不?"

村里人都不尴不尬地笑了几下。

乐福情绪激动起来,僵着脖子,眼珠凸起,脸涨得通红,随后发紫,于是说出了那句话:

"这个时候你们要出去讨饭,是没良心!丢村里的脸、国家的脸,硬要去,我便死了,死给你们瞧,省得连我也给你们羞死!"

村里人都不明白乐福的举动,更没见过乐福粗脖子瞪眼睛地说话。

村里人记得要不是乐福劝着队长,也没想着去要饭。

新中国成立后,生活好了,城市也管得紧了,整个五十年代,村民们冬天很长时间出门去讨饭。六十年代初,村里闹饥荒,只要能填肚子的都填了肚子,可还是饥得见人都流涎水。村民们吵吵嚷嚷要出去讨饭,队长不敢答应,便上门找乐福问主意。乐福读过私塾,能闭上眼睛背诵古书。

乐福正在屋里收拾,看样子也准备出门,瞧见队长进来,没吭声。

队长进来后,把屁股往破椅上一撂,一口气长叹。

"天不饶人啦。"队长胆小,不敢往天外想。

"人可救天。"乐福呆着眼睛说。

"……"

"只有一样可卖了,卖了便可活人。"

"什么?"

"脸皮。"

"脸皮?"队长摆了摆手,"不行的,不行的,咱们不能丢这个脸。"

乐福瞅着队长,一动不动,两只眼睛像螃蟹一样鼓出:

"总比死人好!"

队长不语,又长叹一口气,身子便软沓了。

乐福从破破烂烂的衣襟里摸出一个缺了口的瓷碗,苦笑着说:"圣人不食嗟来之食,不饮盗泉之水,而今圣人不为者,吾为也!"

然后便是重重地叹了口气,说:

"让他们去吧。"

队长不语,闷闷地往回走。过了几天,村里人一个个跟着往外溜,队长没去,和婆娘两人孤零零待在家里。

乐福和一帮人回来时,队长已在坟墓里待了一个月。婆娘只剩下人形,眼眶凹下能盛卵石。

自此之后,村里又恢复了讨饭的传统,每年冬天一到,大大小小老老少少男男女女,就家门一锁,拄了个棍子,揣一个破碗,便往外走。

乐福不再出去了,一直待在家里。

乐福葬了之后,村前的狗棒儿对人说,乐福把自己挂上白果树之前,曾有次和他说过一些话,现在寻思起来,耳膜还震得嗡嗡响,该不是犯了什么忌讳。

那时候阳光正旺,狗棒哼着曲儿,在白果树下眯着眼睛看太阳,听见脚步声,嚓嚓地向他走来。

"瞧见队长了?"声音哑声哑气。狗棒听出是乐福大叔。

"队长?啥子队长?"狗棒问。

"队长,石娃子队长。"乐福大叔说。

狗棒吓得一激灵,一窜便站了起来,上上下下打量着乐福。乐福笑嘻嘻地瞅着他。

"不是死了吗?十几年前就死了。"狗棒说。

"——噢,死了。"

"死了还见得到吗?"狗棒问。

"怪,我明明看见的。"乐福自言自语地说。

狗棒猝然来了精神,问:

"村长跟你说什么啦?"

"要乡……要乡亲们别再出去,现在生活好了,犯不着去丢脸。"

乐福哭丧着脸,覆压一团黑云。

"不能不要脸,到处要钱,讨饭。"

"脸皮可卖钱的事,谁不干?"

"那可不好,现在生活好了,是吗?"乐福问。

"……是。"

"是还出去要饭?"乐福没好气地冲了狗棒一句,随后定了定神,转而自言自语地说,"有些事你是不懂的,不懂的。"

狗棒说:"是不懂的。"

乐福没再说什么,蹒跚着步子,便走了。

乐福走到一人家门前,屋子破旧,歪歪斜斜的,墙面灰黑,屋里满目疮痍。乐福看见队长的遗孀正在那儿敞着怀喂奶——她已改嫁给村里的黄宝了。她是个好女人,脸色已不似先前那么水嫩了,老巴巴的如那面有岁月的墙,怀里的娃是她跟黄宝的第三胎。乐福记得她和队长没孩子。

他站在那儿,看了一会,她也抬起头来看看他,对他笑笑。他也笑笑,只是嘴角抽搐了一下,皱纹挤在一起。

"香香。"他叫。他记得队长以前叫她香香的。

她怔住了,惊诧地看着他。她不晓得他怎么知道她叫香香,十几年了,没人如此喊她了,总把她和孩子的名字连在一起。

他说:"香香,我见到队长了,石头娃子。"

香香看着他,眼里涌出泪水。

他咧咧嘴:"不骗你,香香,他还是那样年轻,有力气,不爱笑。"

她回过神来,换了只乳房喂孩子,问:

"梦里?"

他点点头,又说:

"要是那会儿……队长跟我走,到南京、上海……也不至于饿死。"

女人的泪水涌出眼眶,看起来怪可怜的。她用袖口揩了一下,哽哽咽咽地说:

"他大哥,要是听了你的话……"

"唉!"他打断了她的话,"谁让他当个队长呢?"

女人的泪水如瀑布般披下来,他瞧着,心里一阵酸楚。

"怪我,队长问我意见,我说,让他们走吧,放条生路,让别人活一下,便都走了……队长不敢走。石娃子是好人哪,好人!"

女人哭得更凶了,终于遮掩不住,哭声似海浪一阵凶猛一阵。

他也哭起来,嘤嘤嗡嗡,像病牛。

哭了几分钟后,他止住悲痛,对女人说:

"香香,咱村里再不能让人出去讨饭了,是吗?"

女人点点头。她记得前夫是坚决不让她出去的。

"我要阻止他们,现在生活好,哪能再出去讨饭呢?"乐福坚决地说。

乐福便走了。走时看见女人对他很温顺地笑了一下,很美。他心里直犯嘀咕:这样的女人,队长死后自己为啥不娶她呢?好像当时也想过,只是有点犹豫,怕别人说话。没想到让黄宝这小子占了,糟蹋斯文,糟蹋斯文!

想着走着,乐福便来到村口,走到白果树下,把手中的棍子拗成两半,扔在路边。他第一次感到,天气好冷,风像冰锥一样,能刺进肉里。他在白果树下坐了一会,什么也没想,然后扯下裤带,扣了个环,打个活节,把绳子倒拴在树枝上。站起来后,裤子便往下落,他想了想,路边采几棵狗尾巴草,绞了绞,接得长长的,勒住裤子。又搬起几块破砖,叠在一起,踩在上面,把头伸进绳子,低头望了望,脚下是黄土。

他用力一蹬,吧嗒一声,砖头倒了。乐福悬了起来,嗓子里吐出模糊不清的音节。

乐福葬了之后,村里再也没有人出去乞讨了。村民们都说:出村乞讨若是从村口过,乐福便会用那根棍子赶你。

并且有人看见村长和乐福在一起。

骗　　局

我告诉你我不相信一切,这是我得出的有关生活的真谛。我说这话,仅仅相对于生活而言,要是引起你的联想你可别怪我。有了真谛在手,你就俨然头戴无形的荆冠,自己成为自己的主人,会清醒而不折不扣地生活下去,直至死亡。

我大学毕业。在大学时我学的是中文,不是考古,更不是做古董商。我热爱这个行业,是因为我确确实实地热爱钱,这点毫不隐讳。除了私生活方面的细节,我全都直抒胸臆。我不喜欢吞吞吐吐,躲躲闪闪。我说我热爱钱,如同热爱生活,迷恋美丽的女人。所以我辞去公职做了古董商,足迹遍布大江南北、长城内外,只要哪里散发着陈腐的古董味,我就会嗅着死人般的味道赶到哪里。生活的意义在于发现古董,这就是我全部的信念。

实不相瞒,我曾赚过很多钱,至于具体数目,属于保密范畴。反正今生今世,我的钱足够让我满足一切身体欲望,以及正常范围内的大脑欲望。

跟战争中没有常胜将军一样,做生意也不能保证包赚不赔。奇怪的是,往往是赚钱的经历让我忘却得干干净净,赔本的经历却让我牵肠挂肚,以至肝脑涂地难以忘怀。我第一次亏本是在20世纪80年代初的敦煌,在那里我花了五千元买了当地人一个漂亮的瓷器。我以为是汉唐时代的珍品,后来鉴定出只是民国时代一个沙漠旅人的夜壶。我第二次受骗是在山海关,那时我软硬兼施从另一个文物收藏家那儿找到一把李自成的御用宝剑,我寻思李闯王带着它戎马倥偬斩将杀敌、劳苦功高,一定能赚不少钱。我给了他一万元,后来发现它根本不值一百元,只是一把高仿的三流龙泉剑。第三次是……一想到此等受骗上当之事,我不仅沮丧财富的打水漂,更让我感觉人格遭受污辱。每一次它都影响我的斗志,让我怀疑人生和自己的智力,让我没有气力迈出前进的步伐。

我讨厌那些名胜古迹的所在地,多年的生活经历教育了我,在那些地方,人的心灵早就被丑恶的东西玷污了,他们依靠老祖宗给予的文化遗产老脸皮厚地赚钱行骗,既很难有真实的古董,也很难有真实的友情。假的,全都是假的!我向往那山清水秀的地方,我要去那钟灵毓秀、古朴自然的地方去寻找我的生活,去继续我的事业。

我到的地方是安徽南部,就是古徽州,刚刚改名为黄山市。我的足尖刚一着地,就认为这应该是我辛勤耕耘的地方了,这里风光优美、山清水秀、民风淳朴,鸡犬声相闻,老死不相往来,着实一世外桃源般仙境。

多年的经验告诉我,古董买卖就像钓鱼,一切必须小心为上,不可贸然行动,要不动声色地观察和寻觅,先抛下诱饵,等鱼咬钩了才能提竿。你抛出的诱饵越大,你的目标就越不容易上钩,一切得小心再小心,因为人比鱼狡猾得多。

我去了徽州南部的大深山里,那里有一个山村,只有十来户人家,不富也不穷。我到的时候,村里几乎所有人都出来瞧我,都把我看作一个星外来客似的。更有甚者,竟有好几个人坐在门口的大瓮上,一边拉屎一边向我送来最芬芳的微笑。我后来注意到,几乎每户门口都有这样的大瓮。虽然我见过各种稀奇古怪之事,可是我仍旧有些难堪,因为我从未见过如此场面。可是我转而欣喜,惊喜地发现诸多拉屎的瓮罐,竟是十足的古董,很可能是宋元之时的陶瓷。我大喜过望,我不仅为自己的初步发现感到高兴,还为这里的民风淳朴纯正感到高兴。我吮吸着这山村的芬芳,就像酒鬼吮吸着刚刚开坛的老酒一样。

我佯称我是一位归国华侨。我来此地是为了寻根,我的祖上曾在这里居住和劳动过。我开始用我半生不熟的广东腔对他们说话,立刻,我发现我的行为见效了,我唬住了他们,这点你从虔诚专注的眼神可以看出。我的目标是使他们完全相信我,不折不扣的。这是一切部署的前提。

我对他们说,我非常非常喜爱这里,这里曾是我祖上生活的地方。他们先是惊讶,随后是骄傲。我提出要在这儿小住几天,他们简直是有点受宠若惊,忙不迭地点着头,就像是祖上迎迓大官省亲一样,忙着去准备了。

我住在一个姓吴,名叫吴有发的家里。他是这里的村主任,年纪二十多岁,孤身一人,父母前几年都去世了。第一天晚上,他就殷勤地替我打来了洗脚水,这让我感到很不好意思。我一向认为人格是人格,钱是钱,钱和人格不是一回事。

那一晚我跟吴有发谈了很多。起初他有点腼腆,甚至讷讷不知所言,可是后来我发现他甚至可以称得上健谈。我跟他谈美国纽约、法国巴黎、英国伦敦、德国汉堡什么的,他听得双眼瞅着屋顶一个劲儿地出神,目光像一把锥子,非得把屋顶钻出个眼似的。他跟我谈起他的家世,爹妈死亡什么的,我一句也没听进去。尽管我脑子里一直想着如何处置这小山村的古董文物,可是我还是装腔作势地"嗯嗯",并不时唏嘘哀叹两句,并故意做沉吟状,帮他出谋划策。他对我感激涕零,说我是他一辈子遇到的最好的人,要不是因为贫富差异遭我嫌弃,他一定要认我做干哥哥什么的。

有了这句话就好办了。

我暗暗抛下绳索。我还是忘不了他门前那个装屎的宋代大陶罐,可是我努力克制自己的欲望,决不能提出要买。我了解这些人,如果我提出购买的话,足以引起他们的警惕,也许他们就会漫天要价,那么,很可能我什么也做不了。于是,在接下来的谈话中,我尽可能表达了自己对金钱的鄙夷态度,我咬牙切齿地说,我对金钱简直是厌恶极了,因为在资本主义的金钱关系中,我根本没有得到亲情、友情和爱情。我甚至想用大把大把的钞票擦屁股,如果不是嫌它脏的话!我告诉他,我跟他的友谊是纯粹的,不沾丝毫金钱意味的,不应该用任何非分的、不干净的想法和举动去玷污我们之间的关系。

他的头点得像鸡啄米一样可爱,有时两眼入神,痴痴地想什么。最后那双斗鸡眼竟兴奋地放出亮光,像黑夜里的萤火虫屁股。这显然是那愚笨的脑袋经过一番转弯抹角思索的结果。这点真不容易,我一边暗自感叹,一边暗自得意。

我经常和吴有发一边走一边聊天,有时候不知不觉,就走上了村边最高的山坡。从这里看下去,山下的景致一览无余,更远一点的是新安江,在阳光灿烂的季节里,泛着银白色的光芒。稍近一点的,是分割成各种碎片的水稻田,远远看去,像一块块碧玉。早春的油菜已经开花了,青苗如玉,黄花灿灿,百蝶飞舞。这一切和蓝天、白云、小桥流水相映成趣,构成一幅绝美的风景图。每当这个时候,我总是对吴有发说,你们这儿太美了,美得让人流连,甚至让人纯净,心旷神怡,我真想栖身于这一片土地,在此居住,享受这田园风光、湖光山色,甚至变成一只小蜜蜂,"优哉乐哉,不亦乐乎?"我说。我还告诉吴有发,你们这里山好人也好,就是太封闭了,太封闭了,怎么会不穷呢!我又说,这里真是名副其实的"桃花源"啊!当年陶渊明肯定来过这里,一定是以这里为蓝本,写出千古名篇《桃花源记》的!

我瞟了吴有发一眼,我看吴有发的嘴角浮出一丝微笑。我以为他的微笑是乐不自禁,心里暗自窃喜——这个傻蛋!

转眼间,我在这个地方已蹲点一个星期了。受我潜移默化的影响,吴有发殷勤地招待我吃、喝、住,却只字不提跟我算钱。虽然我不在乎这一点小钱,可是我暗自得意。这说明我的"攻心术"获得了初步成功。

这一天,一个意外的发现更让我兴奋。无意之中,我走进了吴有发家院子里的一个杂物间。忽然发现那间阴暗小屋的小窗户上挂着一卷黄黄的东西。我走过去取下一看,我的天!原来是一份圣旨!我的心禁不住狂跳起来,真是暴殄天物啊,皇帝的圣旨竟拿来做窗帘！我粗略地扫了一下,圣旨上的时间是淳化,如果没记错的话,这应是宋太宗赵光义的年号。我不由得欣喜若狂。

我努力平息住兴奋,不动声色地退了出来。在此前后,我悉心巡察,还发现了诸如明王方腊的御用枕头之类的宝贝,全都被乱七八糟地丢在阴暗的角落里。我简直发现了一个新大陆！我心花怒放,谁能想到在这穷困艰苦不知魏晋的地方,竟然如此宝物荟萃。最令人欣喜的是,这个地方不仅如此风光优美,村民们还那样纯朴可爱！

舍不得"鞋子"套不到狼。我绞尽脑汁考虑了几天,一个周密的计划在我心中酝酿成熟了。我必须干净彻底地一举掳获它。当然,这一切必须全盘谋划,不动声色地进行。

我继续找吴有发谈心。我对他感叹地说,我实在是太喜欢这个地方了,我决心在有生之年,为改变家乡人民的面貌,尽自己最大的努力。我咽了一口唾沫,我想在山的那一边,靠近新安江的地方,为全村人盖几排楼房,让全村人迁移此处搬进新居。我说,这是一个海外游子为自己的父老乡亲奉献的一个微薄的礼物。

不等他接话,我说出了最关键的一句话:新房盖好之后,有一个条件,那就是各家各户乱七八糟的家什一律得留在这里,不准带到山脚下。我激动地说,我不希望一些杂乱无章、破烂不堪的东西继续存在,破坏这山清水秀的氛围,破坏这美丽的环境。虽然最后两句话对吴有发来说有点费解,但他还是轻而易举地听懂了。

出乎意料的是吴有发对这些表现得并不热衷,甚至有点漫不经心。这与我原先估计的大相径庭,我猜想这可能是我平日灌输的"视金钱为粪土"的思想潜移默化的结果。吴有发的眼睛一动不动地看着我,看得我有点心慌意乱。好半天,他才慢条斯理地说:"那太不好意思了,太让你破费了,而且,村民们会不会丢下他们家中多年的东西,这很难说。"

我简直有点伤心至极,亦恼羞成怒。我脸涨得通红,说:"我这个想法,并不是意气用事,我实在是想改变乡村贫困落后的面貌,对于金钱,我一向视若粪土。我是太爱这山清水秀的地方,太爱这里的人们了。"至于村民们家中的旧什物,我漫不经心地说,"我准备为每家配置一套新家具,让村民们搬去的新房里不再空荡荡。至于那些老旧物件,实是不能要。"我强调说,那些东西"太难看了",必须扔掉才是。

吴有发沉默不语,看得出来,他有点动心了,也看出我的诚恳。随后,他缓缓地说:

"待我和乡亲们商量一下再说!"

那一天晚上,我夜不能寐,彻夜等待着吴有发和乡亲们商量的结果。一直到半夜时分,吴有发才走进家屋,门发出吱呀一声响时,我装作已入睡。听见吴有发叫我,我像从睡梦中刚醒过来的样子,迷迷糊糊地看着他。吴有发轻轻地对我说:

"我跟乡亲们说了,他们说,让你破费,太过意不去了。但好歹,他们同意了。他们还说,得给你造个牌坊,竖立在村口,上面篆刻文字,旌表你的功德。你一定要答应,否则,他们怎么也不会答应的。"

我窃喜,但佯装着无可奈何:

"好吧,好吧,其他的随你们,我是不想什么流芳后世什么的,只想给家乡人民做点实事。"

就这样,我用了很大一笔钱制造了一个大大的"阴谋"。半年后,新建的一幢楼房矗立在山脚下的新安江边,楼房的影子映在江水之中,显得格外漂亮。进楼房的水泥路上,也横跨了一个牌坊,正面刻的是以我名字命名的××山庄,背后刻的是对我此举的评价。文字是花了五百元酬劳,让当地一位著名作家写的。虽然我对此毫不感兴趣,甚至嗤之以鼻,可是我一直装作诚惶诚恐的样子。我是搞文物收购的,古董在我眼里不是历史,而是金钱。我生来就对出名不感兴趣,也不想为后人留下几件作为古董卖钱的东西。

那一天我参加了山庄建成的剪彩活动,鞭炮齐鸣,锣鼓喧天。我干净利落地剪下那拦在路口上的红绸之后,又给了他们一沓厚厚的钞票,就溜之大吉了。在我身后,村民们像一群喜鹊一样叽叽喳喳快乐无比,笑逐颜开地搬入新居。之前,我一直守在古村落的村口,不许他们从村落里带走一件我认为陈旧的东西。尽管我激动得不能自已,沉浸于金色的发财梦中不能自已,可我还是努力睁大眼睛,不让那些古董从我视线下漏过。

随后,我一声号令,让村外聚集的车队进村,将村民们破破烂烂的东西全部拉走,那些村民门口装屎尿的陶瓮也不例外。这些人在搬运这些陶瓮时,一个个捏着鼻子做龇牙咧嘴状,我在一旁看着,暗自发笑。我监督搬运的全过程,唯恐他们留下只砖片瓦。将这些东西全部带走,吸取精华剔除糟粕才是上策。

汽车临走之际,吴有发带着村民们赶过来为我送行。站在车顶上,我激动得声泪俱下,情不自禁地对他们说:

"我太爱这个地方了,爱这山清水秀的地方,太爱这里的人们了,我真不想离开呀!"

吴有发和村民们的脸上露出了悲苦的神情,我知道他们忘不了我的功德,逢年过节时,甚至可能为我烧香拜佛。我暗暗好笑,但我还是用一种近乎绝望的语调低沉地说:

"再见了,乡亲们!我会来看你们的!"

我带着长长的车队离开了小山村,那个坐落在新安江畔青山绿水之中的小山村。汽车开了很远之后,我看着越来越渺小的山村,心里未免有些惆怅。即使是骗子和强盗,也有真情的一面,的确是这样。转眼间,我又心安理得,生活、世界,犹如一场梦,人人各得其所,不是很好吗?更何况在梦中生活的我,又何必为这得得失失而惆怅呢!

半年之后,我带了这批文物中的两件来到沿海去找一位德高望重、学富五车的古董鉴定家。老人用放大镜仔细观看了一番后,戴上眼镜,用一种怪异的目光瞅着我,问:

"你一定去过皖南吧?"

我如实回答。

"难怪!"他重重地叹了口气,继续说,"这明显是有意的了——在此之前,我就鉴定过好几件来自那地方的古董,仿古的精巧简直以假乱真。那可能是一个村办企业,有高手带着,成批成批地生产这种东西,工艺很好,可是谁也不知道这个作坊在皖南的什么地方。"

我手脚冰凉。我想说我知道那个地方,那是清澈无比的新安江边,位于一个小山坳里。我不知该说什么,喃喃不知所言,只觉头晕目眩。

"你怎么啦?"古董鉴定家问。

我能怎么啦?我不知道怎么站起来的,又怎么从他那地方出来的。占据我头脑的,只有那个小村,我竭力搜寻每一片记忆,竭力想冷静地发现其中的破绽。可是我怎么想,也不觉得那是破绽,更不是陷阱。想到后来,那个曾经的小村开始旋转起来,越旋转越快,正变成一个庞然大物呼啸着向我压来。

生活就是这样,你叫我相信什么呢?

春　　晓

女人是从山那边来的。

那时是冬天,天阴阴的,像是雪还没有下够,一副余兴未尽的样子。天旷地远,一片漫野白雪皑皑,看起来一点生机都没有,他感到一股油然出自心中的烦腻。"妈的!"他骂了一句。坐在冰冷似铁的门槛上,冷风一阵阵地刮过来。

"春天就要来了,那时候就会热闹的。"

他不由自主地绽开笑容,在想象春天的情景。那时候他手下有二十多个劳力,从南乡来,一个个黝黑健壮,干起活来让人看着满心畅快。现在不行了,现在是冬天,天气太寒冷,地面如石板,树栽不下去,栽下去也是死。这无穷无尽的雪让他感到哀怨,什么事也干不了,只能坐在这里,等春天到来。他知道春天到了的时候,雪就会融融地化去,露出让他感到厌倦的光秃秃的土地。但他有决心与它拼个你死我活,用树,焕发着生机,春意盎然的树。

这同样需要春天。

他在等待春天。春天,一定是要虔诚地等待的。可为什么那些民工都走了呢?几个月下来,他们黝黑健壮的身子消瘦了,脸上也出现落叶般的枯黄。

"太苦了,我们没法干。再说,这几千亩的荒山,植起树来,何时是尽头呢?"

他知道自己有点对不住他们。签合同的时候,他对他们说,我一定善待你们。但他知道自己的处境,贷款贷了那么多,收入却不知什么时候才兑现。闲暇的时候,他常常凝眸远山近山,想象着那一株株瘦小的弱不禁风的树苗疯狂地生长。他侧着耳朵聆听,似乎能听到树苗拔节的声音。这声音让他快乐不已。每个夜晚他都是在聆听,或者在想象这种美妙的声音中入睡的。入睡后他总是恍恍惚惚看到高耸入云的森林,郁郁葱葱,一直连绵很长很长。那让他心花怒放,有时不知不觉从梦中乐醒。虽然不知道这种希望何时降临,由遥远变成现实;虽然他越来越多地对这种希望渗入疑惑的成分,但他仍然坚持着,义无反顾地充满自信。

在这个季节里,他又该做点什么呢?

他又一次眺望远山,眺望那条唯一通向山外的蜿蜒曲折、像蛇一样游弋着身子的小路。那条路没有积雪,懒洋洋地躺在那儿。他的脑子里突然出现女人走在那条小路上的情景,是背影,头也不回的。也可能那个女人在哭,所以不敢回头。他知道女人是伤心的,甚至有点悲恸欲绝。他觉得有点对不起她,自己未经她同意,就卖掉了那幢带天井的大瓦屋,让她跟随着来到这不毛之地。虽然她极不情愿,可是她毕竟来了,跟他一起在这儿待了将近六个月。他知道在这儿生活,对谁都是一种痛苦,是一种永无期限的折磨,除了疯狂的自己之外。当女人有一天哭泣着向他提出那个要求时,他默不作声,只是微微有点伤心,更多的只是奇怪,奇怪自己早已有思想准备,有这方面的预感。他站起身来走了走,跺跺脚,稍微有点暖了,便从口袋里掏出烟丝,又摸出纸,用手卷成一根烟,叼在嘴上,点着。他用力吸了一口,觉得一股温馨进入体内,迂回穿行,好像激活了自己冬眠的灵魂似的。现在,他又变得兴奋起来,用力跳了几下,随后重新坐下,端详着远近的山峦。

在人都散尽,只剩下自己一个人的那天晚上,他感到冷清极了,这是他进山之后从未有过的感觉。女人在走之前,给他做了上百个面饼,放在灶台之上。他找到了,拿起一个,咬了一口,饼真好吃,女人的手艺还是很好的。他几口就把面饼吃完了,吃完后只觉得脸上湿漉漉的,用手一摸,他才知道是眼泪。他看着屋外冷寂的山峦,不由得放声大哭,毫不掩饰地放声大哭。后来他听到了自己的哭声在空旷的山野里回荡的声音,嗡嗡嘤嘤的,像是晚上刮北风的声音。他不敢再哭了,唯恐群山也跟着哭起来。那天晚上,他在清冷的屋子里辗转反侧,怎么也睡不着,最后不得不起身走出那个破烂不堪的茅草屋。他注视着四周,四周阒然无声,寂静如一汪黑色的死水一样淹没了他。他感到心脏莫名地一紧,有一股力驱使他,突然对着四周寂寞无奈的土地大声吆喝起来,仿佛情绪淤积压制后的爆发:

"哎——杭——唷——哟——"

一阵呐喊之后,他觉得身体畅达了不少,野山上的动物也好,植物也好,也似乎跟自己亲近了。寂静中,传来了几声鸟鸣,几声不知是什么动物的号叫。他都视为走兽和飞鸟,在跟自己打着招呼,体味到一种别致的快慰。他觉得身躯慢慢增大,正在慢慢长高,长成山的高度,俯视周围光秃秃的一切。感觉有神灵附体,赋予自己使命,决定这一块土地上的生、老、病、死。

"我可能疯了,我有这么大力量吗?"现在,他坐在破旧的门槛上,注视着远山近山以及通向山外那条曲曲折折的小路,他又觉得自己渺小了,又变得疑惑起来。现在是冬天,虽然春天不久就会来,但毕竟还只是冬天呀。冬天扼制了他的希望,让他不得不天天坐在那孤零零的小屋里虚度时光。他感到寂寞,感到孤独。无可奈何、无所事事的他,只能坐在门口,遥望这属于他的山。他迫切地希望有人出现在他的视野里,尤其希望是女人,是那种大屁股大奶子的女人。那种女人让人充满情欲,让人不知疲倦忘乎所以地生活。当他再一次遥望那条蜿蜒曲折、没有积雪的小路时,他看见一个人蹒跚向这边走来。

他的心跳一阵加速,感到有一种焦渴从嗓子眼蠢蠢向上地拱动。

慢慢地,从那身影看出,那是个女人。"是我的老婆,"他兴奋地想,"毕竟,她会回来的!"

来人越走越近,他看清楚了,来人不是他女人,是另外一个女人。他有点失望,但仍目不转睛地看着她,近了,他看见女人不是单身一人,还背着个孩子。女人显然也看见了他,停住了,犹豫了一下,还是朝他走来。他的心跳加速,感到不由自主地慌乱起来。

女人走到他跟前,显得很平静。他低下头,这是他想象中的大屁股大奶子的女人。但他不敢正视她的屁股她的胸脯。他有点不知所措。

"大哥。"女人讪笑着喊他。听口音,不是附近人。

"……"他瞧着女人,讷讷的,不知所言。

"能歇一会吗?"女人央求道。

他点点头,钻进屋里。过了一会他出来,招呼着女人进去。

小孩从女人的肩上解下来。是个男孩,两三岁模样,眼睛溜圆,愣生生地盯着他。他瞧着那个小孩,注意这小孩的头发黄得像秋天里的茅草一样。他起身从灶里掏出个烤山芋,吹了吹,递给小孩。小孩瞧了一眼女人,女人点点头,小孩立即狼吞虎咽起来。那模样让他着急,也让他心酸。

女人的喉头蠕动了一下,显然是咽了一口唾沫。他注意到了,又站起身,用火钳夹出灶里的所有山芋,捧给他们:"吃吧,吃!"

他瞧着这一对埋头大嚼的母子,心里不由得升起一股暖意。天色已经暗了,借助昏暗的光线,他细细地打量着这个女人:她长得极普通,谈不上俊,也谈不上丑,宽厚的鼻子和嘴,吃山芋的时候露出洁净的牙齿,倒显得有点温柔。女人是丰满的,他喜欢的就是丰满的女人,这种女人蕴含着强大的包容力和忍耐力,可以让男人肆无忌惮地在上面宣泄、打滚。他先前的女人是不行的,先前的女人俊俏而柔弱,从未给他一种安全感。眼前的女人壮壮实实、敦敦厚厚,在这大山里,就是需要这种壮实而敦厚的女人。

他努力克制内心的思绪。女人吃完之后,他说:

"赶路?"

女人摇摇头。

"走亲戚?"女人仍是摇头。

"那你为什么跑到这里来呢?"他想,母子二人,迷路了? 还是其他什么？他知道，在这荒山之中，方圆几十里地是没有人家的。只有他孑然一人，在冬天的时候，守着茅屋，盼着春天到来。

女人的眼圈红了。从女人支支吾吾哭哭泣泣的诉说中，他知道了事情的原委——女人从老远的外乡被骗到这里，说要嫁给某个人。拜堂成亲时，却被掉包给了一个傻子。虽然成亲后生了一个孩子，可女人还是想跑，于是某一天趁着月黑风高时，携带孩子逃出来了，不敢往人多的地方去，于是走到了这里。

"唉——"他叹了口气，这时候天色已暝，气温也越来越低了。小男孩在一边蜷缩着身体，瑟瑟颤抖。他点着了油灯，灯芯在黑暗的压迫下上下窜动。他对女人说："你睡这儿吧，这里暖和一些，别让小孩冻着。"

女人仍是缄默。她抱起小孩，踌躇了一下。他接着说：

"你带他，睡我床上。"他又指了指旁边另一间更加破旧的茅屋，"我睡那边。先前那帮南乡佬睡的。"

女人带着孩子进了里屋。他又陷入了沉思，在想那个晚上，前妻走前的那天晚上。女人在哭过之后，便脱得一丝不挂地躺在床上。他知道那是一种暗示，在此之前，她一直是期期艾艾的。他也是如此。他们的夫妻生活空乏而没有滋味，不知道这是不是他们结婚六年仍没有小孩的缘故。他不想碰眼前这个女人，觉得这个女人跟他已没有关系了，因为他在离婚协议上签过字了。女人躺在床上从被子底下露出丰腴的大腿，他看了看，不由自主地咽起了口水。他心里想，管她是不是自己的女人呢，先享受一番再说。他真想冲上前去，掀起被子，抱住那个滚烫的身体，疯狂地蹂躏着，然后听到女人快活的呻吟声,看到女人闭着眼睛在他身下蛇一般扭来扭去。

可是他强忍着不让自己那样做。

他几乎是逃出那间屋子的,就像逃出一个妖精的魔爪。可是他的女人,哪里是妖精呢?只是一个可怜人。他知道女人对自己是有感情的,毕竟夫妻六年,虽然没有孩子。如果自己重新选择,离开这个地方,女人一定不会走的。平心静气地想,这里的确不是女人待的地方,尤其是娇美柔弱的女人。有时他想着想着便潸然泪下,甚至后悔跟乡里签了合同。要不是顾忌男人的脸面,他立刻就想卷起铺盖回到村里。只是一切都没有回头路了,当初他已"破釜沉舟",将村里的房子卖掉了,钱都用来买了树苗。

那天晚上他终于没上老婆的床,而是在稻草上躺了一夜。虽然他听到了老婆伤心的啜泣,可是他强忍着不让老婆小看。现在他有点后悔了,既然老婆如此需要他,自己又需要女人,为什么不苟且一下呢?两人温存一下,客客气气,善始善终,有什么不好?

想到这里,他的心里格外难过,一切都有心灰意冷的感觉。他想:"都是冬天,冬天,等到春天了,都忙起来,谁有闲工夫想这事情呢?"

他注意到有人用火盆生起火来,气温慢慢地变暖了。他知道女人没有睡,又踅回来了。他转过身子,瞧见女人默不作声地往火盆里添柴。他想了一想,问道:

"你打算以后怎么办呢?回老家?"

女人没有回答。只是问:

"大哥,你在荒山野岭里做甚?"

"种树。"他苦笑了一下。女人并未抬头,自然看不见他难看的笑。

"种树要到春天,冬天你在这儿干吗呢?"

他又苦笑。他想告诉她自己的房子卖掉了,不住在山上,住哪儿呢?他不愿回村子里面,他觉得村子里人都用一种异样的目光看着他。看着女人那亲切的身体,他真想原原本本地把自己的故事告诉她,甚至啰啰唆唆地说,或许说出来了,心里会好受一些。于是他回答:

"等待春天呗,反正春天是要来的!"

她坐在了他身边。他想了想,跟她谈起了自己的故事。原原本本地说,从头开始说,他讲,她听。女人一丝不苟地听,像是要吸收和消化他的每一句话似的,伴以各种各样的感叹词,看得出来,她听进去了,惊叹于他的故事。他终于讲完了,露出苦恼人的笑。女人陷入了沉思,似乎尚未从故事的感染中挣脱出来。他感到一种从未有过的轻松,这种轻松是在冬天这个季节里从未有过的。

女人仍不说话。他知道沉默是一种理解,这女人一看就很会理解人,粗手大脚的,看起来也能吃苦。他端详着女人,在心底默默地说:"要是她能留在这儿就好了,反正她也没地方去,就待在这里别走。妈的,我太孤单了,我太孤单了!"

"她要是不走该多好,这儿不是很好吗?"女人发出轻轻的叹息。他笑了,男人总是惦记着女人,没想到如此大屁股大奶子的女人也很天真。女人永远是只笨鸟。他想。于是他说:

"算了,别去想了!"他劝告她,又说,"去睡吧。"

他端起火盆送女人回正屋。小孩已经在床上酣然入睡了,俏皮的小嘴微微张着,有时候还嚅动一下。他不由自主地产生一种怜爱,想俯下身亲亲那个孩子。他把火盆端进屋里,放下。又冲着女人吩咐了两句,随后带上门走出来,仍然坐在屋前的栅栏上。他认真地听,没有听见门闩插上的声音,这使他心里得到不少安慰。屋里的灯光过了一会熄灭了,他仍坐在那里,看着夜色中泛白的远山近山。

起床后已是中午,外面又纷纷扬扬下起了大雪,远山近山更苍茫了。他心里一阵窃喜,小路消失了,人就不会走了。这快乐让他不由自主地哼出歌来,可他立刻噤了口,女人已不知什么时候站在门边看着他。那一个小孩也站在那里,拽着女人的衣袂。孩子似乎已适应了这里,不再是一副怯生生的模样了。他感到开心,冲着他们说:"又下雪了。"

她笑笑,冲着他感激地笑笑,不置可否。

小孩专注地看着他,圆溜溜的瞳仁好亮。女人俯身对小孩说:"狗狗,叫叔叔。"

"叔叔。"小孩倒也聪明,嫩嫩鲜鲜地喊了他一声。他感到一丝暖意,走上前捏了捏小孩冻得发红的小脸蛋:"哎,乖。"

接着便没下文了,便是沉默,他实在不善于逗孩子。他又将眼光移向茫茫四野,什么话也不说。过了好久,似乎觉得不妥,又将视线从屋外纷扬的世界中收回来,睨了下女人,想说什么,可还是没说。

女人有点沉不住气了,就说:

"这场雪下过之后,便是春天了。"

他轻轻摇了摇头,表示否定。可是过了一会,又点点头,说:"差不多了,冬天该过去了。"

他沉入了一片想象:春天到了,山野如被绿颜料泼过似的,自然界无形之中有一只手指过,桃花开了,李花开了,各式各样的花都开了;山泉解冻,弹奏着叮叮咚咚的美妙音乐;还有布谷、画眉、八哥、鹧鸪,各种各样的叫声让人心花怒放……

他问女人:"没有栽过树吧?"

女人摇摇头。

他说:"栽树,最简单不过了,一般的先打个凼,凼的深浅看树种,把树苗填进去,最好在此之前在凼底加上一点肥土,用田泥也行。像松树,怎么插怎么活,果树嘛,关键是选苗,再就是嫁接了……"

女人专心致志地听,小孩也目不转睛。

他又说:"不过这要等到春天。"

女人仍没言语。瞧着他不再说话,随后牵着小孩进了厨房。过了一会,女人端出碗热气腾腾的面疙瘩递给他。

他笑了。这才感觉到饿了。他一边吃一边想,这女人真不错。他吸吸溜溜地吃,吃得额头上蹿出一线连珠似的汗粒。清晨进屋睡觉,他竟然梦见了这个女人,内容让人难以启齿,真是怪事!女人在一边会心地看着他,脸上挂着微笑,仿佛知道他梦中的内容似的。"真他妈的馋人!"他在心里不由自主地骂了一句,可嘴中含糊不清,将话语连同烫嘴的面疙瘩一起咽了下去。"她为什么一点走的意思都没有呢?是不是想留在这里?"对于女人,他总是不太自信,也不知道女人的具体想法。他真想直冲过去扒开女人深蓝色的衣服,让神秘呈现在他眼前。

这时候雪停了,天变得晴朗了,云层上出现了霞光,太阳要出来了。他将碗里最后一点面汤倒进了咽喉,随后恋恋不舍把手中的海碗递给女人。也不知怎的,他有些慌乱,再一次说:"你没有栽过树吧,那可真有意思。不过现在可不行,得等到春天。"

女人笑了笑,没说话,转身接过碗便去厨房了。他有些颓然,瞧见小孩舔着手指瞧着他,不由得起了一丝精神,问:

"你叫什么名字呀,小家伙?"

"狗狗。"小孩回答。

"噢,对了,狗狗。狗狗,这儿好吗?"

"嗯——"小孩显然在思考。

"你别看这里荒山野岭,再过两年,我们这儿就会长出许许多多的树,就会飞来好多好多的鸟,红的、白的、黄的、绿的、尖嘴的、勾嘴的,它们叫起来,可好听了。还有许许多多小动物也会来这里,像小松鼠呀、小白兔呀、小狐狸呀、小斑狗呀……"他说得婉转动听,连自己都有些诧异于自己的表达能力。

小孩望着屋外那一片白茫茫的世界,显然没有能力将美丽的童话与屋外的荒凉世界联系起来。小孩眨巴着眼睛,瞳仁里布满疑问。他看出来了,便说:

"现在是不行的,还得等这里的树长出来,长出来之后小鸟小松鼠才会来。"

小孩显然听懂了。他偏着头又问:

"什么时候呢?"

什么时候呢?他感到心里一阵悸动。什么时候荒秃秃的群山才能长出蓊蓊郁郁的树木呢?什么时候这里才莺歌燕舞生机一片呢?他不敢肯定,虽然他有信心,但他仍然不敢确定最后的期限。这一辈子结束时?甚至下一辈子?他似乎一直在盼望什么,也在等待什么。这种企望是什么呢?他没有细细地思考过。春天?女人?儿子?他觉得似乎有那么一点,但又好像不全是。他没有回答小孩的问题,只是愣愣地注视远方,想尽力辨认那湮没在雪原里的羊肠小径。

女人不知什么时候悄然站在他身后。他注意到了,转过头来,看见女人眼里噙着泪水,放任着让它自由淌下。

"你怎么啦?"他惊异地问。

"没什么,想哭。"女人意识到自己的失态,忙不迭用手掌抹去泪水,又揩了揩鼻涕,牵着小孩走到里面的屋子去了。

晚上,他觉得头很沉很重,全身酸痛。他吃了女人特地为他做的煎饼,又喝了女人特地为他熬的姜汤,按女人的要求早早地睡了。女人不放心,把他的被子掖好,又将煤油灯拿走了。他睡在那里,迷迷糊糊看着女人的动作,有一种从未有过的幸福感。很快,他睡着了,胡乱地做着梦:梦见漫山遍野全长出了苍翠冲天的大树,鸟儿在上面啁啾跳跃;梦见自己下半身也插在泥土当中,手变成了树枝,扩张开来,结实而有力;脚丫变成十根庞大根须,向地底延伸;梦见自己的头上长满了树叶,绿得发翠,像一块块翡翠似的,风一吹,叮当作响……他又梦见那个女人,托起她硕大的乳房,顿时乳汁如雨水一样漫天飘洒。树在乳汁的浇淋下拔节生长,很快高耸入云;小孩也出现了,披一身树叶,像森林中的精灵一样。小孩从一个树枝跳到另一个树枝,各种各样的鸟和小兽簇拥着他……载歌载舞时,他突然听到了一串振聋发聩的雷声:

"轰隆隆,轰隆隆……"

他从梦中惊醒,侧耳聆听。不错,是雷声,从东方滚过来的春雷!他一骨碌从床上爬起,赤着脚走出屋外。的确,是雷声!他清清楚楚地听到了由远至近传来的盼望已久的季节的敲门声。

他赤着脚站在雪地里,他看到女人和小孩向他走来。他看到女人和小孩的眼眶里都闪烁着晶莹的泪珠。他一点也不感觉到冷,只觉得有一股源源不断无穷无尽的热量由地心汩汩涌出,通过他赤着的脚传入身体。整个身体变得发热,以至滚烫。他知道这是春天的信息。他想:春天原来深蕴在土地里,就在自己身边,一点也不遥远,我原先总以为春天是来自天边的,这是多么愚蠢的想法。他听见女人轻轻走过来,俯在他耳边喃喃地说:"我留下来,留下来栽树,好吗?"他点点头,忙不迭地点点头。他觉得自己的嗓子发干,张了张嘴,可是一个音节也吐不出来。他只能用力地揽住他们,右手揽住女人,左手揽住小孩,任眼泪肆无忌惮地流。他想大声对着远方喊:

"我有女人了!

"我有儿子了!

"我有春天了!"

可他仍是没有说出声来,只是屏住呼吸,继续听那震撼人心的雷声。他突然有一种感觉,似乎这样的情景在梦中出现过,什么时候呢?他没有细想了。反正,有了这声雷声,漫长而沉重的冬天便宣告结束了。

辟　　谷

吴老爷子终于离休还乡了。

七十多岁的人了,不退也得退。好在吴老爷子没有什么情绪,确实一点都没有,不像有些佝偻着身躯病歪歪仍不想脱军装的老将军。吴老爷子心想:是应该退了,年纪太大了,别说上不了前线,就是在后方指挥也精力不济,真要是打起仗来,非得被人打得屁滚尿流不可,那不是害了战士的性命? 所以当有关部门找吴老爷子谈话的时候,吴老爷子显得异常爽快。

"行啊,要不是担心别人说闲话,老早我就要打离职报告了。离休之后,我要回老家盖个房子,养养花种种草钓钓鱼抱抱孙子不也挺好?"

吴老爷子笑呵呵地说完这番话,像得到某种解脱似的。对于老爷子来说,养花种草钓鱼是行的,抱孙子却没有条件。大儿子的女儿已经上了高中,小儿子的媳妇还未生孩子。吴老爷子虽然一直想有个孙子,可是一直未能如愿,只好暂时无缘享受天伦之乐。

不过吴老爷子的确精神愉快地回乡了。在组织上找他谈话之后的一个月后,他和老伴决定回自己老家生活,三辆卡车拉着老爷子简简单单的家什来到家乡,搬进了新居。房子是早已准备好的,有关部门早就和当地政府给这位功勋卓越的老将军安排好了。

吴老爷子的新家,在他自小生活的那个村子旁边,独门独院,在一个小山坡上。环境美得无话可说,门前有一个荷花塘,旁边是空旷寂寞的田畦,屋边种有好几株橘树、桃树、桂花树和乌桕树。微风一吹,树枝树叶会发出轻柔的飒飒声。除了麻雀之外,不时还会有一些叫不出名的鸟儿在树上栖息,发出清丽婉转的啁鸣。虽然春天已过,已不是繁花似锦的季节,可是仍能嗅到缕缕清淡的香味。

吴老爷子深深地呼吸了一口气,像是要把这山林之中的馨香完全干净地吮吸尽似的。老爷子心情异常开朗,这是几十年以来从未有过的感觉,戎马倥偬,一歇下来,才觉得世界原来是这般静谧和美丽。他感到全身有一种形容不出的轻松,好像自己的每个毛孔都愉快地张开,贪婪地吸收着天地的净气。

老爷子已有近十年没有回家了。回来之后,来访的乡亲络绎不绝,老的少的、男的女的都来看他。老爷子一直没有架子,对来的人热情招待,好烟好茶都拿出来招待,有时候还留乡亲们吃饭。村里人起先有点拘谨,慢慢地也变得不客气起来,到了后来,都忘记了老爷子的高干身份,把他当作自家人了。

"二毛子!"乡里七八十岁的老人这样喊他,二毛子是他的小名。

"二大伯!"乡里四五十岁的中年人这样喊他。

"二大爷!"乡里的年轻人和孩童这样喊他。

吴老爷子听了满心欢喜,他更喜欢和那些挂着拐杖的、叼着烟杆的老家伙在一起聊天,那都是他童年的伙伴,吴老爷子对参加革命前天真活泼的童年生活格外留恋。

"三狗子,哈哈,你现在牙都掉完了,成了一架破风箱了。肯定是小时候吃酸的吃多了,谁让你偷吃石婆婆的梅子呢?"

"坏事都是你带头干的,二毛子。"瘪嘴老头不甘示弱地反击,"你不也一样?还嫌偷吃得少啊?有一次把石婆婆的梅子树枝都掰断了。哪件事不是你冲在前面?就是爬树不如我!那一次我不替你摘,你赌气自己爬,结果摔得屁股成了爆栗子……"

哥俩便哈哈大笑,无拘无束地追忆光阴,让吴老爷子好快活。

除了聊天,吴老爷子还喜欢干一件事情,就是在黄昏的时候,一个人背着手在村前后的大小道路上散步。这是秋天,西边的天空抹了一层紫罗兰色的霞霭,大地寂谧无声,却有一种内在的鼎沸。阳光已经倾斜,老爷子的背影长长地拖在地上。走着走着,吴老爷子觉得心里也油然生出一种激动,即使在晚上,也经常让他陷入长久的思考之中。

吴老爷子的一生是颇有传奇色彩的。他十四岁参加皖南游击队,十六岁参加新四军。皖南事变爆发,吴老爷子冒死突围,身上给打了三个窟窿,可硬是冲出了国民党军队的包围圈。从此之后,他在皖南坚持游击斗争,曾任皖南游击队的支队长。大军南下时,他带领游击队配合解放了好几座城市,之后当了三野的一个副师长,又就任省军区副参谋长、省军区副司令,直至现在离休还乡。这些履历只是表面的,更重要的是吴老爷子不管到哪里,都能做出一番不凡的成绩来。每次战斗,他都带头冲锋,出生入死,身上有十几个伤疤,却坚强地活了下来。老爷子常常在夏天的晚上纳凉时,一一指出每个伤疤的来历,讲出一个个惊心动魄的故事。吴老爷子说起来声情并茂,周围的人啧啧称赞,每当这个时候,吴老爷子都有一种沐浴太阳光辉般的荣光。

转眼已是一年春天了。吴老爷子屋前的橘花和桃花都开了,乌桕树、桂花树的叶子都绿了,远远看去,姹紫嫣红,簇拥着吴老爷子青砖黑瓦的小屋,像红红的花瓣里托着黛色的花蕊。老爷子和老太婆的心里别提多高兴了,老爷子天天哼着不成曲调的京剧悠哉乐哉,老太太仍是一脸喜笑颜开地忙里忙外。

没想到吴老爷子的快乐,很快被一件突如其来的事情给冲得无影无踪,他一下子变得沉默无语了。

那一日村口的大路上突然来了一辆豪华轿车。老爷子碰巧在那儿溜达,看见从汽车里下来一个西装革履的老头,吴老爷子觉得有点面熟,却想不到在哪儿见过。看了一眼,气派好大,也没在意,径直走了。

过了两天,老爷子的几个老伙伴来串门,聊天中说,曾在新中国成立前任伪乡长的江瑞的儿子,从台湾省回来探亲了,表示要在这儿定居。老伙伴们七嘴八舌地告诉老爷子,江瑞的儿子面貌充满善意,全不似江瑞那么凶神恶煞,见了老人喊"大伯""大娘",还送一块布料什么的,看见小孩,也让随从从皮箱里抓出一把巧克力递过去。

吴老爷子听了老友们的讲话之后,想了一想,便没有吱声,闷着个头一声不响地抽烟。老友们见吴老爷子不言语,有些尴尬,便找着个理由走了。

夜里,吴老爷子没有睡,他搬来一把椅子从山坡上向远处看,远处漆黑一片,夜阒然无声,只有不知名的虫子发出寂寥的叫声。吴老爷子的心却在翻滚。

吴老爷子记得他是一九四六年完成刺杀江瑞的任务的。那时,江瑞是伪乡长,杀害了好几个革命同志,作恶多端,特委决定派他和另外一个同志去刺杀江瑞。

县城不大,吴老爷子当然认识江瑞,跟江瑞的儿子还曾经是小学同学,只是不在一个班罢了。吴老爷子辍学参加革命后,江瑞的儿子也去外地读书了。江瑞下派到乡政府工作,每天的活动轨迹是,白天到乡政府上班,晚上就住在乡政府不远处的一个保安队的炮楼里。因炮楼是新修的,江瑞每天早晨起床后的第一件事,就是在炮楼附近的野地里拉屎,随后再走到乡政府搞点吃的。

吴老爷子记得那是春天的一个早晨,有雾,雾色苍茫,看不太真切。吴老爷子摸清了江瑞每天早晨要从炮楼里出来拉屎,便装着在田里摸螺蛳。江瑞大大咧咧地从炮楼上下来,看见了他,问了一句:"小家伙,这么早摸螺蛳喂鸭子呀?"他没有作声,继续装着在田里摸来摸去。随后,江瑞跑到小松树林里去拉屎了。他让那个同志在边上放风,自己拿着支枪蹑手蹑足地靠近江瑞。当江瑞意识到不对头时,他已在江瑞的身后扣动扳机了,叭的一声,江瑞一声没吭就倒在地上。

吴老爷子怎么也没有想到,这个事竟然没了,更没想到的是,江瑞的儿子也会回到老家定居。

有钱能使鬼推磨。吴老爷子亲眼看见小江瑞的小洋楼在离他屋子两百米的另一个山坡上矗起来了。听说那洋楼实在气派,不仅外部气派,内部装修更豪华,据说还装了空调和地暖。虽然他心里狠狠地骂了句"都是人民的血汗!",对此嗤之以鼻,但他还是不得不承认自己有点嫉妒。别墅盖好的那一天,小江瑞起码花了几万元来举行盛大的典礼。吴老爷子看见那边人声鼎沸,礼花飞舞,一声不吭,觉得自己好寂寞。外面的世界也好像变得更加凄清了,夜色笼罩着他,他感到心里漆黑一团,如没有星光的夜色。

他开始变得孤单起来。自从小江瑞安居下来之后,来他这里的人明显少多了。他种的桃子成熟了,一个个像姑娘红扑扑的脸蛋挂在树枝上。他等待着人来,说:"嘿!这么好的桃子,摘下来尝尝。"可是没有人来,也谈不上有人说这句话了。后来橘子成熟了,一个个甜甜蜜蜜地栖在枝头上,他仍盼望着人来尝,可没有人来。香烟拆封之后,一直张着嘴,可一支不少,一段时间之后,竟有霉味了;开水烧了一壶又一壶,可开了又凉了,凉了又烧,最后还是变凉了……在这样等待的过程中,他听到了两百米外棕榈和玉兰簇拥着的别墅里传来的人声乐声,有时夜风徐徐向这边吹,他听得清清楚楚,是小江瑞那略带闽南味的普通话:

"大伯、大娘,下次再来。我们都是乡亲,这点小礼物,不成敬意,实在是不好意思啦!"

"你们尽管拿好了,这点嘛,也是我对村里的一点贡献,这块土地,毕竟是养育我的土地嘛!"

每当吴老爷子断断续续地听到不远处传来的声音,心中便感到怅然若失,随后全身上下都感到冰凉。凉过之后,便是发热,燥热得全身亢奋,他想攥紧拳头,对着黑暗猛击一拳。他忍受不了黑夜,他盼望着黎明早早地来到这山里。

吴老爷子不再愿意村前村后地溜达了。相反地,倒是小江瑞经常在原先吴老爷子踱步的大小道路上慢条斯理地徘徊,看看这个,瞧瞧那个,有时故作姿态地跟村里人聊聊家常。小江瑞时常也吸吸那宽厚的鼻翼,仿佛对这清新的空气也怀着无限的眷念。小江瑞的老婆不久也来了,看起来她比小江瑞小个至少二十岁。小江瑞经常挽着老婆村前村后地走,小江瑞老婆很漂亮,看起来矜持又温柔,做起事来很得体。村人和小江瑞在一起谈话的时候,她总是让保姆沏上一杯茶送来,自己在房间里面静静地织毛衣。

第二年开春的时候,吴老爷子从外地买来了几万株树苗,又雇了几个工人,开始在周围的荒山上种树。吴老爷子早晨一起来就扛着锄头和锹上山了,慢慢地,周围的几座山丘都种满了。有一天,吴老爷子和小江瑞迎面撞上了,虽然在吴老爷子的潜意识里他尽力避免着这件事。当吴老爷子扛着锄头,走在回家路上的时候,迎面碰见了晚饭后在小路上散步的小江瑞。两人面面相对,双方都怔了一下,最后还是吴老爷子先说的话:

"您回来了,欢迎您回大陆定居。"

"是二毛子,听说您也离休回来了,是住在那儿吗?"小江瑞指了指青枝绿叶中的小屋,"很漂亮呀,我们是邻居呀!"

"哈哈,是的。"吴老爷子笑着说,有点想走了。也不知怎的,他不想跟这位小江瑞多说话。虽然是他杀了江瑞,但他不怕小江瑞会复仇。他知道小江瑞没有这个胆量,也没有这个力量。他甚至有点瞧不起小江瑞,小时候连个蚯蚓都不敢抓,有什么资格在这儿说说笑笑呢?一段无言之后,出乎意料的是小江瑞提起了他父亲,这使吴老爷子有点震惊,一时竟讷讷不知所言。

"我看了有关资料,我父亲是你杀死的……"小江瑞说,并没有仇恨地看着他,可是吴老爷子还是不由自主地把视线挪开,看着远处的山野。小江瑞继续说:"我确实遗憾,可是现在也想通了,我觉得这就是历史吧,杀来杀去,也没有个头……再说,我父亲当年也杀了你们很多人。"

小江瑞讲话时头低垂下来,语调也低下来。吴老爷子把视线拉回,凝望着小江瑞那白皙而苍老的面容,想说:

"你父亲是死有余辜,这也是历史的判决!"

但这话他没有说出口。他望着小江瑞,一言不发,转过身就走了。

那次谈话之后,老爷子又恢复了往日的习惯,村前村后地散步。有时候看着别人忙着农活,他也会上前帮帮忙:别人插秧,他有时候也会脱下鞋袜帮别人插秧;别人挖山芋,他也会过去抢下锄头;甚至村里的邻居斗嘴吵架,他也会主动走上前,去劝慰一番。有时候村里人客气,饭点时间到了,便客气地邀请他吃饭,他也不推辞,不管别人家只是青菜、萝卜什么的,他都往桌边一坐,毫不客气地端起碗张嘴便吃,弄得村人瞧着一碗二碟的简陋感到内疚。

他也毫不在乎,高兴时还袒胸露背来段小唱,什么"放牛的哥哥,割草的妹妹",让村人一阵好乐。一段时间后,村里人还是觉得他更亲近,又开始去他那里串门了,他又不感到孤单了。

有时候也碰见小江瑞,他从不回避,点个头,不亲不热,客客气气。双方的家里都成了村人交往的中心,都很热闹。只不过吴老爷子从未去过江家,小江瑞也从未到过吴家。吴老爷子总觉得有那么点疙瘩,虽然他不肯承认那是嫌怨。

过了不久,县里、地区的小汽车经常开到小江瑞的门口,各级领导都蜂拥而至小江瑞的府上。后来慢慢地放出风来,小江瑞和县政府合资要在村里办个工厂,加工出口玩具。接着,风风火火的事情便出现了,村里的空地上,几幢楼房正在打着地基,村里的大小伙子、小姑娘全都喜笑颜开——他们马上就要进工厂当工人了。

人们没有注意到的是,吴老爷子好像慢慢从村里消失了——吴老爷子看着村里一天天变得热闹鼎沸,觉得一种秋天的气氛正从自己身体内部攀缘而上。一天,吴老爷子在寂静的山包上眺望忙乱的山下,突然感到心脏一阵速跳,眼前辉煌地蹦出无数星星来,一种全身的疲乏散至他的每一寸皮肤,吴老爷子感到一阵从未有过的虚弱。他努力睁开沉重的眼皮,注视着远近的山景和村景,他第一次意识到自己的渺小、自己的无奈。

从那天晚上起,吴老爷子连续几天在梦里听见从远远近近的山坳中发出战斗的呐喊声、枪炮声,每一次都是从睡梦中惊醒,之后总是辗转反侧难以入睡。慢慢地,吴老爷子消瘦了,脸色变得蜡黄。有一次吴老爷子照镜子,他从镜中看到自己的形象,简直大吃一惊,镜子里的老头又黑又瘦,两只眼珠通黄,全无一丝神采。吴老爷子看了看,又想了想,几乎黯然泪下。

吴老爷子决意做点什么。想了好久,决定还是练练气功。在此之前,老爷子对气功已经有相当的兴趣,看了不少国内外报刊介绍的关于特异功能的情况。老爷子想,自己要是能练出特异功能该多好呢!自己要是能练出来,运用自己的特异功能,去干点什么呢?

老爷子想首先给村里变出个幼儿园,让村里的小孩有个栖身之地,快快乐乐地度过他们的童年。让满山长出郁郁葱葱茂茂密密的森林,这样,山也美了,人也活了,村里人便多了财源。然后是在村里面矗起摩天大楼,里面是工厂,要比小江瑞的气派。村人坐在有空调的空间里舒心地劳动。

……

老爷子想着想着嘴角就咧开了,先是自嘲地笑了笑,随后快乐地笑了。

又是秋天了,大地呈现一片金黄。清凉的空气透人肺腑,深深吸上几口,心就变得纯净起来。老爷子每天早晚都在汲取自然之灵气,双膝并屈,心静如水,吐纳导引,天人合一。每当他进行吐纳沉入冥想之时,整个山野变得异常静寂,身边的桃树和橘树尽情地将香气挥散。有时,老爷子在练气功时脑海中呈现出过去金戈铁马的场面,可总是转瞬即逝,让人无法捕捉。在大多数时间里,老爷子面前是一片纯净和空蒙,那是一种让人感到极度放松的空。

小江瑞的工厂红红火火投产的时候,吴老爷子的气功也大功告成。老爷子感觉到身体中有热流涌动,掌心也似乎能发出外气。这使吴老爷子很是兴奋,他又蹒跚着在村里的大小道上,有时候看见一个人过来,就说:

"我气功练成了,可以发功了,能为人治病了。有什么病,来找我吧!"

"最近你有什么不舒服的?我给你瞧瞧。"

村里人一开始都对吴老爷子的话很认真,有时候也请吴老爷子替自己把把脉,有时候也装模作样地配合下老爷子发功。可是时间长了,村里人大多在老爷子迎上来的时候,客气地绕着道走了。江瑞的玩具厂开业之后,很多村里人都去玩具厂上班了,厂里上班打卡下班也打卡,村里人走得急匆匆的,有时候碰到吴老爷子,都绕着道急匆匆地走。吴老爷子一开始没注意,后来注意到了,觉得受到冷落,心里不免有些难受。

同年龄的老爷子们理解吴老爷子的这种孤独,他们有时候会迎着吴老爷子,笑嘻嘻地说:

"老爷子,咱胳膊痛,给瞧瞧吧!"

吴老爷子真是好人,看见有人信任自己,竟有点受宠若惊。老爷子有时候拉开架势,屏住呼吸发功,竟会弄得满脸通红:

"怎么样,好些了吗?"

"哎,有点麻,好多了,好多了。"同年的老爷子抡抡胳膊,"真灵呢,老爷子,这气功这么灵呢!"

但老爷子还是从他不太真诚的眼神中看出了问题。末了,老爷子轻轻地叹了口气,转过身来踽踽地走了,留给村庄一个大背影。

吴老爷子准备练辟谷了。老爷子知道气功的关键是辟谷,若辟谷练成了,是一个大飞跃,功力将会倍增。

老爷子对老太太说:"桂兰,从明天起,我要练辟谷了。"

"辟谷?"老伴一时竟莫名其妙。

"就是不吃不喝。"老爷子回答。

"不吃不喝?"老伴儿吓了一大跳。

老爷子有点不耐烦了,老伴儿的话还在嘴里,就被他一顿没好气的抢白给堵回去了:"这是气功的需要。赶明儿,我会在门前的松树下打坐,一动不动,谁也别管我。要是有事惊动了我,让我走火入魔了,那就麻烦了。"

老伴吓得缄默不语。在老爷子面前,她永远是个听话的下属。老爷子当游击队队长的时候,她是个卫生员,刚刚从洋人办的护士学校毕业,勇敢地参加了革命。老爷子当师长的时候,她是卫生队的副指导员。用通常的话来说,她对老爷子的话永远唯唯诺诺,对老爷子永远忠贞不贰。

接下来的一段时间里,吴老爷子一直待在山坡上一株硕大的松树底下,他在那里搭起了一间帐篷,整天在帐篷里打坐运气,不吃任何东西,只喝一点水。很快,第五天的晚上到来了。天边出现了艳丽的晚霞,将一片金黄色完全地镀在老爷子如松树干坚挺的身躯上。老爷子此时全身上下的气息流动已入佳境,不仅全身已感觉不到酸痛,还感到一股热流在全身窜来窜去,越来越快,越来越大,甚至如地心涌出的热泉一般发出哗哗的声响。很快,他感到头顶上开了一个漏斗般的洞穴,一种清凉似瀑布的气息向下流淌过来,冲洗着自己的五脏六腑。他甚至看见了自己的身体内部,心脏在微弱地跳动,就像草地里的一只红蘑菇似的。然后,他感到自己全身上下有一种说不出的舒畅,有一种清凉似暑热之际吹来的风似的惬意。也不知过了多久,他慢慢地感到身子飘浮起来,犹如一只气球在天空飞来荡去。过去的岁月不知什么时候,已如电影一样在眼前放映。他真切地看到自己挥舞着驳壳枪,呐喊着,指挥着游击队员冲杀到敌人阵地上。让他感到奇怪的是,自己一生所有的荣耀和光荣浓缩成短短的十多秒,在眼前清晰地闪回。最后,他竟然看见了自己,正躺在大青松底下,面目安详。恍惚间,他感觉到自己的身体已经被大松树的根须紧紧缠住,慢慢融为一体。一股来自星空、山林、乡野的真味,正全面地渗入自己的身体。

吴老爷子轻轻地感叹说:"多美呀!"可是这句话谁也没听到,连他的夫人桂兰都没有听到。

那一天晚上,村里很多人来到了小江瑞的家,听着小江瑞介绍玩具厂筹办开业大典的情况。当小江瑞在即将分发的请柬上端端正正写上吴老爷子的大名时,没有人知道,吴老爷子已经死去。

夏天里的感觉

城里的夏天太燥热了,水孩有这种感觉,仿佛是把城市放在火中炙烤一样,热得水孩整天伸长着脖子,恨不得像村里的小狗一样,伸出舌头来喘气。舅舅家里什么东西都有,水孩一天到晚吃着冰箱里的冷饮,电风扇也呼呼从早吹到晚,可是不行,水孩还是感到热。

水孩背着书包走在大街上。大街上更热,水孩感觉自己就像一个被热气灌满的气球似的,差一点点,就要啪的一声迸裂开来。地面上的柏油都快让太阳晒化了,又黏又软,粘着鞋子,走路时难受死了。这不由得使水孩回忆起乡下的日子。在四个季节中,水孩顶顶喜欢的便是夏天了。乡村里的夏天清凉、温和、爽快,只是中午稍稍热一点,可水孩吃过饭之后,早早地就跟小伙伴们一起滑到水里去了。在水里嬉戏,打水仗,有时候在嘴里插个芦苇秆,闷在水里待上几十分钟,让岸上的大人惊慌失措。或者潜入水中去摸鱼,深深地吸一口气扎入水底,沿着水里的大石头边缘往深处摸,有时甚至能摸出一只大甲鱼呢!那白白的肚皮翻过来,让他好开心哟……

水孩想着想着,就忍不住笑出声来,可这里不是自己的乡村,而是舅舅的城市。城市好大,转一圈,小水孩头晕目眩;城市好繁华,看一看,让水孩眼花缭乱。水孩走在上学的路上,去的不是简陋却让水孩感到亲切的小教室,而是一个很大的、亮堂无比的、几乎让水孩目眩的大教室。教水孩的也不是那个扎着小短辫、轻声细语的小老师,那声音亲切自然,让水孩回味。在城市学校教室里等着他的,是一个戴眼镜、上了年纪的和蔼而矜持的老师,虽然彬彬有礼,却使他感到无形的距离——

"……总之,你转到这个学校后,要是跟不上的话,就看着学吧,就看着学吧——"

水孩听得出老师的话里有话,感到老师的语调隐含着极度不信任。这不免使他感到沮丧,更让他回忆起自己小山村里的读书时光了。那时,水孩的成绩总是全班第一,每当小老师在班上公布成绩时,水孩总是听得出那洋溢在清脆音调中的欣喜:"杨——水——孩,100分!"而现在呢?听说是一所全市重点学校,舅舅为了让水孩能进入这所学校,花了九牛二虎之力。妈妈死了,爸爸另娶了,又生了弟弟。舅舅没孩子,便向爸爸要水孩。那天晚上,爸爸破例一个人在灯下喝酒,水孩在微暗的灯光下做作业,瞧着爸爸消瘦的身影,不由得感到心酸。末了,爸爸把一盅酒倒进嘴里,招呼水孩过来,说:

"水孩,明天你舅来接你,去城里读书。"

"城里? 太好了! 多长时间? 什么时候回来?"

水孩没有想那么多,想到能到城市里去玩,快乐得几乎跳了起来。他从老师的描绘和银幕上模糊地认识了城市,把繁华、热闹、好玩和城市联系在一起。一想到城市,水孩的脑海里立刻映现出动物园、大商店、海边浴场等形象来。

爸爸阴沉个脸,好半天才说:"不回来了,就在舅舅那儿读书。"

后来,舅舅就把水孩领到家里来了。舅舅问:"水孩,你大名叫什么呢?"

"杨水孩,水孩加上一个姓,就是大号了。"

那一天,当城市学校里戴眼镜的老师在课堂上点名时,水孩险些出了个洋相。女教师照着点名簿往下念,当点到最后一个人时,她大声叫道:

"李伟星。"

座位上没有声息,没有人回答。水孩这时候正专注地看着窗外,窗外的白杨树上有两只画眉,正叽叽喳喳地啼鸣,像是在叙谈什么。老师又大声唤了一遍,水孩这才醒悟过来,自己就是李伟星。他记得舅舅给他报名后回到家,一本正经地对他说:

"我给你改了名,姓李,跟我的姓,叫李伟星。希望你以后像一颗伟大的星星般冉冉升起,不要辜负我们对你的希望。"

他当时觉得很别扭。李伟星。李——伟——星?他复述了几遍,总觉得那么拗口,还相当陌生。舅舅说自己是他的希望。为什么不是爸爸的,还有死去的妈妈的?他想不通,可又不敢说,只是心里一直嘀咕不止。

水孩忙不迭站起身来,大声应道:"到!"

讲台下一阵哄笑,水孩脸唰地红了。他看见老师愠怒地盯了他一眼,连忙辩解:"我……我没有明白过来,我本来不叫李伟星。"

同学们笑得更厉害了。老师显然也恼了,没好气地问:

103

"那你原来叫什么？"

"……杨水孩，舅舅昨天才给我改的名。"

同学们又爆发出一阵欢笑声。水孩没反应过来，只好跟着笑，尴尬得恨不得钻到地缝里去。

现在，水孩穿过热得烫人的城市马路，走进校门，走进教室，然后闷闷不乐地坐在椅子上。想起开学时的情景，水孩仍感到脸上燥热得很。上课铃还没有响，教室外走廊上有几个同学正在跳橡皮筋，男的女的都在一边跳，一边唱："二五六，二五七，二八二九三十……"这首皮筋歌让水孩感到熟悉。可水孩一直不太喜欢跳皮筋，以为蹦蹦跳跳的运动更像女孩子做的。在村里的时候，男孩子都是玩"斗鸡"的，特别是夏末，田里刚刚收割了稻子，好平平开阔，只留些稻草桩在田里。方方正正的田里，小伙伴们一伙站这边，一伙站那边，画上一个圈，这是"禁区"，里面放一枚鹅卵石，就是"军旗"。哪伙人把"军旗"抢走了，哪边便胜了。那时小伙伴们都愿意跟水孩在一边，水孩身体好，速度快，就像是大元帅似的，有时嘴里咋呼一声"冲啊"，便一马当先，杀向"敌营"。小伙伴们都跟在自己后面，嘴里吆喝着冲了过去，一路"斩将杀敌"，纷纷挑敌人于马下。关键时刻，往往是水孩冲入"敌营"，一个"鹞子扑食"，抢"军旗"于手中，在"众将"的掩护下，打道回府，全体欢呼，庆祝胜利。

水孩想着想着，嘴角不由自主地浮现一丝微笑。可是一旦回过神来，愁云又如水一样漫上心头。他想了想，打开了书包，从练

习本上撕下一张纸,用笔写道:

爸爸:
　　我来舅舅家已有好长一段时间了。昨天开始上学,舅舅给我报了名,是重点学校,学校挺好的……

他停住了,不知怎样往下写。该不该把舅舅给自己改名的事情告诉爸爸呢?跟爸爸说,自己有了个大号,叫李伟星,不再姓杨了,爸爸会不会伤心?要不要告诉爸爸开学时自己差点出丑了呢?水孩咬着笔头,想了想,继续写:

　　可这城市里热得很,比乡下热多了。城里的孩子不大瞧得起我……

写到这里,水孩有一点伤心,眼眶中似乎蹿出点什么。他摸了一下,湿漉漉的,不会是眼泪吧?他又想了想,把最后一句画了去。在空荡荡的教室里,他似乎又听到了同学们的哄笑声。

第一节课开始,是英语课。水孩在乡村小学从没有上过英语。他听着老师念英语,像是置身云里雾里。他又急又怕,唯恐老师提问到自己,可没想,最让他担心的事情终于发生了。

老师随机点了李伟星的名。水孩只得站起来,脸臊得通红。

老师说:"Are you Li Weixing?(你是李伟星吗?)"

他结结巴巴地说:"老师,我从没有学过英语,我刚从乡下学校转来。"

随后,他低下头来,脸涨得通红,他在等待,等待教室里爆发的哄笑声。可是教室里一直没有发出声音,四周仍是一片静寂。老师讲了一声"Sorry(对不起)",他不懂,老师又用中文让他坐下。水孩坐下了,他看见老师又提问其他同学了,于是他大胆地抬起头来。

中午时,水孩去食堂吃饭。他一直低着头躲在旮旯里,看着同学们排队买饭。等到同学们都买完饭了,他才走到橱窗前,对炊事员说:"给打份饭吧,三两,一份青菜。"食堂的炊事员是一个胖胖的、四十多岁的老妈妈,一脸慈祥,她用勺子指着青菜说:

"你是新来的吧,怎么光吃青菜?吃点别的吧,你瞧你的同学……"

水孩回头远远地瞟了一下,见同学们的碗里都堆满了鱼啊,肉啊什么的,他想了想,还是说:"就打一份饭、一份青菜。"

吃完饭后,水孩一个人坐在教室里。同学们都有说有笑地在教室外玩,水孩又从书包里把那封没有写完的信拿出来了。他凝目沉思,该写点什么呢?窗外,阳光仍是热热烈烈,蝉在不知疲倦地叫着。往常这时候,该是水孩和伙伴们下河洗澡的时候,把饭碗一丢,水孩没等爸爸妈妈招呼,便一溜烟地无影无踪了。洗完澡,把短裤脱下,放在石头上晒,光着屁股在柳树林里围成一个圈,各自说一些开心的事。水孩挺喜欢那样闲聊,海阔天空,无拘无束,各人都谈自己将来长大了干什么。水孩记得自己说长大要当一名博士,说到得意处,他站起来,骄傲地光着屁股走来走去,沉浸在一种理想的光晕里。

水孩一边写信,一边沉浸于美好的回忆之中。这时,他听到窗外有人喊:

"水孩,杨水孩!"

窗户的玻璃压扁了许多小鼻头,露出许多张笑脸。接着,同学们冲进来,围在他的身边,水孩忙不迭收起桌上的信纸。

"写什么呢?"一个短头发的女同学问。

"写……写信。"水孩有点紧张,喃喃地说。

"水孩,你以前在哪儿上学呢?"一个扎着小辫、髦着刘海儿的姑娘问。

"在徽州乡下的一个小学,大山里,小河边。"水孩说。

"哇——"同学们都惊叹地叫了一声。他们注视着水孩,像是把水孩看作天边来客似的,目光中带着新奇和羡慕。

"我爷爷和姐姐以前就住在徽州乡下,"那个小女孩神气地说,"爷爷说,他家边有一条小河,河里有鱼,河水可清呢,能照得出人影!奶奶清早起来,根本就不用镜子,直接走到小河边,对着河里的水梳头打扮。我们家还养着一条大黄狗,那狗可厉害呢,爷爷奶奶出去做事,门也不用锁,都是大黄狗帮着看家的。大黄狗还能抓野兔,经常在冬天的雪地里抓野兔!"

小姑娘神气活现地讲,同学们眼睛不眨地在听。水孩情不自禁地陷入了美妙的遐想之中。他先前的家就在水边,也有一条聪明异常、活泼可爱的小花狗。小花狗不会看家,也不会逮野兔,可它通人性,会撒欢,最喜欢自己逮蚂蚱吃。水孩每次回家时,就看到小花狗远远地跑过来,冲着他亲热地汪汪直叫,在他两腿间杂耍般绕着圈子。小狗柔软的绒毛每每触碰到他的小腿,都会让他产生一种特别快乐的感觉。

水孩说:"我家就住在水边,我也有条小花狗的。"

他看见同学们的目光一齐集中看着他。那眼神让水孩得意极了,又渐渐感到脸上变热,心跳也有点加速,有点激动。但他仍然克制住自己,用一种漫不经心的语气说:"在乡下,家家户户都是这样的。"

接着,水孩跟同学们谈起了自己的乡村生活。他一点也不觉得拘谨,反而滔滔不绝,这些天淤积在自己心中的言语,都像水流一样不停地向外涌。他表达得很顺畅,连他自己都感到有点吃惊。他谈乡村的春夏秋冬;谈捉鱼、抓螃蟹、逮老鳖;谈偷村里瘪嘴婆婆的青梅吃,结果酸得牙齿几天都不能咬东西;谈秋天瓜果熟了之后,如何跟在新嫁娘后面凑热闹;谈堆雪人,打雪仗,如何在雪后天晴的山坡上逮兔子……

当上课铃响的时候,他刚刚给同学们念完一首儿歌。这首儿歌让同学们强烈地感到一种扑面而来的乡野气息:

一家人,七八人,
鸡婆婆,猴儿哥,
狼打柴,狗烧火,
猫儿炕上捏窝窝,
破风箱,沙锅锅,

白面蒸成黑馍馍。

　　下午是体育课。水孩的个子最矮了,只能站在最后,像长长的句子里的小标点符号。水孩记得在乡村上学的时候,也上体育课,老师让同学们站好队,水孩往往站在中间,还稍稍靠前一点。老师说过立正稍息之后,给大家递上一个小皮球,说声:"你们玩去吧。"立刻,队伍散开了,像初夏田野上空飞舞的蜻蜓一般快乐……

　　老师让水孩他们排好队,对他们说:

　　"我们今天练习一个新项目——前滚翻。"

　　同学们叽叽喳喳议论开了。老师把同学们引领到一个软软的大垫子前,先蹲在那里,随后一个翻滚。水孩一看,心里乐得可以,哇!这也是体育吗?水孩记得从他会走路起,就会翻这样的筋斗了,先是在床上翻,随后又在草地上翻、空地上翻、山坡上翻,从山坡上,连续翻上十几个,一直翻到山坡下。有时候水孩在睡觉前听爸爸讲故事,听到精彩处,也喜欢在床上翻几个这样的筋斗。尤其是夏天的时候,赤身裸体地在收割过的稻田里翻,在稻草垛上翻,是最有意思的。翻的时候,还可以从屁股下面看见通红透亮老大老大的太阳,仿佛太阳成为自己下的一个蛋似的,那样的感觉真好。

　　老师开始让同学们独自练习。同学们互相推诿着迟疑着,谁也不肯上前。女同学更是吓得一个劲儿往后缩。水孩的嘴上现出一丝不易察觉的微笑,他心想,虽然城里的孩子长得高高大大,可胆子也太小了。水孩便走上前,对老师说:

"老师,我来吧,我先来。"

水孩在垫子上翻了好几个筋斗。筋斗翻得标准极了,轻盈而优美,像一只敏捷的小猴子似的。水孩起身来,拍了拍手,一本正经地说:"这筋斗是最简单不过的,一闭眼,一蹬脚,不就过去了?"

水孩看见同学们都抿着嘴笑,才感到有点不好意思了,摸了摸头,退到队伍的后面,仍然像个小标点。看见前面的人把筋斗翻得跟扭秧歌似的,他忍不住开心地笑了。

体育课的第二项内容,是练习长跑。老师对同学们说:"你们试试看自己的潜力,每个人至少要跑两圈,多者不限,越多越好。"

水孩便跟同学们一齐从起点开始跑了。发令枪响过之后,开始跑,水孩的脚步迈得并不快,跟同学们保持一致。跑着跑着,他听到身边同学开始喘粗气了,呼哧呼哧,像乡村里的打铁风箱。水孩听着声音,思绪又飞回到那遥远的小山村,脚步也随之轻盈起来。他想起自己的妈妈,妈妈特别特别漂亮,跟他后来在电影里看到的仙女一样。妈妈的嘴唇带有一种田野的芳馨,像梦一样,从童年起就萦绕着他。他记得清清楚楚,妈妈死于夏天,他当时才五岁。母亲下葬的时候,他捧着母亲的遗像,磕磕绊绊地走上山岗。山岗上长满苦艾,凄凉而幽静,风很大,刮得他几乎飘了起来。全山村的人都来了,包括他的小伙伴,一个个眼睛哭得像蜂蜇过似的。后来,爸爸经常出去有事,他便轮流在山村的各家吃饭。最好吃的就是乐福大叔家的臭咸菜了,缸子一掀开,臭气几乎让他窒息,大着胆子吃一口,美味如天上的甘果一样。水孩还想起了一件事,有一天他带领几个小伙伴,把王婆婆地里的地瓜偷吃了不少,害得王婆婆气急败坏,竟然在床上睡了好几天。水孩心里也觉得难受,于是从那一天起,天天晚上给孤寡的王婆婆挑水。每一次王婆婆早晨起来,看到水缸里满满的水,都以为是"田螺姑娘"又来了。

……终于,水孩醒过神来,下课铃已经响了,自己正孤零零地一个人在跑道上跑,身边早已无人了。他看了看四周,脚步慢慢地缓下来,在终点处停下了。围观的同学不约而同地围了上来,开心地叫了起来:"二十圈! 水孩你真能跑啊!"

晚上,水孩一个人在灯下继续写着信。夜静极了,气温也不似先前那么高了,水孩感到有一种凉爽自心中向外扩散,他感到一种说不出的舒畅。他写道:

"这里很好,跟我们那儿一样,我要在这里好好读书,把英语学好,以后当一个博士,或者,"他咬咬笔头,终于写道:

"当一个作家。"

秋天里的斜阳

在这儿,你的心情怎么样?她问,好些了吗?

嗯。

这儿真美。我曾好几次梦见你的家乡,山清水秀的,景色极好。可我觉得,现实比幻想更美。

那当然。

那些鸟,你瞧,那些红嘴巴、小巧身子的鸟,真是可爱极了,叫什么名字呢?

是相思鸟吧,只是黄山这儿有。

啊,广西的相思豆,这儿的相思鸟。相思鸟,有什么典故吗?

这,好像听说过民间故事,大概是一个男子和一女子相爱,后来,他们的父母进行干涉,男子被抓丁了,死在疆场上。女的闻讯也死了,他们的魂魄也不分开,就变成相思鸟了。

跟梁山伯、祝英台的故事差不多?

差不多吧,都是关于爱情的。

男人躺在秋天的阳光里,旁边是小屋,一幢精巧别致的小屋,看起来挺新的。小屋坐落在山包上,两边是浓密的树木。男人躺在躺椅上面,俯视山下迤逦的秋色。秋天是金黄的,看起来辉煌灿烂,男人觉得一种秋天的燥热在他身体里噼啪作响,那是时光的迸裂声。

实际上我老早就注意它了。他说,我们刚住在这儿的时候,鸟并没有来,是第三天的上午,嗯,十点三十一分吧,我看表了,它们飞来了。先是一只,后来又来了一只,后来就来了许多。

你小的时候见过它们吗?

小时候,这鸟太多了,漫天遍野压着地面飞,像凭空飘来的一团团红云似的。现在却不知怎么搞的,少多了。上次回来,我一只也没看到。那是十年以前了,你那时在哪呢?

在大学读书。十年前,大概是第一次读到你的作品吧。我跟你讲过,是《最后一个夏天》,是那本白皮封面的。我跟你讲过。

是讲过。

那本书上,写的都是这儿吗?

是的。

好像那本书上没怎么提到相思鸟。

嗯,没有吗? 也许——大概是疏忽吧,我记不清楚了。

那时我们班上所有的人都喜爱那本书,到新华书店买书时,我将最后一本抢走了。那时我好吃香哟,同学都问我借这本书。对你更是崇拜极了。当时,我真想不到我以后会认识你,并且会嫁给你。女人露出由衷的幸福的微笑。

可是现在你会后悔的,你嫁给一个比你大二十岁的男人,而且这个男人……他身患绝症。

那有什么? ……你不会死的。现在比刚来的时候,你好得多了。

不可能的。

是这样的,实际上你已经好了。昨天夜里,我看你在灯下写东西了,是小说吗?能不能跟我说说小说的情节?是关于爱情的吗?

他没有回答,还是若有所思。眼神似乎没有集中在哪个点上,从里面射出来的视线是散开的,像风中摇晃的烛光。躺在山坡上,看着一片迤逦下去的金黄,他觉得心里有种说不出来的滋味。他置身的地方确实是个好所在,一览无余,甚至可以看出几百米外山坡上蹦蹦跳跳的松鼠。秋风拂过之时,带着清冽的芳菲,感觉非常之爽。他贪婪地吸动着鼻翼,捕捉和分辨着这自然的气息。

你在想什么呢?女人问。

没想什么。

来这里后你总显得若有所思……想什么,告诉我,好吗?

的确没有,小青。

今晚你想吃点什么?

随便弄点吧。反正都一样,特别是对我这样的人。他说。似乎觉得回答得有点生硬,他又不自然地笑笑。女人看得出他是苦笑。

该结束了。他想。该结束什么呢?所有的体验、感觉、悸动,包括眼前的山岗、田野、秋风,甚至妻子或其他东西,都将消失得无影无踪。就像早晨时他躺在这儿看到的雾霭一样,盘踞,升腾,最后消散得无影无踪。我思故我在,人死了,不仅意味着自己死了,还意味着身边的一切,也都死了。的确是这样,一个人一旦失去感知,世界于他又怎么能存在呢?

可他还是忍不住对那影子一般的虚空感到留恋。之前他刻意描写的,全是这虚空中的美丽。现在当他哆嗦着用手写完心中苔藓般的东西时,他感到疲惫不堪。他知道自己不行了,因为已随时能听到死亡的脚步声了。

你干吗要来这儿呢?尽管这是你的家乡,可这里毕竟没有亲人了。再说,你离开这里后,就没有再回来。现在怎么想起来在这儿盖个房子,住这儿呢?

我喜欢这里。

以前,你不喜欢吗?

也喜欢,不过,没有现在喜欢。

哦。

你不喜欢这儿吗?

喜欢,我不是告诉过你,你喜欢的我都喜欢?只要你觉得愉快,我就感到非常非常满足了。

男人没有言语,仍是一副若有所思的样子。

我去烧饭了。你还在这儿吗?

还在这儿。你去吧,去吧。

现在,他的眼前幻现出简陋的学校。那屋子有点倾斜,墙壁黑黑的,粉刷的石灰剥落了,露出潮漉漉黑乎乎的砖头。这些本身就是图案,他时常凝神注目这复杂又简单的图案,就如夏夜里注视满天的星星一样。那些不可捉摸的图案,总显得幽秘而深邃。他一直痴迷于这种神秘的东西,也痴迷于这种感觉。"这孩子跟别的孩子不一样,太孤僻了。"老师总是一边看着他,一边用一种惋惜的口吻对他的父母说。他现在知道,老师总是偏爱那些听话、性格开朗却少个性的孩子。而他不是,他的存在,总是让老师感到压抑。每次他注视老师时,老师总是情不自禁地避开他的眼神。现在他明白,自己的眼睛里有着荒漠,就像大漠里一汪死寂的湖一样,这是他后来走访西部戈壁时产生的第一感觉。

站在墙角,他看见那个女孩向教室这边走来,脚步是那样轻盈,就像一只猫似的悄无声息地走来。他用余光窥视着她,看清她穿的是一件红底黑碎花的灯芯绒外套,脸红扑扑的,呼吸有点急促,小嘴唇鲜红饱满。这让他想起门前种的月季花,每天早晨,他都要给它们浇水。水洒在花上,花瓣变得更红了。她的眼睛就像花瓣上晶莹的水珠。

他计算着她的脚步,一步两步,估计她到跟前时五十步。于是他蹲在地上,装作低头端详着草丛里的蚂蚱,揣测她应该到跟前了,于是站起来,漫不经心地抬起头。一切是那样准,正好跟她打了一个照面。他装作随意地碰到了,想象着轻松地打了个招呼:"小英子,你也来了啊?""是啊,没想到正好碰到你,表哥。"他想象这天衣无缝的碰面,他说话时,那双美丽的眼睛一动不动地瞅着他。自己会不会在这种脉脉的注视下垂下眼睫呢?他不敢想。

可是每一次结局都让他失望,经常是他站起身,抬起头,小英子都欢跳着走过去了。他经常看到的是一个背影,一个轻盈如相思鸟的背影掠过。有时候,她看也不看他,就从身边掠过了。他一次次看见那个身影向门里飘进去,像一面猝然消失的旗帜,或者像一片被风卷走的枫叶。

实际上,我早就该死了。第二天又是一个艳阳天,他躺在椅子上,阳光从上方照射下来,他有点感到阳光的重量。他眯着眼睛对女人说。

这话怎么讲?女人问。

第一次是在飞机上,那是1955年,去苏联访问。遇到寒流了,差点出事。后来,出过一次车祸,车翻了,死了好几个,我竟然毫发无损。再就是上次发病,连我自己都不知道怎么活过来的……好几次,我都觉得自己已过了生死的门槛,感觉到身后漆黑一团,有一丝细弱但又非常清晰的声音,像星光一样呼唤我。

……女人有点怔怔地看了看他。

死其实并不可怕。他说,你知道吗?有一本书曾提出这个观点,只存在过一次的东西,其实都不存在。生命,对于人只有一次,实际上也是不存在的。

为什么这样说呢?

是啊,只存在一次的东西,具有不可复制性,也就是虚妄性,其实是不存在的。

哦。她有点不懂。

为什么总是谈死亡呢?不能谈点别的?她想了想,这样说。

因为死亡一直喜欢我,有好几次,都要拥抱我了。他笑笑。

她沉默不语。

他只好说，好吧，我知道你不愿意听，那就谈点别的，谈点别的吧。

这儿的人都特别喜欢从商吗？

从商？那可不一定。主要是这里山高田少，人们养活不了自己，只能去外地谋生。慢慢地积累财富，就变成商人了。大部分其实不是商人，是通过科举考试中第的，比如王茂荫，《资本论》上唯一提及的中国人。也出了不少文化人，比如画画的渐江、黄宾虹，新文化运动的领袖胡适……当然，我也算一个。他有点得意地笑了。

当然还有你。女人也笑了。

小青，我一直很少跟你谈我以前的事，你知道我以前的经历吗？

知道一些，是从介绍你的文章里，你十五岁从这儿离开，然后便是上学，参加工作，写作品，当作家。就知道这些。

还知道其他的吗？比如婚姻、爱情。

干吗要知道？你不愿说，我也不问。

他没有再说话，合上眼睑。眼睑仿佛是透明的，能感觉到阳光映照出的红彤彤的感觉。可是他很快感到身体的某个部位又开始痛起来，随后慢慢发麻，仿佛身体腾空，幽幽地落进一口幽深的井。

在一间古朴的瓦屋中，他看见家里人都喜洋洋的，遮掩不住的笑从脸上显现出来。舅舅一个劲地对母亲他们说,多谢了,多谢了,兄弟姐妹们。接着有一个老婆子抱着一个襁褓走出来,恭喜恭喜了,是个千金,长得真好看。他看见母亲他们一起都跑了过去,都是连声地啧啧称赞。这小姑娘真是漂亮,漂亮极了。后来他也走了过去,瞄了一眼,脸一红,就转身跑开了。他听见有人在逗他:哈哈,这小子害羞了呢!见到小媳妇害羞了。

他怎么也想象不出这个美丽绝伦的小女孩,就是那个粉红色的肉团。他真想学着母亲他们,用手抚摸她绒毛般的头发,捏捏她美丽的脸蛋。可是他哪敢这样做啊,只能站在远处看着她,唯恐惊动她,让她像小鸟一样扑棱棱飞走了。那一天,是外公的七十岁生日了,他和她坐在一张桌子上吃饭,他的眼中只有她,慌乱间简直不敢动筷子。他看见她动作轻盈而恰到好处地夹着菜,细细地嚼着。他瞟见她的牙齿了,细细的,像一排白色的小碎玉似的。这不由得使他的心脏莫名地跳动,心音如此之强,跳得那样快,他唯恐别人听见。舅舅们很奇怪地看着他,说,这孩子干吗不吃呀?吃呀,别愣着。外公也垂着山羊胡子,冲他点点头。他看着外公那布满老年斑与皱纹的脸,一咬东西,腮帮肌肉牵扯着变为弧形,如摔烂了的柿饼。他有点害怕,也有点伤心,想着有朝一日要变成如此模样,他甚至有点悲恸欲绝。他再瞧着大舅那硕大的鼻头以及油光发亮的厚嘴唇,怎么也不敢将他跟边上那个冰清玉洁的精灵联系在一起。在有了这个想法后,一阵愁云如水雾漫上心头,他的眼泪噼噼啪啪地落下来。大人们睁大着眼睛问,怎么啦?怎么啦?他又看见那两颗小星星了,布满疑问。他感到难堪极了。他真想凑上前去,咬着那透明晶亮的耳垂说,是有关你的呢!可是哪有这样的机会呢?旁边都是大人。可是他还是懊恼极了,眼泪仍然止不住,如雨天的屋檐水一样往下落。后来,他不得不起身离开,他抽泣着,有一种世界末日的感觉。他听到母亲在后面悄悄地说,这孩子,天生就怪,让人摸不透。

他一个人来到了大屋子后面的院子。夜静极了,只有天穹上的繁星在闪烁着神秘的光芒。微风是没有声音的,所到之处,只有树叶和草丛在瑟瑟作响。没有其他声音,除了不知名虫子的啼鸣,就是自己的喘息之声。它们交相呼应,合而为一,让他第一次意识到自己的生命与自然界如此合拍,就像是同一个东西似的。他看着灿烂的星空,想到每一个人都对应着一颗星,那么,自己该是哪一颗星呢?如果自己是某处的一颗星的话,那么,她的位置在哪呢?他就坐在地上痴痴地想着。后来他听到了银铃般的笑声,看见舅母挽着那个小精灵来了。那个小精灵蹦蹦跳跳,好像还冲着他挤着眼睛笑了笑。他立刻面红耳赤,不由自主地把眼睛紧紧地闭上。一来感到慌乱;二来他竭力回忆和捕捉她笑的一瞬间,把她嚼碎,吞于心中,永远也不忘怀。

你刚才睡着了吗?女人问。

打了个盹,迷迷糊糊的,现在几点了?

四点零五分了。

噢,再过一会儿都要黑了,秋天的时候,白天总是短短的。

你刚才睡得那么熟,梦见什么了吗?

没有。

真的没有？你说过你睡觉总是要做梦的。

梦见了死,我死了,躺在坟墓里。石头好沉,压得我喘不过气来,后来我就醒了。

……

小青,以后我死了,用土给我堆个坟墓,不要用石头,那会使我感到有压力,会转不过身子来,甚至喘不了气,好吗？

女人看着他,叹了口气,眼泪不由自主地浮现在眼眶之中。他望着她,看到有一颗晶莹的眼泪从她的眼眶里悄悄流了下来。

不要这样,他抱歉地笑着。我不是故意的,我也不知道为什么老是要提到死。我一点办法都没有。可是我并不感到死可怕,有时我觉得死神就站在我的身边,静静地看着我写小说,有时还跟我老朋友似的,和我谈心。这是真话,我不得不想起死,你不要介意。说老实话,我是真心喜欢你,你比我小这么多,肯跟我在一起,真让我觉得荣幸。我觉得我应该对你负责,你是一个好女人,有时我觉得我实在配不上你。

她嘴唇嗫嚅了一下,又停住了,似乎不知道说什么才好。

我说的都是真心话。他深情地看了她一眼,继续说,我是一个乡下的小男孩,你瞧,他努嘴示意一下周围的山野,我从这儿拱了出去,带着满身的泥土,走进繁华嘈杂的世界。当我将满身的泥土抖搂之后,取得人们生前憧憬和羡慕的东西时,我又回到这儿。他又努嘴示意,说,又归于泥土,然后死去。

他苦笑了一下,说,人生就是一个圆环,转来转去,又回归了起点。

　　舅母是个美丽的女人。舅舅总是在春天新安江水上涨的时候沿江东去,留下舅母和表妹。后来,他和表妹终于熟悉了,表妹喊他表哥,他感到无比激动,那天夜里一动不动地躺在床上,咂摸着这一个词,几乎想了一整夜。舅母喜欢讲故事,讲鬼的故事——从前有一个黑鬼,还有一个白鬼……舅母话语中的鬼很美丽,也很善良,总喜欢帮助穷人,也帮助有情之人。这使他和表妹为之欢欣鼓舞,或者为之疾首蹙额。有时舅母讲完了,他和表妹便静静地陷入遐思,各自想各自的心思。有时四目相对,他会不由自主地心慌意乱,避开表妹那双山泉般清澈的眼睛。有时他恨自己,自己龌龊死了,怎么不敢面对呢? 总是有乱七八糟的心思。可是他总是改变不了自己,没有力量,也没有信心去改变这种状况。舅母经常在晚上故事说完时吻一下表妹,说,小宝贝,睡觉去吧。这时他也会情不自禁地闭上眼睛,努力想象那吻印在他的脸上,像和风拂过、阳光照射一样,或者如鸟翼扇起的轻盈。他想象着舅母的抚爱落到表妹的脸上,然后又落到自己的脸上。这样他就能感受到一种类似细小的茉莉花的芬芳和温馨。每当想到这里,他总是不愿意睁开眼睛,想象美好事物像花瓣一样落在自己身上。他就是这样,沉醉于痴痴的幻想,也喜爱这种幻想,宁愿躺在自己的幻想中永不醒来。他想,只要他的冥想以表妹作为永恒的内容,那一定是幸福的。他总是幻想,从前有一个读书人,有一天,他遇见一个美丽异常的大户人家的小姐……他想象他就是那个读书人,小姐嘛就是她,他简直有点沉醉于自编的童话中,直至他被舅母和她的笑声感染,他也跟着笑,莫名其妙地启开嘴唇。那形象一定可笑极了。他想对她说,我去做一书生,去读书,去作文章,然后遇见你,好吗?但他类似这样的话总是在肚子里面发芽之后又烂掉,烂掉之后又发芽,年复一年,最后这样的话终于死去了,变成一种情感,扎根于他的一生。

现在天已现暮色。夜如黑大毡,从东边的天际上覆压过来。山野里一片阴影,斑斑驳驳,有一种感伤的气氛。不远处有鹧鸪的叫声,一声长一声短,也像是有心思似的。这是白天最后的聒噪,却也如此不让人宁静。这时女人已在屋里叫他吃饭了,他不想进去,宁愿在这黑黑的静虚中熬几分寂寞。

小青是很好的女人。他始终这样认为。在他的三任妻子当中,数小青最好。他努力回忆自己先前的女人,第一个是个高鼻梁、大眼睛的女人,很能干,是个医生;第二个呢,给他印象最深的是嘴角下边有颗痣,按说嘴角有痣的女人是很凶的,但这个女人不是,起码在他身边不是,温顺得就像只小羊羔似的。她是个幼儿园的教师,喜欢弄一些布贴画呀、洋娃娃呀什么的,有时还念念儿歌,撒娇着让他也跟着念,有时他实在拗不过,也跟着念。这个女人的嗓子很好,大约是因为没生过孩子吧,嗓音那么脆甜,让他想起吐鲁番的大葡萄:

小叭狗,戴铃铛。丁零当啷到集上。

称白饼,卷麻糖,给谁吃?

给他娘。他娘喜得泪汪汪。

他和前边两个女人都没有孩子,他不愿意要。在结婚之前,他就跟女人约法三章,女人虽然有些难过,不过还是同意了。小青也是如此。现在想起来,应该是自己不能保证对孩子的爱吧,另外,是他在内心深处,觉得人生实在是没有意思。不过他也曾经动摇,为此他在和第二个妻子做爱时还有意疏忽了一段时间,可是那段时间仍没有结果。那是天意,他想。

女人后来都离开他了,他听从她们的意思,也谈不上谁背叛了谁。第一个女人,他有一次出差回家,发现另外一个男人睡在他床上。那男人吓得在被窝里哆嗦直抖,他有些生气,也有点好笑,自己手无缚鸡之力,区区一秃顶作家,何足惧哉?他甚至没有去看那个人是谁,就掩上了门,在附近的小旅馆住了一夜。后来女人跪在他面前向他忏悔,他只是笑了笑,我也觉得对不起你,算了吧,彼此分开就是。对第二个女人,他是动了一番情感的,并曾想跟她好好过日子,生个孩子,因为这女人太好了,让他凭空起着一种怜爱。女人曾哭着向他要孩子,他起初发火,动手打了女人,女人便不作声。后来他注意到女人看别人孩子时的眼光,那当中的因子让他怦然心动。后来,他动摇了,他准备要个孩子。可是形势变了,他倒霉了,下放了,妻子最终离开了他。这回他有点伤心了,可是也没有精力伤心,必须面对恶劣的生存环境。那是在大西北,他整天研究种土豆如何高产。高产那样重要,要是土豆不能丰收,第二年就没的吃,就得挨饿。那个时候,哪有时间去考虑爱情呢?

  第三个妻子,也就是这个女人,是他在一所大学讲课时认识的。平反后,他恢复了工作,也恢复了写作。他写了很多东西,得了很多奖,自然有很多崇拜对象,她就是一个。他去市里的大学讲课,教室围得水泄不通,有许多人蜂拥着找他签名。他给她签了,她太美了,美丽的女人总是让人不忍心拒绝。他送给她一张名片。后来她就来找他,跟他谈文学。起先谈的是文学和读书,后来又谈生活和人生,再后来她就歇息在他那儿了。他记不清楚具体的经过是怎样的,是他要求的,还是她主动的。前者的可能性大一点,他记得那天晚上她慌乱得像只受惊的小兔子,甚至瑟瑟发抖。他动作着,一边安慰她。咬着牙,一副视死如归豁出去的样子。后来,她哭了,她告诉他,她有个男朋友,跟她是同学,已经谈了三年。后来那个男孩来找他,那天他刚洗完澡,慵懒地穿着睡衣。他请男孩坐下,泡茶递烟,却不失矜持。男孩有点腼腆,腼腆中夹杂着愤怒。他只是听,后来又平静地说了几句话,几乎毫不费力地把这个单纯如透明玻璃似的男孩打发走了。送他走的时候,他看见男孩的眼眶里盈满泪水,这时他怦然心动,突然意识到自己的卑劣,意识到自己的厚颜无耻。后来他还是自嘲地笑了笑,他想自己是个胜者,完全不应该为败者产生任何懊恼,这是生活的真谛。

  我们进去吃饭吧,她说。她从屋子里走出来,边走边用围裙擦着手。

  哦,等一会。

进去吧,再过一会,菜就凉了。

好吧。

多吃一点,这都是你平日喜欢吃的,这是鸡汤炖香菇,舀点汤喝吧!

小青,跟我说,你还记得原先那个男朋友吗?

为什么问这个?

没什么,就是想知道,告诉我实话。

那好吧,我告诉你,现在我连他长什么样都记不得了,我想,再过几天,可能连他的名字我都会忘掉。

为什么?

不为什么,就是想不起来。和你结婚后总是忙这啦,忙那呀,哪还想其他什么的? 你呀,干吗想起问这个? 吃吧,味道怎么样?

好极了。

好极了就多吃点!

老街很窄,窄得只能容一人走过。屋子里青灰色的,阳光从街的那边照进来,把人的影子拖曳得老长。她披着夕阳朝前走,落在后面的他,只能看到光芒万丈中的一个黑影。他有点紧张,虽然黄昏的气氛是燥热的,但孤单的足音却显得格外寂静。一条修长的影子铺在他面前,是那个小精灵的背影,一直延伸到他的脚下。他突然感到战栗,因为踩着那美丽绝伦的倩影了,头顶、耳朵、肩膀、胸脯……他有点惊悸,甚至想为此尖叫,想竭力躲藏。他将脚步缓下来,像一只翠鸟一样小心谨慎,避免用脚尖触及,就像在溪水中踩着卵石行进似的。最后他终于感到全身疲乏,看着影子慢慢消失。他油然生出一种失落感,仿佛来自远古,在他的身体里响彻着回声。

后来,舅母死了,死于肺病。他的母亲收养了她。母亲把哭得像泪人似的她带到他跟前,你呀,还不快替你表妹打盆水来!他慌乱得像只耗子,手脚忙乱着去做了。后来他看见她常常发呆沉思,眼里噙满泪水。他心里感到痛,像刀割似的。她仍在上学,他也上学。他总是不远不近地跟着她,像一个幽灵。她有点烦他了,想躲避这个幽灵。有一天,大班的男生围住她:小黄毛丫头偷黄瓜,偷了一块豆腐渣,豆腐渣里有个鬼,吓得丫头流眼水。他听见了,像狮子一样,大吼一声扑上去,结果是他自己被打得头破血流。她在一边看着,冷冷地说,哼,多管闲事!他听到了,在她消失之后,委屈地蹲在墙角大哭,一种从未有过的失望像秋天里的落叶一般落寞飘零。他总是想保护她,她总是躲避着他。他总是用一种带着深深敌意的眼神注视每一个同她接近的人,尤其是男孩,高年级的男孩。她总是用愤懑的眼神看着他,千方百计地逃避他的视线。终于,她的目光变得恶狠狠了,开始啐他:呸,跟屁虫,我不要你跟着我,跟屁虫!跟屁虫!起先他感到莫大的委屈,到了后来,他勃然大怒。他发怒起来就像一匹无羁的野马,他愤怒地给了她一巴掌,啪!你理解我吗?我为什么要跟着你?然后他看到一个单薄忧伤的背影急奔而去。一阵令人惊悸的叫喊声发出,有撕心裂肺的恸哭声传来……

你现在感到很痛吗？女人问。

是的，我觉得我真不行了，说的是实话。他说。

那你休息一会吧。

你去休息吧，我现在也睡不着。

那你闭上眼睛躺着吧，什么也别想。

那怎么行？他想，心思也不随我走，我有什么办法，我能管住我的内心吗？就像死亡，这个家伙已扰得他崩溃了。现在，他感到全身裂开如一道缝隙，死神又走近了。他闭着眼，听到了他的脚步声，甚至感觉到他的呼吸，冰凉寒冷，让他全身上下不由自主地颤抖。

我对你腻味透了，他对死神说，你总是鬼鬼祟祟的，干吗不光明正大些呢？

死神没有说话，另一个声音却响彻于耳边，他听出来了，是女人的声音。

你怎么啦？跟谁说话？

他有点缓过神来，轻轻地摇了摇头。

没什么，没什么。

想了想，他又说，我写了一辈子东西，可是肚子里面仍有一个故事，我一直忘不了，我不知道怎么写，也不知怎么表达。

她在静静地听。

有时，我感到恶心，想把它呕吐出来。但我总是写着写着便写不下去了。于是我便把草稿撕得粉碎。我不知道该怎么写，真的，我不知道该怎么写。

女人静静地看着他。想了一会,她说:

你累了,去睡吧,该去睡了。

那一年他十五岁。小学就要毕业了,母亲跟他谈心,对他说,小学毕业后,去城里读中学吧,把表妹带上,两个人在一起,也有个照应。他开心极了,痴痴地想着将来和她在一起的时光。他找到表妹,结结巴巴地告诉她,母亲已安排好了,要他们一块去城里读书。因为紧张和兴奋,他显得有些口吃,好不容易把意思表达清楚。

令他想不到的是,她冷冰冰地说,自己不想读书了,一点意思都没有,不喜欢,宁愿在这山野里打柴、生活。说完她便想走。他拦住她,气急败坏地问,为什么? 为什么不读书? 山外的世界多大啊,为什么不想去看看?

她冲着他嚷道,别烦我,我讨厌你! 他听了,感觉腿部发软,差点就跪下来了。她说她喜欢这儿,在这儿感到自在,她说她父亲就是去了外面不回来了,把她妈妈一个人丢在这里。她说我就是不喜欢去外面,也不喜欢你。她连说三遍:你走开你走开你走开,你滚你滚你滚。

他终于按捺不住,号啕大哭,泪水如瀑布一样涌出来。接着,他像疯子一样,恶狠狠地打她,骑在她身上,用力扼住她的脖子。他感觉自己已完全失去了理智,神志落入一片幽暗之中,情感的绳索崩断,生命变成了一线残败的绳头。

突然间,他感到自己被掀翻在地,重重地摔在地上。那个小精灵撒开腿,如一头小鹿般拼命地奔跑,一边跑,一边拖曳着绝望的哭声。她不知去了哪里,从他视线中消失了,消失在一片金黄的秋色之中。

重新揭开昔日的伤疤,他感到内心的某一处撕裂了,痛楚像无数条裂纹一样向四周扩散。现在是早晨,他有点吃力地喘着气,身体的每一处都像针刺一样疼痛。一切都有末日之感,只有拼命吸入清新空气,才能让他感到一丝温馨和安慰。

我感觉自己不行了。他对女人说。

要去医院吗?我们去医院吧?

我跟你说过,不再去医院了,因为没有用了。他挣扎出一丝笑容。

可是……她低下头,哭了起来。

别哭,我们来这之前不是说好的吗?一切听天由命,人一辈子,总有这么一天的。

她哭得更厉害了。

他已听不到她的哭声了。他的眼前出现了一只鞋——他们到处找她,附近的山上都找遍了,可是仍没有找到。只是在一个山洞里,发现了一只鞋。那就是她的鞋,红色灯芯绒布做的,轻盈、小巧,像一只小小的船一样。他记得她曾经穿这双鞋跳过舞,跳"小燕子,穿花衣,年年春天来这里……"。她舞跳得真好,就像小仙女似的。他哭了,抱着这鞋哭了三天三夜,甚至晕死过去。大人们拼命把这鞋夺了下来,连同她的遗物,一起埋了。

埋鞋的位置就在他眼前不到一百米处,在那片树林的边缘。他一直记得那个地方,上中学那年,在那埋着她东西的地方栽了一棵乌桕树。

那棵乌桕树已有身体般粗壮,叶子鲜红,枝叶妖娆,就像一朵硕大的花。他想,你不得不承认,在山野的秋天,乌桕树是最漂亮的。一棵树,只要静静地生长,终有一天,也会如花一样开放。

冬日平常事

艄公老六头的屋子就坐落在青青的新安江畔,四周是茁壮的水柳。这是冬天,水柳的叶子早已谢落,只剩下光秃秃的枝条,在清冷的风雨中哆嗦。从柳条的缝隙里看过去,新安江仍是绿的,只是缺少生机和活力,冷峭而清冽。虽然有太阳暖洋洋地悬在高空,但是整体氛围与春天大不一样。

老六头此时就坐在那艘瘦骨嶙峋的渡船上。船是灰黑色的,像一条硕大的黑鱼一样伏在水面上。老六头抽着烟,目光散散懒懒地看着这一切,不由自主地回忆着夏天,那时候气氛鼎沸而热闹:江里有成群的鸭子嘎嘎直叫,有白鹅拂水,红掌青波;岸上也好看,萋萋草地上长满了枇杷树,四五月时结果,像一个个金黄色的小太阳。那时候也忙,又要摘枇杷,又要赶着种下秧苗。田野水边,人声鼎沸。可是冬天呢,死气沉沉的,半天不见一个人影,让他和这只船孤零零地泡着清冷。

"妈的!"

老六头啐掉嘴里的烟头,狠狠地骂了一声,他眯着的眼睛搜寻着远处,仍没有人影,只有一条小路在阳光下半死不活地泛着白光。"天光!"他大叫了一声,天光是他的独生子,儿子近几天总是闷闷不乐,惹得他心里烦闷。

"哎,大。"天光从屋子里出来,惺忪着眼睛,耷拉着脑袋,一副无精打采的样子。

"看着船,有人就给摆一下。"老六头有点生气,没正眼瞧儿子,闷着个头,瓮声瓮气地说。

"好的。"儿子的回答仍是无精打采,含含糊糊的。

儿子闭着眼睛,躺在岸边的草地上晒太阳。老六头在不远处看着,一声不吭,他知道儿子有情绪。村里的年轻人都走了,到沿海城市去挣钱,他不允许儿子走。那天儿子支支吾吾地下了老大决心跟他提出的时候,他不知怎地一下上了火,虎着脸说:"不行,就不行,不准去!"儿子是个孝子,怏怏的,没有表示什么,噤了口,再也没吭声。相反,老六头觉得有点过火了。儿子是他的命根子,十几年来父子俩相依为命,一条渡船,风里雨里,酷暑寒冬。他舍不得儿子离开,不仅仅是因为孤单,还因为渡船。自己年纪一天天大了,骨头一天比一天发脆,有时几趟来回下来,会不由自主地感到腰酸背痛,甚至眼前闪现无数个金光灿灿的小星星。"老了!"他暗自寻思。看着儿子结实如牛的身坯,他有一种发自心底的骄傲和羡慕。他在屋前睃巡着那条靠在岸边黝黑苍老的船,他想,自己在这江上总共跑过多少个来回呢?他扳起手指认真地计算,一天算二十趟吧,一年三百六十天,加起来又是多少呢?他寻思着,计算着,自己一趟渡过去五个人,这一辈子,该渡来渡去多少人呢?

老六头惬意地笑了,这是一种发自心灵深处的微笑。在他微笑的瞬间,他觉得自己简直是伟大极了,仿佛一个神灵立于江河之畔,拯众生于危难之中。江面平静如镜,隐隐地倒映着葱茏隽秀的青山。这是他生活了一辈子的地方,从儿时起,他就喜爱静静地坐在江边,看山,看水,看水中的山。山水是怎么也看不够的,它们是那样深邃,也是那样幽秘,就如同人本身。老六头喜爱这山水,可他永远也摸不透这山水。

可是儿子的的确确是变了。从被拒绝的那一天起,儿子对一切都显得心不在焉,经常怔怔地望着某一个东西入神。言语也一天比一天少,更不用说笑容了。老六头暗自着急,当儿子越来越多地陷入沉默之时,老六头也在痴痴地寻求出路。

有一件事情让老六头拿不定主意:儿子已经二十出头了,要不要给他说个媳妇呢?在此之前,在老六头的眼里,儿子就像一个乳臭未干的小孩,是夏日清清河水中光着屁股的小精灵。每到夏天,老六头在船上撑着篙,儿子就像一条黑鱼似的,在他船头船尾忽隐忽现。客人往往问:"这是谁家的孩子?鬼精灵哩!"他便很自豪地回答:"我的伢子,大水鬼的儿子小水鬼!"他这只大水鬼,有时候窥视四周无人,也会脱得精光,一丝不挂地钻入水中,跟儿子一起嬉戏——把儿子从水里举得高高,或者踩着水,让儿子骑在自己的脖子上。他水性好,是这条江有名的"浪里白条",一个猛子,可以从此岸扎到对岸。他最喜爱看的,是儿子在灿烂的晚霞之中,托着他的小鸡鸡,向美丽的天空迸发他银色的水链。"真是元气饱满啊!"他不由得赞叹。从这个景象中,他懵懵懂懂地领会了人生的某种意义。

儿子十三岁时死了娘,十九岁时中学毕业,没考上大学。他没有丝毫失意,相反地,他悄悄地感到快乐,因为儿子又属于他了,属于这条河。儿子起先也很卖力,每天老六头早早地起床出门摆渡时,儿子也会默默地醒来,端详他的一举一动。有时候半夜醒来,老六头常常借助微弱的光线,仔细地打量着儿子,分辨着哪一处像死去的妻子,哪一处像自己。后来,他发现儿子在恋爱,和村里的俏姑娘好上了,他发现儿子经常心不在焉,晚上也经常溜出去。儿子不在的时候屋子真冷清呀!煤油灯芯上上下下跳动着,映出他孤零零的身影在壁板上颤颤巍巍,那样的感觉真不好。那一天他拿定主意来到村里俏姑娘家,对俏姑娘的娘说:"天光现在长身子骨,叫你家俏姑娘别去找他!"说完他头也不回地走出来。当天晚上他看见儿子垂头丧气地回来了,他有点内疚,更多的是隐隐得意。那天晚上他特地熬了一锅甲鱼汤,甲鱼是他下午空闲时在江边的石头缝里摸的,足足三斤重。可是儿子似乎一点也不爱吃,只吃了几口,就放下筷子去屋里睡觉了。

老六头终于拿定主意,他眯着眼睛瞅着西斜的太阳,然后站起身,迈着一双内八字脚拐入村口。最后,那双脚在青砖黑瓦的一幢房子门口停住了。

那双脚显得迟疑不决,脚尖轻轻地蹭着泥土,局促不安的样子,然后,又猛地噔噔直线前进了。

那是俏姑娘的娘了,老六头硬着头皮凑上去。他知道俏姑娘家做主的是女人,老六头讪讪地说:

"他婶,我又来了。"

女人没有作声,冬天里的太阳金贵,女人在太阳地里忙着晒被子,拿着竹竿拼命地打着被子。老六头心里有点发怵,说:

"他婶,那件事情,我想了又想,还是依了孩子吧……"

"咋……"女人气不打一处来,嗓门便高了起来,老六头打起寒噤,觉得有人往脖子里头塞冰块。

"咋依了孩子啦?我家想高攀哩,一厢情愿,你家天光正长身体,别误了你家儿子的前程!"

老六头脸上赔着笑脸,一边看着女人挥舞着竹竿击打着被褥,一边任女人用尖刻的语言冷嘲热讽。后来,他知道实在没有希望了,还是赔笑着,讪讪地走开了。

老六头闷闷不乐地回到家门口,儿子仍躺在岸边的地上晒太阳。不远处,渡船泊在水里,像一只孤独的黑鱼似的。老六头走上前,对儿子说:

"天光,我又去她家了。"

儿子显然听到了,身子绷得紧了些。老六头看了看江面,江面仍然平平静静,有两只水鸟在飞翔、啁啾。

"这事,都是大不好。大不该拦你,其实,俏姑娘是不错的。"

老六头接着说了刚才的事情。

儿子终于忍不住,睁开眼睛安慰他:

"大,其实没有什么了不得的,娶哪个女人不都是一辈子!你大半辈子待在这儿,不娶女人不也过了?"

老六头张口结舌。突然间勃然大怒,青筋暴胀,一条条像树根一样缠在头上。

"用不着你放屁!我给你说媳妇受了闷气,你也来气老子呀!"

老六头噤了口,没往下说。儿子把眼睛闭上了,躺在阳光地里像条死蛇。他想了想,不声不响地走开了。

第二天中午,老六头来到了村里媒婆喜水家的屋里。老六头提了一大筐礼物,烟呀,酒呀,点心啊什么的。刚跨进门,喜水家的就嚷开了,吓得老六头东张西望唯恐人影出现。

"是老六呀,咋地鞋底肯赏光呀!"

老六头有点反感这一类女人,惹是生非,经常把村里搞得鸡犬不宁。可也无奈,只能实话实说了:

"我这一次来,是想求您办件事。"

喜水家的一句半真半假的话把老六头弄了个大红脸,黑黑的面孔红起来像猴儿屁股似的。

"老六您看上谁了?"

老六头连忙辩解:

"不,不……是为了天光那小子,你也知道天光先前跟俏姑娘好的,后来……"

老六头有点难言。喜水家的倒是个伶俐之人,眼珠一转,一下就明白了,岔开话说:

"是不是要我去说说,这个嘛——"喜水家女人露出为难的神情,"俏姑娘家你也知道,男人是灶下不吭声的凳子,女的倒是难缠……"

老六头心里也紧张,他怕喜水家的不肯帮忙:"麻烦你多说点好听的,就说咱对不住了。"

喜水家的瞄了下老六带来的大礼,吞吞吐吐地说:

"好吧,我去说说看,也不知道能否说得通。那个俏姑娘,又贤惠,又好看,要是娶回家了,的确是个好媳妇呢!"

老六头忙不迭地点着头:"那是那是!"

晚上,老六头躺在床上问儿子:

"天光,没睡吗?"

"没。"儿子瓮声瓮气地回答。

"还在想那些个事?"老六头问。

漆黑的那边没有言语。

"我让喜水家的上俏姑娘家去了,她要去的话,准能成的。"

老六头的话突然多了起来,他觉得淤积在心中多年的一股气直往上涌:

"大其实是想你有个媳妇的。大老了,也累了,不太想撑船了,但船总不能歇着,这条河要是没有条船多不便利呀。你成家了,我也觉得浑身减轻了许多。我想,我明天就把船交给你,明早你独自去吧。"

儿子没有回话。那边的寂静让老六头忐忑不安。

终于,一个阳光明媚的日子到来了:天空蔚蓝,风吹过来,已不似前些天那样冷了,天光正在渡口小憩。突然,老六头一阵风似的从小路那边跑过来,一颠一颠的,像只衰老而不失敏捷的老猫。走近了,儿子看见父亲脸上绽开的皱纹像朵抽劣而灿烂的花朵。他听见一阵欢快的声音如鸟儿一样飞过来:

"天光,天光,俏姑娘来啦!"

儿子顺着父亲身影往远处瞟,不远处,有一个朦胧的身影熟悉而亲切。立即,他觉得全身的血液直冲脸上,心脏快速跳动,如端午的鼓声。

儿子有点蒙了,他听到父亲因为激动而含糊不清的话语:

"天光,天光,她娘同意了,同意了!俏姑娘来看你了,你快去呀,快去呀!"

老六头看见儿子的眼睛闪亮了一下,像黑夜里划着了一根火柴。接着,儿子迈着步子奔跑起来,擦肩而过时,不小心撞了他一下,把他撞了一个趔趄。他回过头来,老眼昏花里,他瞅见一个山一般的背影,挡住了斜射过来的阳光。接着,两个影子都跑了起来,越来越近,最后重叠在一起。他转过头来,那艘有岁月的渡船泊在河里,在阳光下像一幅古老的油画。老六头觉得泪从眼里淌出来,蒙眬了双眼,什么也看不清了。这时候,天也慢慢暖了起来,春天,就是这样不知不觉地到来了。

印

　　她清楚地记得,以前休假的时候,他和她常常带着蹒跚学步的小儿子去公园游玩。儿子的手牵着他俩,像是一根感情的纽带,又像是一叶船上平平静静的帆,儿子银铃似的笑声都能把他俩浮起来。每次她总有小酒微醺似的快乐,总是想起某幅画或某幅摄影:金芒果一样灿烂的阳光下,以绿色草坪为底色,一位小女孩,像背上生出翅膀的安琪儿,牵着两位奶白色裙边的圣使。这景象至今还萦回在她脑子里,浮现在她眼前,使她难以忘怀。只是这幅画变得越来越不清晰了,像是被雨打过水浸过上了霉似的。

　　——只是因为那枚石印。

　　她清楚地记得,当年丈夫嗓音浑厚如夜晚山谷的回音。即使歌星,也抵不上他的十分之一。当他抱着吉他在自己身边低声吟唱的时候,她如躺在一条缓缓流过的溪水边,头顶上一轮皎洁的月亮,身边是萋萋的草地;又如躺在一条泊在海面的船上,听海深沉的潮声。

　　——只是因为那枚石印。

　　她要是意识到那枚石印对整个家庭的危害,就像铁轨上横放的大石头的话,她早先就不那样做了。她当时只觉得挺有趣,却没有想到这一层。她记得是她的姐夫,一位老实巴交的农民把它拿来的。用一块红布包裹着,有棱有角,如手心大小。

她当时轻松而又好奇地问道:

"姐夫,你手里拿的是什么呢?"

"一块印,嘿嘿。"

"印?啥印?"

"昨天在地里拾的。挖着挖着,就咔嚓一声,以为是块石头,拾起来就扔到路边,扔出去才反应过来握着的感觉不一样,又跑过去把它寻回来。"

"呀,是吗?"她当时表现了极大的兴趣。她后悔若是当时没表现出兴趣的话,"唔"了一声或"哼"了一声,以后的事情就不会发生了。

偏偏这个时候,刚到家的丈夫听见了,赶忙把手里的酱油放在桌上。随即转过身来,要去看姐夫手中的东西。大约是不小心带到了酱油,啪的一声,酱油瓶跌碎了,一股酱味氤氲而起,绛黑色的液体向四周扩散着,看起来挺吓人的。

她不知那是个征兆。现在想想,觉得酱油瓶被打破肯定是一种征兆、一种预示。她后悔当时不理解,只用恼怒的眼光看了他一眼,说:"看,没魂了,也不注意点。"视线仍转向那红红的、鼓鼓囊囊的布包。

红布包在姐夫的手掌中慢慢地打开了,里面还有条黑色真丝丝巾裹着。她奇怪地看了姐夫一眼,觉得有点故弄玄虚,感到有点好笑,什么东西,如此大惊小怪的。可是见丈夫一脸郑重其事的样子,也就没笑出声来。

黑丝绸如幽灵一样散开了,里面是一枚边长二寸左右的正方形古印,印的周身已发黑了,印顶盘踞一只虎视眈眈、面目狰狞的麒麟,一双圆圆的眼睛直瞅着她,粗大的尾巴傲然竖起,像是一个摆身就可以击出;嘴巴半张,像是要吞噬一切生物,又像是长啸一声,要撕裂宁静的氛围。

她浑身上下都有一种异样的感觉,只是说不上来,心里有些恐慌。

印面翻开了,她突然发现丈夫的眼神有些异样,像是瞳仁里突然伸出一双无形的手,指尖顺着印面的笔画摸索滑行,闪烁着若隐若现的光芒。她感到害怕,觉得这印跟丈夫之间似乎存在着某种冥冥中的默契。这种默契,比自己和他在芸芸众生中相遇相爱的默契要大好多倍!

姐夫见丈夫爱不释手,就说:"家明,反正我要这玩意也没啥用,要不你拿去吧。"

她原以为他会道谢的,可他神情仍是很恍惚,连声感谢都不说,就将那印拿走了,视线仍在那印面中搜寻捕捉,苦苦思索,嘴里还念念有词地唠叨什么。她瞅了一眼,印面上总共八个字,如躺着倚着蜷缩在一起的爬虫。她一个也不认得。

她不耐烦,捅捅他:"哎,还不谢谢。"

"啊,谢谢,谢谢!"他似乎醒悟过来,可是仍语焉不详,如那印上的虫形字。

她没想到更麻烦的事还在后面。

丈夫得了印,却丢了魂,再没有主动搭理她,整天专心致志、蹙额注视那印。她已好多年没见过丈夫这种神态了。多年前他大学刚毕业,被分配到这个县中,他们认识时,他也是这样,用这种奇怪的眼光瞅着她,又是皱眉,又是蹙额,像是审视一个古玩似的。她当时惴惴然,嗔怪地说:

"瞧你,把人看成古董了。我不好看,是吗?"

"噢,不不,你很好看,很美。"他忙解释。

"那你干吗这样看我?"

"怎样?——哦,我就像欣赏一件古代艺术珍品一样,别忘了,我是学历史的。"他如此回答,带点狡黠的神采。

以后,他一直用这种目光凝视她。

结婚后,这种使她恍惚而害怕的目光慢慢消失了。丈夫的目光再也不含考古的因子,淡得如水一样。尽管他们生活得很快活,丈夫又是一个细心体贴的人,可她真说不清失去了什么,是他们之间的神秘感,还是相关的魅力?她没有时间去反省,去思考,直到孩子已经蹒跚学步。

可是现在,丈夫的眼里又出现这种眼光!这种熟悉而又陌生的眼神。不知怎的,她开始感到不安,如同那令人费解的虫形字一样,这似乎也昭示着印的出现,将给平静湖水中的小船掀起轩然大波。

丈夫整天在鼓捣那玩意,有时饭都忘记吃。又抱回许多书,什么《说文解字》《尔雅》等等。她多么愿意自己也是一本书,让丈夫多瞧瞧她,用手指摩挲着——然而丈夫却没有多瞧她一眼。

那一晚,他俩躺在床上,丈夫的眼光直直地瞅着天花板,一动

不动,像是要把那儿锥出个眼似的。她怯生生地问:

"家明,印……印就那样重要吗?"

丈夫收回他的目光,看着她,目光中茫然不解,仿佛有一片白雾似的,把她间隔在水的那一边。

丈夫冷冷地说:"当然重要!知道吗?这枚印有重要的价值呢!我已认出来了,一个字可能是庄,另一个是贞。我疑心,这是道教精义之所在。"他起身从案头找出一本书,她看了看,是一本线装的《易经》,上面爬满了丈夫用红笔勾勒的线条,"元、亨、利、贞,我疑心就是这几个字。我判断,这枚印章很可能是战国甚至更古年代的作品。"丈夫眼里有一种欣喜的波浪涌出来。

"就那么重要吗?"她感到鼻子一酸,想哭。

丈夫没理会。

"就那么重要吗?"

她又说了一句,带着哭腔。

丈夫似乎听出她语调中的酸楚,向她这边挪了挪,替她掖好被子,在她额上吻了一下。她的心氤氲起暖意,真想抱着丈夫大哭一场。

没想到,丈夫又扭身去玩赏那枚古印了。

那天中午,来了两个干部模样的人,一个胖,胖得像一座山;一个瘦,瘦得像一棵树。二人进来,自我介绍是文物管理所的,来找她丈夫。胖的人开门见山:"你是许家明吗?"语气像是审问。她听得刺耳。

胖的继续说:"听说你这儿有一枚印,很有历史价值。我们想回收,你能自愿捐献给国家吗?"

丈夫斜了他一眼:"不愿!"

"不愿?"胖子有点愠怒,"《文物法》规定,文物是国家财产,不是私人的。这印是从地里挖的,是不是?"

"是。"丈夫老老实实地回答。

"不是吗?地是国家的,地里的文物自然是国家的……"胖子唠唠叨叨地说开了。

"不愿!"丈夫又说。

胖子突然噎住了,像是被鱼刺卡住的猫。

"还是捐了好,捐了好。你想想,放在你这里,又不安全,万一有个三长两短……"瘦子说。

"不愿!"丈夫还是那两个字,掷地有声。

她站在一边,气不打一处来。本来她真指望文管所把那枚印章给收回去,给自家去掉一个孽物,抹去个阴影,让自己的生活还像先前一样平稳,像一艘平静的小舢板。可现在她也被文管所这两个不懂规矩的激怒了。她端回准备送过去的茶,用围裙擦了擦手,走过去对丈夫说:

"家明,咱们不卖,就是供着,也不给他们!"

她的心里有一种说不出的滋味。

那天晚上她做了个梦。

梦见那枚石印突然爆裂,冒起许多烟雾。烟雾散尽,石印又幻变成一个美女,婀娜多姿,娇憨妩媚,回眸一笑,丈夫都看呆了,眼光直直地被吸上去。她扯扯丈夫的衣襟,不让他过去。那妖精回过身来,从目光中射出一支支毒箭,全都射在她身上,钻心痛。她拔出一支,上面镌着那不认识的虫形字,慢慢地,那虫形字又旋成一枚印章,向她砸过来……

"印!……印!"她惊叫着从梦中惊醒。睁开眼一看,见屋子里还亮着灯,一股烟味刺激着她的鼻腔。她陡然感到一阵寒意,心突突地跳个不停。她抬头望望,丈夫还在案边沉思,抽着烟,手里拿着印,目光凶狠,正沉浸于某种神秘的力量之中,对她的呼叫,全然不晓。

"家明!"她的声音在抖,像是从嗓子眼里挣扎着爬出,筋疲力尽。

"啊?"丈夫理会过来,看见她冷汗淋淋,面色苍白,忙放下印走过来,摸摸她的额头。

"你怎么啦?"

她哇的一声哭出声,把头靠在他胸口哭了起来。她特别需要这一片厚实的土地。

"今晚不要离开我,好吗?"

他诧异地看了她一眼,又摸摸她的额头,没发热。

"你怎么啦?"他茫然不解。

"好吗?"她仍然执拗地问,语音中带着央求。

"傻话。"他轻轻地刮了一下她的鼻子,笑了一下,又转过身翻看他的书和印去了。

她绝望了。

梦难道真要变成现实?她伤心极了,泪水顺着眼角往两边淌,噙在嘴里,是咸咸的苦。

过了几天,她正在院子里面洗衣服。院门吱一声开了,进来两个人。一个头戴贝雷帽,鼻梁上架一副很大的玳瑁眼镜,另一个身着花格呢大衣,两个都是翩翩学者风度。他们先询问了一下:"许家明住这儿吗?"

得到肯定的答复后,他们掏出证件:"我们是博物馆的,想到这儿瞧瞧,听说你丈夫有个印……"

"印?什么印?"她佯作不知。

"这个……"二人面面相觑,都有点踌躇。

丈夫回来了,知晓他们的身份后,很热情地让他们进屋了,又是泡茶,又是敬烟,然后恭恭敬敬地坐在旁边,像个念私塾的小学生。

过了一会,丈夫悄悄地溜出来,低声对她说:

"去,弄几个菜来,一定要好一点的。"

"钱呢?钱都让你买书买资料了,买菜?这半月不过啦?"她是勤俭的命,每一点钱都得算计算计,能否掰一半使。

"下半月再说!"丈夫有点恼了,差点就发脾气了。

她不敢不去。上街买了牛肉脯、卤鸭等等,又去饭店炒了几个菜,端回来放在桌上,又将碗碟筷子放好,对他们挤出很温柔的笑,说:"没菜,就在这儿吃点便饭吧。"

"那多不好意思。"穿花格呢大衣的人说,冲她笑笑。戴眼镜的和家明没理会,还在那儿海阔天空地聊:

"'寻根',这个名词你听说过吧?就是从文化思想的角度,去探求中国五千年文化和传统给国民带来的思想意识,就是所谓'国民性'。中国的国民思想主要分为儒教和道教。至于佛教,我个人认为,其实对国人影响并不深刻。很多人做不到四大皆空,因此表面上遵循儒教,实际上的道教,明哲保身、目光短浅……"

丈夫在那儿恭恭敬敬地听着,憨痴得如一头熊猫。家明谦逊的态度越发激起了那人的演说欲,那人提高嗓门说:"《易经》曰:元、亨、利、贞……"

丈夫突然插嘴说:"那印……那印上好像就有这几个字……只是、只是我不敢肯定。"

"哦,是吗?"那人表现出一些兴趣。一回头,看见她在一边,于是礼貌地冲她一笑:

"嫂夫人,把您忙坏了。"

"哪里?哪里?没菜。"她感到有点不好意思。

丈夫这才理会过来,忙招呼二人:"来来,边吃边谈,边吃边谈……"待二人坐下,站起身来,给"眼镜"和"花格呢"满满地斟上酒。

她最终弄不明白,这二人直到离去的时候,也只字没提及印章。二人喝得微醺,有点醉意了,就趔趔趄趄地走了。说是第二天要回北京,以后再联系。

丈夫一直送到门外,兴高采烈,也一天天勤奋起来。

自此之后,这样的事变成一桩接一桩了,像运转的自行车链条似的。她家变成了饭店,来的人物都很体面:教授、研究人员、记者;高的、矮的、胖的、瘦的、不胖不瘦的;五官端正的、五官不端正的……来的由头都是为了"印",然而不管看没看印,都在这儿灌几杯"洋河大曲",发一通议论,从洪荒时代直到当今的改革开放。纵横五千里,上下一万年。

丈夫也渐渐变得懵懂起来。

邻居小王见这么多人像自来水一样往她家淌,问她:

"啥事呢?这么多人。"

"还不是为了印呗。"她愁容满面。

"印?啥印?"小王疑惑不解。

她一五一十地告诉小王,也诉说心中的委屈,家里的积蓄都花光了,儿子整天吵着要爸。来了这么多人,却鉴别不出那枚印章到底出于哪个年代,或者认出印面上的虫形字。

她说着说着,眼泪落了下来。

小王忙安慰她说:"嫂子,你别着急。明天我去地区,替你到文物所跑一趟。你把印拓一张给我,最好能画一个外部的模样。我让他们鉴别一下。"

她一抹眼泪,连声说:"那谢谢您啦。"

下午,她乘丈夫去上课之时,像猫儿叼食似的找到印,蘸了点印泥盖在白纸上,又对着它画了一幅草图,随后交给小王。

更出意外的事发生了。

这天丈夫回来了,兴致很高,又抱了一大摞书。她在门口木然地瞅着,没有表情,似乎担心什么。突然,她听到房间里传来一声尖叫,哗啦一声,书掉在地上。她很镇定,似乎这一切都在意料之中,就像是梦中曾经发生过似的。过了一会,丈夫像风一样冲出来,手里死死攥住散开的红布包,眼睛睁得老大,唾沫像毒汁一样溅得她满身满脸。

"这是怎么回事？"丈夫的声音像是沉默很久的狮子吼,张大的嘴巴像是要把她瘦小的身躯吞进去似的。

天啦！丈夫手上的印的虫形字已荡然无存,印面仿佛是在坚硬的地面上磨过似的,灰黑的底座上平滑如玉。

丈夫的眼泪滴在上面,很快就湿了一大片。印面像是广袤的黑土地,默默地承受着、融化着,吸收着辛酸,吞噬着疯狂。

她默不作声。她的眼睛里突然幻变出许许多多印章,闪烁着鲜红的光亮；一枚一枚印章突然又幻变成一艘艘帆船,鼓满风,顺流而下,浪花四溅。每一朵浪花都有七种颜色,色彩斑斓,溅起的浪花又变成一册册线装书,向下游缓缓漂去。她惊恐万状地坐在书上,她的儿子也坐在她身边,瑟瑟发抖。这时突然一个浪头打过来,便将这个三口之家覆灭了。

她一声惊叫,便不省人事。

她疯了。

小王回来后,听到这消息,大吃一惊。她告诉许家明,地区文物所已鉴别考证了,印是清道光时期仿古作品,不是战国时代的,更不是有关《庄子》或《易经》的。印面是回文："端溪东门元贞之印"八个字,大约是本地一位风雅之士的私印。

许家明听后长嘘了一口气,沉默半晌。随后,拿来一个纸箱,把案上、床头的书一齐塞进去了。

她的神志慢慢恢复正常了,不过关于石印之前前后后的事全部忘却,一点也撩拨不起来。别人问起这段事,她憨痴得像个孩子,睁着好奇的眼睛,像是听《天方夜谭》似的。她现在对丈夫很满意,家明仍然和她在黄昏时散步,二人牵着孩子,孩子仍悬在他们手臂上荡秋千;丈夫那好听的吉他自弹自唱仍让她着迷,她仍喜欢依偎在丈夫肩上,静静地听,像是倚着一座小山似的。

有一天,小王跟她说起他们家发生的有关印的故事。她全然不知晓,听得入神,随后咯咯笑得前仰后合。过了一会,她好像若有所思地说:

"印?一枚古印也值得如此大动干戈吗?古代的都是假的,现实才是真实。是吗?"

至于她的丈夫家明,也像变了一个人似的。别人提及石印之事时,他总是内疚地说:

"那段时间,我是疯了。"

叟

从新婚夫妇搬来的那天起,叟就觉得自己的身躯如爆竹似的四分五裂了。又如秋天里的爆栗子,这点叟深有体会。孩提时候,他常常叼着食指,眼馋地听着街角的爆栗子声"噗,噗,噗噗",贪婪地嗅着那香气,目睹烟雾在眼前芬芳着飘散。年华如逝水,童年的记忆早已烟消云散,可是叟听到了这声音,很确切很真实,仿佛近在咫尺,甚至触手可及。那是在夜晚,白天里的喧闹退去,叟从梦中醒来,什么声音都没有,隔壁新婚夫妇大约是搬家累了,早已无声无息。叟有点失望,也不甘罢休,于是凝神屏息地想听到什么。突然,叟听到了"噗"的一声,以为是壁板在响。叟没有在意,继续听,又听见"噗"的一声,感觉到身体的某个部位战栗了一下,叟感觉到了,原来这声音来自自己的身体啊!叟有点惊讶,随后,叟又接二连三感到身体内部发出的裂帛似的声音。叟感到害怕,有一种秋天般的无力正在他的体内慢慢扩散。叟躺在床上不敢翻身,只感到周围的夜色正慢慢凝聚,凝聚成一块巨大的黑色石头。叟吓出了一身冷汗。后来叟还是睡着了。

第二天早晨叟起来较晚,下床后感到疲惫,浑身上下像被雨淋过的沙器似的。叟在拉开门的同时,放了一个很响的屁,高亢而雄浑,这不由得使叟心里为之一畅,精神也为之抖擞几分,毕竟,他有很长时间没放过这样的屁了,这说明自己的元气尚存。叟洗漱完毕,搬了把椅子,放在院子的阳光地里。叟很喜欢晒太阳,眯着眼睛沉浸在阳光之中,让阳光暖暖地压在身上,甚至痒痒地搔扰着自己。

刚走进院子,叟就觉察到院子里起了变化:石阶上的泥垢不见了,代替的是两盆带刺的植物。叟知道那是仙人球,只是叫不出具体名字。叟知道这两盆东西是那对新婚夫妇带来的,昨天下午,叟看见有人搬进这个老屋子,叟没有在意,叟对别人的举动通常是不在意的。

有了这两盆小玩意,叟突然觉得院子似乎跟往常不一样了。叟说不出有什么不同,就跟那个女人一样。那个女人也有特色,甚至跟所有的女人都不同。女人搬来的时候对叟微然一笑,那笑让叟觉得舒服极了。叟找不出一个类似的比喻,不过叟觉得就跟自己年轻时满怀希冀喝的鹿茸汤一样。那是几十年以前的事了,叟的母亲对叟说,你发育时,娘给你煮鹿茸汤喝。从此叟就盼望着发育的那一天。终于有一天,叟发育了,母亲拿出一个小小的瓷壶,把包了好几层的鹿茸打开。鹿茸片很薄,看起来透明,上面隐隐地有黑黑的血丝。母亲把鹿茸放入小瓷壶内,加入清水,放在煤炉上,用小火煨。煨的时间真长啊!叟从早晨就开始盼望,一直到夜晚母亲才给他喝上。他从未喝过这样的汤,有点甜,也有点腥,那真是跟所有的汤味道都不一样!

那个女人其实不算漂亮,这点叟知道。女人笑起来,嘴里两个虎牙便悄悄溜出来,可是一点不丑,还很好看,像两个待在门边天真活泼的小姑娘。男人看样子是个读书人,有点架子,也有点腼腆,见了叟也没打招呼,叟也没有打招呼。

叟走上前去仔仔细细地端详着那两盆绿玩意。这时女人走了进来,瞧见叟,又微笑了一下,叟也笑了一下。叟觉得脸上的皮肤生硬而不灵活,像涂过胶水似的。女人问,你也喜欢这个?叟点点头。女人便做天真遐想状,我最最喜欢这种带刺的东西了,让人想起非洲的撒哈拉!这种东西不轻易开花,因为不轻易开花,所以它开的花才美呢!女人讲这些话的时候,叟不动声色地听着,只是没表示什么。女人说完后,叟就走开了。

但叟对这两盆小玩意表示了非同寻常的关心。男人和女人上班的地方挺远,男人和女人早早地起床,叮叮咣咣地响一阵子之后,便骑车到厂里上班。每次下班回来,女人总是看到她的小玩意整整齐齐地放在窗台上,似乎浇过水了。有一次女人半途踅回来拿东西,恰巧见到叟站在那仙人球前,全神贯注地看着。见女人回来,叟身上一抖,赶忙离开了。女人觉得有些奇怪,赶忙打开屋子拿了东西,匆匆地就离开了。

冬天很快就要来了,没等女人想到,叟就弄了两张小小的塑料薄膜给那两盆仙人球盖上。后来,女人忙了,顾不上了,倒是叟整天整夜地关照这两盆仙人球。早晨的时候,叟便掀去塑料薄膜,把两盆小东西一一搬到太阳地里去。两盆小东西比先前来的时候茁壮多了,在阳光地里微微抖动着身姿,倒是十分让人怜爱。傍晚,男人和女人回到老屋,忙着做饭烧菜,有时忘了仙人球,叟便不动声色地把仙人球从阳光地里搬进来。女人有时候也有意无意地观察着叟,见他虾勾着,瘦削孱弱的身躯像把有些岁月的二胡。女人甚至还能听到老人移动沉重的土盆时骨骼发出的鸣响声。叟在搬运仙人球之时,身形会特别难看,佝偻的身子仿佛背负无形的重壳,脖子越来越向里缩进去。

但叟所有的行为都是在他自认为别人瞧不见的时候做的,叟的目光一直躲躲闪闪,几乎从不跟人对视。每当别人盯着他瞧,总见他神情一紧,随后立即转开身,显出无动于衷、极其自然的样子。日子一天天地过去,男人和女人忙于事务几乎淡忘了这两盆仙人球,每天仙人球搬进搬出的任务,落在了叟的身上。叟每天搬进搬出那两盆仙人球,准时得就像钟摆一样。直到有一天,男人和女人在闲暇时间想起那仙人球,跑着出来看,这才发现那两盆仙人球竟陡然间大了不少,茎叶更加茁壮,结实得像青春期的美少年,阳刚而富有生机。女人甚至还发现,其中一株竟伸出一瓣长长的绿瓣,像可爱的小嘴唇,将要对这世界道出芬芳的话语来。

男人和女人恍过神来,明白这一切都是叟做的,这才感到有点内疚,于是不约而同地转过头来,对叟感激地一瞥。叟此时仍坐在阳光地里,对男人和女人的注目无动于衷,仍然眯着眼睛养神。男人和女人看在眼里,心里不免了一动。

女人和男人合计着要给叟买点东西。男人说,给他点糕点吧,厂里发的。女人点点头。晚上,女人和男人一同来敲叟的门。叟拉开门,女人便很芬芳地一笑,男人也不尴不尬地笑笑:老师傅,这段时间,您多费心了,这个院子里又没有其他人,您天天照顾我们,这点东西……叟看起来有点不太自然,但他坚决地推辞,那两根如乌鸡爪的瘦弱的手竟使男人有点招架不住。叟的表情也怪,直愣愣的,也没有什么表情,仿佛不认识他们似的。男人和女人有点心慌,女人会做人,放下点心,掉转身拉着男人走了。可没料到第二天早晨起来,点心毫发未动地放在家门口。男人和女人只能相视而笑,做无可奈何状。

叟的态度却是始终如一的,并且更有发展,之后的日子,仍默默地搬进搬出那两盆仙人球。男人和女人不在家时,天下雨了,叟就帮着把晾在铁丝上的衣服收下,叠得整整齐齐,放在他们房前的凳子上。有时天放晴了,叟也会把晾在走廊上的衣服拿出去晒。叟仍不多话,也不接受男人女人感激的言行。有一天晚上,男人和女人出去玩迟了,到半夜才归。男人和女人这才想起门牌未挂,门从里面已拴上了。女人无奈,只好甜着嗓子在叟的窗台下叫门。屋里的灯光亮了,过了一会,叟穿着裤衩起来开门。女人不好意思,连连说:对不起,对不起!叟也不说话,开过门后就进屋了。男人和女人轻手轻脚地走进房间,比着手势说话。过了一会,又听见叟在隔壁扯起了重重的鼾声。

叟的鼾声倒是极具个性的。晚上八点一过,男人和女人通常便可以听到隔壁响起的鼾声,如波涛般汹涌澎湃,又如山谷的轰鸣。好在男人和女人睡眠还好,睡着了就听不到了。叟晚上鼾声初起的时候,男人往往在局促的屋角边看书,女人则把音量扭得尽量小,边打毛衣边看电视。叟不仅仅发出鼾声,有时候还在睡梦中发出一连串的笑声。男人和女人这时便会不自觉地看看,有时目瞪口呆,有时候捂嘴笑。过了一会,那边的鼾声又重起,男人和女人便会默默起身,合起书,关上电视,洗漱完毕,钻进被褥,把被条盖过头顶,窃窃私语或做一些必须做的事情。有时一方稍不留神,弄出点声响来,另一方便会"嘘"一声,努努嘴示意隔壁,然后继续小心下去。倒是屋里的老鼠,比人更肆无忌惮,有时候弄出的声响更大。男人和女人经常恨得直咬牙,每逢休息日,经常翻箱倒柜地找老鼠,叟对此倒没有什么表示。

慢慢地,女人的肚子挺了起来。这个时候,天气也暖和起来了,女人穿着越来越小的衣服,经常捉襟见肘地露出肚皮,行动如软沓的病羊似的。男人仍照常上班,有时女人觉得不适,请了假在家休息。大屋里只有女人和叟两人面面相对,叟又无言,女人便觉得浑身上下不自在,如衣服里爬进了一只小蚂蚁似的。天热了之后,叟喜欢坐在堂前,一坐就是好久,丝毫不动,女人总感到有一双手缓缓地从自己凸起的肚皮上抚过。她的肚皮感觉成了两个人的中心,成了老屋的中心。女人害怕寂寞,经常有事无事自言自语,有时候还起身观察着仙人球:这两盆仙人球长得真好,来时还那么点,现在这么大了,就要开花了!女人有意无意地递话让叟接,可是叟总是默默无言地坐在那里,一副无动于衷的样子,就像听不到她说话似的。

男人回来,见女人郁郁寡欢,便问来由。女人说没什么。男人不信,女人被逼得急了,说真的没什么。男人便没有往下问了。接着男人和女人便商量夏天将到了,凸出的肚子怎么穿裙子的问题,男人说,他今天在大街上看到一种孕妇裙,放开是宽大的,大肚子能穿,中间扎一条彩带,肚子小下去的时候也能穿。女人听着便笑了起来,说这倒不错,我也要买一件。回首瞥见叟,见叟也凝神地听着,嘴角还浮出半真半假的微笑。

男人和女人打听到,叟是徽墨厂的退休工人,一辈子没有结婚。女人对男人说:怪可怜的,一个人生活了一辈子,哪有什么乐趣啊!神情有点黯然。男人没有说话,心情是和女人一样,不明白漫长的日子叟如何度过。叟除了静坐之外,还有敲铁皮的爱好,经常用铁皮打一些脸盆橱子什么的,叮叮当当的。有一天晚上,女人对男人讲,书上说,胎儿得有音乐,从明天起,我们放点轻音乐吧。男人说,是有这个说法,音乐胎教的孩子聪明伶俐,可是这敲铁皮声……男人和女人都有点为难,压低着声音商量。最后竟然不了了之。

叟敲白铁皮的声音竟没有再响了。过了好几天,女人才发现这个变化,告诉了男人,男人留心了,也没有再听见敲铁皮的声音,倒是见着铁皮被一股脑儿丢在院门的后面。男人于是悄悄对女人说,他在听着我们讲话呢!以后说话,得注意一些。女人点点头,同时诧异地问:我那么小心地压低嗓子说,他怎么听得见呢?

往后的日子,仍如钟摆一样成惯性。叟除了早上太阳一样准点地搬出仙人球,晚上月亮一样正点搬进仙人球之外,就痴痴地坐在门口怔怔地看着、想着。女人用录放机放起西洋音乐的时候,叟起先是纹丝不动,后来听着听着,也有点坐立不安,一副局促的样子。到了后来,叟可能习惯了音乐的声响,坐在那里仿佛沉浸于一种宁静之中,又像是在作极其深远的关于历史和未来的遐想。

终于有一天,一盆仙人球花开了。这一天女人十月怀胎也结束了,顺产了一个男孩。女人满月后抱着儿子走进小屋的时候,竟看到叟远远地站在门口,一副诚惶诚恐的样子。女人看得出来,叟有点激动,这可以从他微微哆嗦的手和嘴唇中看出。女人于是也有点莫名的激动,小碎步地走到叟面前,把褪褓凑近叟的身体。叟绷直了身体,低下头认认真真地看了看,女人专注地看着叟,只见叟的嘴角抽搐了一下,极其细微,紧接着,又看见叟的眼眶里竟有晶莹闪了一下!女人心念一动,刚觉得一股暖意,立即见到叟掉转身子走了。这时候,刚满月的孩子嘴角咧了一下,竟发出了一连串咯咯咯的笑声,仿佛在沉闷的空气里绽开了爆竹似的芬芳。女人不由得为之心花怒放,这可是小小的生命来到世界上的第一次笑声呀!

男人不在家的时候,女人便抱着孩子在门口观风景,一口一个小宝宝,嘟嘟嘟。女人奶水足,也丢掉了姑娘家的腼腆,经常掏出白生生的奶子喂孩子,诱人的乳头像颗饱满的大樱桃。小孩往往是张开嘴便噙住,专心致志地吮吸。女人一边哺乳一边哼着半生不熟的儿歌:小宝宝,睡觉了,狼来了,狗来了。狗把狼儿撵跑了,狼跑了,狗不叫,小宝宝,睡着了⋯⋯每到这个时候,叟都不敢正眼去瞧,僵硬呆板,全身都感到不自在。

孩子到了小屋后,骨碌碌地见风长,长得和盆里的仙人球一样茁壮,两只胳膊像两节藕条似的。后来,腿脚也有劲了,身子也结实了,在女人怀里经常乱蹬一气。女人无奈,便让孩子在地面上走,自己在后面小心地用手扶着。叟专注地看着她,看了很久,生硬地做了一个敞开怀抱的姿势。小孩一边笑,一边移动着自己的小脚,随后使劲地挣脱了女人的手,慢慢地迈出了第一步。这是人生的第一步呀!竟是朝叟的方向,蹒跚着走过来了。叟忽然变得老泪纵横,强忍着不让眼泪落下来。女人看得出来,叟好激动好激动,心里有温暖的感觉。

男人和女人在孩子快满周岁的时候,才想好了给孩子取个大号,想望子成龙,就叫望龙了,一点也不隐晦含蓄。女人一股脑儿栽进母爱的海洋里去了,变得琐碎而啰唆,做姑娘时看的书,还有集邮等爱好,早就弃之一旁,除了一门心思带孩子之外,稍有时间,就忙着给小孩打毛衣、毛裤、毛袜什么的。男人仍一如既往地坐在灯下看书,有时候写写材料和文章。倒是叟似乎有点变化,从早晨起,只要女人带着望龙出来嬉戏,就见到叟也走出房间,神情专注地瞅着望龙,若有所思,有时面露憨态,嘴角咧着笑。那笑真难看,如揉成一团的地图似的。

叟除了专心致志注视望龙的一举一动之外,有时还主动逗着望龙。女人在池边洗衣服的时候,偶然瞥了一下,竟看见叟对望龙挤眉弄眼做着鬼脸,那表情丑陋极了。女人感到一阵惊悸。可是望龙显然被逗乐了,前仰后合地笑着,笑声像银铃一样。叟有点得意,表情更夸张了,还加进了手势,张牙舞爪的,甚至因为吃力而有点喘气。女人实在看不过去,便走过来,礼貌地对着叟笑了一下,牵着望龙回屋去了。叟有点尴尬,余兴未尽之时,把一个笑容错给了她。

有了望龙,女人和叟之间的关系也融洽了许多,叟也不再一如既往地一坐就老半天了。女人、男人和叟相遇的时候,女人和男人笑笑,叟也笑笑。望龙倒是挺喜欢跟叟接近,每当望龙趔趔趄趄跑向叟时候,叟便伸出那双缠满绿蚯蚓的鸡爪子,搂着抱着望龙,有时竟如痴呆般地嘿嘿笑着,目光游移,满面笑容。有一次,下班回来的男人看见了,心里一紧,夜晚之时,等叟扯起重重的鼾声,男人悄悄地对女人说:让望龙少接触点叟吧!我也说不好,总觉得有点……男人没有接着说下去。女人心里也一凛,想了一下,点了点头。

不久,望龙会说话了。望龙在院落里跌跌撞撞地走,叟也坐在院子里,专心地瞅着望龙。望龙忽然信步向叟走去,眼睛里竟放出一种奇怪的色彩,绿绿的又带点红,嘴唇翕动着。终于,鲜嫩的嘴唇里吐出了清晰的声音:

"爷——爷!"

女人听见了,心尖颤动了一下,以为自己听错了,没有理会。望龙又叫了一声"爷——爷"。女人这回听清了,的确是儿子在说话。这是儿子来到世上之后,发出的最新呼唤。女人听清楚了,心里有点酸楚,成分超过了激动。女人顺着儿子的方向看了看叟,见叟起先傻怔怔地笑了一笑;儿子叫第二声的时候,叟竟像遭遇电击一样,全身颤抖不止。两只布满皱纹的眼睑紧紧地闭上,两行眼泪滚落下来,缓缓地爬过脸庞,扑扑簌簌地掉落在黑亮的衣襟上。

女人心中一热,只觉得眼睛变得酸痛,嗓子眼里有一股辛辣不由自主地向上拱动。女人赶忙抱过孩子,头也不回地转身离去,然后把门紧紧地关上。

之后,望龙会喊爸爸、妈妈及其他简单的音节了,但仍然跟叟最亲。一有时间,望龙便往叟那儿跑,围着叟的身前左右叫着爷爷、爷爷,跟叟之间,仿佛有一种天然的默契。叟受宠若惊,黑瓦片似的脸上常常放出红光,像涂抹了一层薄薄的辣椒酱似的。叟也常常从那间堆满了不知什么破烂东西的屋里变魔法似的拿出个苹果、梨子或其他什么的,在袖子上擦拭一番,而后递给望龙。女人在不远不近处看着,如咽下过量的胡椒粉。望龙倒是不计较,任性地捧着水果大嚼大吃。叟在一旁舒心地看着,有时摸一摸望龙软柔如猫毛的头发,笑得更加丑陋了。

那两盆仙人球自从望龙出生以后,长得越发好了。有一盆已从茎叶上生出好几朵颜色不一的小花来,有红的、蓝的,也有白的,看起来漂亮极了,若天生丽质的少女似的。另一盆虽然长得肥大,却始终忧郁地不开花,不过绿色的茎叶也挺好看的。望龙见叟经常搬进搬出,也喜欢上这两盆仙人球了,经常跟叟一起,痴痴地瞅着这些茎,这些花,一动不动,仿佛沉浸于一种远古的遐思。那情景让女人莫名地泛起一股愁云,这痴迷专注的神情哪像个一岁的小孩啊!看得久了,觉得那双眼睛也不再晶亮、水灵,倒如一泓深不见底的幽潭似的,这不由得使女人忧心忡忡。

女人第二天看着仙人球突然想,该不是这个东西有魔气,摄人魂魄吧?女人仔细地看着,觉得忐忑不安,它甚至让女人想起《聊斋》里的女鬼。女人看完了这盆,又看那盆,觉得那盆不开花的仙人球更有一团魔气。女人看得久了,想得多了,害怕了。男人回来的时候便吵着说:把那花拿去送人吧,送人,或者干脆丢了吧!男人笑了笑,说:都开花了呀!干吗要送人?女人听了,不由自主地哭了起来。男人笑了,亲爱的你怎么啦,你要送人就送人吧。

于是那两盆仙人球便在一个阳光灿烂的下午准备离开这间老屋。这个时候望龙正在睡觉,叟也有事出去了。女人抱着它们走出老屋,刚迈过门槛,迎面撞见回来的叟。叟冷飕飕的目光扫向女人,看着她手中的盆景,用一种疑问的目光打量她。女人觉得面部发烧、心跳加速,像是犯了什么不可饶恕的罪行似的。正待解释,忽听到屋子里传来一阵哇哇哭叫,正是望龙的声音。女人慌忙放下仙人球,急急地跑进房间,只见望龙踢翻了被褥,两只粉红色的小脚乱蹬一气,哭得上气不接下气。女人一下慌了神,赶忙抱起儿子,连声哄着,可是望龙仍哭个不停。

望龙的哭一直持续了一天一夜。有时歇下来,左脚蹬累了便换右脚蹬,嘴里的哭声一直没有断。有时候哭得很了,口吐白沫全身抽搐。女人急得直哭,陪着儿子哭;男人也请假不去上班,闷着头张罗一切女人平日干的事。只有叟还原了平日的模样,怔怔地坐在门口。

到了第二天,望龙仍不时啼哭。这时叟默不作声地走过来,如一个幽灵,脚掌着地时毫无半点声息。叟走过来,女人吓了一跳,怔怔地看着他。叟手里拿着一个银色的项圈,白白的放着光。叟也不理女人,走过来把项圈套在望龙的脖子上,说来也怪,望龙脖子在项圈套入的一刹那,哭声竟然停止了,随后抽泣了两下,便合上眼睑睡着了。叟端详着那张粉嫩的布满泪痕的小脸,仍无表情,也没朝女人打招呼,缓缓地离开了。

望龙这一觉睡了一天一夜。醒来之后,望龙又变得生龙活虎起来,咿咿呀呀地要吃东西。女人的心归了位,喜滋滋地忙来忙去给儿子做好吃的。望龙一口气吃了三个荷包蛋,跳下床,赤着小脚便往叟那跑,银色的项圈在他的脖子上直晃动。望龙一边跑一边叫着爷爷爷爷。叟眯着眼睛,笑成一线韭菜,只是无声。叟拥着望龙,又让望龙骑上他的背,做孺子牛状满地乱爬。玩得乏了,叟坐在门槛上喘着粗气,倒是望龙独自翻出叟的铁锤白铁,叮叮当当地乱敲一气。

晚上,望龙睡了,隔壁也响起叟轻轻的鼾声。女人仔仔细细看了看望龙脖子上的项圈,上面还有字呢,是"辛亥"两字,怕是叟小时候戴的。男人也放下手中的活计,走过来瞧了瞧,瞧过之后二人都不说话,都在默不作声地想,该不是这项圈有些魔气吧?反正,这一切的一切,总让人不那么踏实。

一盆仙人球开得灿烂,另一盆仙人球却一直没有开放的欲望,甚至没有一丝这方面的打算,像是个已到暮年的病妇,精神萎靡不振,身子骨也日益软沓下去。日子一天天地过去了,到了女人该上班的日子,女人和男人请了一个小阿姨,小阿姨是个乡下的小姑娘,性子怯怯的,望龙也没有把她放在眼里,照旧一天到晚围着叟转,叟在哪儿,望龙就跟到哪儿。女人去上班的时候,叟又操起了他敲白铁的行当,叮叮当当地敲打起来。望龙也学着叟的模样,拿着小锤敲铁皮,跟着叟也叮叮当当地胡乱敲着一气。小阿姨落得自在,埋头啃着花花绿绿的杂志。男人女人看着这种情景,虽然心里有点疙瘩,但也无奈。一屋子人平平安安,倒亦无事。

转眼夏天到了,小望龙开始穿着开裆裤,撒开蹄子满屋子乱跑了。那盆仙人球还是没有开花,闷着个头缩在那里做瘪三状。这一天,女人回家,小望龙起身来迎,突然口吐白沫,晕倒在地,女人、男人急得脸色苍白,慌乱地抱着望龙走进房间。叟瞧见这个情况,不动声色,低着头急急地往屋里走。过了一会,女人见叟端着一碗绿莹莹的、散发着一股腥味的液体走来,直接往望龙嘴里灌。女人想阻挡,不过还是顿住了,怔怔地注视着叟的一举一动,没有表示反对。叟灌完之后,拿着空碗便走了,留给女人一个冷冰冰的背影。过了一会,望龙呼吸竟平和如初了。

过了一段时间,女人发现那株开了花的仙人球不见了,这才明白叟上次给望龙喝的是仙人球汤。女人寻思很久,感觉到自己生活在一种稠如云雾的神秘之中,感觉到叟、仙人球、老屋子,乃至一切的一切都在昭示一种无法解释的东西,这东西客观存在,却又无法预测,它们左右着身边的一切,酝酿着一个个新的事件。女人想得久了,怕了,感到周围的空间里突然攫出无数只神秘的手,又像有无数幽深的眼睛在盯着自己。晚上,女人慎重地对男人说,我再怎么也不住这屋子了,你无论如何也得给我们重新找个住的地方!女人说完,便嘤嘤地哭,哭得肩膀一耸一耸的。男人抚着女人的肩膀,一言不发。这时只有叟的鼾声,在空寂的夜色中回荡。

秋天来的时候,男人和女人离开了这间老屋,特意选定了叟不在的日子。那一日阳光明媚,万里无云,女人和男人在大卡车载走了所有的物件之后,对怔怔地站在那里的望龙说,走,我们到新房子去。望龙问,什么样的新房子?大大的、亮亮的,有卫生间,有书房……爷爷也去吗?爷爷不去了,爷爷还在这儿,走吧,好孩子!

于是望龙低着头跟着男人和女人走。走了几步后,望龙突然问,那盆仙人球不带走吗？女人耐着性子回答,不带了,不带了。

女人和望龙忍不住回头一瞧。那盆仙人球不知什么时候已绽开了美丽又带点伤感的白花。

姓

回老家闲着无事,经常上街漫无目的地闲逛,咂摸着依稀存在的民情民俗。

这一日,碰见一个人。远远地,我眼睛的余光瞥见他在街角处凝视着我,我将视线移了过去,他察觉到了,变得窘迫起来,赶忙别过脸去。我感到诧异,也没往心里去,继续往前走,只是感觉到他又偷偷地扭过头,用一种怪异的目光跟踪我。我继续东张西望。突然眼前闪现出一个人影,我吓了一跳,定睛一看,还是他。他脸涨得透红,双手不停地揉搓。他的眼睛很小,像老鼠似的,在长长的猫眉一般的眉毛下闪着精光。声音颤巍巍的,像是躲躲闪闪的小偷:

"啊……您是念大学堂的……"

我这才想起来,我是认识他的,依稀记得他是镇上的篾匠阿三。

"是的,阿三伯,你有什么事吗?"

"《百家姓》……赵钱孙李,周吴郑王……我的姓……怎么没有?"

我忍不住笑了,心弦也一下松下来。对他蓦地抛出这个问题,我感到很不解。

"没有吗?"我问。

"真没有——周吴郑王,冯陈褚卫……"他表情沮丧,无精打采,身子如浸了水的蚯蚓。

我这才想起,别人总是叫他阿三。"阿三!"只要这么一喊,他便会竭力睁大那双鼠眼出现,近乎拍马屁地问这问那,要是让他打只竹篮竹椅竹凳什么的,一会儿他就会连那鼠眼里洋溢的殷勤都递给你。

"阿三是个厚道的手艺人!"镇里人都这么说。

可是现在,阿三犯难了:"人总该有名有姓,光有姓不行,光有名更不行,总不能在自己的墓碑上刻着'阿三'吧。"

他眨着眼睛,眼睛里满是忧愁,脸上全是焦虑。他急急地看着我,显然对他询问的对象——我抱有很大希望。

可我又有什么法子呢?又不能随便从百家姓上拎出一个字贴在他的额头上,我又能帮他什么呢?

我只得笑笑:"阿三,姓这东西……你好好想想,问问上辈的,还有亲戚什么的,上了年纪的人,也许会记得……试试吧,试试。"

对面那双老鼠般眼中的火星慢慢熄灭了。阿三的嘴唇嗫嚅了一下,想说什么,却没说出来。他怔了一怔,拖着步子走了。我瞧着他那瘦小的、慢慢变得模糊的背影,隐约感到有点内疚。

这天晚上,我一个人在灯下看书。突然听到有一种极其轻微的脚步声来到我房前,嚓嚓。我搁下笔,静候敲门声,可敲门声就是没响。这样大约持续了五分钟。我感到奇怪,站起身走到门前,猛地打开房门。门前月光下有一个人呆呆地立着,猝然见门开了,身体不由自主地哆嗦了一下。我一看,是阿三。

"是你啊!有事吗?进来坐坐吧?"

"有点事,想问问您……又怕打搅。"阿三畏缩地俯着身子,脸上带着讪笑。

"没事的,没事的。"我示意他进房间。他进了屋子之后,环视了一下,像是耗子出洞似的,然后极其缓慢地把屁股轻轻搁在椅子边上。看见我沏茶,他连忙从椅子上弹起来,腰虾一样勾着,站在一边。

我笑笑:"坐,坐,地方乱得很。"

他坐下了,沉默半晌,蓦地发出一句:"有《百家姓》之外的姓吗?"

我一下给他说愣了,想了想,顺着他的意思点点头,给他解释道,《百姓家》只是收录了一百多个姓,至于中国的姓氏,恐怕有一千多个呢!

他脸上开始有点笑意,又怯生生地问:"胡人也算中国人吗?"

我感到莫名其妙,可还是根据我掌握的一点历史文化知识,跟他解释道,"胡"是古代对汉族之外民族的称谓,包括先前南下中原的匈奴、鲜卑、柔然等等,也包括来中国做生意的更远一点的波斯人、粟特人等等,有很多胡人经过几百年的同化,已经融入汉族了。很多人身上,实际上都有胡人血统呢!一直在中国生活的人,当然可以算作中国人。

他的脸上绽开了一朵难看的花,皱纹一圈圈的,似地图上的等高线似的。他的眼睛越发地小了,不经意看,真能把他眯着的鼠眼看成是一条皱纹。我真弄不明白,他问这个干吗?

"我可能姓'哈',哈哈笑的'哈'……《百家姓》中没有的,可算是姓?"

"算是姓的。"虽然我心里仍感到诧异,但我还是应了。

"可能又不是,"他的脸上又升起愁云,"也是听别人说的。"

"您说……没有姓的人……"他停顿了一下,然后使劲地咽了一下口水,像是下了很大决心似的,"是没有祖宗的人吗?"

我越发不明白他要说什么,只能不置可否,没忙着作答。

"没祖宗?没祖宗?我阿三是从天上掉下来的吗?我阿三是从地下钻出来的吗?我还是从娘胎里爬出来的?……"阿三显然有点激动,小鼠眼在黑暗中熠熠闪光。

我只好解释,姓名本身并没有多大意义,只不过是一种称谓。有了"阿三"这个名,即使没姓也没什么大不了的。

"那可不行!"他嗓门突然放大,小鼠眼浑圆透亮如小灯泡,"没大号我不在乎,叫阿三就叫阿三,没姓,便是没宗,便是没根!"

我简直是大吃一惊,原先怎么也没想到穷酸、畏缩、蔫儿巴唧的阿三性格中竟有如此执拗的一面。

他似乎觉得自己失态了,又恢复了刚才的样子,挺直的腰杆和脖子又缩回几寸,眼睛的精光熄灭了,又变得黯淡失神。

"我得想想,我得想想。"他站起身来,对我哈了一下腰,缓缓地转过身来,挪动着脚步,开开门走了。临走的时候,一句一句赔不是,让我别介意。

阿三走了之后,我一直对此事犯嘀咕,便向隔壁邻居打听阿三的情况——阿三的养母是镇东口卖汤团的寡妇,老辈的人记得她曾讲过阿三的身世:1942年冬天,鬼子飞机突然轰炸小镇,镇民们全跑到附近的山上去了。寡妇腿脚不好,只能窝在家旁边贮藏山芋的地窖里。鬼子飞机走了之后,寡妇颤巍巍地开开门,开门便见一小孩躺在雪地里,已经无声息了,抱回来便是阿三——寡妇没成为寡妇时,曾生有两个孩子。寡妇一面抚养,一面觉得蹊跷,阿三小时候生得印堂饱满、额方口圆。寡妇总想着旧戏文中的真龙天子,惴惴然不敢给阿三加上自己的姓。

阿三一天天地长大了,直到寡妇1953年去世。因死得匆忙,阿三不在身边,寡妇也没能告诉阿三他的身世,"姓"的问题,就这样一直耽搁下来了。

弄清了之前的原委,我以为阿三此举只是求个祖宗,想找个安慰,实属小地方人之常情。没有想到的是,几天之后,更令人惊讶的事又发生了——

这日待在家中,忽听有人敲门,开开门,是老友Q,见我笑笑,问:"看见阿三的寻姓启事了吗?"

寻姓启事? 我莫名其妙。

"阿三贴了个'寻姓启事',说如有人告诉他姓什么的话,愿重金酬谢。"

我懵懵懂懂地跟着朋友往外走,到了县城的十字街口,见一大群人正围着一张布告议论纷纷。我挤了进去,正是阿三的"寻姓启事"。

寻姓启事

　　我叫阿三,约一九四二年出生,承蒙镇里某人收养,但时至今日,不知自己姓氏,本人百感交集,万分难过。如有告诉本人姓氏者,本人予以重谢。

阿三
×年×月×日

布告上的毛笔字,一个个像阿三佝偻的身子一样,笔画更是如阿三乱糟糟的胡须,爬满皱巴巴的白纸。真看不出阿三也能写出这段文字,也可能是请别人写的,或者是根据寻人启事模仿的。

挤出人群,我心里酸楚得很,脑子里乱腾腾地爬满了乱七八糟的毛笔字,听见后面有人议论:

"咦,天下无奇不有,还有人寻姓?"

"要姓有什么用? 不如吃好点,喝好点。"

"啧啧,真是怪事,怪事。"

"八成是疯子,疯子。"

"肯定是疯子,我敢发誓。"

……

见此情此景,我只觉得莫名悲伤,于是低着头走,走到数百米的巷子口,突然感觉到有一束目光向我射来——这是怎样的一束目光呢? 仿佛带有无限酸楚,又像是死水中的一点微澜,不起一点星光,也不起一点涟漪。这是真正的深渊吧,周围爬满了岁月的条纹、人生的车辙,又似乎伸出一只攫取希望之手,枯槁、孱弱、无力,即将被这深潭所淹没。

我走过去,这双眼垂下了睫毛,死水再不泛起一点水泡。

沉默。

我问:"是你写的?"

他没抬眼,头点了一下。他听见了。

我说什么呢? 我一句话也说不出。

"没姓怎么成呢?"他直直地看着我说。

我没答话。

"为这,我没讨老婆。"他突然又说,"孩子……儿子没姓,岂不是没根吗?……"

我一阵惊悸,如一根针扎在心口。阿三这么大年纪了,没结婚,镇里人都觉得怪异,都有过这样那样的猜测,谁知道竟是因为自己没姓。

"没姓,便是多余的! 是吗?"他突然圆睁着眼,眼光一下变得异常凶狠,他死死地盯着我,像是要向我讨要灵魂。

"没……没有的事……没有的事。"我心里一阵慌乱,言语也无法组织了,飘出来,像惊慌失措的蚊子。

"你们是树上的叶子,我只是落在地上的,对吗?"他的眼睛又恶狠狠地盯着我。

我毛骨悚然,张口结舌,只能迈开步子逃离。

我不敢再出门,怕碰见他。

假期结束了,我离开了小镇。当我拎着包从家中离开时,我像一个小偷一样,东张西望,唯恐看见他。一直到车子离开,我才松了口气。我到了城市之后,一想起这事,心里就忐忑不安。我一直预感到要出什么事,他的鼠眼,他的形象,以及他鼠牙一样尖刻的言语,经常在我面前晃荡。

这天,我收到一封信,家里来的,告诉我,阿三死了。我感到震惊,感到害怕,同时奇怪的是,我好像也有这方面的心理准备,反觉得这一切很正常似的。

家里来信说,阿三死的时候,嘴里仍是唠叨着:"我的姓,我的姓,我的姓……根……"

镇里人都替他感到惋惜,说:"阿三死了,好像少了什么似的。"

老家来信还说,写碑文的时候,镇里人给拟了个姓,算是姓李,便叫李阿三了。办完丧事回来,镇里人都有点后悔,要是阿三生前大家都说他姓李,他肯定会相信,也不会忧郁而死了。

看完信,我心中仿佛解脱了些,也长嘘一口气,阿三若是在黄泉之下听说姓李,也该瞑目含笑了。李姓,是中国的大姓,小镇十有七八也是姓李。阿三姓李,肯定算是有了根的中国人。

遥远的绘画

终于毕业了,可王小明不得不去偏僻的几乎被世界忘却的小山村教书。这个小山村叫碎玉滩,一个很美丽的名字,王小明想。临行的时候,县教育局的人事股长对王小明说,那个小学是费了好大周折才建起来的,村里为建这所学校,还死了一个人。碎玉滩的那二十多户人家的孩子,先前上学都是要步行十几里到另外一所小学去的。

王小明家在县城,父亲很早就死了。到了中考那一年,王小明看着妈妈那越来越佝偻的身子,咬着嘴唇填了师范。王小明的老师起先怎么也不同意,说王小明绝顶聪明,去当小学教师实在是可惜了。可是后来禁不住王小明的坚持,王小明甚至还流了眼泪,最后老师终于叹了口气,于是王小明进了师范。

小王老师到了碎玉滩之后,才知道这所小学只有一间教室,有十三个学生。年级却不一样,一年级的有三个,二年级的有五个,三年级的没有,四年级的只有四个,五年级的有一个。王小明当时吓了一大跳,他从来没有听说过这么上课的,四个年级的学生待在一个教室里,一个老师同时教四个年级的课。小学原先有一个老师,也是从师范分来的,几个月后,那老师吵着闹着要调走,教育局死活不放。那老师最后一气之下,辞去公职远走高飞了。

小王老师的办公室兼卧室设在教室旁边。那是一间阴暗的小屋,屋里有个窗子,窗子后面有翠绿的树林,从树木的缝隙里可以隐隐约约看到不远处的河滩。有了这扇可以看得见风景的窗子,小王老师得到不少安慰,他经常痴痴呆呆地坐在窗前,什么也不做,就这样看着不远处的河水。

开学的前一天,十三个学生先是看见小王老师细细地打扫着房间,还在旧瓮里插下几个大蒜子,放在窗台上。学生们看得入了神,小王老师看见学生们瞅他,便对他们笑了笑,说,帮帮忙吧,我一个人忙不过来。学生们便推推搡搡地走了过去,把小王老师房间的地扫得干干净净,桌子抹得一尘不染,床铺得整整齐齐。

那个唯一的五年级的学生是个女的,高挑的个子,几乎和小王老师一般高。小王老师第一眼看见了她,心想,哇,这女孩子好漂亮,怎么生在这穷乡僻壤呢?那女孩大大方方地走到小王老师面前,说:"老师,我们欢迎您。"接着,另外十二个学生高高低低、尖尖细细地跟着说:"老师,我们欢迎您。"小王老师当时给弄了个大红脸,他从来没有经历过这样的场面。但他很快地摆出老师的样子,稍稍地偏着头,故作正经地说:

"啊,谢谢,谢谢。"

小王老师点名时才知道,那高高挑挑、漂漂亮亮的小姑娘叫刘桂兰,今年十四岁;那个黑不溜秋的男孩叫李三顺;剃光头的那个叫钱二宝……开学第一天,小王老师就可以叫出他们的姓名了。开学第一天,小王老师面对十三个不同年级的学生侃侃而谈,谈的自然是读书的重要性,还谈到做人的品质,从孔子的"吾日三省吾身",一直到苏联的乡村女教师,再到美国的现代生活节奏……小学生们听得入迷。小王老师圆乎乎的面孔便成了焦点。小王老师从上午八点一直讲到中午十一点半,学生们竟无一人去小解。他们全听得津津有味甚至入了迷。最后,他们全被这个个子小小、秀秀气气的老师折服了。小王老师第二天从村里走,看见村里人都对他尊敬地点点头,或者老远就送来尊重的微笑,小王老师便有点小得意。他把这一切都告诉分在县城里的女朋友小焦。

学校没有食堂,刘桂兰的父亲便请小王老师到他家搭伙。刘桂兰的母亲去世了,姐姐也已出嫁。刘桂兰家跟小王老师的住处只有一墙之隔,还有个门通着。小王老师有点不好意思,可是刘桂兰的父亲一片盛情,推托不得,想了想,便同意了。

黄昏的时候,学生们都回家了,小王老师无所事事,便背着画夹,来到学校边的溪水边。转眼回望,村落被笼罩在一片金色之中,有一种庄严而不失温柔的氛围。虽说山野僻静,但黄昏一片聒噪,那些喜鹊、黄莺和画眉,叽叽喳喳地说个不停,哪有那么多事情可以说呢?小山村的一切真是美极了,小王老师看了一会,便打开画夹,从口袋里摸出绘画钢笔,洒脱地勾勒起山村的景致。小王老师的钢笔画可有水平呢,曾参加过全国师范学校画展并得过奖。小王老师一边画,一边感觉心中有情绪在鼓荡、迂回。小山村的景致就像一朵朵花,他想把它们尽可能多地采撷在纸上。这些画要献给谁呢?当然是女朋友小焦。小王老师想,每次写信,干脆都写在绘画的后面,这样,小焦就可以看到画配文了,也会不自觉地爱上这个地方。

小王老师每次吃晚饭的时间都很迟,有时候天黑下来,看到朦胧的夜色,也觉得很美,不忍心离开。小王老师后悔自己在学校时水墨画课没有学好,否则用水墨宣纸来画更有味道,更能体现小山村的精神。小王老师心想:这个地方是我的,这景致是我发现的,我要独自占有它,从这里汲取山水之灵性,潜心创造,说不定以后会一举成名。小王老师想着想着便不由自主地抿嘴乐了,他似乎看到了自己成功的那一天:画展在中国最好的美术馆合影展出,甚至在世界巡回展览,外国记者争相报道,人们争先恐后地同他握手、拍照,求他签名。小王老师后来又想,自己要是成功了,离不离开这里呢?他有点拿不定主意。

夜幕降临之时,若是小王老师不能及时赶回去吃饭,刘桂兰的父亲便叫刘桂兰去喊小王老师。刘桂兰揣测一下今天小王老师绘画的地点,便深一脚浅一脚踩着黑暗去寻找。清脆的嗓音在寂静中分外圆润、动听:

"小王老师!小王老师!"

小王老师听到了,便从艺术境界中回过神来,答:

"在这儿,刘桂兰!"

等刘桂兰走近,他便收拾好画夹跟刘桂兰走。刘桂兰打着电筒在前面走,小王老师在后面跟着。小王老师习惯于一边走一边想事情,也不多说话。他们的对面,村庄遮掩在一片夜色之中,只有黯淡的灯光在隐约闪烁。

"刘桂兰。"

刘桂兰走在前面,听见小王老师喊她的名字,应了一声,也没回头。

"哎,小王老师,有什么事吗?"

小王老师问:"上课了,我的课讲得怎么样?"

刘桂兰答:"好得很。他们都说你讲得比先前的老师好多了。"

小王老师听了,有点得意:"他们? 他们说的。你说呢?"

"我也跟他们一样啊!"刘桂兰回答说。

小王老师笑了。刘桂兰也笑了,大约是笑破了,哧哧地发出了声音。小王老师听到后,有点不好意思,为自己的迫不及待感到羞赧。可是在心里,小王老师愉快极了。

小王老师问:"你们想学画画吗?"

"想啊!"刘桂兰说,"我们私下里早就议论很多次了,我们也想学画画,可是我们什么工具都没有,怎么画呀?"

"没事,我给你们准备。"小王老师说。

过了不久,小王老师的十三个学生都跟着小王老师学画画了。为了此事,小王老师还专门去了一趟母校,买来大大小小、新新旧旧十三个画夹。小王老师在每个画夹上都用毛笔题了词,有的写"抓紧时间,白驹过隙",有的写"专心致志"。不知有意还是无意,他给刘桂兰画夹上的题词是"请捕捉黄昏中小村的倩影",同学们一看这话就笑了。小王老师也笑了,他觉得这句有点诗意,很美,只是有点过于文艺了。

小王老师教他的学生怎样握笔,怎样选取角度,怎样先画个轮廓,再重点加工一些地方;哪些地方用重笔,哪些地方用轻笔,哪些地方需要阴影。在现场讲解这些的时候,小王老师总觉得有两颗明亮的星星在眼前闪烁,光芒映射在脸上,让他觉得有点心慌意乱,有时候眼睛也睁不开了,脸也微微有些发烫。亏了有夕阳,夕阳的光晕把他们的脸镀得金黄泛红,这样其他人就看不出来异常了。有时,小王老师讲着讲着便激动起来,他会给同学们讲述古今中外一些著名画家的故事……小王老师讲着讲着,会突然觉得有些迷乱,琢磨着自己口中出来的,到底是凡·高还是高更?他不确定自己的讲述到底对不对,反正,在如此美丽的景致中,他的心中会莫名其妙地升腾起雾霭般的诗意,好像随时都可以从胸腔中氤氲而出。有时候,他会情不自禁地想到女朋友小焦,想到在黄山脚下的古民居与小焦一起实习时并肩写生的情景。

小焦的信为什么越来越少呢?

学画最快的就是刘桂兰了。姑娘人长得漂亮,心灵手巧也不亚于她的容貌,且有耐心。每次同学们画完,刘桂兰总是最后默默地全部收拾干净,随后陪着小王老师一起去吃饭。

吃饭的时候,刘桂兰的父亲往往不在。村里也没有什么事,老刘总喜欢傍晚到隔壁家打几圈麻将。刘桂兰推开门之后,先点上煤油灯,往锅灶里添上一把柴,热一热凉了的饭菜,随后两人就坐着吃起来。有时候小王老师会捧着饭碗,凑近微弱的光线,细细地端详着自己的画,一点一线地琢磨。有时候也看看刘桂兰的画,告诉刘桂兰哪个地方有进步,哪个地方仍有不足,应该怎样运笔。有时候也点评一下其他学生的画,打听其他学生的情况。大部分时间都是小王老师在说,刘桂兰静静地听,有时也陷入深思,神情专注,像是要把小王老师所说的每一个字都镌刻在脑子里,深化开来,去努力理解每一个字的意思。有时候小王老师抬眼看着刘桂兰,煤油灯映着她俊秀纯朴的脸庞,她就像一尊美丽的大理石像似的。小王老师会不自觉地多看几眼,那专注的目光让刘桂兰感到心跳加快。

小王老师喃喃地说:"这个村子太美了,要不出个画家,那才真是亏了呢!"

有时小王老师会问:"刘桂兰,你还记得你母亲吗?"

刘桂兰怎么会不记得自己的母亲呢?虽然有一些事情淡忘了,但有一些事情更加刻骨铭心。母亲很漂亮,很能干。很小的时候,母亲就教她念儿歌:"月姥姥,爬上高,骑白马,带小刀。小刀快,切白菜;白菜老,切红枣;红枣红,切籽麻,麻子麻,切豆芽……"那是夏天时的月夜,风徐徐吹来,痒痒的,如母亲的头发撩弄。母亲时常搀着她,在别人掘过的地里掏山芋。有时掏呀掏呀,竟能掏出乌龟大的山芋来。母亲就拎着山芋筐,她背着山芋篓,踩着暮色往回走,那一种劳动后的幸福,让她终生难忘……后来,后来母亲就生病了,慢慢地消瘦下去,原先漂亮的眼睛失去了光泽,像初秋的老葡萄一样。到了后来,母亲一直卧病在床,她接替了母亲的一切,做饭、洗衣、担水、砍柴……她永远也忘不了母亲临终前依依不舍的眼神,那双眼睛溢满凄楚,无可奈何。想着想着,刘桂兰的眼眶噙满了泪水。

小王老师也默然。刘桂兰对母亲的怀念,让他情不自禁地缅怀起自己的父亲。可是有关父亲的记忆太遥远,也太苍白了,如没有影片的银幕。他想了想,叹了口气。

一个初春的日子,微雨初晴,和煦的春风吹开了无数花朵,梅花、李花、梨花都开了,山色也泛青了,青草也复活了,从河边、田埂、路旁,甚至石头与石头的夹缝间挤出来。槐树、杨树、楮树、苦楝等各种各样的树都启开鲜嫩的小嘴唇,对着春天发出娇滴滴的呼唤。小王老师在春天的包围中有些恍惚,感觉自己正变成一只蜜蜂,张开透明的翅膀在花海里翱翔。转而,他又感到有一丝哀伤,要是小焦此时在自己的身边该有多好哇。互相拥倚,观远近的山景,观周围的春花,这一切都完全属于他们,没有人打扰。这个小村落最大的好处是,自己可以是主人,整个山野属于他,整个春天也属于他。

小焦有很长时间没来信了,他已失去了小焦的音讯。小王老师觉得一阵愁云如春水般漫上心头,但他努力克制着自己的情绪,握住画笔继续作画。可是他一直心乱如麻,一声长叹后,不得不放下画笔。他大声叫道:

"刘桂兰!"

刘桂兰也在聚精会神地画画,她在画远处的小村,正用水彩勾勒那蜿蜒的山道。听到小王老师的喊声,她应声:

"哎——小王老师,你叫我吗?"

小王老师欲言还休。他转过话题,把拱上来的烦闷向下压了压,说:

"画什么呢？我看看。"

刘桂兰犹豫着把尚未结束的画递过去，愣愣地睁着一双凤眼瞅着小王老师。小王老师用自己的水彩笔在上面勾勾勒勒："噢，应该这样，这样，这样才对。"刘桂兰在一旁仔细地看着，嘴里应声："嗯——我记住了，是这样，这样。"

小王老师的笔最后无精打采地停住了，接着小王老师的眼神呆滞了一点，变得若有所思。刘桂兰感觉小王老师轻轻地叹了口气，便问："小王老师，你怎么啦？"

小王老师回过神来，冲她笑了笑："没什么，没什么。"

刘桂兰看小王老师笑得勉强，想问，又不敢问。她岔开话题，打破尴尬的沉默，说："小王老师，我教你念儿歌好吗？那时妈妈教了我许许多多儿歌，我念给你听，好吗？"

刘桂兰于是便念：

小豆叶，四方方，

骑上大马去烧香。

大马拴在梧桐树，

小马拴在花墙上。

鞍儿挂在庙门上，

鞍儿放在墙头上。

开开门儿，

关上门儿，

看着大哥寻个好媳妇儿！

……

拉篮篮,扯锯锯,

过了大年五岁岁。

大哥大哥返回来,

抓过一把茅草来。

茅草里有个毛耗耗,

吓了大哥一跳跳。

……

小王老师听着听着便笑了起来,笑得很轻松,也很惬意。他一边笑一边说:"刘桂兰,你儿歌念得很好听啊!走,吃饭去。"

刘桂兰看见小王老师步履轻快地走在前面,她感到快活极了。

接着便是梅雨季节了。阴雨连绵,天昏地暗,池塘、河里、低洼处都积满了水,大小道路都变得泥泞不堪。村头村尾都看不到人,大约都龟缩于屋中,无可奈何地等待着。在这个季节里,小王老师和学生们也没出去写生。

周日的早晨,天放晴了。燕子第一时间就冲出屋檐下的窝巢,快乐地在空中划着弧线。山也好,水也好,树也好,花也好,经过多日春雨的浣涤,绿的更绿了,红的更红了,世界呈现出一片生机,所有的一切都显得活跃与旺盛。

中午了,刘桂兰去喊小王老师吃饭。她记得小王老师是不睡懒觉的,可今天怎么啦?不吃早饭,中饭也不吃了?刘桂兰来到了学校,到小王老师房间门口,想大声喊叫,可她想了想,忍住了,没有喊,轻轻推了推房门。房门开了,里面没有上锁,小王老师眼睛圆睁着,躺在床上呆呆地看着天花板。见刘桂兰进来,小王老师也没招呼。

刘桂兰感到一丝慌乱,似乎觉得房间里的气氛有点不寻常,想悄悄地退回门外。蓦地,她听到小王老师的呼唤:

"刘桂兰!"

她迟疑着转过身来,问:

"小王老师,你睡了吗?"

小王老师问:

"刘桂兰,有什么事吗?"

刘桂兰讷讷地说:

"今天天晴了,是个好天气,叫你吃饭,饭后想跟你……出去画画。"

她看见小王老师嘴角抽搐了一下,呈现出一个让人不易察觉的微笑。半晌,小王老师说:

"我头痛,中午也不吃了,你回去吧。"

刘桂兰默默地点了点头,出去了。过了一会儿,她端来一碗热气腾腾的药汤放在小王老师的案前:"小王老师,你喝了吧,这是金银花根汤,土方法,很管用的。"刘桂兰认认真真地说,大眼睛忽闪忽闪的。小王老师有些感动,觉出有水雾漫上来,眼前一切变得模糊不清。刘桂兰轻轻地吹着药汤,又尝了一口,然后递给小王老师:

"喝吧,不烫了。"

小王老师也不推辞,端起碗一口气把药汤喝得干干净净。刘桂兰在一旁目不转睛地看着他,很高兴地笑了,笑着笑着,又笑破了,咯咯的声音也出来了。她想起了什么,欲言又止,但最后还是说:

"小王老师,你有女朋友吗?"

"……没有。"小王老师回答。

小王老师苦笑着。面对眼前这个天真、俊秀、伶俐的女孩,又该说什么呢?说他曾经有过女朋友的,现在又没有了?还是不说了吧,这一切就像一个梦,这个孩子哪能理解得了呢?善良的女孩,天真的女孩,这一切你还是不知道为好。沉默了半晌,小王老师像是憋足劲似的,喃喃地说:

"刘桂兰……以后你们还是自己去画画吧。"

"为什么呢?"刘桂兰眨巴着眼睛问。

为什么呢? 当然是因为自己要离开。为什么要离开呢?是因为在这小山村里找不到快乐?是为了在山外的世界里证明自己的价值?是为了让小焦看,自己可以活得更好?小王老师苦笑了,他曾经讨厌争强好胜的生活理念,因此他喜欢绘画,喜欢艺术,觉得人若是与艺术相伴,就可以活得充实而快乐。可是别人不这样认为啊,在别人眼中,一个在山村里生活的孩子王,哪有什么社会价值呢? 就像小焦说的,生活不是绘画,也不是艺术。她不可能嫁给绘画,也不可能嫁给艺术。既然这样,那就只能重新选择。小王老师觉得关于生活和艺术的关系,他根本无法向眼前的这个小姑娘解释清楚。也许她永远也理解不了,也许她最终会懂得。小王老

师沉默很久,最后只得摇摇头:

"我也不知道为什么,也许,就是不为什么吧……"

他极害怕伤害了这颗晶莹的心,又补充了一句:

"你们画吧,多练练,有什么问题,仍可以问我。"

但他还是看到刘桂兰眼里流露出的凄楚和失望。他感到心里很难受,有血液在慢慢冷却的感觉。

在此之后,小王老师再没有出现在黄昏和清晨的村前村后,整日把自己关在鸽子笼般的小房间里,除了上课和吃饭。十三个学生之中,有十二个人陆续地放弃了,他们继承了父辈的游戏,打币、摔跤、斗鸡、捉鱼……玩得不亦乐乎。只有刘桂兰一人仍在黄昏的时候静静地背着画夹,茕然一人去看小树林、河滩,用画笔捕捉着花卉、画眉、鹭鸟、老屋等。每次小王老师放学时收起课本,看着刘桂兰伶俜的影子,总是感到怅然若失。

晚上,照例是小王老师和刘桂兰的父亲两两相对,埋头吃饭。

"这孩子,越来越痴迷了,一个女娃,这样下去……"老实巴交的父亲望了望外面黑黝黝的世界,有点忧愁。

小王老师没有说话。

刘桂兰的父亲看了看小王老师,继续说:"整天就是画呀画,说是要把村里的景色都画下来。画下来有什么用呢?又不能卖钱!"

小王老师笑了。

"再说,这村里的景色,谁也带不走。终日守着这一片景,干吗要画它们呢?"

小王老师想给刘桂兰父亲解释,忽然间觉得刘桂兰父亲话语中似乎暗藏一种深奥的道理。这种道理是什么,他也说不清。刘桂兰痴迷于画画,他也不知是好是坏,又能说什么呢?

刘桂兰回来了,父亲便缄口不语了。刘桂兰对着父亲喊了声:"大,我回来了。"又对着小王老师喊了一句,"小王老师好。"便没有下文了。

小王老师感到失落。他知道这一段时间,刘桂兰和孩子们明显地跟他疏远了,在他与孩子们之间,仿佛有一根无形的线绷断了。孩子们连看他的眼神都是怯怯的、躲躲闪闪的。这一段时间,他似乎没有心情跟孩子们聊天,每次都是匆忙上完课后,便离开教室把自己关进小屋子里,为自己的苦闷而奋争。

他觉得有点内疚,觉得不应该以自己的情绪去左右自己的行动,甚至影响孩子们的行动。他振作了一下精神,问:

"刘桂兰,最近一段时间你的画呢?拿给我看看。"

刘桂兰噙着一口饭,听到他的问话,眼神闪出一丝惊异。她以为听错了,迟疑了一下,又接着吃起来。

"刘桂兰,把你的画拿给我看看,行吗?"小王老师又问。

刘桂兰这回听清了。她睁着美丽的大眼,看着小王老师,点点头,放下饭碗,进入里屋,拿出厚厚的一沓纸,递给小王老师。

小王老师接过来,一张张看起来。他简直有点惊悸了,刘桂兰的画竟进步得如此神速。几乎所有的画面,都是村前村后的景色:青砖白瓦的房屋,潺潺清清的流水,水里有嬉戏的鸭群,有石阶上浣衣的妇女。一些画是关于乡村的写意,显现生活的情趣;另一些则是相关的写生作品,有遒劲如龙的古松树、皱纹如车辙的老农、赤脚站在田里的插秧女……这些，都是鲜活的生活。让他感到惊奇的是，刘桂兰总是对村前村后的景致加以变动，在她笔下，花卉更为茂盛，人物更加好看，风景更加优美，老桥也会多出几个桥孔，显得更有古意、更见精神。小王老师明白，刘桂兰把自己心中对小村的一种情感融入绘画当中去了，有了这种情感，绘画更多地带有主观色彩，显得更加有魅力了。

小王老师努力使自己平静下来，他语调异常平静：

"不错，很好。进步不小，但这里，这里……"

他努力想给予她指导，可是他很快发现，自己所说的是那样生硬蹩脚，似乎一点必要都没有。也许，绘画就应该像刘桂兰那样——投入全部深情，想怎么画就怎么画。

暑假很快到来了。放假的第一天，小王老师叫了一辆三轮车，把房间里所有的东西都拉走了。刘桂兰看见小王老师独自一人把窗台上破瓮里的大蒜挖出，种在她家的自留地里。那蒜叶长得老高，绿得发乌的叶子显得茁壮而深沉。蒜种好之后，小王老师仍踯躅在教室里，细心地寻觅着什么。后来，他打开画夹，握着钢笔对着教室和宿舍画了起来。刘桂兰远远地看着，恨不得将眼前的一切也画入自己的画中。她呆呆地看着，终于听到了小王老师的呼唤：

"刘桂兰！"

她怔了怔，小跑着来到小王老师跟前，美丽的大眼睛流露出期待：

"小王老师,有什么事吗?"

小王老师避开她的直视,说:

"我要走了。"

"回家去了是吗?"

"……嗯,不一定。"

"开学的时候再来吗?"

"……不来了,刘桂兰。"

刘桂兰感觉到什么,没有追问。小王老师主动告诉她,自己想好了,准备考大学,已经辞职了。估计问题不大,就是考不上,也不回来了,准备去外面闯一闯。小王老师说完了,刘桂兰仍默不作声。小王老师也没再说话,两人就这样面面相觑地站着。夏天里,学校种植的白杨树上有好几只知了在大声地叫着,还有风掀起树叶的簌簌声。

刘桂兰哽咽着说,一开口,眼泪不由自主地流下了:

"这里……这里不好吗?外面……外面就那么好吗?"

小王老师没有吭声。他想说,这山这水这景这人,真是太好了,也很美,美得就像一幅风景画。他是热爱这画的,也想在画中生活。可是,可是,人总不能永远生活在画中啊!但他什么也没说,而是转开话题,说:

"刘桂兰,把你的画送一张给我吧,跟我的放在一起,我要永远保存。"

小王老师又说:"刘桂兰,你的画已经有点起色了,无论什么时候你都不应该放弃,以后,可能我会帮助你的。"

刘桂兰跑步回到了家,拿了一张画递给了小王老师。画是水彩画,景致是村头的老槐树,树下有一大一小两个影子。大影子,看得出来是小王老师;小影子,应是刘桂兰。小王老师心里涌起一股暖意,他郑重地把这幅画收好,夹进画夹。抬起头,他看见刘桂兰美丽的大眼睛下面有两行泪珠。

小王老师走了。走了很远之后,估计后面无人了,他又回过头来,眺望着小山村。小村像一幅画,而他在这画中生活了一年。小王老师深深地叹了口气,此一去,将是一个什么地方呢?他不知道,不过可以肯定的是,无论栖息在哪里,都不会再有小村这般宁静和纯朴了。此时此刻,树叶的簌簌声、知了单调的鸣叫声、水面上的潋滟、山野带有泥土的芬芳,都让他感到心情烦躁,如果这就是归宿的话,那么,又何必重新选择呢?突然,小王老师感到一种亘古未有的寂寞从他身体内部散发出来,向着四周辐射开去。他不由自主地伸开双腿,发疯似的奔跑在蜿蜒的山路上。小路是湿润的,浅浅的脚印像一根绳索,牵引着静谧的小村。

这个时候,小村的上空又有炊烟升起。云腾雾绕中,小山村变得更美了。

"别了,我的绘画。"

小王老师在走出好远好远以后,在心底说。

小 说 二 题

那年秋天

羊和明是我大学时的同学,毕业以后已有几年没有见面。每次我给明和羊写信,信笺上总要留下"我想你"或"真他妈的想你们"之类看起来缠绵却故作洒脱的思念之语。

于是明和羊就来看我了。我记得那一天天气极好,秋高气爽,晴空万里。明和羊乘车来到我门前的时候正是下午三点钟。这时我正午睡起来倒痰盂。

我睡眼蒙眬,不见星光日月烛火,压根也没想到明和羊会不告而至。我当时低着头,忽然感觉到自己手中的痰盂咚的一声,尿溅得我满脖满脸。我一扭头,看见一个人正向痰盂里掷石子。我立刻热血沸腾,怒发冲冠、做狮子状,但我立刻看清楚了是谁。我大叫一声:"明、羊,是你们吗?"他们哈哈大笑地奔过来,将我紧紧地搂住。我当时露出窘状,因为手里还紧紧地捏着痰盂,生怕尿水沾到身上。

明和羊都是有名的"鼓上蚤",经常做一些出人意料、啼笑皆非的事。大学的时候,明和羊就曾合伙捉了一对亲爱的老鼠,在暑假开始时,放入对上级永远不会用"?"、对下级只会用"!"的班长的那只漂亮的俄国式皮箱里。一对老鼠在里面相亲相爱,结婚生子,繁衍子孙,你完全能想象出那只俄国式皮箱里热闹欢乐的情景。等到班长开学后打开皮箱,吓得面色苍白哇哇大叫时,这两个坏小子躲在蚊帐里抿着嘴巴偷笑不已。当然,这事情至今谁也不会知道,谁也不会拍人人讨厌的班长的马屁。至于老鼠后面的"教唆犯",班长那个十三斤半的胖脑袋永远也不会想出来。

我招呼他们进了房间。房间乱得很,这似乎很对他们胃口,他们也不感到拘束。明极其随便地把脏兮兮的脚往我家崭新的沙发上一架,一股气味扑面而来。我的眉头不由自主地一皱。这种不由自主,与妻子平日的训诫不无关系。可就是这么一皱,造成了后面的悲剧,让我最终拥有一个遗憾。

明的脸上闪过一些不快,稍纵即逝,转而极其自然地把脚挪回他的鞋中。羊比明稍稍含蓄,我只能说稍稍,要从他们中间得出谁伯谁仲的确是件不容易的事。我们开始聊天,一开始自然是从天气入手,今天天气真好,你们是乘几点钟的车来的……随后便转入家庭,妻子好吗,有孩子了吧,为什么不带他们一起来玩……我突然感觉有的电影和书籍上形容老友重逢会用老泪纵横之类的词语简直是胡说八道!中国人讲究含蓄。我和羊与明什么关系?铁哥们,老同学,四年同窗!可我们最后竟然谈到物价上来了,因为没有什么可说的,我们只能谈起物价。物价是个敏感话题,人们都在谈,而羊和明大老远地跑来看我,自然不是来清谈物价的,我感到有点内疚。

该讲的都已讲完了,窗外一片好天气,麻雀、画眉叽叽喳喳唠叨个没完。可是屋子里呢,气氛却如冰冻的糨糊一样。我想大家都遇到过这种情况,坐也不是,站也不是,说也不是,不说亦不是。

我灵机一动,终于想出个主意。我对明和羊说,走,管他几点呢,喝酒去!上咱们县最好的酒馆,南北酒家,那可是正宗的徽菜风味。一醉方休!我重重地掷出一句,铮铮有声。我认为这句话还可以挽回我"潇洒绅士"的面子。在此之前,我认为我给他们的形象简直窝囊透了。

我发现酒真是个好东西。三杯酒下肚,羊和明的脸上泛起一丝潮红,话也多起来了。我们谈论的都是些旧事,某一天我们仨去公园游泳,湖边挂着牌子,禁止下湖游泳,违者罚款一百元。我们都是穷光蛋,自然也不怕罚款,于是便偷偷下了湖,没想到那些看湖的大妈把我们的衣服都拿进了办公室里,害得我们不得不推举羊光着身子去大妈们那里要衣服,又被大妈们骂着"流氓"给撵出来了。

我们谈及女人,男人谈女人是男人之间亲近的一种标志,的确是这样。明和羊的爱情故事我都知道:明在大学时曾追过一个白俄混血姑娘;羊则是一封一封给那个中学同学不断写信,写得情意绵绵。后来明和羊都没成功,他们的爱人都不是过去的,但都美丽又大方。

我们谈着,不时爆出大笑。明的笑和羊的笑有所不同,在两瓶酒下肚之后,我记得我先学了明的"咯咯"笑,又学了羊的"荷哈"笑,他们全都"咯咯""荷哈"跟着我笑。我发现饭店的人全瞅着我们,惊异地伸着舌头或者瞪着眼睛。我记得我当时对羊和明说,你瞧他们都瞅着我们像瞅着甲鱼似的,喝喝,不才三瓶老窖吗?小意思,来来来,喝。我们接着哈哈大笑,我发现羊后来笑得越来越滑稽,只是嘴角咧着,一点声音都没有,左边向上抽搐,像河里的蛤蜊壳,一根银色的口涎顺着他的嘴角淌下来,或张或弛,像蜘蛛丝一样闪着光亮。

我和羊都站起来,但我发现我根本站不住,两条腿如筛糠似的乱哆嗦,天花板上的吊灯如直升机似的盘旋。可我还是站住了,只感到上身在不停地晃荡。我吃力地睁开眼皮,我发现羊跟我的表情极其相似,就像是镜子中的自己。我和羊举起了酒杯:干!

但我和羊没有立即喝下这杯酒,我们放下酒杯,我看见明没有站起来,独自端坐在那,嘴里咕哝着:他……他为什么……不准我把脚……搁在,搁在沙发上?我又听见明骂了一声:兔崽子,假正经!

我看到明头昂着盯着我,一双眼睛,像野牛眼一样血红血红,也像是将要挤破的痈疮。我突然生出一个念头:我要挤碎他,让通红的液体如灯光一样流出。我摇摇晃晃地准备冲过去。一只手伸到我面前,是羊拦住了我,我只好停下来了。我听见羊走过去,呵斥着坐在那里的明:别他妈的乱说,起……来,站起来,继续喝……酒!

明充耳不闻,根本没有站起来的意思。

这时候门口有音乐声,有送葬队伍抬着棺材举着花圈走过,在棺材头,还有一个小孩捧着大公鸡坐在上面。我忍不住把视线转了过去,听着一片哭声路过。等我转过头来后,我听到啪的一声,白色的碎玻璃像蝴蝶一样向四面八方飞舞起来,四周飘散着尖厉的声音。随后,一片沉寂像黑夜一样降临。我听到扑通一声,看见明呆呆地看着我,眼睛像玻璃球一样圆睁着,身子像是失去支撑的木偶,先是缓缓地,再是急促地倒下。在他旁边,羊高高举起半截酒瓶,像一尊雕塑般发着呆……我突然想起,好像我曾经做过这样的梦,也好像我曾经在电影中见过这样的画面。接着,我听到了尖叫声,然后我什么也不知道了。

那一年秋天,我失去了两位朋友,羊和明。羊现在在白湖劳改农场,被判了十五年。明永远地去了。我永远记得那一年秋天,天气极好,秋风送爽,晴空万里。

记　忆

中午的阳光让人感到厌烦,灰尘在烦躁的情绪中肆无忌惮地跳舞。远和我懒洋洋地靠在阳光地里,眯着眼,用一种昏昏沉沉不紧不慢的声音说着话。内容无关紧要,反正一句接一句。

有一群小家伙在旁边打着台球,八九岁模样,全长得黑不溜秋,叽叽喳喳,如一群喧哗骚动的老鼠。人来到这个世界要从这种混混沌沌的小老鼠脱胎换骨变成风度翩翩道貌岸然的大公鸡,怪不容易的。我们也曾有这个过程。远说。

远讲这句话的时候,我情不自禁地朝那群孩子看了一眼。小孩高抬着细脖子,像白露前的蟋蟀一样亢奋,为鸡毛蒜皮的事情纠缠扯斗。远现在做生意,发了财,有几百万存款,财大气粗得很。

若干年之前,他也是这样衣衫褴褛地跟我们趴在地上打弹子,也是在这个地方,也是黑不溜秋,无一点特色和气质。

远突然走到那群孩子中间。我目不转睛地看着他,只见他极其潇洒地从口袋里掏出一张五十元钞票,扔在台球桌上,然后转身离开,见我看着他,他对着我俏皮地眨了眨眼睛。

在他身后,那些黑不溜秋孩子发出你死我活的撕咬声和叫骂声。远边走,边跳着迪斯科。我看着他,举起手,嘴里发出乓的一声,对他开了一"枪"。

在此之前,远和我久别重逢谈起我们的童年时,竟那样干涩无语。我们什么都回忆不起来,只是心里飘荡着几首乏味的旋律,像呛人的烟雾一样掠过。

大学生小安

去年夏天,我费尽周折调到这个单位任办公室秘书,其中的酸甜苦辣,相信每一个办过调动的人都有切身体会。劳民伤财费心力也是没办法的事情,不提。

我是七月上旬报到上班的。到了新单位后,工作倒是很卖力,每天早到迟退,一丝不苟地在办公室里兢兢业业地干些别人不屑干或者不愿干的事情,写各种各样的材料,跑各种各样的腿,做各种各样端茶倒水的小事。这些也是题外话,不提。

到了八月份,单位上新分来了四个大学生,三男一女,四个人乘同一班火车到的,到单位的时候,已经是晚上九点多钟了。我刚好下楼,他们看见我,便招呼起来:

"哎,同志,我们是报到的。"

我知道会有大学生来,便找到行政科管理招待所的人,让她安排休息的房间。她正在津津有味地看电视,我说明来意后,她一脸的不高兴,咕哝一句:"又是大学生,我瞧着就够了!"随后把房间的钥匙给了我,一个人给了一瓶热水。

大学生们很兴奋,稍稍安顿一下之后,便来到我的房间。几个人一边随便找个地方坐下,一边聊着,有一种不乏兴奋的神采。他们大概很想从我这儿知道点单位的情况,先了解为快。

借助灯光,我细细地打量了他们。那个矮矮的、穿足球衫的姓王,叫王志勇;高高的、黑黑的姓叶,叫叶迎春;女的叫余清,典型的女大学生气质;另一个则是小安了。

给我印象最深的是小安,他长得很老相,黑黑的脸,很瘦很瘦的,脸上架一副深度近视眼镜,一圈一圈的,像玻璃瓶底似的。他很少说话,偶尔插一两句嘴,但满口方言,表达含混不清,也不知他说些什么。

他们开始各自介绍自己的情况。轮到小安了,依旧是支支吾吾、含混不清地说些什么。先介绍自己是从北京某重点大学经营管理系毕业的,说到年龄时,语言更含混不清了。其他人问,你到底是哪一年的?他吞吞吐吐地说,是一九六三年的。说的时候,他的身体不停地抖动着,看起来很不自然。我吓了一跳,因为我工作已好几年了,年纪比他还小。只是小安看起来根本不像是经营管理系的,更像是个哲学系学生。也不知怎的,我有这种感觉。

过了几天,小王、小叶、小余和小安都开始上班了。小王、小叶、小余都是技术干部,按规定被安排到基层技术单位见习锻炼。小安是文科的,又是学管理的,领导们琢磨良久,最后发话下来:

"让小安到行政科去吧,行政科也算基层,见习一年再说吧。"

从那一天起,我常看到小安佝偻着身子骑着自行车买这买那,一会儿一个灯管,一会儿一箱肥皂。小安经常来办公室找领导签字报销,大约是见到领导很紧张吧,他的姿势总显得很怪,当局长签字时,他总是叉着腰,弓着背,全身上下有节奏地晃动。回答问题也结结巴巴、含糊不清,好几次让领导很不满。我知道那全是紧张的缘故。

有几次我下楼到行政科去,那里或三三两两叽叽喳喳议论什么,或人走屋空只剩案上茶气袅袅,可是每次到那里,总看到小安坐在办公桌前看书。有一次我看见他在看一本武宫正树所著《围棋布局》,另一次竟看见他在读《共产党宣言》。

我曾跟小安泛泛地谈过几次。每一次他总是问我很多关于单位上的情况,比如"八五"计划什么的。我总是无言以对,想办法浅浅深深地敷衍几句。每当他从我这得不到他想要了解的东西时,总是显得有点失望。

有一天,小安单独跟我在一起时,沉默半晌,突然问:

"我……我们单位的组织发展……怎么样?"

我愣了一会儿,明白过来,说:

"挺难。我可以实话告诉你,单位上已两年没发展新党员了,要写申请书,你得等!"

他愣了一下,又问:

"我们科长是不是党员?"

我点了点头。小安没有再说话,又像是在想什么。

可一直不见他将申请书交上来。

有两天,我看见小安老是在单位的建筑工地上转来转去,找这找那。我觉得有点奇怪,在食堂打饭时,我遇见小安,顺口问他:

"小安,这几天也没见你在办公室看书,整天往工地上跑干吗?"

"村里田不够种,乡亲们想出来找活,让我给……给他们找……找点活干。"

不久,局里调换单身宿舍。我、三个大学生和财务科的一个小伙子合住一个套房。我跟财务科的小伙子睡一个房间,小安、小王、小叶住另一个房间。他们进去看了看,觉得太小,终于忍不住,合计着要去找局长说明情况,无论如何也得给调个房间。

下午,三人从我窗前走过,进了局长办公室,打头阵的是小王,最后是小安。小安看起来有点畏惧。果然,从局长室出来的时候,三个人垂头丧气,尤其是小安,满面窘态,眼眶里都闪着泪光了。

晚上,我坐在堂前,同室的人出去搞对象去了,我听见门"哐"地一响,我走过去一看,见小安抱个行李走过来,满脸的阴郁,脸显得更黑了。他闷着个头铺他的床,然后一屁股坐在床上,终于抬起脸来对着我,眼眶里滚动着泪珠,哽咽地说:

"曹……秘书,我怎么也想不到,作为领导,就可……可以信口开河吗?"

从他含含糊糊、断断续续的叙述中,我了解到全部实情。原来下午他们三个大学生到局长室表明来意之后,局长很生气,矛头直指小安,说小安一来就不好好上班,就想着给村里人谋私利,现在又煽动唆使小王和小叶来无理取闹,结果把三个人都骂得一声不吭地走了。

小安最后叹了口气,轻轻地说:"其实我知道,保管员小李就是一人住一间,难道我们大学生还不如小李吗?"

年轻人就是年轻人,虽说经受了这一次打击,情绪低落几天,可是过了一段时间后,激情再次燃烧,小安仍是骑着自行车到处跑腿,小王和小叶也是热情满满地投入工作了。

我和小安在一个套间,慢慢地厮混得很熟了。小安的性格与家庭情况,我也了解一些。他家是阜阳农村的,父亲早已死了,只有个母亲。小安不大愿意谈及他的家庭,每次说这些,都是吞吞吐吐的,声调也越来越低。小安是名副其实的内向性格,可有时也显得激情满满,会突然爆出几句没头没脑的流行歌曲,"我家住在黄土高坡"什么的。我不明白为什么他会喜欢上这种风格的流行歌曲,他那沙哑沉闷得像铁锅反扣的嗓音根本不适合唱这样的歌曲。说重一点,简直是黑色幽默。

一个周末的晚上,我和他都待在房间里无所事事。他走到我这边,在书架上翻阅我的书。我想了想,半开玩笑地问他:

"小安,你也有二十七岁了,该搞对象了吧?晚上不能老是待在宿舍里,小伙子待在房间里不是个好事。"

他坦率地说:"单位所在的居委会有个老妇女说要给我介绍她家侄女,是商业大厦的营业员。"

我笑着说:"那不挺好嘛,去看过?"

他也一笑,略带点羞涩:"初中生。我怕谈不来。再说,营业员太忙了,怕以后家庭不合适。"

我说:"你要先去见见,谈谈再说吧,或许那个营业员很好。"

他面露难色,如实相告:"我……是怕万一见了,不成,不好……老妇女会不高兴的。"

一段时间以后,小安天天晚上不在宿舍,骑着个车子往外走,我也没问。这样,又到了一个星期天,小安在宿舍里没有出去,在

房间和堂前踱来踱去,不时地抬起手腕看表。我戏谑地问:

"小安,怎么,今天女朋友要来?"

他有点不好意思,不过还是挺坦率地对我说:

"是的。我跟她约好了。"

"是那个营业员?"我问。

"不,不是的,我考虑很久,觉得营业员不行,加上又是……初中生,所以……这个是教师,中学教师。也是别人介绍的。"

正说着,那个女教师来了。我细细地打量了一下,跟我想象的差不多,矮胖矮胖的,脸上一副严肃的表情。说实话,这形象我不敢恭维,可是我觉得还挺配小安的。

过了几天,我去省城出差。回来之后,我注意到小安情绪不高,连着几天晚上都没有出去。有一天下班后,小安早早地就把门关上了,关门前对我说:"要是那个女教师来找我,你就说我不在!"

当天晚上,那个女教师果然来找小安。她神情黯然,一副无精打采的样子。我照小安吩咐的说了,女教师怏怏地离开了。

我心里有点忐忑不安。女教师走了之后,我敲开小安房门,问:

"怎么回事?"

小安涨红着脸,说:

"记得那个营业员吗?"

"什么营业员?"我有点莫名其妙。

"我跟你讲过的。"小安说。

"我去大厦看过,那个营业员长得……长得……太漂亮了。我想,我还是应该找个……文化不太高的,有点距离也好……说不定,她会对我崇拜呢!"小安一边说,一边笑了。

小安又说:"况且跟那个中学教师在一起,我一点热情都没有,就像看见我中学时的班主任似的。况且,两个大学生……谁也不买谁的账……那也不是个事。"

小安好不容易讲完了心里憋住的话,似乎觉得心里轻松一点,自嘲而又不好意思地笑笑。

我也笑了,小安这样的感受,我似乎也有。我开玩笑说:"你最好同时保持关系,等到成熟了,再进行选择。"

"不,那不行!"他显得有点愠怒,一本正经地说,"脚踏两只船,那可是不道德的!"

我愣住了,反而不知道说什么好。

自此之后,他不断地往居委会老妇女那跑,且开始相当注重打扮了。单位上的人有次谈及小安,说几次碰到小安站在大厦皮鞋柜前呆呆地发愣,真不知道怎么回事。

有一天,我们一起上街玩。小安在一家服装店看见挂着一套"阿迪达斯"运动服,竟怔怔地看着,眼珠也不转动一下。我打趣道:"想买?"他吐了一下舌头,很怅然地说:

"太贵了,好几百块呢! 要是便宜点就好了。"

没过几天,我看见小安在房间里穿着那套"阿迪达斯",在那面小镜子前左看右看,细细地打量自己,有些自怜,也有些对自己不满意。见我进来,他有点不好意思,努力挺起他的驼背,问我:

"怎么样?"

我笑了。说老实话,我不敢恭维,我觉得他穿运动服简直是一种滑稽,他的身体太不直了,漂亮的运动服挂在他身上,总有点歪歪扭扭的感觉,就像衣服洗过没有挂齐整一样。他的麻秆腿隐藏在宽松的运动裤里,留给我的印象就像两根竹竿,努力支撑着不让它掉下来。可是我还是点了点头。

晚上,小安穿着那套红色"阿迪达斯"出去了,只是没多久就回来了,径直去了房间,把门锁上了。我听见钢丝床弹动的声音,应是在床上躺下了。我猜到了八九分,想过去问问,但想了想,没有过去。

第二天中午,小安没穿那套"阿迪达斯",闷闷不乐地在食堂的拐角吃饭。我端着饭碗走过去,在他对面吃了起来。他抬头看了看我,没什么表情。我问:

"怎么,黄了?"

他点点头。

"怎么回事?谈不来?"

"我也不知道,就见了两次面,昨晚她就回绝了。"

"老妇女怎么说?"

"老妇女很生气,说她侄女没出息,大学生都不想找,可是她也没办法。"

我想了想,一开始并不想说,可是后来还是决定告诉他,现在那些小姑娘找对象从不要求什么大学生不大学生,她们看重的是感觉,玩得来,在一起愉快最重要。有文凭更好,没文凭也没有什么。我坦率地告诉他:"你自恃大学生的优势,她并不欣赏;她欣赏的,你又没有。如此这般,怎么能谈得拢呢?"

他点头表示同意。可是他还是表现出一丝恍惚,看着我喃喃地说:

"她可真漂亮。唉——"

局长办公会决定,办一份铅印的简报,半月一期,加大本局的宣传工作。局长对办报一事很重视,找我过去,传达了局里的决定,又对我说:

"小曹,你跟他们新来的大学生说说,让他们多写写稿子。"

我把局长的话对小安说了。小安看起来有点激动:

"是局长说的?好,好,我写,我写,"他说,"我一定写。"他想了想,又说,"我明天就拿给你。"

当天晚上,小安果然没出去,而是伏在房间的写字台上,专心地写着什么。夜深的时候,我起来去卫生间,听到了隔壁传来的重重咳嗽声,有一阵浓重的烟味不时地传来。

第二天清晨,我睡得正香,忽听有人重重地敲我的门。我睡眼惺忪地开了门。

"小曹,"小安站在我门前,挥舞着几张稿纸,很兴奋地看着我,红红的眼睛闪着光,"写好了,交给你,你看行不?"

我点点头,接过了稿纸,瞥了一眼标题:《他是一株无名草——记行政科长×××》。我心里一凛,说:"行,行,你一晚都没睡吧,快抓紧时间去躺一下吧,待会儿还要上班呢!"

他顺从地笑了笑,进了自己的房间,关上门。

重新躺下后,我睡意全无。我粗略地看了看稿子,写得不算好,虽然小安是文科大学生,可是他显然缺乏写作锻炼。文章满篇都是行政科长如何关心"我",及帮助职工修理水池、抽水马桶等事例。当然,如果稍改一下,内部的简报应是可以发的。可是我想的是,局长和行政科长多年来一直面和心不和,尤其是最近,双方经常爆发冲突。这个时候发这样的稿是不是合适?可是我转念又一想,也许我的判断是"神经过敏",局长或许不至于跟手下人如此计较吧?上班之后,我仍然把稿子交给了局长。

局长粗略地翻了一下,很不高兴地说:"这个小安,大学四年,就这水平!我看连一般的初中生都不如!病句连篇,发出去会让人笑话的,不能发!"

我只好将小安的稿件压了下来。报纸出来的那天,我觉得瞒不下去了,必须给他以交代。那天晚上我在他那儿默坐良久,终于说:

"小安,你那篇文章……没发。"

"是写得不好吗?我一直想问呢!"小安急切切地问。

"不……不全是这方面的原因。我估计……可能其中有些磕磕绊绊的东西,我和你都不太清楚。"

小安看起来更加迷茫了。我只得说:

"有些事情,你要注意观察,要留一个心眼。"

说这话的时候,我心里不由得苦笑,我的行为就像是一个老谋深算的老手似的——小安比我大两岁,而我比他早入社会四年。

小安眼镜背后的目光慢慢黯淡了。过了一会儿,他好像铁下

心来问我:

"是……是不是领导们对我……对我有看法?"

他的语调充满了哀伤:"我知道,局长对我很有看法。我一来,就替村里人在单位找事做,肯定得罪了他。上次分房子,局长也批评我……"

小安又哀兮兮地说:"局长看见我也不理睬我,今天下午在门口,我喊他一声,他哼都不哼一声!"

小安说话之时,眼睛在镜片后面闪着光亮,声音都有点哽咽了。他的脸显得更黑,身体也显得更瘦,如泡了水的枯木似的。

转眼半年过去,春节来了。由于我们部门特殊的性质,放假时间挺长,我也回老家去了。快乐的时光总是过得极快,眨眼假期就结束了,当我拎着大包小包行李赶到单位时,竟发现小安的房门开着,原来他早就到了。他看见我进来后,露出很灿烂的笑容,帮我拎行李,又替我打来洗脸水,然后站在我身边,嘴唇咧着无声地对着我笑。

我很奇怪:"你啥时到的?"

他说:"我来得早,初四就来了。"

我大感诧异:"那么早啊!干吗不多待两天?我还嫌假期不够呢!"

他脸上有点阴沉,喃喃地说:"家里气氛不太好,我又没事,憋得难受,还不如回单位自在。"

过了一段时间,我无意中听工地上那个小安同村的人说,小安的母亲春节期间准备改嫁,小安很生气,在家里没蹲几天,就扛着行李回单位了。

上班以后,各项工作都紧凑了。市人事局打来电话,要我们单位抽一个人下乡,搞"社教",地点是靠近浙江的一个相当偏僻的山村。单位上的人听到了消息,心里都有点忐忑,尤其是几个平日里很"闲"的人,总是到办公室来,拐弯抹角地打听。

轮到开办公会议决定此事时,局长一锤定音:

"我看让小安去吧,他们这帮学生最需要锻炼锻炼,上面有这个精神嘛!"

于是全体通过,小安被选派下乡挂职锻炼,担任一个偏僻山村的村主任助理。

下午,小安被叫到我们办公室,当办公室主任跟小安宣布办公会议决定时,小安简直有点怔住了。起先他一直不说话,眼泪都在眼眶中滚动了。过了好一会儿,他控制住情绪,故作轻松地说:

"我正想着报名呢!没想到组织上先考虑到了。"

他又问了什么时候报到、什么时候出发等事宜。我们都详细地给予了解答。

看到小安情绪不坏地走出办公室,我们都有一种释然的感觉,我暗暗地嘘出一口浊气。

预想不到的事情发生了。当天晚上我在外有一个应酬,结束后回到了宿舍,没有见到小安,门关得紧紧的,我以为他不在,就没敲门了。我看了一会儿书,洗漱完毕上床后,隔壁响起开门声,我才晓得小安一直在屋里。我也没有多想,随后睡着了。

也不知什么时候,我突然被一声大叫惊醒,不,不是大叫,简直是长啸了。这长啸夹杂着一种绝望和疯狂,还有用手疯狂地捶击着桌板的声音:

"啊……"

声音在静夜里传得很远,也持续很长时间,应该有好几分钟吧,我从睡梦中惊醒,吓出一身冷汗,一纵身坐在床上。这声音在五幢宿舍楼中回荡,有好几家的灯光都亮了。

我坐在床上半天才回过神来,意识到这声音来自隔壁。确切地说,是小安的叫声。我大吃一惊。叫声过去之后,是一片沉寂,近乎恐怖的寂静。我认真地听,隔壁也没有半点声息了。

我不知出了什么事,也挺害怕,正犹豫着该不该去看他,这时隔壁传来小安沉闷的叫声:

"小曹!小曹!"

我披衣下床,颤抖着用钥匙打开门(他房间的钥匙放了一把在我这边)。我打开灯,只见小安脸色苍白得怕人,虚汗浮在他的脸颊上。他坐在床上,浑身瑟瑟发抖,目光直直地瞅着我。没等我开口,他沙哑着嗓子问:

"刚才……刚才是……是我在叫吗?"

我点点头,又故作轻松地说:"不光叫,而且手还拍桌子。"我指了指床前的桌子,"声音真大,五幢楼都听得见。"

他直直地看着我,问:"现在几点了?"

我看看表:"两点。"

他不再说话了,一副呆滞模样,什么话也不说。说实话,此情此景让我有点心悸,我问:"你刚才做噩梦了?"

他想了想,然后说:

"没……没有的,我一点印象都没有。"

"也许你忘了。"我说。可是我心里想,即使是做噩梦,也不至于如此大叫啊,如此撕心裂肺,就像濒临死亡的最后一声呼喊。

"我只感到胸口闷,现在……现在好像好一点了。"他仍然直直地看着我,喃喃地说。

我倒杯水给他,见他稍好一点,便起身告辞。到了门口,我正想关灯,他突然叫起来:

"不要关——我有点怕。"

我想了想,转过头来说:"小安,明天要是有人问起这件事,你不要承认,省得有人无事生非。"

我又叮咛一句:"有时间你到医院看看医生,看怎么回事。"

他感激地看着我。

等我迷迷糊糊睡了又醒来之后,已经过了上班的时间。我慌忙起身,看看小安的房间,他已经不在了。我赶到办公室,同事们正在议论昨天晚上的大叫声。

"小安怎么叫出那么大声音呢?太吓人了!"

我吃了一惊,忙问:"你们怎么晓得是小安呢?"

"刚才碰到他,我们问他可听到了。他说是他叫的,问他为什么,又不说。"

我暗暗叹了口气,这个小安,真没办法,这下给别人抓到笑料了,传出去,无形中扩大,找对象都要受影响的。

第二天,小安骑着个自行车上医院了。到了医院,一检查,患有肺结核,很严重,当场就给扣到医院住院了。

下午,我去医院看他,见他极阴郁,神情忧伤黯淡。他一见到我,没等我开口,就说:

"小曹,那个下乡的事……"

我连忙打断他的话,说:

"下乡的事你别管了,反正局里会安排的,你安心养病,身体要紧。"

他支吾着说:

"我不是那个意思,我是说……前两天局里刚决定叫我下乡,可没过几天,我就……"

我没听懂他的意思,接着说:

"那不要紧,局里会另外安排的。"

他有点急了,说:

"不,我是说……我怕领导疑心我……"我一下听懂了,不知怎的,我心里异常伤感。

小安讷讷地说:"领导……对我印象本来……就不好。"

我无言,默默地看着他,仿佛刚刚认识他似的。他避开我的目光,瞅着脚跟后的床架入神。

过了几天,单位上的几个领导合计来看小安,开了辆车,叫上我,买了点水果之类的东西,一同到了医院。进了病房之后,小安正躺在床上,看见我们进来,很激动,忙要坐起来。局长走上前去,

按住他的肩膀,说:

"不要起来,不要起来,躺着没事的。"

小安便躺在那儿了,脸涨得通红地说:

"局……局长,我是想下乡锻炼的,可是……"

局长打断了小安的话,说:"不要紧的,不要紧的,你安心养病吧,小曹都跟我讲过了。"

小安的眼睛湿润,两串粗大的眼泪从酒瓶似的眼镜背后流出来,顺着眼角缓缓落在枕头上。他的嗓子带着哭音:

"谢谢领导和同志们的关心,谢谢,谢谢。不过下次你们别来看我了,这病可能是会传染的……万一……有个……可就影响工作了。"

局长很感动,连声说没关系,表现出一个长者应有的慈祥和宽容。最后局长把一袋慰问品放在小安的案头。

小安的眼泪再次流了下来。

进了小车后,局长长长地叹了口气,再也没说话。我们也没说话。一种从未有过的沉寂笼罩着小车,只听见马达寂寞地响。

一个月以后,小安终于出院了。出院之后,他逐一去了各办公室,结结巴巴地表示感谢。各科室的同事都被他的举动弄得有点不太好意思,只好说一些场面上的话。小安勾着腰,一个劲地点着头。

当天晚上,小安很迟都没有睡,关着门不知在鼓捣什么。我睡醒一觉后,夜半时分仍听到小安咳嗽的声音。

第二天早晨,我打开门,小安也打开门,他的眼睛红肿着,他伸

出手,递过来好几张稿纸,称呼也变了:

"曹……曹秘书,这是我昨天晚上写的,你看咱们的报纸能用不?"

他的眼神急切,态度谦恭,我感到陌生极了。我扫了眼稿纸,只见文章的题目是《在我住院期间》。

我的心头涌上一股说不出的滋味,对小安说:

"你放心,我保证把它发出来。"

是的,我是应该把它发出来的,为了小安。

黄 蚂 蚁

一

　　林钧是在秋天到来的时候病倒的。大礼拜是林钧最难熬的日子,照例是漫无目的地在街上闲逛。一切都很缤纷、很嘈杂。路过书店时,林钧突然想到已很长时间没有进去过了,也没看过书,书该是又涨价了吧?这么想着,忽然觉得胸腔内有一个小黑点嘭地一下炸裂了,一股艳红的雾霭升腾而上,一直遮蒙住自己的眼睛,于是林钧昏倒在街边的人行道上。等到醒来时,已躺在医院之中,身体下边是白色的床单。蒙眬之中,一个清秀的小护士走过来,毫无表情地说:"你怎么在大街上晕倒了?是两个人看到的,打了120喊的急救。你得好好谢谢他们才是。"

　　林钧点了点头。

　　小护士又说:"你叫什么名字?爱人在什么单位?有电话号码吗?得打电话叫她来才是。"

　　林钧摇了摇头,报了姓名、单位之后,故作轻松地一笑:

　　"没关系的,我会照顾我自己的。"他又补充了一句,"我离婚了,刚离的。"

　　林钧坚持着没告诉前妻甄珍,尽管他们仍住在一个套房里。

三天以后,林钧蹒跚着步子回到房间,恰巧,甄珍在,又专心致志地在梳妆镜前描眉化眼,她从镜子里面看见林钧,也没回头,说:"你回来啦,是出差还是旅游去啦?我以为你找到相好的搬走了呢!还晓得回来呀!"

林钧装作没有听见,脑子里嘤嘤嗡嗡的,没有精力跟她争短长。他瞟了一眼这个支离破碎的家,堂前桌子上烟灰缸里毫无秩序地堆满烟蒂,像山上砍伐过的树桩。林钧在心底轻轻叹了口气,进了自己的房间。

甄珍在外面莫名其妙地怪笑一声。

二

林钧已记不真切与甄珍是怎样认识的了。那时林钧大学刚毕业,被分配到这个城市的宣传部工作。年轻的林钧风华正茂,潇洒而浪漫,不仅口才好,能说一口标准的普通话,还能写出漂亮的散文。那是一个全民爱好文学的时代,经常有人为一点浅薄的诗意,有感而发,不加节制,就像是从空气中廉价地吮吸到维生素一样。因为是高考恢复后的第一届大学毕业生并且在文学上颇有建树,林钧自然成为许多女孩心中的"白马王子"。然而就在很多女孩以各种借口试图与林钧接触之时,林钧突然和甄珍闪电般地结婚了,令人瞠目结舌。

现在林钧想起结婚的草率,总是不禁哑然苦笑。林钧甚至记不清他与甄珍是在哪认识的,只晓得甄珍一开始腼腆地称他为老师,有时候手执笔记本上写的几首小诗虔诚地向林钧请教,脸上一副崇拜的表情。现在看起来这一切再庸俗不过,就像是一场蹩脚的活报剧。两三次之后,林钧不由自主对这看起来纯朴端庄的小姑娘产生了好感。甄珍的父亲是木匠,母亲是卖馄饨的,很奇怪的是他们坚决反对初中毕业的女儿与大学生来往,他们甚至把甄珍关在家里用木条抽她的脚,把她的笔记本撕得漫天飞舞。林钧一开始并不知道,一个大雨滂沱的晚上,甄珍从家里逃出来,浑身淋得湿透敲林钧的门,哭得像泪人似的。林钧这才知道有人竟为他遭受了这么大的磨难,心中无限感动。林钧当时的感觉,就像是个气壮如牛的英雄搂着个可怜兮兮的小白兔,那个夜晚洋溢着的温馨和悲壮让林钧毕生难忘。

可现在林钧想,这一切就像是个事先设计好的阴谋,有一些事情从大势上讲具有虚伪性和欺骗性,然而具体到某一点上却真实得不能再真实。只不过不一定是甄珍设计的,而是命运设计的。林钧感觉自己就像个荒诞剧中的主人公,被一种神秘的力量推着,或走上高山,或沉入泥淖,或沐浴阳光,或大雨倾盆。当一切终止时,静下心来一想,过去的一切如露又如电,所有的一切是怎么回事,又有什么意义,那是自己永远也明白不了的。

反正那一夜林钧和甄珍确定了关系。一个星期之后,他们简简单单地办了婚礼。在此之前,林钧硬着头皮和甄珍一道买了点烟酒去了她家。甄珍的娘没有言语,父亲则阴沉个脸,过了老长时间,说:

"你们俩,不是一类人!硬要在一起,早迟也得散伙!"

林钧现在想起来不由得佩服甄珍父亲的真知灼见。那个肮脏的、猥琐的、生长着乱七八糟花白胡须的老丈人,尽管在绝大多数事情上表现出思维的混沌和凌乱,但在婚姻以及对女儿的认知上,具有异常准确的预见性。或许他太了解甄珍的本质了,或许他是太熟悉自己了。他的思维,因为绝少幻想和浪漫而接近于事实。这不光是一种年龄上的知天命,还在于他们远比林钧更知道生活的滋味。在他们看来,生活本来就不是美好的,美好的生活一定是虚假的。换一种说法,生活是水,他们是泥,彼此之间不分你我,早就是一潭泥巴浆了。

结婚以后,林钧调到了报社工作,在副刊做编辑。甄珍也因为林钧的关系,被安排到报社印刷厂排字。婚后第三年,他们有了儿子小诗。林钧也因为生活的惬意,创作力旺盛,接连出版了一本诗集、一本散文集,在全市乃至全省有了一些名气,被誉为一颗正在升起的文学新星。这一切对林钧来说非常重要,从少年时代起,他就梦想在光晕的笼罩之下。现在,他已经戴上光环了,正在向璀璨的光晕走近。

可是不知不觉中,林钧感受到某种变化。这种变化是渐渐的,又是突如其来的。它就像一片硕大的乌云,裹挟着一股阴湿的寒流飘过来。起先并不经意,可是突然间天阴沉下来,空气中有了阴霾的味道,头顶上已飘起了雨。这种变化最直接的是从甄珍开始的,说不上哪一天,林钧突然发现甄珍对自己冷淡了,甚至懒得用正眼看他。这种态度,起初让颇有点自负的林钧优越感逐渐消失,然后就是赌气、争吵、讥讽,甚至打架。离婚是林钧提出的,有一段时间,甄珍经常很迟才回家,林钧感觉不对,充当了一回小人,在甄

珍的私人物品里进行搜寻,看到一份狗屁不通、肉麻恶心并且泛"黄"的情书。于是他们之间郑重地进行了一次谈话:

林钧:"我们离婚吧。"

甄珍:"离就离,我巴不得。"

林钧:"态度就这么坚决?我就这么令人讨厌?"

甄珍:"你以为你了不起啊,谁稀罕!"

林钧:"甄珍,我知道,你对不起我。"

甄珍:"别说对得起对不起的,真好笑,我二十岁嫁给你,现已二十七岁了,七年的青春都给了你……再说,我对你实在是没有兴趣。你自己想想,自己有多大本事,工作了那么多年,一家人还挤在公家的一间小房子里,想想……"

话说到这份上已是够伤人的了。很快,林钧和甄珍办理了协议离婚手续。根据协议,儿子小诗交给林钧抚养,家庭财产二一添作五——平分。因为双方外面都没有住房,暂时还是住在一起,两室一厅各占一室。

在此之前,林钧把六岁的儿子小诗送到外县乡下的父母亲处。林钧只丢下一句话:"过不下去了,要分手。"引得二老不停地长吁短叹。

三

从离婚的那一天开始,林钧就几乎没睡过一个囫囵觉。堂前的灯总是开着的,白生生的光线总能透过房门上的玻璃射进来,林钧有神经衰弱症,这是多年读书写作习惯造成的。可甄珍从不让林钧关上堂前的电灯,说自己害怕。林钧半夜里睡不着,实在忍不住起来后把堂前灯关上,可是过了一会儿,甄珍又会起身把灯拉亮。只要外面灯一亮,林钧就睡不着了,白色的光晕似乎总能透过眼睑,让他产生一种红乎乎的幻象。有一次甄珍晚上很迟才回来,刚把堂前灯拉开,林钧在房中突然大叫:

"待会你回房睡觉时把灯关上,再开灯的话我强奸你!"

谁知甄珍面无惧色,冷笑一声:

"你敢!你敢强奸我就去公安局告你。你进牢房也好,正好腾出这屋子给我做新房!"

一时反击得林钧无话可说,只好待在房间里不吭声。

有时林钧一个人待着,也曾反省自己这么多年的经历。他对离婚并不后悔,只是缺乏这方面的思想准备。稀里糊涂地结了,稀里糊涂地生了儿子,稀里糊涂地又离了。所有的稀里糊涂都发生在生命力最蓬勃的一段,之后就开始下降,体会着生活的磕磕绊绊。他想起了两句古诗:忽见飞雪临双鬓,始悟前程乃归途。林钧已记不清这诗是谁写的了,李商隐或苏东坡?反正这感受现在的他已有了,而且还很强烈。

静下心来想一想,林钧发现自己其实对这种越来越安定乏味的生活也是有着厌倦的,就像登上了一列铁皮车,注定了一生无可奈何地走入一条死胡同。他厌烦甄珍,即使在矛盾没有出现的时候,其实在心里已厌烦她了。林钧厌烦她每天晚上准时坐在电视机前一惊一乍地看肥皂剧,为一些无聊小人物浪费精力和口舌,厌烦她不看书不看报却自以为是地谈论人生和文学,厌烦她不修边幅地张着大嘴打呵欠、很响地放屁……林钧有很多此类的感想,只不过他没有系统地思考这些。起初,林钧竭力怂恿甄珍去跳舞。甄珍一开始是不太愿意去的,后来拗不过,去了。一去就不可收拾,直至林钧醒悟过来,方觉赔了夫人又折兵。林钧终于感受到,女人是经不起诱惑的,何况是甄珍这样的女人。

林钧曾经找总编谈过自己要离婚和住房的事。莫名地,平日里温文尔雅的总编竟五心烦躁地发起了脾气:

"离婚,又离婚了,我们报社你离婚是第十六个了!报社一百来号人,有十六人离婚,外面早就说我们是'离婚日报'了!你算算,这离婚率是多少?"

林钧强压着心里的不愉快,他觉得这事情窝囊透了,便柔中有刚地说:

"老总,我离婚,是因为过不下去了……"

"过不下去?谁个家庭不是马马虎虎地过?过不下去就散伙?也难怪离婚变得这么不严肃。有什么工作我们来做嘛!离婚不单是你个人的问题,也是,单位的问题嘛……"

林钧的火气腾地一下升上来,他几乎是嚷起来:"当你回家看见床上睡着另外一个男人时你离不离婚?"

总编的语气一下软下来,说:"你也要从自身找原因嘛。"

从自身找原因?林钧不由得冷笑一声。我寡趣?我自私?我阳痿?一切都不存在,有的只是一种羞辱,一种错误,一种阴差阳错。发生这样的事,当事人的痛苦是外人所无法感受到的。即使只有一回,也会在你的心坎上划一条深深的痕迹,让你失去生活的愉快。

林钧接着跟总编讲到房子问题,自己搬出去或者甄珍搬出去都可以。总编这回似乎很诚恳地说:

"现在报社的情况你们也知道,实在是没有住房。你是报社的编辑,可甄珍也是报社印刷厂的职工呀!叫谁出去都不好。你们先暂时住着,过一段时间再看看,有房子再给你们调整。也可能过一段时间用不着调整喽!"总编开起了玩笑,明显是话中有话。

林钧心里很烦。林钧心里很烦的时候便去找许天扬。

许天扬是文联的画家,也是文联的副秘书长。许天扬最讨厌别人喊他许副秘书长,他认为这称呼有一种浓烈的巴儿狗味道。许天扬曾经在宣纸上画了一只漂亮可爱的巴儿狗,头顶破乌纱于芬芳的花草间打滚,上题"许副秘书长自画像"。许天扬把此画裱成立轴挂在房间的中堂上。刚挂上去不久,有一天宣传部部长、文联主席来他家,本来是来要画的,可是进了房看了画,两人都有点尴尬,画也没要了,只是不痛不痒地寒暄了几句便走了。结果五年之后,许天扬仍然当他的副秘书长兼巴儿狗。

好在许天扬天性十分洒脱,他信佛。许天扬曾说他的人生百分之六十是出世的,只有百分之四十尚在人间苟延残喘。许天扬确实是这样,他没有结婚,四十多岁了仍孤身一人,据说现在的省委副书记曾是他的恋人,曾一块插队,后来不知什么原因分手了。副书记来市里检查工作时,还想见见许天扬,可是许天扬根本不见。有关许天扬的传说,让他这个人有着浓郁的神秘色彩。

每次跟许天扬在一起,林钧都觉得轻松快乐,因为可以坦陈所有的思想,就如同把阴暗的、发霉的东西放在阳光地里暴晒一番。许天扬尽管生活得很平实,但他身上有种轻灵而上的仙气,有一种超乎众生的境界。

林钧跟许天扬简单地谈了自己离婚的事。

许天扬正在用毛笔专心抄录着《金刚经》——这是他每天的习惯,对于林钧的生活变故,并没有表示出惊讶。他漫不经心地听着林钧的讲述,说:

"你跟她不合适,我老早就看出来了。我预感到你的命运有个坎。这样也好,可以多一份经历,起码,你比我更懂得女人。"

许天扬狡黠地一笑,无疑,他话中话。林钧听明白了,心情一下轻松了起来。

许天扬撇开了婚姻的话题,放下手中的笔,又热衷于他的"形而上"了:

"人从本质上来说,是没有意义的,也是虚幻的。佛说人是'无根树',人是什么?从哪里来?到哪里去?这样的本质问题,一概茫然不知。大多数人都是愚蠢地活着,自以为是,自作聪明,一年到头穷忙乎,乱折腾。别的不说,就说你和甄珍吧,结了,离了,然后又准备结。和谁结不是一样?再说男女之间,情投意合,繁衍子孙,异性相吸,最主要的,其实是一个'性'。如果人是其他的存在制造的,它有一个密码让人破译,那么就肯定是性。倘若人们不真正破译它,就无法了解自己……"

许天扬说话,从内容到方式,经常惊世骇俗。可是很奇怪,每次林钧都感到一种从未有过的新鲜,也觉得他说得在理。许天扬似乎绝少框框,他敢于突破一切思维的惯性勇猛地向前延伸,在诸多桎梏中勇敢地向前突围。有时候林钧听着听着,又觉得很害怕,觉得许天扬似乎看得太透了些,人在世界上生活,本身就是需要纱幔和黑夜的,在某种意义上,浑浑噩噩更能带来有滋有味。拿自己跟甄珍相比,后者活得更投入也更踏实。

翟道宝打电话叫林钧去喝酒。翟道宝是电台的新闻部主任,是这个城市有名的社会活动家,他的法道极大,短小精壮的身躯,似乎蕴藏着使不完的能量。翟道宝原先也喜欢文学,可是才气一般,心又浮躁,浅尝辄止后即转入新闻行当。到了新闻界之后,如鱼得水,往往是发表一篇云里雾里的稿子之后,便有人请他喝酒。

酒宴是中外合资豹霸服装有限公司老板王鸿庆请的,地点是市里最高档的天香食府城。

王鸿庆是市里赫赫有名的人物,原先当过会计,跑过供销。他赚了一笔钱之后,先是在市里搞起了家电批发,二十世纪八十年代末,彩电等家用电器价格大涨,王鸿庆狠赚了一笔,随后将赚的钱都拿了出来,又贷了一大笔款,办起了服装厂。之后的事情便富有传奇意味了,王鸿庆施展他的神通,弄来几千万低息贷款,又找了一家法国企业,办起了中外合资豹霸服装有限公司,生产高档皮装、西装、休闲服。对于这个城市的人来说,能穿上"豹霸",是一种荣誉。

林钧是第一次来天香食府城。这是一家豪华的大酒店,之前他从未来过,在侍应生殷勤的引导下,他显得有点慌乱。翟道宝正在大堂的沙发上等着他,看见他,迎上来说:"快进去,王老板在等着呢!"

王鸿庆果然不同凡响,看起来很有气势。他已过不惑之年,长期养尊处优的生活让他的身体显得肥胖臃肿,动作和表情也变得呆板,可这又恰好增加他的风度和架子。他的眼神恰如其分地表现出他的过人之处:犀利、敏捷,又带着狡诈、贪婪甚至淫秽。这正应了相书的一首箴诗:正邪看眼鼻,富贵看耳朵,功名看气宇,事业看精神。王鸿庆果然是个商人相。

翟道宝作了介绍,王鸿庆伸出手来与林钧握了握,嘴里说:"久仰!久仰!"手上却软绵绵的,没用丝毫气力。坐下来之后,林钧这才发现酒席上没有其他客人,只有王鸿庆、一个办公室主任模样的人、一个光艳照人且漂亮异常的高个子小姐、翟道宝和自己。翟道宝似乎看出了林钧的诧异,解释说:"王老板仰慕你的名气,让我代为介绍,设宴是专门请你的。"

王鸿庆仍是没有什么表情,这一下,林钧也不好表示什么,也做漠然状,用纸巾擦着碗筷,一言不发。

倒是那位漂亮的小姐闲不住了。她伸出手来,对林钧莞尔一笑说:"林先生可是大名鼎鼎的江南才子呀!"翟道宝忙作介绍:"这是王老板的夫人白婴婴。"等到酒席正式开始以后,林钧这才发现白婴婴非常豪爽,且能喝酒,一口一个底朝天。倒是王鸿庆像个"雅皮士"似的,只喝茶,不抽烟。

翟道宝的公关才能和酒量表现得淋漓尽致,他一边放开酒量自己喝,一边又频频劝林钧与白婴婴喝,白婴婴酒量奇大,来者不拒。席间翟道宝悄悄告诉林钧,白婴婴原是豹霸公司下属模特队的演员,后来"男财女貌",自然就珠联璧合了。白婴婴似乎努力倾听翟道宝与林钧在说什么,后来忍不住,插言道:"林先生,我们再喝一杯吧。我最喜欢看报纸上您写的散文了,几乎每篇都看,像……"她还真说对了几篇,引发林钧浓烈的虚荣心,酒便往嗓眼里倒了。

办公室主任模样的人打趣地说:"我们白小姐还是个小才女呢,老是偷偷地写一些哥呀妹呀的小诗……"

翟道宝接过话头:"能不能公开呀?能公开的话,回去以后整理出来寄林先生两首,让他表扬一下。"

林钧很诚恳地说:"如看得起小报,就寄给我吧。"

林钧、翟道宝与白婴婴说得很热烈的时候,王鸿庆默默地听着,微笑着,一言不发。办公室主任模样的人则进进出出地张罗,有时俯首向王鸿庆耳语什么。

两瓶五粮液很快见底,酒席尽欢而散。王鸿庆似乎还有什么事,和林钧握了握手后,匆匆地带着白婴婴钻进"凯迪拉克"走了。直到王鸿庆的座驾看不见了,翟道宝才转过头来说:

"林钧,我今天请你来,是想要你为王鸿庆写一部书。好多人为王鸿庆写了文章,他都不满意。他问我市里谁的文章写得最好,我推荐了你。他答应写出来之后给两万。今天请你,是为了见见你。"

林钧叹了口气:"过段时间可以吗?这段时间整个状态都不太好。"

翟道宝说:"那好吧,反正又不急。"顿了一下,翟道宝又借助灯光仔细审视了一下林钧,说,"林钧,你离婚的事,我听你们同事说了,反正现在这事也多,就那么回事,你看开点。"

林钧感到酒兴上来了,脑子里重得很,说:"是就那么回事,人生一辈子多个体验也好。反正我们是小人物,世界上可有可无,老了还多点回忆。"

翟道宝说:"林钧,你不要小看自己,我们文化人虽然苦一点、穷一点,但有一种浩然之气!你猜王鸿庆今天为什么说话少?他的水平我知道,不说话时有风度有气质,嘴巴一张,就露馅了——不过这世界到这份上也真说不清,反正一切总得想开点。林钧你就更应该想开点。"

林钧跌跌撞撞地往家走。开了门,甄珍照例是不在家。林钧走到自己房间,倒在床上,稀里糊涂地脱掉衣服,脸、脚未洗就睡着了。

半夜里,堂前的灯光亮了,甄珍回来了。一阵响动之后,甄珍也关门上床睡觉了。林钧这时候的酒兴完全上来,虽然是冬天,可是全身上下燥热得很,脑袋里不停地胡思乱想,像放映各种乱七八糟的电影似的。一直到天快亮了,林钧这才沉沉地睡去。睡着后他做了一个梦,梦见自己的身躯慢慢缩小,越变越小,直至变成小小的黄蚂蚁。

四

甄珍的相好又来了。

就是那个邻市厂里的供销员,也就是那个林钧看过的写狗屁不通、肉麻兮兮的情书的家伙。林钧似乎不用费劲就能想象出他的面容和举止：一头微鬈的头发，充满浊气和淫欲的肉嘟嘟的脸，随时可以转化成卑微或者高傲的表情，手上戴着黄灿灿的大金戒，腰上别着BP机……林钧甚至不太愿意想下去了。没劲！想着先前清纯可人的甄珍，转眼间就变成一个俗不可耐的浊婆，他觉得世界充满荒诞感。

甄珍已有好几天晚上没有回来睡觉了。林钧知道这对男女肯定是幽会于某一个蹩脚的旅店，把床单弄得乱糟糟、脏兮兮。"反正与我没有任何关系。"林钧想。甄珍不在，林钧正好可以利用这难得的闲暇和清静看点书写点东西。可是好几天过去了，林钧却无所事事，既写不出东西也看不进去书，感觉到恍恍惚惚的，精神一直难以集中。

这天早晨，林钧正在卫生间刷牙，甄珍回来了。门关上之后，她对林钧搭讪道：

"林钧，起来了？"

林钧满嘴白沫看了甄珍一眼，含糊不清地应了一声。

甄珍把身子靠在卫生间的门框上，吞吞吐吐地说："林钧，跟你商量个事。"

"什么事？"林钧啐掉口中的牙膏，漫不经心地问。

"你……你知道我和邱学军已经敲定了。他专门来看我，商量结婚的事。在外面不太方便，我想带他回来住……我们一结婚，就在外面租房子，搬走。"甄珍小心翼翼地试探着。

"那是你自己的事情，行啊！"林钧很痛快地没有表示反对，他还想幽默地开一下玩笑,但大脑突然呆滞,没有什么妙语出来。

下午那个邱学军果然来了,手里提着一个塑料袋,里面装满了卤牛肉、卤鸭、卤鸡什么的。"真没劲!"林钧在心里说,一切仿佛料事如神似的,邱学军果然和林钧心目中想象的几乎完全一样:头发烫成大波浪,白白胖胖的脸,浑浊散光的眼神……唯一不同的是他的右手上竟戴着三枚粗笨的金戒指!

邱学军看起来很豪爽,刚进门便一下抓住林钧的手,紧紧握住,抖个不停:"我听甄珍说了,她和你们读书人合不来,但她说你人好——这个世界,不就么那回事吗?"又拍拍林钧的肩膀,"兄弟来此,打搅了,今儿个不成敬意。"他把塑料袋里的卤心卤肺往桌子上一放,"咱们喝几盅!"

林钧木讷讷地被摁在桌前的椅子上,桌上摆满乱七八糟的卤菜。甄珍突然显得特别精干和温柔,里里外外地跑进跑出,不时端上个炒花生米、炒肉丝什么的。好多年了,家里从未出现过如此的暖意,但此时,林钧竟是反主为客了,一切都有种天翻地覆之感。想到这里,林钧喉口有一丝痒痒,他端起酒杯,敬了邱学军一杯:"干!"

双方一饮而尽。酒过几盅之后,气氛变得融洽。邱学军说:"兄弟,不怕你生气,这世界变化快,读书人是吃不开了。眼下人最缺什么? 不是知识和学历,而是缺钱。你瞧这天下人忙忙碌碌为的是什么? 还不是为钱?"

林钧怔怔地看着他。

邱学军继续说:"其他的不说,就拿我跟你比,我是要相貌没相貌,要知识没知识,打小起,我的学习就不好。小学一年级时,老师就看不起我,骂我不好好学习以后靠什么吃饭。我现在混得一点也不比他差……"堂前的钟敲了九响,甄珍转过身子进房间了。邱学军眨眨眼睛说:"我现在讨女人的喜欢,还不是因为有两个钱。"邱学军得意地晃一晃右手,手上三枚硕大的戒指在灯光下熠熠闪光。

林钧摇摇晃晃地看着他,说:"甄珍不太懂事,你得善待她。"

邱学军似乎有点醉意,头低下来,摆摆手:"这你就放心。对女人我比你懂。"

邱学军红红的布满血丝的眼睛瞟了一下房间,轻声说:"今天我给她买了一根大金项链!你瞧她高兴的,还不知怎么服侍我呢!"邱学军的眼神明显带着淫秽的成分。

林钧只觉得一腔血唰地一下冲向头脑,似乎酒精在起作用了。看着满桌的卤猪头肉、卤舌头之类,林钧真想大喝一声,把它掀个天翻地覆。这世界也许不需要纯净的人脑,只需要用盐、酱油加上一些龌龊东西,卤成浊腻腻的猪脑,用它来思考问题。林钧强忍着自己的情绪,很快地平静下来,佯作看看表,惊讶地说:

"哦,十点钟我还有个约会呢。呀,来不及了!我先走了。"

呼吸到室外第一口空气时,林钧觉得外面的一切真是太好了。

林钧在街上漫无目的地游荡着。夜晚的大街有一部分东西隐匿在黑暗之中,显得比白天好看多了。虽然已近半夜,可大街上仍旧很热闹,花枝招展的女人也似乎比白天多多了,她们像蜂子一样嘤嘤嗡嗡的,浓妆艳抹,穿着各式各样的奇装异服。她们随意地在街上摇摇摆摆,在大排档前大声喧哗,在粉红色的店面里招徕着顾客。林钧晚上是很少出门的,这一天的夜晚给他不一样的感觉。林钧逛了一会儿,突然觉得一点意思都没有,觉得有许多东西还是让它藏在夜色中好,一些有着特殊癖好的人总是想掀起一层层帷幕,虽然因目睹丑恶而明白真谛,可是最终受折磨的,还是自己。

在公共电话亭内,林钧给许天扬打了个电话,好长时间没有人接,想必是不在家。林钧又给翟道宝打了个电话,也没有人接。这世道找人真是越来越难了,每个人都变成一只无头苍蝇,闹哄哄地乱窜。

走出电话亭,林钧四顾茫然,不知该去哪里。在他身后,一个充满柔情的声音在轻轻呼唤:

"先生,一个人多孤单呀,到咖啡屋坐一坐吧!"

林钧一回头,见到一个漂亮的年轻女子在身后微笑示意。林钧的心跳一阵加速,乘着酒劲,直直地看着那个"夜美人"。

女子款款走过来,林钧这才看清楚那女子气质很佳,还带着一股浓重的书卷气。女子表现得很大方,上前挽住林钧的胳膊,嗲声央求说:"走嘛,陪我到咖啡屋坐一坐。"

旁边就是白玉兰咖啡屋,咖啡屋布置得很别致,风格看起来粗犷而原始,靠墙插着各种式样的毛竹节,一面墙上装饰着猎枪和蓑衣。座位是车厢的样子,茶几上放着一朵鲜花,昏暗的光线下,显得多情和无力,犹如他的灵魂一样。

女子领着林钧在拐角的车厢座位里坐下。林钧懵懵懂懂的,任女子操纵着这一切。对于此时的林钧来说,即使是地狱,他也无所谓了。他唯一需要的,是能摆脱真实中的一些纠缠,给他以安慰。即使是做梦,也要尽量地做一个好梦,一个尽管是短暂的,但要能带来快乐的梦。

"来点什么吗?咖啡?威士忌?白酒?"

女子彻底暴露了身份。可惜了,林钧想,这样高雅迷人的女子却做了个拉客女。林钧说:"来瓶干红吧。"

女子不一会儿托着个盘子过来了,一瓶干红已开了口。女子熟练地把酒给林钧斟上。林钧说:"不要走,也喝两杯吧。"

女子迟疑了一下,可还是点点头,走过去跟吧台的小姐轻轻说了几句,又踅回来坐在林钧对面。

"你好像有心事?"女子问。

"没有。"林钧很干脆地回答。

"没有就好。"那女子淡淡一笑,呷了一大口酒,然后说,"读书人往往过于敏感,有事丢不开。心里想放下的,其实放不下。"

"你怎么知道我是读书人?"林钧问。

女子狡黠地一笑。林钧借着红蜡烛的光线,又细细地打量了一下这女子。女子还是很年轻的,可是看起来却很世故老练,与年龄有点不符。

女子似乎察觉到林钧在揣度她,又恢复了温柔而娇嫩的嗓音:

"先生,跳舞吧?"

没等林钧说话,女子便拉着他的手走下舞池。舞池的人并不多,音乐柔和而婉转,女子跟林钧靠得很近,他几乎可以感受到女子身体散发的暖意,嗅到了一股浓烈的香水味。

不知过了多长时间,林钧听到那女子仰起头来对他说:"我唱一支歌送给你吧,《女人是老虎》。"女子走上台端起麦克风唱起来了,唱得还挺好,穿透力很强,嗓音中似乎有一种摄人的磁性。林钧回到座位上,大口呷着干红。女人的歌声引来了稀拉的掌声,女子说了几声"谢谢"后,又如幽灵一样飘到林钧面前。

"唱得怎么样?"女子迷离的眼神瞅着林钧。

"非常好,我就喜欢老虎。"林钧说。

"哈,为什么喜欢老虎?"女子的眼神里,有明亮的小钩子。

"老虎身上暖和啊!"林钧这样说,连自己都觉得此话太轻浮了。

"那你跟我来吧——"女子妩媚地一笑。

林钧跟着女子从咖啡厅的侧门穿过,女子打开一个房间的门,里面很小,只放着一张床、一个衣架、一个床头橱什么的。一只很暗的壁灯放射着暖暖的光芒,一切尽在不言中。女子随手把门关上,笑吟吟地看着林钧,轻声说:"你脱衣服吧,肯定让你终身难忘。"

此时此刻的林钧感觉到灵魂已飞上了天花板,他的喉咙发紧,一句话也说不出。之前,他听别人说,现在城市的夜生活丰富了,可是他从未想到,这样的事会发生在自己身上。眼看着就要完全陷进去了,就觉得无力挣脱,就像一只飞蛾一样扑进燃烧的火。

可林钧还是清醒过来了,他从口袋里摸出二百块钱,递给女子,说:

"我还有点事,今天就算了。这点钱,算是付账了。改日吧,改日。"

林钧慌乱不迭地离开了,就像一只蝙蝠在撞击到墙壁之前,本能地踅回一样。他听见后面那个女子冷笑一声,冷冰冰地嘀咕一句:

"傻×!"

五

事情过去之后,林钧才想到那天晚上竟然发生了那么多的事。他怎么也想不透那个气质高雅、年轻漂亮的女子会是一个货真价实的暗娼。一个女子,有如此容貌、气质和才华,为什么要做这种事情呢?假如自己不果断开溜,真不知道往下将是如何一番情景。

林钧出门后,又去电话亭给许天扬打了个电话。许天扬在,说自己刚才去看一个朋友了。林钧说,因为你先前不在,差点让我栽了个大跟头。许天扬问怎么回事。林钧说,电话中不太好讲,我马上过来,晚上就在你那睡。

到了许天扬处坐定之后,林钧觉得一切又轻松起来。他告诉了许天扬,甄珍将新欢带回了家,愤愤不平地说此时此刻那个污浊的家伙正躺在他家里放肆地打着鼾声。林钧又说了他方才的"艳遇",然后情不自禁地说:

"许天扬,你怎么也猜不到,那个人竟然气质那么高雅,歌又唱得那么好,简直是改革开放时代的苏小小、柳如是!"

许天扬不动声色地听着,随后回答说:

"林钧,我说你又错了。你又犯了'着相'的毛病。人的面貌和躯体是什么？不过一臭皮囊罢了。人的一辈子大都是为这个臭皮囊所累,你看,这个臭皮囊会饿,一日三餐,我们要为它忙吃的;吃下去也挺麻烦,还要排泄出来,排不出来,也是大问题啊！隔三岔五还弄点小灾小病。早晨起来,还要洗脸,冷了穿衣服,热了要脱衣服……你说这臭皮囊是你的吧,可跟你毫无关系,最后还不是付之一炬。"

林钧摆了摆手,颓然说:"算了,许天扬,你不要破坏我情绪,我本身就够烦的了。你总是要把我扯进苦海。"

"只有你意识到你是在苦海中,你才能解脱。是所谓觉悟有情。"接着,许天扬口锋一转,说,"不过,林钧,我真的觉得你应该找一个对象了。"

林钧没有言语。许天扬又说:"这样吧,我有个同学在《家庭生活》杂志社当编辑,你有什么要求,可以写一个征婚启事,我交给他,登出来之后愿者上钩,这样也不必领这个情那个情,也不需要服从介绍人见这见那。如果有回音,我可以让那同学转给你。一切都神不知鬼不觉。你说呢?"

林钧想了想,觉得主意不错,也算是个比较好的方案了。

许天扬又说:"林钧,很直率地讲,你们记者这个职业是个很容易堕落的行当,天天吹牛拍马,稍微分寸把握不好,就很容易失去自己,最后变成人生的混混了……那个翟道宝你少跟他来往,一身鬼气,下辈子能不能成人都很够呛。"许天扬的口气有点半真半假。

"你真相信这个,相信轮回、地狱?"林钧问。

"你能说得清世界、空间、时间到底是怎么回事?"许天扬笑吟吟地反问道。

一觉睡醒后,已是上午十一点了。许天扬已离开了家,林钧在许天扬处找了点方便面,吃完后也去了报社。每星期编一个副刊版对林钧来说简直是小菜一碟,六七千字的版面,随便找几个哥儿们的小说、散文也足以对付。拼版的时候林钧想:现在文人是够可怜的了,稍有点思想和个性,稍保持点独立,就会遭到冷落,非得把你冷落成个闲人。闲一点倒也情有可原,讨厌的是那些没思想、仅仅文字写得通顺的文人,却可以溜须拍马过得很好。想想自己,一辈子以文字为生,也不知会阴差阳错走到哪个地步? 人就像一只可怜的蜘蛛,殚精竭虑吐出无数根丝,结果反而把自己网住了。

电话铃响了,林钧被迫放弃了胡思乱想。他拿起电话,是个女声:"我找林钧。"

"我就是。"

电话里面一阵轻盈盈的笑声:"林先生,你还记得我吗? 我姓白,叫白婴婴。"

"哦——"林钧愣了一下,很快想起来了,问,"是你啊,有什么事吗?"

"哟,林先生果然公事公办哟,无事打个电话都不可以吗?"那边娇憨地说道。

"当然可以……我只是觉得像您这样的资产阶级给无产阶级突然来电话,有点惊诧罢了。"林钧有点尴尬,可反应很快,很快还了招"太极推手"。

"晚上我们公司有舞会,你来参加吧。"白婴婴的语气里有点央求的成分。

"我真的不会跳舞,一点也没有这方面的细胞吧!"林钧打起哈哈。

"不会我教你啊!我晚上什么人也不陪,就教你跳舞,一直把你教会!"电话那边的白婴婴显得决心很大。

"那——翟道宝他去吗?"林钧问。

"他来。他肯定来。"白婴婴说。

"那好吧。"林钧答应下来。

"我派车来接你?"白婴婴问。

"不,不,我打的过来。"

"那好吧,一言为定。"

晚上七点,林钧准时来到了"豹霸"公司。门卫一听林钧的自我介绍,忙说:白经理一直在办公室等你。

这是一幢相当豪华的办公楼,楼不大,看起来金碧辉煌:全是按宾馆的硬件装修,吊顶,墙裙,各种各样豪华的灯具,说不清是什么材料的壁板,地面全是黑色的大理石,上面铺着鲜艳的红地毯。总经理室在二楼,刚走到楼梯的拐弯处,林钧就看见白婴婴穿一身青绿色的套裙站在楼梯口迎接他:

"啊,林先生来了,上来先坐坐吧。"

林钧跟着白婴婴走进了总经理室,总经理室如宾馆里的高级套房,一进门,放着一个圆角真皮沙发和一张硕大的办公桌,桌后面是气派的书橱,里面没有书,却放着好几个偌大的青花瓷器,只是不知是真是假。在书橱的拐角,有一扇门,敞开着,往里面看,有一个房间,里面有一张席梦思床,估计是用来休息的。

"好气派的办公室!"林钧半是玩笑半是真。

"男主外、女主内,绝大多数时间是我在厂里。鸿庆一年中,有大半时间是在外面销售。你知道,销售比生产更重要。"

"王总有你这个贤内助,真是天造地设,家里一切井井有条,他在外面自然也放心。"

白婴婴笑了笑。

"不是去跳舞吗?想必你们公司的舞厅很漂亮吧?"林钧说。

白婴婴像突然想起什么似的:"噢,对了,我们公司舞厅今天音响线路出了问题,已临时改在'五星娱乐城'了。一直跟你联系不上,所以我就在此等你。别急,坐会吧。"

林钧只好坐了下来。

白婴婴替林钧泡了一杯茶,自己也在沙发上坐下了,沉默了一会儿,说:"听翟道宝说,你最近离婚了。"

林钧点点头。

"为什么?"白婴婴似乎很关注。

"不为什么,"林钧从沙发上站起来,想了想,说,"有点腻了,没有多大意思,她想离,我也想离,就离了。"

"你们这些文人呀,喜新厌旧!"白婴婴似乎很不满意林钧的回答,娇憨地数落着。

林钧苦笑了一下,问白婴婴:"翟道宝这小子什么都说呀,他还告诉你什么?"

白婴婴调皮地一笑:"告诉我你偷自行车的事——"

林钧哈哈大笑起来，这事情倒是相当有意思的。那还是两年前的事，有一天晚上林钧骑着自行车到翟道宝那打牌，就把自行车停在楼下，等到夜里十一点多钟林钧打完牌翟道宝送他们下楼，自行车已不翼而飞！林钧心里一阵慌乱，丢了自行车甄珍肯定要大吵大闹。林钧连忙环顾四周，见不远处有一辆自行车，型号跟自己的差不多，只是略微旧一点。林钧下意识地把钥匙插进去，鬼使神差，锁竟然开了！翟道宝连声说，快骑走，快骑走。林钧忙骑上去，一溜烟去了。

本来事情到此也结束了，可林钧不知哪条神经搭错了，回去坐在破沙发上胡乱推理起来：我用自己的钥匙能开这把锁，别人用他的钥匙肯定也能开我的锁，我的自行车肯定是被这辆车的主人偷去了！林钧突发奇想，恍惚间就成了福尔摩斯或者波洛，想来一回捉贼捉赃的游戏，又骑着自行车赶回翟道宝处，把翟道宝从被窝里叫醒，眉飞色舞地把自己的推理分析给他听，又鼓动翟道宝跟他一同捉贼。翟道宝懵懵懂懂地跟着林钧走到楼下，把自行车放在原处，埋伏在黑暗中一动不动。直到凌晨两点多，从楼上踢踢跶跶下来个人，掏出钥匙正准备开自行车的锁，林钧一蹿而上，大叫捉贼，结果是遭到别人一顿狠狠的奚落——下来的是翟道宝的邻居，是准备去上早班的。

"不提不提，读书人自作聪明的低级错误。"林钧僵着脸连连摆手。

白婴婴笑得更凶了。

因为有这一段故事，林钧突然觉得与白婴婴在心理上缩短了不少距离,林钧还觉得跟白婴婴在一起很愉快。林钧突然地涌上一个念头,觉得自己也可以成为《红与黑》中的于连,为了成功去做某种违背道德的尝试。白婴婴显然比德瑞纳夫人年轻漂亮,更有吸引力。只是林钧觉得自己还是缺乏勇气,他不可能像于连那样勇敢。

双方聊得正欢,似乎都把参加舞会一事忘了。到了十点多钟,林钧起身告辞,白婴婴亲自驾着自己那部"尼桑"把林钧送到家门口。

进了家之后,林钧发现甄珍仍旧未回来,也不知野到哪里去了。林钧在房间里坐了一会儿,又走下楼打电话,好不容易打传呼机把翟道宝找到了。这家伙正和几个厂长经理在打麻将,借用着别人的手机回的。林钧漫不经心地问:"白婴婴请你参加舞会了?"翟道宝说:"没有呵,没听她说啊!——噢,我知道了,这小妞肯定是冲着你来了。你小子交上桃花运了!不过你可得当心……"

翟道宝还想说什么,林钧连忙把电话挂断了。

晚上林钧做了一个梦,内容是有关白婴婴的。睡梦中他突然惊醒,一股湿湿的液体已从体内不由自主地射出,一会儿就变得冰凉冰凉。躺在被窝里面,林钧的情绪突然变得异常沮丧。

六

下雪了。

这是立冬之后的第一场大雪。雪来得很突然,白天的时候还是晴空万里,一觉醒来,天空上已飘起了鹅毛大雪,并且越下越大,整个世界都变得白皑皑的。早晨林钧在卫生间刷牙,见窗外原驰蜡象,心里猛然地蹦出童年时所看电影中一个坏人唯恐天下不乱的一句台词:下吧下吧,下他个七七四十九天,我才高兴呢!林钧忽然间觉得这一句台词正符合自己的心意。又想,自己什么时候竟有了阶段敌人阴暗的心理,也可能是生活过于困苦,于是有了报复社会的念头。这么一想,竟情不自禁地笑起来。

"挺得意的嘛!找到美人了?"不知什么时候甄珍竟倚在门边,一副讥笑的表情。

林钧懒得去理她。

"哎,林钧,快过年了,你得回去看看小诗。我哪都不去,就在这,你春节时得把房间让给我。"

"准备跟你那个小财主度蜜月吧。"林钧没好气地回她一句。

"怎么,嫉妒啦?过段时间我帮你介绍一个,包你满意,就像关大美人似的。"甄珍的脸皮越来越厚了,反唇相讥的水平也提高得很快。

"就凭你这样,能把自己卖出去就不错了。"林钧漫不经心地答道,随后整理一番,哼着小曲,带上门走了。由于拌嘴的机会太多,两人都习惯了,似乎谁也不往心里去了,更多的是困惑,越吵就越感困惑,有一种莫名其妙的荒诞感。

中午,因雪下得很大,几个离婚的同事无处可去,就在附近的小酒馆凑份子吃火锅了。酒是用生姜、白糖煮的绍兴花雕;火锅是狗肉、野兔肉。林钧已经很长时间没有吃狗肉了,当年插队农村,每到冬天,知青们经常用铁丝做一个圈套,用馒头或者包子引诱到处乱窜的狗,一旦套上,把铁丝往树杈上一扔,那边人接住后,一转身,用肩一扛,狗就被吊起来,四脚乱蹬,一会儿舌头就长长地拖下来。知青们便把狗拖回自己住地,剥下皮埋掉,肉放上盐和辣椒,配上从地里偷回的萝卜,在大铁锅里慢慢煨起来。每到冬天,知青的日子,会因为有炭炉狗肉异常芬芳。然而青春期的小伙子是躁动的,尤其是在连吃了壮阳补肾的狗肉之后,伙伴中有一个绰号叫"许大马棒"的知青按捺不住了,眉来眼去之后便跟一个富裕中农的女儿有了关系,这一桩事被大队民兵营长在牛栏边的稻草堆里捉个现行。许大马棒只能面临两种选择:一是去坐牢;二是和女子马上结婚,永远扎根于广阔天地之中。无奈之下,许大马棒只好选择第二条道路。结婚那一天,林钧他们去捧场,许大马棒声泪俱下、万念俱灰地痛斥了吃狗肉的罪行。没过多久,林钧他们也得到了相应的惩罚——由于秘密宰杀了当地社员的八条看家狗,县知青办和公社宣布,诸多知青三年之内不得招工走人,继续在农村锻炼。林钧运气算好,第二年恢复高考后上大学了,其他几个"狗肉"伙伴也陆续离开农村,只剩下许大马棒。许大马棒当时已是一个孩子的爸爸,现在成了四个孩子的爸爸。这算什么事呢?每次林钧想起这茬事都感到命运的不可捉摸,狗肉也能作为个关键的因子主宰人的命运,有时不单是狗肉,一个小小的细节或者过失,都能引导人走向另外一条道路。当林钧面对香喷喷的狗肉时,他的思想再一次走神了。

"老林,想女人了?"

"不,想狗肉。"

"哈——"几个同事都笑了起来。他们注意到林钧自离婚后神志总是有点恍恍惚惚,经常干些似是而非的事情。

因为喝了酒并且吃了狗肉,整个下午林钧感到身体异常暖和并情绪高涨。林钧把电话打到"豹霸"公司找白婴婴。秘书问是谁,林钧没好气地说,让白总接电话就是,不该问就不要问。

过了一会儿,白婴婴接了电话。林钧乘着酒兴,说,我们去郊区走走吧,看看雪,这是今年的第一场大雪。白婴婴有点迟疑,说她要加班赶着设计一套新款皮衣,天冷,皮衣的销路正好,有点供不应求,并且现在小车又不在。林钧说,那好,随便你吧,我叫辆三轮车从你公司门口过,你要愿意你就上来,不愿意就忙你的生意吧。林钧说完就把电话挂了。

林钧下了楼走到街上。天已基本晴好,只有零星的几片小雪花。太阳已出来了,空气中有一股清新的寒意,街道上又有了生机。林钧叫了辆有白布帘子的三轮车,跟车夫交代向"豹霸"方向走。躲在帘子后面的林钧,忽然觉得自己与许大马棒有几分相似,都是自己把自己送进陷阱。又想,人生无处不陷阱,得要自己哄自己玩,谁说陷阱不是一幕迷人的风景呢!

"豹霸"的大门边,站着一个撑着花伞的黑影。走近了,果然是白婴婴。林钧撩开布帘,有几片雪花飘进来,白婴婴坐进来之后,侧着脸笑吟吟地看着他,嗔怪地说:

"大才子喝酒了啊?难怪说话口气像下命令似的!"

林钧忽然觉得有点怯懦,强迫让自己镇定,故作轻松地说:"平日里丑陋的世界看多了,有许多东西让雪一盖住,便美了。想同你一同凑凑雅兴——才子佳人嘛,是不是?"

白婴婴没有作声。三轮车动了,从车篷的小窗看出去,街景变得晃晃悠悠起来。车夫问到哪儿去,林钧回答往郊区去吧,看看野地的雪。

两人紧紧地挨着,似乎都有点紧张,都找不出什么话语来交流。林钧甚至有些后悔自己的唐突,如此状况,尴尬极了。他只是感到有点读不太懂身边这个女人,就像他至今不太懂得甄珍一样。

在布毡蒙着的车座里,林钧和白婴婴挤在一起。双方都沉默。林钧感到内心中有一个东西在膨胀着,越来越大,越来越有力地压迫着他,让他难以抗拒。那热腾腾的欲望占据了他全部的存在,使他全身躁动不安。他决定孤注一掷,重建自信,在接触那温湿柔软的小手的一刹那,林钧感到对方的等待。

双方的手掌都渗出汗珠,白婴婴的手指在林钧的手掌心里略微动了一下。这似乎是一个信号,林钧顺势把整个身体倾覆上去,把自己的嘴唇压在白婴婴的嘴唇上。

白婴婴没有抵抗,连轻微的抗拒都没有,倒是三轮车有点摇晃,一个轻轻的颤动,差点把他们分开。林钧更用力地吮吸起来,白婴婴反应也很热烈,双手紧紧地搂住林钧,双方都有一种要把对方融化的渴望,也都有一种被融化的急切。世界在林钧心中消失了,他只感到白婴婴嘴唇的柔软,这柔软远远地超过了林钧的负重,让林钧产生了一种虚无的愉快。

不知过了多久,双方分开了,犹如睡梦中被人叫醒,都有一种兴奋之后的困倦。林钧摸摸自己的脸,滚烫滚烫,又看看白婴婴的脸,红扑扑的,像个孩子。从车窗里看出去,外面是一片白色,很多麻雀叽叽喳喳地在雪地里寻觅着食物。郊区早到了。林钧跳下三轮车,白婴婴也走了下来。外面的空气好清新,脚踩在柔柔的雪上,能听到一种爽利的声音。林钧不自由主狠狠地吸了一口气,如果世界真是如此单纯和诗意,该有多么好啊!

白婴婴一下变得活泼异常,拉起林钧向雪地深处跑过去。雪挺深,一直淹没了他们的脚脖子。在雪地里,他们大笑着互相用雪往对方的脖子里塞,追着撵着打着雪仗,双方的距离一下子消失了。随后,林钧和白婴婴开始比试着堆雪人,他们各自堆了个雪人:林钧堆得大,白婴婴堆得小。它们紧挨着站在一起。

晚上,林钧乘着夜色来到白婴婴家。白婴婴穿着睡裙,高高地盘起发束,脸色红红的,似乎还未从下午的快乐中恍过神来。林钧关上门热烈地拥抱了她,白婴婴紧贴着他,任他挥发着热情,问他喝点干红还是白酒。

林钧坚决地摇了摇头:"喝你。"

当所有的热情都散尽后,林钧疲惫地从白婴婴身上翻下身来,他突然觉得自己的行为就像是只爬到高处的黄蚂蚁,一阵风吹来,只能无奈而悄然地降落在尘埃之上。

七

春节期间,按事先的计划,林钧回到了老家。大年初一是个大晴天,很暖和,可是按乡下的习惯,这一天是不出门的。林钧便和小诗坐在屋前的空地上晒太阳,小诗专注地用树枝拨弄着地上爬行的蚂蚁。虽然分开的时间不长,小诗对林钧已有了陌生感,他显得很木讷,也显得很内向。林钧看着他,从他那躲躲闪闪的眼神中,看到了自己的敏感和脆弱;从那略微凹陷的额头中,看出甄珍的俗气和愚蠢。林钧不由自主地在心里叹了口气,他想起了许天扬曾说过人是精子、卵子和性灵三位一体的产物。人为情欲所困,只要稍不小心,就会带来一个有意识有思想的怪物,随后给世界带来很多麻烦,也给自己带来很多烦恼。

儿子小诗继续跟蚂蚁做着游戏。他用树枝在一只大大的蚂蚁身前身后挖了几条深深的痕迹,对于蚂蚁来说,这无疑是一条沟壑了。蚂蚁意识到这从天而降的危险,惊慌失措,不停地乱窜,似乎想找到一条逃生之路。失败了几次之后,它一动不动地伏在那里,似乎在思考着怎么办。然后,蚂蚁又出发了,像是积攒了一股信心,突然跃入沟壑,一下子摔了个六脚朝天,可是它顽强地翻起身子,沿着陡峭的沟壁向上爬去……然而更大的危险来自后面,一大把泥土铺天盖地压过来,把它活埋于沟壑之中——小诗似乎想快速结束这游戏,不耐烦地抓起一大把泥块,痛快淋漓地压了上去。

林钧突然从小诗那木讷而得意的表情上,体会到许天扬所言的一种与生俱来的罪恶。

大年初六,林钧回到了家。打开门之后,出人意料地,林钧发现屋内一片清寂。客厅桌上有几盘剩菜尚未收拾进厨房,一盘是炒土豆片,另一盘则是香菜。厨房里一片狼藉,几天未洗的碗都堆在水池里。

晚上,甄珍回来了,见到林钧,简单地问了一下小诗的情况,然后突然说：

"林钧，你要帮我。"

"帮你?"林钧莫名其妙。

甄珍突然哇的一声大哭起来，抽抽泣泣地说："那个邱学军，是个骗子，他把我的六千块钱偷走了。我要告他!"

从甄珍断断续续的叙述中，林钧了解到，春节时邱学军是来了。但有一天，邱学军看到甄珍有一张六千元的活期存折时，便心存歹念。大年初四那天偷了甄珍的存折，取了钱逃之夭夭了。

林钧又好气又好笑，便安慰甄珍：

"唉，算了。谁要你乱交这一类人呢！再说，他不是送了一条金项链给你吗？算值一千多块，也可以充一点损失嘛。"

"那我也损失四千多块呀，我不能这么便宜了他，我要去告他，一定得让他进牢子!"甄珍咬牙切齿地说。

"状子我倒是可以替你写，但你不怕这事闹大了让人笑话吗？你闹笑话，我都跟着难为情。"林钧半是揶揄半是调侃。

"那……那我考虑考虑吧，反正，反正不能便宜那小子!"甄珍恨恨地说。

晚上，林钧自己动手烧了饭，又摆出自己从老家带来的菜，满满地放了一桌子，然后叫上甄珍。林钧把自己的杯子斟满，又给甄珍倒上酒，端起杯子，对甄珍说："咱俩这一辈子认识，结婚又离婚，真是有很大的缘分了。不论是悲剧、喜剧，都挺不容易的。过去的事就算过去了，从现在起，你要好好过日子，我也要好好过日子。"

说完林钧一干而尽，甄珍也一干而尽。显然，甄珍有点感动，噙着眼泪说：

"要说人好，还是你们读书人好，但你们也太没用了。也怪我，没有念多少书，跟你们总合不到一起来……再说现在，我知道你会看不起我。"

甄珍喝得大醉，然后兀自在卫生间吐得一塌糊涂，摇摇晃晃地走进自己房间睡觉去了。林钧点燃一支烟，一动不动地坐在破沙发上，想些什么，又似乎什么也没想。

八

这段时间林钧一直惦记着白婴婴，想着白婴婴白皙的皮肤以及娇憨万种的风情。可奇怪，惦记和渴望的同时，林钧也对与白婴婴的见面，怀着一种胆怯。从理智上说，他认定他与白婴婴的关系只不过是一种露水情缘，双方都是由不同心理而产生的殊途同归，虽然林钧于这种孟浪中，找到了某种自信，可他还是对白婴婴怀着一种深深的忌惮，面对白婴婴后面的那个"暴发户"，王鸿庆有一种很浓重的自卑。

翟道宝来办公室找林钧，进屋后神秘兮兮地把门关上，小声说："林钧你这小子还真看不出来，竟把白婴婴给泡上了。你得请客，上海鲜楼请我撮一顿。"

"你胡扯什么呀！"林钧一惊，竭力不承认。

"你小子别再跟我装蒜，再装蒜我就告诉王鸿庆，让他找人收拾你！"翟道宝半是威胁地开玩笑。

林钧一下没话说了。

"昨天我到白婴婴那去,想替几个哥儿们拉点广告。谁知她直愣愣地坐在那儿,一副魂不守舍的样子。谈话之中她竟几次称你为林老师——你想想,不是你小子跟她使坏,她会这样吗?"

"我跟她一点关系也没有呀!"林钧死活不承认。

"没有就好。这小娘儿们是高压线,碰不得的!王鸿庆那小子好惹吗?生意场上的人,哪个不是半个黑社会?不过白婴婴可能真是喜欢你。你不吃亏,可以将计就计,搞点现实的……"

"这话怎么讲?"林钧问。

"你知道白婴婴专管公关策划这一摊子,经她手头出去的广告费,每年有上千万!现在哪个单位拉广告没有回扣?你可以多替别人拉点广告,一年少说也可得个一二十万!"

林钧没有言语。

"怎么样?就从我这笔开始。我跟白婴婴提过了,她还没同意。你帮我打个电话,我肯定你说的事,她会同意。"

"好吧,好吧,我试试看。"林钧想尽快结束这场谈话。

翟道宝如愿以偿,乐滋滋地拉开门,准备走了,忽然想起了什么事,又转过头来,说:

"哥儿们,弄点钱没错。人可是高压线,千万记住了。"

翟道宝走过之后,林钧拿起电话,秘书说白婴婴不在,林钧又打白婴婴手机,手机是关的。不知怎的,林钧突然有一种不太好的预感。

林钧进许天扬房间的时候,许天扬正跟一个年轻的和尚在谈天。和尚三十岁左右的年纪,穿一身灰色平布袈裟,清秀异常。瞧见林钧进来,许天扬站起来,说:"嘿,好长时间没见过你,回老家过年怎么样?"又指指和尚,向他介绍,"这是慧明师傅。现在是小天山的住持。"

慧明恭敬地双手合十行了个礼。林钧有点局促不安,不知怎的,他似乎与生俱来地对这类生活在同一世界却又不是同一世界的人怀有一种敬畏和隔膜。慧明似乎也察觉到什么,过了一会儿,对许天扬说还有点事,便告辞了。

许天扬对林钧说:"慧明是个高人。他原本姓夏,北京一所大学毕业的。毕业后工作了两年,找了个女朋友,非常漂亮。两人都准备结婚了,可慧明突然改变主意,到九华山当了和尚,又去上佛学院,毕业后被分配在小天山当住持。"

"他为什么出家呢?"林钧似乎对此蛮有兴趣。

"他跟我说,结婚前有一次他整理旧时的贺年卡,突然发现有两张贺年卡的发信人都已不在人世了,字迹却历历在目。他们一个是自杀的,另一个是出车祸死的。两个人年纪都很轻。他说他就在那一刹那开悟了,要去寻找一种永恒的东西,这种东西不会局限于时间和空间……于是,他就出家了。"

"永恒的东西……他能寻找得到吗?"林钧似乎有一丝触动,急切地问。

"他说他现在还没有得到,但肯定能得到的。"许天扬说。

"慧明是个奇才,他的诗、书、画都非常好,这么年轻……来,你瞧瞧。"许天扬从书架上抽出一幅东西,打开。果然一幅好画,画面

上,一棵枯松,两个老僧在对弈,笔法疏淡而幽远,上边题诗一首:

> 青松树下一局残,
> 白山黑水落中央。
> 故人已乘黄鹤去,
> 吾辈踏履做卧床。

林钧深深地吸了一口气,果然一首好诗,空旷而散远。但同时,他又觉得心情异常沉重,便打趣说:"诗好,画也好,但不知走的路怎么样,毕竟,人只有一辈子,走错了,没有及时行乐,错过了快乐,再后悔也来不及了。"

许天扬坚定不移地说:"我相信他没错,说不定以后我也会走这条路。"

林钧开玩笑说:"你可不能走,你一走,兔死狐悲了,我连个去处都没有。"

许天扬笑笑。

过了一会儿,许天扬像突然想起什么似的,说:"你那则征婚广告登出来了,我同学打电话给我的,今年第二期。要是有求婚信来,他会及时寄给你的。"

林钧笑着点了点头,然后问许天扬:"你还没有告诉我呢,春节怎么过的?"

"在慧明的小天山,"许天扬的眼神洋溢着空蒙的神采,"你去过吗? 小天山寺院倚着劈空的悬崖而建,从那里看世界,真是一览天下小。"

林钧去过小天山。那的确是个好地方,在离城四五十里的群山之中,沿着蜿蜒而上的青石板路,要走上个把钟头,奇峰绝顶,一览众山小。可是林钧觉得那里太凄清、太寂寥了。

九

这段时间甄珍像是在忙些什么,总见她很早就出去了,中午也不回来,傍晚才一身疲惫地回家,倦懒地往沙发上一歪,一副有气无力的样子。这天林钧正在卫生间里洗衣服,听见门响,回过头来看见甄珍有气无力的样子,便问:

"印刷厂说你好几天没去上班了,忙什么呢?像发大财的样子。"

"没什么,想开个店。"甄珍回答。

"嗬,还真看不出来,当老板了。"林钧调侃。

"说话别阴阳怪气,我最看不惯你们知识分子这一套!"甄珍有点气恼。

"好……好,怪我。"林钧很谦虚,"开什么店?"

"美容店。"

林钧差点没惊愕得笑出来,就凭你那血盆大口鬼画符的水平,也想当美容师?再说现在的美容院,谁又是挣面子上的钱呢?谁不知道那是"挂羊头卖狗肉"呢?林钧所在的报纸就曾登过好几个美容院被警方查获的事情。

"好,好,好好干,你会有出息的!"林钧在说话的一刹那,觉得自己的口气和姿势像个道貌岸然的领导。

甄珍没听出这句话的弦外之音。她似乎从这句话中得到鼓励,双目炯炯有神地说:

"对,我只是想尝试,想试试自己到底行不行。如果行,这只是第一步,下一步,我就办个小厂子,专门生产化妆品,自己也弄个老板当当。人生潇洒走一回!"

林钧双眼发直,一时没任何话说。

许天扬的同学寄来个很大的信封,鼓鼓囊囊的。林钧从传达室孙老头那里拿信的时候,孙老头有意无意地说:是什么呢?《家庭生活》杂志社的。林钧说是求爱信。老家伙你看不出来吧?就我这样的穷酸书生还有人要。林钧干脆开了个玩笑,拿着信封走了。

中午,几个单身的编辑在隔壁办公室打八十分。林钧借口头有点痛,昨晚觉没睡好不参与,躲进自己的办公室里拆开了信封。一共是六十四封信,邮戳上有外省的,有外市的,也有县里的。字迹既有端庄秀丽的,也有稚嫩笨拙的,更有潦草鬼画符的。林钧不由自主地窃笑起来,他忽然觉得,作为一个男人一下子读这么多丰富有趣的应征信该是一件多么美妙的事情,就凭这一点,也应该让那些没有离过婚、没有征过婚的男人感到遗憾。

林钧打开的第一封信是一个邻县年轻的女教师写的,她现带着一个五岁的小女孩,丈夫两年前得癌症死了……可怜!林钧叹了口气把信轻轻地扔在一边。

第二封信是邻市的一个女个体户,开服装店的。字写得歪歪斜斜。在信中,女个体户说有钱没文化的没一个是好人,她曾经谈过几次恋爱,但那些人都想占她的便宜,都是冲着她的两百多万(这是她在信中有意无意透露出的数字)而来的,因而寻不到真正的爱。女个体户发誓要找一个有学问有文化的梁山伯似的知识分子,因为读书人品行好,又可以帮助自己。"男才女财,共奔未来。"女个体户最后说。

林钧苦笑了一下,真是穷人有穷人的苦闷,富人有富人的烦恼,有钱的、没钱的,有着两个阶级的鸿沟,硬扯在一块,也是不行的,轻轻地又把信扔在一边。

第三封信更有趣,只有一张白纸,上面写着区号与电话号码,落款是吴琼琼。

林钧有点好奇,一个电话打过去。

"喂,找谁呀?"一个女声凶头凶脑,"找谁?吴琼琼?吴琼琼是4号病房的病人呀,找她接电话,不行!……你问什么地方?不知道什么地方打电话进来干吗?告诉你,这是精神病院!"电话那头啪的一声挂断了。

林钧半晌才恍过神来。这世界真是疯了,连精神病人也跑来应征了。又一想,说不定是哪个熟悉吴琼琼的无聊家伙在恶作剧,这世界人心不古,透着一种世界末日的迷乱和癫狂。

接下来的几封信更有意思,一个落款"侠女"的女子在信中称:

"我是一个自由自在的人,这么些年来,我几乎游遍了祖国的大好河山。我很欣赏你征婚的胆识和举动,相信与你可以志同道合。请你照以下地址回信并介绍你自己的情况,说不定什么时候我会悄然来到你身边。"

另一个叫刘惠群的女子在信中称自己是个博士生,研究哲学的,很想抛弃烦琐的哲学,避免庸人自扰的苦恼,过一个普通人的生活。她还说,因为过多地涉及理论,她已经不具备与社会打交道的能力和经验,所以很欣赏记者这种职业。因为林钧在征婚启事上说自己勉强可以算是个作家,博士生半是考试半是请教地询问一项佛学公案"释迦牟尼跏趺于菩提树下睹天上明星而觉悟",他究竟悟到了什么?

征婚还要询问哲学问题,林钧不由得哑然而笑。他对此没有太大兴趣,更何况是一个不谙世事却又懂得很多的博士生。林钧随手将博士生的考卷扔在一边。

只有一封信让林钧真正感兴趣。

信是邻县一个女孩寄来的,女孩叫作姜丽文,一个很一般的名字,里面还夹着一张照片,是一个漂亮的女孩。不完全是美丽,更重要的是眉宇间还洋溢着一种超凡的品格,这种品格包括倔强、自信、娇憨、温柔等许多成分,似乎跟林钧内心所期待的东西相吻合。女孩的字很稚嫩,但很纯朴,也很工整。看得出,她很用心,对这事很认真,很慎重。信寥寥数语,只是说,她希望能跟征婚人见一面,谈一谈。其他任何条件与阻碍都是次要的,如果认为有必要,自己会毫不犹豫地下决心。

林钧决定抽时间去见那个神秘的姜丽文。

十

林钧很长一段时间没有白婴婴的消息了,看起来,自己的预感得到了验证,白婴婴确实是在有意地回避着他。林钧想起来有点气急败坏,就像是被人耍弄了一样。在办公室,林钧很潦草地在稿纸上写了几个字:"你要是再不见我,我可要上门去找你了。"封上口,写了个"内详",邮了出去。

信寄出第四天的上午,林钧收到白婴婴的电话,一阵咯咯的笑声之后,白婴婴在话筒里娇憨地发嗲:怎么,生我气了?我这段时间太忙,公司里忙着上新流水线,要买设备、安装设备,没有时间给你音讯。再说那个人又忒精明,对我不太放心,老让人偷偷注意我。林钧说:干脆你死心塌地跟他算了,怎么样?白婴婴说,晚上见面再谈吧,在"黑枪咖啡屋",晚上七点。

晚上七点,林钧准时来到"黑枪咖啡屋"。站在吧台旁边,林钧努力想发现白婴婴的影子,但未能如愿。林钧只好独自在拐角选了一张桌子,要了杯清茶,一边呷着茶,一边无聊地等待着。

忽然林钧听到一阵很熟悉的嗓音。循声望去,在歌台上跟一个男子唱卡拉OK的分明是甄珍。甄珍已不是往日的形象了,只见她发髻高盘,穿一身极其性感的皮短裙,一件羊毛衫领子开得极低,从卡拉OK银幕上摄出的影像来看,就像是一个肆无忌惮的三流歌星。那男子也是一身混浊,肠肥脑满的。两人正勾肩搭背地唱着《把根留住》,那姿势和情趣让林钧有一阵说不出的难受。

甄珍与那男子唱完后走下歌台。他们的座位离林钧不远,灯光迷离,甄珍并没有意识到林钧就在边上。随后,林钧看到他们在黑暗中紧紧相拥,还神经过敏地感觉到男子的手在逐渐深入。

林钧全力克制自己。他妈的,这跟你无关! 那个女人,只是曾受命运唆使糊里糊涂地跟你睡了几年,生下一个孽子,又各走各路。这一切是命运的安排,只能服从,不能抗拒。

过了一会儿,林钧看见那男子气很粗似的叫来服务员结账,看样子要走。林钧不由自主地站起来,想跟着他们。走到大门边的时候,白婴婴正好款款地走过来,林钧匆匆地对白婴婴说:"你稍坐一下,我马上就回来!"

林钧悄悄地跟在那男子和甄珍后面,眼见他们搂在一起,旁若无人地向前走,一拐弯,进了富丽堂皇的"美的亚"大饭店。林钧在门口踌躇了一下,没有跟着进去,只觉得腿肚子发软,头变得铅重。

林钧恍恍惚惚地回到"黑枪"。白婴婴看见了,说:"你的脸色不好,怎么啦?"林钧摆了摆手,说:"没什么。"

这么长时间没见面,双方都有一种陌生的感觉,都不知如何说起。那个下雪天燃起的热情,经过这么长时间的冷却,双方都恍若隔世。还是白婴婴先开的口:

"我们的事怎么让翟道宝知道了?"

"我没告诉他呀!"林钧说。

"他找我在省电台做广告,一年三十万。我没答应。现在电台节目除了农村人和离退休干部,谁还听呀! 而我们的销售对象又主要是城市。哪知道翟道宝那天晚上打电话给我,问我可知道你现在在哪。我说不知道。他阴阳怪气地一笑,话中有话地说:你不知道还有谁知道,我找他有急事。王鸿庆就在边上,我不好骂他,就把电话挂断了。"

"王鸿庆没问你什么吧?"林钧问。

"没有。不过他精明过人,有事情很难瞒得住他的。"

林钧不动声色,问:"我们呢,现在怎么办?"

白婴婴沉吟了一会儿,看得出她早就成竹在胸了:"只好先冷一段时间了……"

林钧打断白婴婴的话,问:"多长时间?"

"说不准……"

"我知道你的意思……"林钧冷笑一声说。

白婴婴并没有申辩,沉默了一会儿,她柔声说:"林钧,说实在的,你应该再成一个家,过舒适安逸的日子,好好写点东西。"

"少跟我来这一套!"林钧突然嗓门变得高亢起来。

白婴婴缄默不语,起身走向吧台,然后又转身走回来。过了一会儿,服务员送来一瓶王朝。白婴婴给林钧斟了一杯,又给自己斟了一杯。白婴婴做这一切的时候,林钧觉得自己没用极了,也懦弱极了。

林钧情绪平和了一些,有点玩世不恭地说:"打算跟王鸿庆生活一辈子,做一个宽容的富婆?"

白婴婴没有回答,脸上毫无表情,慢慢地呷着酒。她很善于掩饰自己。

林钧索性单刀直入,说:"舍不得他的钱,想跟他白头到老?"

白婴婴仍是没有表情,林钧干脆气急败坏地说:"我知道了。

王鸿庆到处乱搞,你心里不平衡,所以你也让他戴上顶绿帽子。这下子你心中的委屈子虚乌有了。你离不开王鸿庆,离不开钱——"

林钧突然戛然而止,因为他看见白婴婴的眼眶里滚出了两行粗大的眼泪。

白婴婴喃喃自语道:"怪我不好,怪我不好,我真不该有什么非分之想的。"

从"黑枪咖啡馆"分手之后,林钧的情绪极差。他觉得自己就像一只孤独的狗,在街道上跌跌撞撞地奔跑着,夜色中的城市有一种蠢蠢欲动的情绪,空气中夹杂着厕所味、烤羊肉味甚至人们打饱嗝的味道,移动着各式各样麻木不仁、凶险呆板的面孔。

林钧把牙齿咬得紧紧,以至于老长一段时间之后整个头颅都感到酸累。这时候他才感觉到,一个人恨得咬牙切齿的时候其实是在恨自己。以前他似乎有所感觉,可今天他是那样明确。此刻他的心就像一面破旧的青铜镜子,寂静地反射着老天创造的光芒。现在他终于明白,自己已作为一个多余人,被世界远远地抛弃了。

午夜的时候林钧回到了家。他把房间所有的灯都开开了,没有洗漱就躺在床上。在床上,他辗转反侧,有一种难以抑制的烦躁。这种烦躁在他体内迂回着,又使他感到一阵怨愤和冲动。自从离婚以来,他只跟白婴婴有过一次宣泄。更多的时候,林钧总是把自己摆弄到疲惫不堪倒头便睡的地步,有时实在是饥渴难耐,他就躲在被窝里面来一段必要的宣泄。虽然这样的举动屈指可数,但每次结束后,林钧总是顿生耻辱,自己的灵魂仿佛浮悬于空中,向自己僵直丑陋的躯体表示鄙视。

现在,这股冲动比任何一次都要来得强烈。林钧的每一根神经都绷得紧张。"我操你白婴婴!""我操你甄珍!"林钧在心中恨恨地骂着,同时用力动作着。但很奇怪,一直花了九牛二虎之力,林钧仍是没有成功。于是林钧屏住大口大口的呼吸,闭上眼,沉湎于新的幻想之中。

"你在干什么?"突然,林钧听到了甄珍的说话声,睁开眼一看,不知道什么时候,甄珍已站在自己面前,睁着一双熊猫似的眼睛,诧异地看着自己。林钧这才想起,自己连大门也忘记关了。

"这不关你的事,你走开!"林钧大叫起来。

"没想到你干这个,不害臊吗?"甄珍哂笑着看林钧。

"我不害臊,害臊的是你!"林钧突然坐起身来,一把扯过甄珍,三下两下把甄珍的衣服扒掉,大声说,"给你一百块钱,够不够!"

甄珍在身下没有回答,也没有反抗。林钧全力地动作着,把甄珍弄得嗷嗷直叫。林钧也有一种从未享受过的快感。一直到自己精疲力竭的时候,林钧大泄如注。在一刹那,他感觉到自己又变成了一只黄蚂蚁,从肋部长出两只透明的翅膀,向天空飞上去、飞上去……

事毕,甄珍一边穿着衣服一边哭丧着脸按着两腿之间对林钧说:"你弄得我好疼。"又像是很得意地说,"渴极了吧,你从前从未这样过!"

林钧面无表情,从口袋里摸出张"老人头",扔了过去,冷冷地说:"想挣钱,哪那么容易。出去把门关好。"

这一觉林钧一直睡到上午十点钟。

十一

星期六林钧和许天扬一道到邻县去见姜丽文。许天扬起初不太愿意,说他正在联系去佛学院读书,但拗不过林钧的一再请求,就随林钧上路了。

从城市到县城只有六十公里,但公共汽车行驶了三个多小时,车子一路停靠,挤满了骂骂咧咧的农民。林钧说现在只有两类人出门才搭公共汽车,一类是农民,另一类则是读书人。许天扬也表示同感。林钧便开玩笑说要是许天扬同那个省委副书记结婚,现在不也是太太,到哪去不是坐着奥迪呢!

"可那又有什么意思呢?人生,毕竟是太短了!"许天扬感慨地说。

为了打发旅途的寂寞和无聊,在林钧的坚持下,许天扬简单地讲了他与那个副书记短暂的恋爱史。故事没有什么奇特之处,自小青梅竹马,然后一同下放到广阔天地。因为许天扬有才气、有情趣,女的很主动,许天扬被动地接受了。不久,女的被作为广阔天地的典型,直接被提拔为县委副书记,之后又是地委组织部长……许天扬觉得两人之间的距离越拉越远,便有意疏远了。

"她真可怜,"许天扬说,"别人都以为她显赫风光,其实我知道她的内心很苦。倒不是我离开了她,而是……"

许天扬想说什么,但最终没说出来。

林钧问了一个他一直想问的问题:

"你什么时候对佛学感兴趣的呢？学佛,戒律太多,不是更苦吗？"

许天扬轻松地笑了笑,说:"我也不知道怎么会对佛感兴趣的。我的父母都是国家干部,都很正统。我三十岁那年,突然发了场无名高烧,高烧至三十九至四十摄氏度,整日地讲胡话,西药、中药什么都吃了,针也打了,怎么都不见好,家里人都乱了手脚。可突然有一天,烧退了,退得突如其来。我恍恍惚惚地爬起来,面色苍白却挣扎着要出门。父母见拦不住我,便让小妹扶着我。我跌跌撞撞地来到新华书店,买了一本《维摩诘经》,一本《圆觉经》,回家后即用毛笔端端正正地抄录……当时我一点也不知道自己在干什么,这事还是其他人跟我说的。他们都觉得很奇怪,又有点害怕。当时有懂佛的人说,我的心中有魔也有佛,要借助于佛的力量惩恶扬善。"

林钧听得心惊肉跳,半信半疑地问:"你现在怎么看待这件事呢？"

"我想,我应是与佛有缘之人。"许天扬说,脸上漾着神圣的微笑。

林钧则在心底说:"我不相信来生,也不相信前世,我只想把今生过好。"

姜丽文在县医院工作。林钧和许天扬住进了宾馆之后,林钧跟姜丽文通了个电话,林钧告诉她自己的到来。电话那头的姜丽文似乎很平静,她迟疑了一会儿,问了林钧所住的饭店及房号,说:

"我晚上来看你吧。"

晚上七点钟左右,林钧听到了门铃声。果然,姜丽文到了。跟照片上的差不多,娴静而秀气,只是眉宇间露出一丝深深的忧怨,有一种楚楚怜人的感觉。

许天扬打量了一下姜丽文,怔了一下,然后说:"我出去走走。"便找个理由出去了。

姜丽文坐下之后,林钧无话找话,自我介绍说:"我是林钧。那是我的朋友许天扬,文联的画家。"

姜丽文微微地点点头,似乎并没有说话的意思。

林钧忽然觉得有点慌乱,他摇摇头,自嘲地笑笑,说:"我的情况你也知道了,离异。当然主要责任不在我……也不能说在她,处不好嘛,没缘分。有个男孩,判给我了,现在我老家。工作嘛,是记者。人,自我感觉还算正派,但能耐不大……我都介绍了,轮到你了。"

姜丽文低垂着睫毛,睁开眼看了看林钧又落下。半晌,低声说:"没什么好说的,我今年二十六岁,医院小儿科的护士。没结婚……可准备结婚……"姜丽文突然啜泣起来了。

从姜丽文断断续续的叙述中,林钧了解到姜丽文原本有个男朋友,叫潘勇,是个中学教师。他们原准备去年元旦结婚的,可潘勇有一天到临近城市采购物品,回来在公共汽车上碰到几个流氓持刀勒索,便挺身而出,被一个歹徒用匕首刺中肺叶……潘勇后来被追认为烈士。林钧所在的报纸也曾登载过这件事,姜丽文叙述的时候,林钧依稀地想起来。

"真可怜。"林钧在心里说。

姜丽文还在那里泣不成声："我应征,是我想离开这里……这里的人总是用一种怪诞的目光看着我,总在背后指指点点,好像潘勇不是被人杀死,不是牺牲的,而是杀了人被判死刑似的……潘勇真是个书呆子,又不招你惹你,你却逞英雄,把性命搭上,何苦呢!"

林钧找不到合适的词句安慰她,只得沉默。

姜丽文哭了一段时间后,自动止住了。她似乎觉得有点不妥,向着林钧笑笑："真对不起,有点失态了。我得告辞了。"

林钧送姜丽文下了楼梯。在大堂,看到许天扬正襟危坐在沙发上。许天扬示意林钧过来。林钧过去之后,许天扬轻声对林钧说："她是有磨难的,跟你说了吗?"

林钧点点头。许天扬又说："这个女的不错,适合你,不要犹豫了!"

林钧执意送姜丽文回家。两人都是无话。县城的道路黑灯瞎火的,在大多数时间里,他们的身影总是笼罩在黑暗之中。林钧思想老是走神:潘勇会不会在黑暗中睁着一双无形的眼睛看着这一切?又想许天扬真是怪,他怎么一眼就看出姜丽文是经历过磨难的呢?林钧想到自然界有些事情的无从回答,不由自主地在内心打了个激灵。

姜丽文到家了,没有邀请林钧上去,期期艾艾地转过身去。林钧说："我给你写信好吗?"

姜丽文点点头。林钧看到她一双哀怨的大眼睛一闪,不由得怦然心动,仿佛心里又长满绒毛似的。这是很久没有过的感觉了,最起码十年了,林钧一直认为自己是一潭死水,但不经意中,死水却泛起了一串涟漪,暗示着一种生机的复苏,刹那间,林钧有点被自己感动了。

姜丽文迟疑了一会儿,终于轻轻地说:"我……已不是个处女,你在意吗?"

林钧突然莫名其妙地笑起来。现在这世界,谁他妈的还在乎这个!

十二

从邻县回来之后,林钧的情绪稳定了不少,除了在报社编辑稿子,大多数时间里,他就坐下来给姜丽文写信。林钧很奇怪自己竟有这样的激情和耐心重燃爱情之火。他的才华和幽默在书信中得到了充分发挥,引来了姜丽文的一腔深情。姜丽文甚至在信中一再表示想见他,他去或者她来。但林钧总是用各种借口拒绝了,他觉得至少要用三个月的书信才能完全表现自己的与众不同。做这一切的时候,林钧觉得自己就像一条老谋深算的大灰狼,在把一个单纯美丽的小白兔引向陷阱。但他又很快地否定自己,只能说大灰狼和小白兔同时被一步步吸引向一个深不可测的沟壑,这个幕后罪恶的家伙是谁呢?永远找不到答案。

林钧的麻烦事来了。

刚上班,就有电话找林钧。林钧拿起电话刚要问,一个很不客气的声音传出:"我是东市区派出所的,有一件案子牵涉你,请你来一下。"

"什么案子?"林钧莫名其妙。对方"啪嗒"一下,把电话挂断了。

林钧心里"咯噔"一下,一股血液腾地直冲头顶。他连忙骑车向派出所驶去。

讯问是在一间不大的屋子里。一个两眉之间长着黑痣、五大三粗的干警主问,记录的是一个面目清秀的年轻女干警。坐在这两人对面,心中忐忑的林钧觉得怎么也不是滋味。

"柳新茹你认识吗?"男干警问。

"柳新茹?柳新茹是谁?不认识。"林钧摇了摇头。

"真不认识?"警察问。

"不认识。"林钧很肯定地回答。

"不认识就对了。"警察讥讽地笑道。

"这是什么意思?柳新茹是谁?"林钧有点容忍不了警察的表情,反问道。

"怎么,想不起来了?"大块头警察点着一支烟,吸了一口,又吐出一团烟雾,"想想看,去年底,在'白玉兰咖啡屋'。"

林钧猛地想起,去年底那个夜晚,在"白玉兰"碰见的那个神秘的"夜美人"。

"怎么,想起来了吗?"警察有点得意。

"……那天晚上我家里出了点事,就在街上散步,恰巧碰见了那个女子。我跟她,并没有发生什么呀!"

"她是卖淫的妓女,你知道吗?"

"不知道。"

"可你跟她进了房间。"警察说。

"我当时喝得有点醉了。可没干那种事。"

"没干那种事?可你干吗给她二百块钱?"警察严厉地说。

林钧颓然无话。

黑痣警察一副坦白从宽的表情:"想抵赖是没有用的。这里有柳新茹交代的材料。不仅有你,还有其他三十多人。这当中有党员、干部,甚至处级干部,我们一个个都要找他们。"

林钧叹了口气。半晌,他说:

"你们看怎么办吧?"

黑痣警察用手中的钥匙敲敲桌子:"有两种选择,一是按《治安管理处罚条例》拘留,通知你们单位。或者罚款……"

"多少钱?"林钧急切地问。

"五千块。"

"那好吧……"林钧垂头丧气地应道。

"你别耍花招,十天之内把款子送到,否则通知你们单位!"大块头警察毫不客气地说。

林钧注意到那年轻女警察嘴边现出了轻蔑的微笑。

这十天中,林钧所有的目标就是那该死的五千块钱。林钧生平第一次结结实实感受到钱的重要性,此刻就犹如站在人生的通道面前,有了这钱,他还可以继续做他的人,没有,他就只能做鬼。如果说起先林钧对做鬼还不忌惮的话,那么现在是对此怀着极大的恐惧。他只想生活得更踏实一点,不折腾别人,也不折腾自己。

林钧到电台去找翟道宝。刚走进电台,新闻部的小悄从楼梯

口走下来,看到林钧,忙把他叫到一边,神秘地说:

"翟道宝今天早上被检察院逮走了,你知道吗?"

"什么?"林钧一怔。

"是刑事拘留。据说是经济案件,挪用公款什么的,好像跟'豹霸'什么的有关系。翟道宝不是替电台拉广告吗,用现金提走了'豹霸'的款子,想炒一下股,没想到股票大跌……结果全砸了……"

林钧默默地听着,什么也没说。

时间越来越紧了,林钧只得去找许天扬,宿舍的门关着,敲敲门,人不在。林钧便往文联走。到了文联,他看见一群作家、艺术家正在开会,有一种凝重的表情。林钧在走廊上迟疑着正要询问,文联主席走出来,问林钧:

"你看见许天扬了吗?"

"我不正找他吗?"林钧说。

"许天扬失踪了。"文联主席进办公室拿出一封信递给林钧,叹了口气,说,"他说他走了,永不回来了。你看看,上面有内容牵涉到你。"

林钧急切地把信打开,信纸上写着:

文联诸师友:

我告辞了。我将要去一个你们谁也找不到的地方,也不要找我,我会很好。此决定我已考虑很久,今天给你们留言时,我的心异常平静。

我房间里的一些东西,床及桌子、板凳,是单位的,单位可以拿还,其他日用品及书刊数千册,替我转交报社林钧,并对他言我不再另写信了。一切都是缘,只要散不了,还是散不了。

林钧的眼泪一下流了出来。

十三

强忍着内心的失落和悲怆,林钧只得再找白婴婴。

林钧感觉自己就像在一场噩梦中,身体已变成一具行尸走肉,或者如一条急红了双眼的疯狗。所有的人都弃自己而去,包括许天扬。但林钧预感噩梦就会过去,自己很快就会挣脱一身的梦魇轻松地面对世界。文化是什么?宗教是什么?爱情是什么?世俗又是什么?不知道,这一切都将离自己很远。此时此刻林钧正挣扎于拂晓的河流里,如一位濒临死亡的落水者,全部的希望,就是先抓住一根救命稻草。

电话终于打通了,白婴婴的语气极其冷淡。

"翟道宝怎么啦?你们干吗去检察院告发他?"林钧问。

"你是为这事找我?翟道宝的事我不知道!"白婴婴有点不耐烦,想挂电话。

"别……别,"林钧说,"我找你,真的是有事。"

"什么事?"

"想问你借五千块钱!"林钧鼓足勇气说。

"你什么意思?"白婴婴在电话那头不动声色。

林钧突然变得结结巴巴:"遇到点麻烦……"

"那好吧……"白婴婴的语气缓了下来,"什么时候要?"

"今晚吧。我明天急用。"

"那好吧,今晚八点,在'黑枪咖啡屋'门口,我叫人送给你。"

"你能来吗?"

"不行。希望这是最后一次听到你电话。"白婴婴冷若冰霜地说。

晚上七点半,林钧早早地来到"黑枪咖啡馆"。闲着无事,便来到旁边的五交化商场。五交化商场热闹非凡,十几台大屏幕彩电正播放着各种节目,让人目眩。林钧已经有近一年没看过电视了,眼前的绚丽让他恍然大悟:世界原来是彩色的!先前的日子里,他眼中似乎只有黑白两色,觉得世界单调得令人生厌了。

地方台正播着点歌节目。突然,林钧眼睛一跳,在红歌星蔡国庆所唱的《三百六十五个祝福》MTV上,赫然打出字幕:热烈祝贺甄珍美容院开业大吉。

一个矮胖的顾客在旁边自言自语地嘲讽道:"现在他妈的美容院比厕所还多!"

林钧听见了,狠狠地斜了矮胖子一眼,没好气地说:"美容院多关你屁事!"

矮胖子莫名其妙:"哎……我又没招惹你。"

"就招我了,你知道吗,开美容院的是我的第一个老婆!"林钧大声嚷起来,怒目而视。

矮胖子怕生事,嘀咕着到一边去了。

八点整,一辆小车在"黑枪咖啡屋"前停下。车窗玻璃落下,司机从车里伸出头来。林钧知道是找他的,疾步向小车走去。

"你是林钧?"瓦刀脸的司机问。

"是。"林钧回答。

司机掏出一个鼓囊囊的信封:"这是白总给你的。"

"白总有什么话吗?"

"没有。她什么也没说,只交给我一个信封,让我在这交给你。"

林钧的心总算踏实了些。他怀揣着这信封,急切地走着。现在对他来说,噩梦就将过去,他现在只想要的,就是一种平稳的、踏踏实实的生活。林钧麻木地走着,两旁是明亮的橱窗,华丽得让人感到眩晕,再就是高大方正的楼房,偷偷地躲在黑暗中,仿佛随时随地都可能向你压过来。此时此刻林钧觉得自己就是一只慌慌张张的黄蚂蚁,为躲避将要来临的暴风雨,可怜而孤单地逃遁于天地之间。

林钧走进了一条黑黑的巷子,前面就是家了。突然,林钧听到身后有急促的脚步声,刚一回头,就觉得眼冒金光,一块砖头重重地砸在他头上。他想看清楚是谁袭击了他,可是身体不由自主地向后倒去。他躺在地上,觉得一点气力都没有,感到拳脚不停地落在自己身上,一点都感觉不到疼痛。气温骤降,天上好像下起了冰雹,不断地砸在自己的脸上、身上,后来,一切都变得摇摇晃晃,疼痛没有了,恐惧也消失了,只是听到自己的心跳越来越微弱,体会到一股巨大的寒意渐渐占据自己的身躯……后来,那个信封啪的一声打在他脸上,沉沉的。然后,他听见脚步踢踢跶跶地离去。

过了好一阵子,林钧清醒过来了。信封还在,鼓囊囊的,钱还在。林钧一口口地吐出嘴里的血水,用袖子擦擦脸上的灰尘。他抬起头,一弯新月钩破了暗晦、荒凉的天空,像一朵即将凋谢的白花。浑身的疼痛使林钧彻底地清醒了,过去的一切恍如隔世,自己仿佛是从一个无声的闪电中爬出来一样。

秋天的时候,林钧结婚了。婚礼办得还挺热闹,报社的同事尤其是离婚的同人都说,林钧是最后一个离婚却是第一个结婚的,这使他们感到了希望,让他们对未来生活充满了憧憬。尽管林钧一再婉言拒绝众人的恭贺,但结婚那天人仍不少,酒席整整摆了二十桌。

姜丽文很能干,也很贤淑。婚后,他们仍住在林钧的房子里。甄珍已从屋子里搬走,她的美容院已与一个外商合办,变成一个既生产化妆品,又集酒店娱乐服务业于一体的中外合资企业。甄珍现在成了个隔三岔五在电视台露一次脸的风光人物。林钧结婚那天,甄珍给林钧送来了两千元。林钧拿出来交给姜丽文,姜丽文说:"你存着吧,以后给小诗。"

姜丽文很想生一个小孩,林钧有点犹豫。姜丽文说:"你别担心,我会对小诗好的,过段时间你把小诗从乡下接来,乡下教育差,跟老人一起,总觉得不好。"林钧说:"我不是考虑这个,我是考虑小孩到世上,以后长大了,会有许多烦恼,反而怨我们生下他。"

姜丽文说:"你好像对什么都看透似的。看透了又怎么样,谁不是仍要规规矩矩地生活?"

林钧说:"你说话好像很有哲理。"

姜丽文一笑:"其实哪一代人不是这样过来的呢?"

林钧怦然心动:是啊,哪代人哪一个不是这样过来的呢!谁也没有明白世界到底是怎么回事,人是什么,从哪里来,又到哪里去……林钧情不自禁又陷入了思考。

姜丽文恰到好处地依偎过来了,闭上眼睛。林钧只得放弃了思考,也闭上了眼睛。在他闭上眼睛的时候,眼前除了一片黑色之外,什么也没有。

林钧告慰自己:这就是世界,千万不要想得太多。

玻 璃 碎 片

  这个小蹄子是个妖精。张才想。穿过栅栏，又驶过一片草地，就可以看见那片富人住宅区了。也不完全是生意人，还有市里的一些头头脑脑，也住在那些别墅区里，潜伏在生意人中间。富人们深居简出，把自己锁在装饰考究、富丽堂皇的别墅里，彼此间漠不关心，彼此又是彼此的神秘。小蹄子住在42幢，那幢楼是徐国宝花了近五百万买下的。徐国宝在包下了这个小蹄子后，即派张才在房地产交易中心办的房屋购买手续。女人和女人就是不一样，徐国宝曾经很得意洋洋地对张才们说。徐国宝说这话的时候有一种感悟释放，有言外之意，仿佛他洞晓了一些常人无法明白的秘密。张才们不由自主地咽下一口唾沫，那唾沫中有饥渴、嫉妒、骚动等许许多多成分。张才们指的是张才、王动、瞿文远等几个人。他们在徐国宝的公司里没有明确的头衔，可以叫做随从、男秘或者司机，也可以称作保镖。保镖与保安是不同的，保安的档次属于大路货的，保镖则是老板的心腹和专属，能拿很高的薪酬吃山珍海味，也可以随便进入老板的私人领地。"女人与女人的区别，你们知道吗？"徐国宝继续得意地发表着高论："温柔的女人，是一片云彩——当一片云彩托着你飘浮在空中，那你会是什么感觉呢？"

  老板像个诗人。王动曾经好几次对张才说。张才也有这样的观点,他们的想法不谋而合,他们都觉得,老板就像个诗人一样不可捉摸。张才们不知道,徐国宝真是写过诗的,二十世纪八十年代初,朦胧诗流行时,徐国宝曾经用"菲菲"作笔名在全国报刊上发表了好几组诗作。后来,徐国宝写诗的热情跟"诗歌潮"一样消退,家电热销时倒家电,钢材紧销时倒钢材。再后来,徐国宝就成为这座城市一家中外合资化工企业的老板。当然,张才们对老板的历史一概不清,也不敢问,只知道徐老板是个半白半黑的商人,头上的桂冠与身上的狠毒一样沉甸甸的。

隔着办公室的玻璃门,张才听见徐老板在对一个陌生人说话,语气中分明有很浓烈的威胁成分。老板的办公室很大,分为内室和外室两间,外室是一圈沙发,吧台上面摆放着各式各样的洋酒。张才们可以随时进来饮用,但张才们从来不敢多饮。内室隔着的是一种进口玻璃,是类似高级轿车的那种,里面可以看到外面,外面却看不到里面。现在内室的门是开着的,门开着的时候,意味着张才们有责任和义务注意里面的动向。这是张才们的任务,也是徐老板平时要求的。从外室的沙发上看过去,正好可以看见来宾坐的位置。徐老板说狠话的时候,张才看到那陌生人竟异常镇定。张才不由得打量了那陌生人一眼,见他生着一脸的胳腮胡子,身材中等,平实而凶狠,脸上毫无表情。张才接着又听见徐老板在大发雷霆,突然,一只烟灰缸飞向陌生人。陌生人把头一摆,闪过去了,烟灰缸砸在厚厚的真丝包着的墙壁上,没有碎,又跌在厚厚的羊毛地毯上,仍是没有碎。陌生人脸上仍是没有表情,身体没有动作。与此同时,张才早已冲进了内室,他的手插在背后的裤带上,千钧

系于一发。不过徐老板使张才的动作定格了,徐老板轻松地摆了摆手,张才只好悻悻地退出了内室。张才听见徐老板对那个人说:

"我限你三天时间,听见了没有?只有三天。"

坐在外室沙发上虎视眈眈的张才目送着陌生人起身离开。陌生人的脚有点瘸,他的身上散发着一股奇怪的味道,那是一种接近于黄色的腥味。张才天生地就对味道有一点令人惊奇的敏感,往往莫名地将味道和色彩联系起来。

然后,张才被徐老板叫至内室。徐老板面无表情地说:"那小蹄子又来电话了,今天是她的生日,昨天我答应带她到黄村水库去钓鱼的。现在我有事要办,你陪她去吧。开我的车去。"

于是张才开着徐老板的那辆奔驰穿过城市,又驰过一片湿地,带着老板的漂亮女朋友,来到了黄村水库。

"我怎么觉得什么都有味道?"什么都有!张才向王动说,"就说电影吧,你相信吗?打仗的时候我能嗅到从银幕上飘下来的弹药味道,呛得我直咳嗽。一刀捅进去,就有血腥味直扑我鼻孔,还热烘烘的呢!《泰坦尼克号》你看过吧,前几天看,那股海腥味,铺天盖地,无时无刻,弄得我几乎要呕吐了!"

"那是你的感觉,是胡思乱想,其实都是不存在的。"王动说。

张才和王动走在静悄悄的大街上。夜很深了,路灯下的城市有一种散了场的凄清,所有的线条都变得模糊,就像一幅浸了水的蜡笔画似的。王动今年已是将近五十岁的人了,瘦小的身材,腰都有点虾勾了。可这只是王动寻常的表现,他的不同寻常之处隐藏得更深,他的嘴角边有一条长长的刀疤,月芽似的悬挂在脸上,可以暗示他的凶狠和神秘。王动是徐老板的老乡,身手异常敏捷。张才曾亲眼见到王动用手指轻而易举地在红砖上锥出一个小小的洞,当然王动也曾看见张才轻而易举将身上的五花大绑崩成七八头十截。

"不是心理感觉,是真的,是真的。小时候我的嗅觉就特别发达。我能嗅出离村几里地外包子店出笼的味道!你说怪吗?"张才说。

"那是你的心里感觉。是你馋坏了。"王动说。

"真的不是,我告诉你真的不是。"张才有点忿忿不平。

又走过一条大街。在街角上,有一个黑影倏地窜出来,把张才和王动吓了一大跳,腰后的匕首也攥在手上。见是条狗,张才和王动不由啐了一口。王动说:"妈的,我都快当爷爷了,这事干完之后,无论如何不能干了。干这种事,总有点不踏实。五十年了,除了把自己喂饱之外,没有干一件自己的事情,都是听别人的使唤。"张才说:"我要是你,我早就退隐江湖了。我的钱还不够,还没讨老婆,必须得做。"王动说:"干我们这一行的,最好不要讨老婆。"张才幽幽地说:"说得容易,饱汉不知饿汉饥。"

然后他们噤了口,目的地到了。这是一幢三层楼的老房子,从外面看,所有的灯都熄灭了。他们交换了下眼神,像狸猫一样潜入后门口。王动轻而易举地用细钢丝拨开了防盗门,正要往上蹿,张才拉住了他的衣袂,从口袋里掏出一个扁扁的东西。王动一看,是女人用的粉底霜。张才将它打开,用唾沫蘸着颜料在脸上乱抹一气,然后交给王动。王动也抹了个大花脸,然后顺手将盒子揣进夹克的衣兜里。接着,他们像两只敏捷的狸猫一样攀上三楼,蹑手蹑足来到一个房间门口,照例是轻而易举打开门进入内室。突然,灯打开了,明晃晃的灯光照得他们睁不开眼睛。门关上了,四个彪形大汉虎视眈眈地围住他们,手上各拿一把锋利的匕首。没等他们反应过来,一个家伙举着匕首向王动刺过来,刺中了,但王动腰间有一个东西挡住了,没有刺进去。张才和王动出手了,一分钟之后,他们把那四个家伙打蒙在地,然后恨恨地在他们屁股上各刺了个洞。

"今天的事真险!"王动说。走在大街上,有一阵凉风吹来,王动不由自主打了一个寒噤,那是自里向外发出的,是灵魂深处的虚弱。王动从夹克口袋里掏出个损坏的粉底盒,说:"真亏了它,不然就没命了。"那个粉底盒已破碎了,锋利的匕首使它裂为两半,但金丝绒的表皮依然相连。王动郑重其事地把粉底盒放在地上,退后几步,双膝落地,对着它连叩三个大头。然后站起身,又把粉底盒郑重其事地拾起来,重新揣进兜里。张才看得呆了。王动幽幽地说:"真不能再干了,我得早点离开才是!"

"那些家伙怎么晓得我们要来找他呢?"张才似乎没有听见王动的话,自言自语地说,徐老板肯定不会放过他,肯定还会找他。

"咦,怎么你身上揣着那么漂亮的粉底盒?是哪个女人的?"王动突然想起什么似的问。张才扑哧一笑,说:"告诉你千万别说,是徐老板那小蹄子的——是小蹄子救你一命,你应该给那小蹄子叩三个大头!"

小蹄子没钓一会儿就没耐心了。她把钓竿放在地上,仰身躺在草地上。张才的余光可以看见她。小蹄子躺在地上的姿势很美,很有气质,像是油画中的睡美人。张才听说她原来曾是省歌舞团的舞蹈演员,在歌厅唱歌走穴,认识了徐老板,后来就让徐老板给包下了,成为一只美丽而孤独的金丝雀。

　　这是一个晴朗的多云天,阳光并不炽热,微风吹得人很舒服。黄村水库的湖面很开阔,也很静谧,除了几只水鸟在湖面上扑拉拉地飞,偶尔传来几声鸣叫之外,似乎什么声音都没有。张才很长时间没有体味过这种寂静了,一静下来,张才就有一种莫名其妙的恐慌,觉得腹腔里有一种东西沿着嗓眼向上爬,爪子急促而恐慌。他不知道那是什么东西。

　　小蹄子仍躺在那儿,她的嘴里噙着一根青草,正悠然自得地拿着一个圆圆的东西眯着一只眼在看,一边对着脸抹着什么。张才看着她,心里有些痒痒的,心不在焉地将钓竿摆动着。张才本来对钓鱼就不太内行,这么一来,鱼更不上钩了。

　　"干坐什么呀,鱼总是不上钩!"张才听到身后嗲声嗲气的声音。不知什么时候,小蹄子站到了他身后。张才回过头去,看到一双白皙的小手,指尖如葱,攥着一个漂亮精致的东西。

　　"想看吗?这是万花筒,可不是一般的万花筒,里面全是钻石!"小蹄子莞尔一笑,笑得张才六神无主。张才伸手接了过来,眯上一只眼,万花筒里幻变出来的图案奇妙无比,让人匪夷所思。里面的图像对称而均匀,整齐而多变,真是一片斑斓的世界。张才突然想,正因为图像本身是虚幻的,是不存在不真实的,所以才格外美丽,真的东西,哪有如此对称完美呢?因为挨得较近,张才又嗅到了一股明明暗暗的香水味,像有着钩子似的。他把握不准,不知道这味道来源于万花筒,还是来源于身边这个神经兮兮的小蹄子?

张才变得有点恍惚了,小蹄子将手一收,那一片斑斓的世界消失了。小蹄子带点挑逗性地问张才:"是万花筒漂亮,还是我漂亮?"

张才有点发愣。这个问题不太好回答,风马牛不相及。他只得尴尬地笑。真没劲,这么简单的问题!小蹄子似乎有点不高兴。可只是一扭头的工夫,小蹄子阴转多云,睁着一双杏眼,有点诡秘地说:"我怎么觉得你在那帮人中,是最有气质最为独特的,你是什么时候来老板身边的?"

张才只得如实相告,自己曾是师专体育系的学生,学游泳的。几年以前毕业,先是在社会上闯荡,后来认识了徐老板,就来到了徐老板的公司。

"徐国宝不是个好东西!"小蹄子突然杏眼圆睁,眼泪都要流下来了:"以为自己有钱,就可以胡作非为。有什么了不起的,不就是有几个臭钱吗!还像吝啬鬼一样,死抠死抠的。今天是我生日,不来陪我,随便派个人,就把我打发了……"小蹄子说着说着,竟号啕大哭起来。

张才有点慌了,心想这小蹄子真是被包出病来了,一会阳光一会雨的,这哪受得了啊!又想徐老板真是花钱买罪受,看起来光鲜的生活,其实就是人挣来钱然后让钱折腾人。张才还没有想完,那边小蹄子又嘻嘻笑起来,手举着万花筒说:"这个鬼东西是徐国宝从非洲搞来的,土得掉渣的东西,我才不想要呢!"说着一抬手,万花筒划了一个美丽的弧线,落进了水库。张才给这小蹄子弄得傻了,心想,不是说是钻石吗,怎么说扔就扔了。又想,鬼知道是不是钻石呢,扔就让她扔吧!这边正想着,那边小蹄子又变脸了,满面冷霜地说:"你不是说你是游泳健将吗,把它捞起来!"

张才直愣愣地看着小蹄子,心里骂了一句。无奈何俯身试试水温,还好,不太冷。张才脱去衬衫、长裤,扑通一声跳进水里。一直到夕阳西下,张才方将那万花筒寻觅到。他如愿以偿地浮出水面。这回他看清了,这个万花筒的确非常非常漂亮,外表是金黄色的,上面镶嵌着几粒红宝石。夕阳一照,五光折射。可是出水之后,他发现小蹄子不见了,不远处传来一阵迪斯科音乐,原来小蹄子正在汽车边打开录放机跳舞呢!张才不由重重地骂了句:"操!"小蹄子见到张才手中的万花筒,很高兴,从那边大声地嚷嚷道:

"你的水性真不错,那万花筒送你了!"

张才跌跌撞撞地往汽车那边走去,他的脚踢到一个东西。定睛一看,是个粉底盒。张才先是想将粉底盒扔到湖里去。后来再想想,便猫着腰将化妆盒拾起,悄悄地塞进了西裤口袋。

陌生人不是陌生人,陌生人名叫黑眼。黑眼跟徐国宝几乎没有关系,就是生意伙伴,他从徐老板那儿拿了一笔二百万的货,转手卖给黄毛了。黄毛没给黑眼钱,而是拿到货之后,一下子消失得无影无踪。黑眼没有办法,只好收拾行李,也准备消失。

跟黑眼在一起的,是一个名叫小翠的女人,一头短发染成了金黄色,看起来很怪。黑眼知道这是女人们现在流行的装扮,也懒得问。黑眼和小翠从西山山庄40幢503室搬了出来,来到了东郊一间农舍里。小翠什么也没问,她已经很习惯于这样的迁徙了,搬来搬去,都不是什么好事,有时从高档房间搬到工棚里,有时又从工棚搬到豪华宾馆。小翠是很信任黑眼的,但她从来不多问黑眼是做什么生意的,只要黑眼仍然有钱,她就会全力以赴照顾好黑眼的生活,让他吃好睡好,让他开心。

这是个月明之夜。郊区比起城市,要安谧得多。一切安顿下来之后,他们吃完了小翠在附近订的菜饭之后,就在院落的竹床上做爱。他们肆无忌惮地动作着,身下的小竹床发出一连串呻吟。他们做爱总是这样的,每一次都有不同的花样。但这次他们只进行了一半,苍白月光的照耀下,黑眼忽然想起什么似的停顿住了。

黑眼说:"糟了!那块翡翠,你收起来了吗?"身下的小翠也惊醒了,喃喃地说:"我没拿,我还以为你拿了呢?"

从西山山庄逃遁出来之前,他们在房子的卫生间里洗了个澡,洗着洗着,他们的激情上来了。黑眼一边做,一边嫌脖子上的翡翠碍事,就随手摘下扔到一边去了。结果做爱之后,谁也没想着此事,拎着个包就走了。黑眼想起此事脸上变得煞白,小翠知道那块绿翡翠是无价之宝,它是黑眼家祖传下来的。黑眼曾经告诉过小翠它的来历,并且说以后如果跟小翠结婚,生了儿子,就传给儿子。

黑眼慌乱不迭地从小翠身上爬下来,又胡乱地穿上衣服,边穿边说:"我得赶紧回去取才是!"

外面已有些凉意了。郊区的天空,月亮又大又圆,凄清地放射着光芒。黑眼只觉得浑身发软也发冷,他先是踉踉跄跄地在黑灯瞎火的小路上走,然后在大路上招了一辆的士,风驰电掣地向城市驶去。到了市区之后,黑眼漫不经心地看了一眼天空,月亮已神秘地消失了。

终于到达西山山庄了。黑眼走到那幢熟悉的房子前,抬头往上一看,不由大吃一惊:503房间正亮着灯!黑眼记得自己走之前将总闸关上了。黑眼站在楼底上瞅着那灯光,从口袋里摸出支香烟来,点着火,猛吸了几口,然后把香烟狠狠地掷掉,又摸了摸腰后面别着的匕首,轻手轻脚地走上楼梯。

他来到房间门口,门关着。他听见里面有对话声,一个说:"这回徐老板要骂我们了,我们来迟了。"另一个苍老一点的声音说:"我无所谓,我早就不想干了。问题是你,徐老板喜怒无常,你要受罪了,老弟!"

黑眼悄无声息地打开门。一直到他站在那两个人身后时,那两个人才反应过来,面露惊诧。在那一刹那间,黑眼左手狠狠地一击那个年纪稍大的人的脑袋,那个人毫无声息地倒在地上;紧接着,黑眼右手一挺,匕首直入那个壮实的年轻人腰眼。似乎有什么东西稍微阻隔了一下,但没用,匕首仍深深地刺进去了。有什么东西洒出来了,溅在大理石地面上,嘀嘀嗒嗒像下雨一样。

年轻人艰难地回过头来,黑眼认出他就是上次在徐老板处看见的那个人。年轻人眼中的光芒慢慢地消失了,然后重重地摔倒在地上。

黑眼从容不迫地走进卫生间。在梳妆镜后面,找到那块绿翡翠,一颗悬着的心落回了胸腔。他将翡翠戴上脖子,又从容不迫地走出房间,带上了房门。

早晨四点的时候,徐国宝正从迪尼泡脚屋走出。经过整夜欢歌漫舞的折腾,徐国宝此时已是疲惫不堪。

天还没有亮,路灯是一片虚假的繁华,一切都像涂了一层颜色似的,让人联想起人生的虚幻和不真实。在一条街道的拐弯处,徐国宝突然看见前方有一个熟悉的背影,一瘸一拐的,徐国宝一踩油门,追了上去。越来越近了,他这才认出,是黑眼,是那个欠他二百万元的黑眼。徐国宝心火一窜,一个急刹车,然后打开车门向黑眼扑去。黑眼转身看见徐国宝,撒腿便跑。两人在空荡荡的大街上奔跑起来。徐国宝一边跑一边用最恶毒的言语咒骂着,而黑眼则如一只仓皇逃命的老鼠。跟了数百米后,黑眼窜进了一条小巷,徐国宝也追了进去。这条小巷是死巷,黑眼只好转过身来,目光中闪烁着惊恐和凶狠。徐国宝几乎是狞笑着靠近,他们厮打起来,先是凶猛地、快速地击打,然后因为体力的耗尽,击打的速度明显地减弱,动作也变得笨拙。他们气喘吁吁,脚步踉跄,到了最后,只是纠缠在一起,口吐唾沫在进行辱骂。

徐国宝骂道:"赖皮狗,欠钱不还还耍赖!"

黑眼反击说:"你不也是赖皮狗,你的钱,还不都是骗来的?"

徐国宝说:"我要打碎你的鸡巴,让你做不成骚公鸡!"

黑眼反击说:"你的鸡巴早就不行了,戴了那么多绿帽子!"

他们就这样互相詈骂着。这是黎明之前最沉寂的时候,他们的叫骂与诅咒在黑暗中传得很远。突然,他们几乎是同时噤了口,感觉到某种潜在的危险正在逼近——一群年轻的、把头发染成各种各样颜色的人,正悄然站在他们周围。看不清他们的脸,只感觉到这伙人心藏愤怒,有一种什么都不在乎的疯狂。徐国宝和黑眼尚未反应过来,就觉得脑袋上遭到一系列的击打,然后什么也不知道了。

不知过了多长时间,徐国宝清醒了,他听到身边有号啕声,似乎是黑眼的。他感到周身发冷,冷得牙关都在打战,他用手一摸,这才感觉到身上只剩下短裤背心,什么也没有了,知道遇到抢劫了。徐国宝抬起头,这才看见黑眼同样穿着个短裤坐在那儿号啕大哭。

徐国宝缓缓地站起身来,他感到全身酸痛。黑眼也意识到徐国宝醒了,停止了号啕,转过脸来狠狠地瞪了徐国宝一眼,说:"我的翡翠被抢走了,你得赔我!"

"翡翠,什么翡翠?徐国宝没有完全醒悟过来。"

"我脖子上的翡翠,传了五代的宝贝啊!"黑眼伤心欲绝,嘴巴一咧,又哭起来。

徐国宝摇摇晃晃地站起来,不动声色地摆了摆手。他凝眸看着神情沮丧的黑眼,又瞅瞅自己半裸的身子,转而看着肃穆无比的城市,突然觉得心中有一个东西在拱动着,痒痒得让人难以抵挡。徐国宝想哭,但有了声音之后,才发现自己竟莫名其妙地笑了。

黑眼愣愣地注视着徐国宝慢慢走远,也站起身子拐进另一条偏僻的巷子。这个时候,天边已发白了,新的一天开始了,可是城市的建筑物也好,灯光、植物也好,似乎都没有苏醒。没有人作为背景,它们都没有生命的气息。

张才想,这回没有那么好运了! 上次是那个粉底盒挡住了一刀,这一回,没有这样的事了。那个万花筒被刺碎了,彩色的玻璃碎片撒了一地。刀透过破碎的万花筒,刺进了他的身体。濒死的那一瞬间,张才听到了一股细若游丝的铃声,异常清晰,像针刺一般清晰。一种从未嗅过的馨香弥漫开来。张才欣喜地发现,那是彩色玻璃碎片的味道。人们都说玻璃是没有味道的,张才真想告诉人们,玻璃碎片不仅能制造最美丽的图像,而且还能散发一股绝无仅有的味道。人们总是自以为是。他们错了,彻底地错了。

金色孔雀翎

一个飘着鹅毛大雪的冬天,我来到了这座城市。我刚走下火车,一片细小的如羊绒似的雪花飞进了我微微启开的嘴唇,凉爽地在我的舌尖上化开,一种带电般的感觉慢慢传遍我的全身。我的双目之间出现一种透亮的灯光,慢慢地,它越来越亮,就像探照灯下的大地一样,白惨惨的。眼前的一切,突然都变得清晰无比,色彩无比斑斓,又无比鲜艳,仿佛有强大的光亮照射似的。随后,慢慢地,慢慢地,它暗下去了,暗下去……我的大脑不再混沌,我又有了记忆。我听到身边的火车扬起了一声震撼人心的长鸣,撕扯着我的时间和空间,乱哄哄的人群像乌鸦一样向出口扑去。我突然醒悟过来,我是坐着火车来到这座城市的!可是,我是什么人?我来干什么?我来自哪里?我的父母又是谁?一切的一切,我浑然不知。

我懵懵懂懂地跟着人群走,他们到哪儿,我也跟到哪儿。后来,我发现他们全都消失在各条道路和街巷之中,就像一条条消失在深水中的鱼。我的眼前又出现其他的鱼。鱼们畅游着,穿着各式各样美丽的衣裳,有的成双成对,有的形单影只。成双成对的变成形单影只,形单影只的变成成双成对。一变成二,二变成一。眼前的一切,都这样简单而复杂地变化着。

在熙熙攘攘、明亮堂皇的大商场里，我感到头晕目眩。我被各个游来游去的人推搡得团团直转，真搞不清人们为什么有那么大的气力。这种身上裹着各种布匹、长着长脚长手、顶着各式各样大脑袋的怪物在面对我时，都用一种奇异的眼神注视我，看着我，也看着我的身后，呈现出奇怪的表情。直到我的鼻尖触及一个冰凉的东西，我才从商场各式各样的镜子里看见了自己：我是一个瘦弱的、皮肤白皙的、唇红齿白的美少年！我的衣裳整齐而干净，最令我惊讶的是，我的身后背着一个锦绣行囊，那里面竟插着一根长长的、闪烁着熠熠金光的、美丽异常的金色孔雀翎！

我是一个孔雀翎少年！我是一个孔雀翎少年？

我不知道是怎么回事。我来到这个城市，不知要找谁，也不知能找谁，我举目无亲，我身无分文；我不知道从哪里来，又将到哪里去。心慌意乱一番之后，我意识到了危险，我在想的是，我必须先活下去，把自己变成他们当中的一分子，随后，才能找到自己、知道自己是谁。我全部的证明就是这一根金色的孔雀翎了，只有凭着孔雀翎才可能知道我的来历。这是我与这个世界唯一的联系，也是我与这个城市唯一的区别。

在城市漆黑的巷陌中，我踽踽独行，竭力躲避着行人们贪婪的目光。在黑夜中，我看到一星亮光忽明忽暗地向我走来。一个黑影走近了，停在我的面前。我抬起头凝视他，看见光影闪烁中一张忽明忽暗的瓦刀脸，有一副忧郁和木然的表情。他的身材很高，骨骼硕大，颧骨高高凸出，腮帮深深下陷。看得出他很强壮，也很瘦削，像是一匹跑过万水千山的高头"大马"。我并不害怕这匹大马，我什么都不怕,我不懂得什么叫害怕。

"高头大马"走近了,他捻灭了手上的烟,站在我面前,一动不动。我知道他在仔细端详我。我无所畏惧,后来我听到了一阵沙哑的嗓音,冷漠得就像树木裂开的声音。

"去哪儿,小兄弟?"

"不知道。"

"你从哪儿来?"

"不知道。"

"高头大马"咧开嘴笑了。借助微弱的光线,我看见他那一口整齐的白牙正在有滋有味地嚼着过滤嘴海绵,就如同一匹将要死去的羸马,在反刍白蜡似的岁月一般。

"高头大马"俯下身来。我知道他看见我身后插着的金色孔雀翎了。他的脸上掠过一丝惊讶:

"我从未见过这么漂亮的东西。这是什么,小兄弟?"

"孔雀翎,金色孔雀翎。"

他又看了一眼,没有继续问下去。我害怕别人从我身上抢去孔雀翎,这是我独特的标志,独立于游来游去的芸芸众生。虽然孔雀翎在身,我饥饿、失落和孤独的状态没有改变,可是只要我背着这根孔雀翎,我就有可能找到回家的路。

我的肚子不顾羞耻恰到好处地响起来。"高头大马"听到一笑,说道:

"小兄弟,你还没吃饭吧,跟我来吧。"

"高头大马"领着我来到了一家小餐馆,看着我风卷残云似的吃光了四菜一汤以及两大碗干饭。我吃得那样快,就像肚子里伸出一只贪婪的手,狠狠地将这些食物撸了下去。我已经有很长时间没有吃饭了,甚至在记忆中,这是我第一次吃饭。我真切地感受到食物的美妙和真实,感觉到它与虚无缥缈的灵魂之间存在着密不可分的联系。

"高头大马"一言不发地看着我。等我吃完,他从胸口摸出一沓很厚的花花绿绿的钞票,把老板看得眼珠发绿。"高头大马"随便抽了两张扔了过去,老板点头哈腰道谢不迭,然后"高头大马"牵着我离开了。

出租车在霓虹灯闪亮的街道转悠,我目不斜视。尽管我是第一次来到这个城市,但我一点也不感到惊奇,外部的灯红酒绿引不起我的兴趣。后来出租车拐进一个巷子,我听见"高头大马"说:

"到了。"

"高头大马"的家住在这个城市闹市区一幢老式公寓里,在三楼。顺着窄窄的咚咚作响的楼梯上楼的时候,我看见邻居们努力装作不经意的样子窥视着"高头大马"。"高头大马"旁若无人地从他们门前走过,一边走着一边悠然地哼着小调。"高头大马"把房间门打开的时候,一股霉味夹杂着蟑螂屎的味道直冲过来。"高头大马"的屋子阴暗,地板踩上去咯吱直响,里面没有其他东西,只有一张简陋的床,一床薄薄的几近于油黑的棉被,一把歪歪斜斜的破藤椅。令人感到惊异的是,窗户上竟挂有两幅很厚实、很大且有着相当历史的天鹅绒窗帘。"高头大马"走过去用力一拽,随着灰尘碎屑的舞动,一大片灯光投射进来。窗外是灯红酒绿的城市,具有巨大向心力的城市。

"高头大马"一屁股坐在床上。我只好坐在那把歪歪斜斜的破藤椅上。

"你是学生?"

"我不知道。"

"看你那样子有点像。失恋了?被女同学甩了?"

"我不知道,我真的不知道。"

"高头大马"定定地看了看我,脸上露出茫然的表情:"好了,不提过去了,从现在起,你准备怎么办?"

我不知道怎么回答。

他突然从胸口摸出一件东西,咚的一声扔在地板上。我吓了一跳。那是一把手枪,一把短短的、小巧而精致的、具有极大诱惑力的左轮手枪。

我不动声色地看着他。没有什么东西能引起我的恐惧。

"高头大马"缓缓地说:"你不要怕。我是这座城市的左轮王。我原本是属于南方军阀的一个参谋长,那些军阀为了金钱和地盘,天天打仗,不把我们当兵的生命当回事。我不想为他们争权夺利。于是我来到这座城市,成为一个以生命为赌资战无不胜的左轮王。我已经赌过十次,有十个人死在命运的手中,而我总是得以逃脱死亡线。我不畏惧死亡,命运对我也无可奈何。"

左轮王捡起手抢,绕着手指做了一个潇洒的转圈手势,随后玩世不恭地看着我说:

"从一开始我就注意你了,你是一个无所畏惧的人,也是一个什么也没有留恋的人。因为如此,我很想跟你赌一把。"

他把手枪又扔到地上,然后从胸口掏出几大沓钞票,说:

"这里面只有一颗子弹,我俩轮流着,对着自己的太阳穴,一人扣一枪。如果我死了,这钱你带走,够你一辈子吃饭的了。"

左轮王带着一种人生虚无的表情淡然看着我。我点头示意同意。左轮王慢慢地把手伸向左轮,但我早已伸出手把手枪攥在手里。

我不动声色地将枪口顶住自己的太阳穴。我无所畏惧。如果我死亡,只不过意味着我将重新踏入另一班列车。列车轰鸣着,下一站将是何处,我不知道。我不喜欢现在这个地方,我想着要离开。我的手指稍稍用力,我听到撞针跳动的声音,和一切震动没有什么两样。我感到枪管在我的太阳穴上微微地抖动了一下。没有任何事情发生,我没有听到火车汽笛的长鸣。

"嗤——哈哈!"左轮王突然狂笑起来,笑得整个房间都在阴恻恻地颤动。随后,他止住笑声,站起身来,走过来拍拍我的肩膀说:

"好啦,好啦,小老弟,跟你开玩笑啦,我知道你是一条汉子!"

左轮王俯下身来,把手枪揣回他的腰上。我困极了,我顾不得去聆听左轮王的喋喋不休,躺在床上不知不觉地睡去。也不知睡了多长时间,我听到了舍外人声鼎沸。我睁开眼睛,时间已接近正午,左轮王早已不知所终。我摸摸自己的行囊,孔雀翎还在,在它上面还摞着几张花花绿绿的钞票。

我离开了那幢老式公寓,离开了左轮王。在这座城市里,我不想跟任何人交朋友。这个城市的每个人都有一张虚假和恐慌的脸,他们的表情跟高大建筑物的装潢材料反射出的光晕一样。他们都不是内在的东西,也不是本质的东西,只是一种虚假的形状和光泽。影像和影像交织在一起,会有一种复杂而美丽斑斓的色调,但那不是真正的光,不是本来的东西。这所有的一切终究是什么,就像我是什么、我是谁一样,没有确切的答案。

我独自一人来到郊区。这时候雪已经停止了,太阳出来了,无垠的雪地反射着太阳的光辉,显得无比纯净静谧,就像世界的本质一样。在刹那间我忽然受到感染,我的心窍突然开启,我差一点就知道我是怎么回事了。但一大群嘈杂的灰喜鹊掠空而过,我的因宁静而启开的心窍重新合上,一个东西缩回去了。我异常沮丧。我在齐腰深的雪地里乱跑,我用干净的雪团用力掷击那些讨厌的灰喜鹊。我的雪团掷得又准又狠,每一次我都能击中那些可恶的鸟或者它们附近的枝杈,把它们惊吓得乱飞乱叫,然后雪团变成粉末纷纷扬扬地飘落,有的飘在我的面庞上。

后来,我累了。我又起腰,远眺茫茫雪原。没有一个人,只有我。我在雪地里滚着雪球,我堆起一个大雪人,我用黑泥土勾勒出它的眉毛、眼睛,用枯萎的野草给它制造头发。后来,它像一个中世纪的骑士一样独立于荒原,一本正经地开始和世界共存。我知道再过几个阳光灿烂的日子它会彻底地融化,就像什么也没有发生过一样。

我逐渐习惯了这个城市的生活,或者说我不得不适应自己的角色。没人知道孔雀翎的价值,也没有人知道它的出处。我不得不充当一个"破烂王"的角色,好在这种职业对于生活来说既是富足又是悠闲的。每天,我早早地起来,在大小居民区,有时候也跑到租界去吆喝着收购酒瓶、纸盒、废报刊,跟各式各样的女人以及娘娘腔的男人讨价还价,然后把我需要的东西拿到废旧物品收购公司去卖。每天我都能得到一笔足以对付我全天生活的钱。我不再露宿街头,我在市中心的百花旅馆住了下来,每天在梧桐树荫的笼罩下美美地睡他一觉。我知道在这个城市我的生活是短暂的,我一点也不需要为自己安排什么。我独自一人来到这个城市,很快,我仍将独自一人离开这个城市。

百花旅馆胖如香肠的服务员总是一天到晚惺忪着眼睛,一有时间她便躺在房间里听着留声机里咿咿呀呀的戏曲。在漫不经心的注视中,经常有些神秘的女人出没,她们的脸上涂满了厚厚的一层涂料,撇着血红的嘴唇夜以继日地敲着各个房间的门,然后悄无声息地挤进去。即使是白天,我也能感到一些房间在强烈地抖动着,这种抖动参差不齐,伴随着激烈的喘息声、怪笑声、号叫声,总让我陡然增添恐怖,生怕整幢楼房会在哪一刻轰然倒下。

在散发着无数混合味道的旅馆里,我翻阅刚从垃圾桶里捡到的各式各样的脏报刊。在本市的晚报上,我看到这样一则新闻:

本报讯 本市最大的财阀刘平富今日死在他的别墅中。据警方提供的消息说,刘平富的死跟本市前些时候所发生的十几起蹊跷的死亡事件完全一样,也是右边太阳穴中弹,死在他的客厅里。据警方说,现场没有任何搏斗的痕迹,也看不到手枪。据初步推断,这是一起谋杀事件,凶手跟前十几起作案者为同一个人……

我知道这是左轮王干的。我想象冷峻的左轮王来到刘平富家中,循循善诱,软硬兼施。左轮王的演说充满一种不可抗拒的蛊惑力量。我仿佛听到左轮王那带着磁性而有张力的声音缓缓说道:刘平富,你什么都有了,但这一切都是暂时的,所有的财富都是暂时寄存在你这里的,包括你的身躯,它只是你灵魂的暂时寄居地。这一切是不真实的、虚幻的,你应该把自己的性命交给上天,只要悄悄地闭上眼睛,真正静下心来,你便会感到它们不复存在……

我翻来覆去地看着手头这张报纸,我几乎可以将这篇新闻牢牢地背诵下来。我甚至想从手头一沓破报纸中去寻觅左轮王的行踪,可是直至我将这一沓破报纸一行行读完,读得头晕目眩,眼冒金星,我再也没有找到任何一条有关左轮王蛛丝马迹的消息。

我迫切地想见到左轮王。

左轮王早已离开了那幢破旧的老房子。有很多天我奔走于东市、西市、南市、北市之间。我乘坐的是这个城市的巴士,在密集的人群当中,有各式各样的男人和女人,弥漫着各种各样的气味。他们似乎就是为了这些污言秽语和下流小动作才来到这个世界上的,张口就是秽语,有时还冷不丁地来点小动作。他们似乎从来没有感觉到危险,也不敢正视危险。假如有一天危险轰隆隆如战车一样突然出现,他们就会变成目瞪口呆的小虫子,麻木地任履带从身上轧过。

他们是一群可多可少、可有可无的可怜虫。

我找不到左轮王。在公共汽车的候车室,在地铁车站,在我经过的大街小巷,我用彩色粉笔在墙壁上胡涂乱抹:左轮王,孔雀翎少年在百花旅馆等你!我的字迹歪歪斜斜,恶作剧地给这城市的肖像上添加了丑陋的印记。有一次我刚刚在一个画着漂亮女人的口红广告牌上写完,一个瘦弱的高个子在我身后嘿然冷笑:

"左轮王?我们这个城市会有左轮王吗?"

"为什么没有?"我回答说。

"那你叫他来啊!"

"我正在找他啊!"

"他叫什么名字?"

"我也不知道。"

"左轮王我不知道,可是关于左轮枪,我太了解了!"瘦家伙兴奋地打开了话匣子,"左轮,左轮是美国青年塞缪尔·柯尔特发明的,你知道吗?说起来话长了,你要听吗?"他深深地吸了一口气,眼光直直地看着我。

我点点头,我只好点点头。

"1835年的一天,柯尔特在乘船时看到操作的舵轮,脑袋里电光一闪。柯尔特从此也被誉为左轮枪的鼻祖。"

"你怎么知道这些的?"我问。

"怎么不知道?我从六岁就开始研究枪,懂得很多关于枪的知识。我的父亲是个军人。在他光荣的一生中,他曾击毙过324个敌人。可是我从来没有开过枪。这么多年来,我一直被枪的诱惑苦苦折磨着。如果你天天面对各式各样的枪,握握这把,又摸摸那把,用手指扣扣扳机,你会发现当你握住一把枪时,开枪的愿望是多么强烈,欲罢不能,当你不能开枪时,那又是怎样一种痛苦。后来我终于得到了解脱。"

"为什么?"

"因为我发现了自己已经拥有了一支最厉害的枪!"

我知道自己遇到了一个疯子。虽然没能找到左轮王,但我没有灰心失望。我相信左轮王会看见我留在街头巷尾的那些字迹,知道这世界还有一个人在惦记他。他一定会来找我的。

自此以后,仍然重复着我的日子。我的日子因为没有奢望而显得特别宁静。我肯定我是在等待什么,但我没有因等待而使我的心情流于浮躁。实际上每一个人都在等待,就像百花旅馆的每一个人。

街道上开满桃花的时候左轮王终于到百花旅馆来找我了。

那真是个美丽的季节。街道边的桃花全都开了,它们就像云雾一样,笼罩在城市街道的两旁。我从没有看到过开得那么绚烂、那么美丽的桃花,它们越来越多,越来越壮观,我仿佛可以听到它们盛开的声音,就像春节时的爆竹一样炸成一片。并且,我还嗅到空气中有一股又黏又潮的甜味,这气味有着巨大的诱惑力,它使得整个城市的男人和女人脸上都泛起了红晕,有一股力量在由里向外勃发,这个城市的节奏、速度和韵味也因这种气味而生机勃勃。

我和左轮王在公园的花圃边不断地打着喷嚏。他似乎更高了,也更瘦了。我在一旁打量着他,在一刹那,我突然发现左轮王其实很英俊,也很年轻。我把我的感觉跟他说了。左轮王只是忧郁地笑笑,一言不发,对我所说的也不感兴趣。他问我为什么在街头留下那么多字迹,我说我在这个城市只认识他一个人,我对这个城市不感兴趣,只是对他感兴趣;并且我认定他是唯一知道我从哪里来的,也是唯一能把我送回去的人。左轮王沉默不语。他沉默不语时更像是一尊雕塑,从僵硬的身体中,压根也看不出他在想什么。

后来说到枪。我说我已经看出报纸上登载的几起案件是左轮王干的。我还跟他说了那个爱枪的精神病的事。左轮王听了难得可见地咧嘴一笑。他说这个世界爱枪的人不少,但不少人是克制自己的欲望,千方百计地抵御着诱惑,所以变得不人不鬼。人本身具有一种攻击的天性,而枪只不过是这种天性的延伸。说彻底,枪只不过是人手臂力量的延伸,是思想在机械方式下的艺术升华。

后来城市的天空慢慢地暗下去了,华灯初放,整个城市沉醉在一片虚假的光明之中。桃花灿烂的香气因夜的到来越来越浓,如果呼吸一口,那香味会让你有一种咳嗽的诱惑。

左轮王幽幽地说:"你知道它的来历吗?是天意,真是天意。那时我还在湘西那个地方落户。那个地方你知道吗?曾经是土匪窝,非常偏僻,交通极不方便,一年也回不了一次家。我的父母相继去世时,身边也没有亲人,我不能去看他们。我父亲去世那一天晌午,我正巧在一个小山坡上劳动。小山坡上看起来很寻常,除了几片乱石之外,什么也没有。我百无聊赖,突然乱石之中有一个绿色石子,看起来比较晶莹。我突然产生了一个奇怪的想法,仿佛内心自然而然地有一种期待,我捡起石子,对它说:你往哪儿走,我将跟着你,你会改变我的生存方式!然后我用力一掷,石子划了一道弧线向远处飞去,就像一只小鸟从我的心窝里飞向远方。然后,我飞奔着跑下山坡,在几十米外找到了那颗石子,它静静地躺在那儿,还是原先那模样,什么也没有改变。它的周围是萋萋的青草,也没有因它的突如其来而有所变化。我突然产生一个念头,拿起锄头,发疯似的掘那一块地面。终于,我听到当的一声,一个瓦瓮碎裂了,接着我发现了一个油布裹着的沉沉的东西。我一层层地打开油布,发现是一把枪,一把左轮枪!外加一百零八发子弹,蓝莹莹的,黄澄澄的。"

左轮王阴郁的眼睛突然发出炯炯的亮光,仿佛身上的生命在眼眶里点燃了。左轮王兴奋地说:"把左轮枪顶在太阳穴上真是一种优美而有趣的事情。这时你会发现,你成了自己的主宰,你会发现你的身躯离你的灵魂是那样遥远,就像是互不相干的两码事;同时你会发现它们相隔的时间又是如此短暂,仿佛毫不存在,这像是一张纸的正面和背面,一面写着生,一面写着死,一股音乐般的感受在你的心底轻扬……你会发现,其实不单单是你,有那么多人,都喜欢这种生死一线的感觉……"

"那么多人,为什么都死在你的枪下?你经历了那么多次赌枪,为什么你没有倒下,倒下的却是他们呢?"我诧异地问。

"不知道。"左轮王阴恻恻地说。想了想,他又补充说:"应该是上天对我的垂青吧——上天不会让我死的。当然,沉浸于某种状态时,我能感到上天在对我说话,那是一种巨大的力量,它给我以全面鼓励,让我在这个世界上建功立业。"

我有点听不懂左轮王的话。这时候街道上的车水马龙已冷清了不少。各式各样的女人如夜晚的蝙蝠一样,在忙碌地游荡着。这黑暗是属于阴性的,仿佛能折服一切阳刚气。我们离开了街心花园。黑漆漆的天空突然响起了两声霹雳般的炸雷来。春天真是不可预测,暴风雨就要来了。

在此之后,我一直没有从报章上发现左轮王的消息。左轮王似乎从这个城市消失了。报章上已经有很长时间没有暗杀消息了。有的话题只是日本人入侵、XO酒、大世界总统套房开业、一个阮姓明星自杀等的消息。人们快乐而麻木地生活着,生活在巨大、繁华、喧嚣的有着迷人吞噬力的旋涡当中,像一只只可怜而美丽的小画眉幸福地走近潜伏在草丛中的巨蟒。

我在这个城市找了一份工作,每天,我举着小旗,嚼着哨子,在城市交通要道的斑马线上劝阻着黑压压的人群。就在我越来越趋于平静和麻木时,左轮王有一天来找我了。当他出现在我面前时,我几乎认不出他了,只见眼前的人西装革履,穿戴整齐,气质不再是冷峻和不羁,而是温文尔雅、文质彬彬。我注意到他的眼神,那不是阴鸷而沉郁的,而是自信而温暖的,充满着一种阳刚气十足的性感。

左轮王带着我走进一家旅馆的酒吧。我们找了一个座位坐下。我很不习惯这里的气氛。周围的人在狂舞,就像一只只大猩猩似的。我没有说话,想问左轮王为什么要带我到这个地方来。可是我一直没有问。

左轮王双手有节奏地敲击着桌面,看得出来他很投入,恨不得加入跳舞的人群之中。等到我们喝了一瓶啤酒之后,他才回过头来跟我说话,告诉我这段时间他没有使用左轮手枪了。他不想再用左轮赌,那是一种最原始的方式。他已开始做生意了,做各种各样的大生意。从生意中,他觉得自己更能体会快感,一种过山车似的心情跌宕。

左轮王说:"人生就是赌博,但方式有很多种,我原来的只是最原始的方式。"

左轮王继续说:"现在我可以告诉你了,我现在已经接管了这家旅馆52%的股份,也就是说,我就是这儿的老板了。"

左轮王又说:"我马上要将这家旅馆进行装修。"

我默不作声。左轮王仍然喋喋不休:"我有一个宏伟的计划,我想进军这个城市的一切领域,用一种速战速决的方式,可是我的对手很多,他们老谋深算,非常有力量。当你意识到你永远打不过一个对手时,你应该怎么办?"

我摇摇头。我只好摇摇头。

"取得他的信任,联合他。"左轮王说。

我预感到左轮王要说什么。左轮王缓缓地说:

"在这个城市里,我遇到一个最强大的对手,她是一个女人,一个美丽绝伦的女人。这个女人曾经结过婚,前夫是个亿万富翁,来自美国。她在二十五岁那年嫁给了他,他们一起来到中国,办厂、开旅馆。美国佬很爱她,在这个城市投了很多钱。后来美国佬死了,遗产都落到她的名下。这个女人真是上天的宠儿,她什么都不缺,美貌、金钱、宝石……"

左轮王停下话语,狠狠地咽了一口唾沫。他的喉结在颤抖着,我看到一股贪婪之气淤积在那里,蠢蠢地蠕动着。

左轮王双眼突然发出绿光来:"这个女人,也是有故事的——早先女人曾爱过一个男人的,都快要结婚了,有一次那男人乘公共汽车回城,当时坐在副驾驶的位置上,遇到前面有一个人骑自行车穿过,大客车一个急刹,男人正与后面的人说话,当时就穿破大玻璃直摔出去。更奇的是客车竟然没有刹住,就从他身上直轧过去……真是奇怪的事!这女人一下就垮了。后来,后来这女人就嫁给了那个美国富翁……"

我怔怔地听着。

左轮王继续说:"那美国佬死了以后,曾有无数男人向她求婚,都被那女人拒绝了。女人放出话来,要选就选这个世界上独一无二的男人,这男人还必须有一件独一无二的礼物。很明显,她要找一个借口回绝一切纠缠她的男人。可是我想,她回绝不了我,我是独一无二的左轮王,你有世界上绝无仅有的金色孔雀翎!"

我本能地跳起来:"什么?你想要我的孔雀翎?"

左轮王的呼吸急促起来,说:"将你那支孔雀翎给我吧,我知道它是独一无二的。我愿意拿所有的东西来与它交换!"

我摇摇头,说:"不,孔雀翎是我的!你不应该有这样的想法,你是左轮王呀!"

左轮王突然暴躁地说:"左轮王有什么用呢?我才不要当呢,我只要当一个大富豪!"

左轮王又说:"求求你把它给我,我知道她肯定会喜欢的,有了它,我就可以征服这个女人,就可以达到我的目的。"

我木然说:"不,我要回家。孔雀翎能告诉我,我的家在哪里,我是从哪儿来的。"

"哈——"左轮王突然爆发出一阵大笑,"回家?这个世界,何处不是家园?至于真正的家,谁知道在哪里呢?"

我默默无语。我无法回答他的问题。

左轮王长嘘一口气,柔声说:"好兄弟,给我孔雀翎吧。无论你有什么要求,我都满足你。"

我抬起头,突然说:"孔雀翎是无价的,要想要,你就跟我赌一次,用你的左轮枪来赌我的孔雀翎!"

我们来到了城市附近的山峰上,开始了命运的赌博。没有证人,我们恪守诺言。我们叫了一辆出租车,一直开到山脚下,然后,我们下了车。司机——一个胖乎乎的家伙觉察到我们俩都有一种不同寻常的表情,隐隐地露出他的恐惧,在我们下车之后,忙不迭地把车开走了。

我们谁也没有说话,默默地爬着山。我背着那根孔雀翎。登上山顶之后,一弯新月离我们更近了,仿佛触手可及。我从来没有看到过如此纯净的月亮,就像一尊玻璃制成的工艺品,透明而晶莹。那苍白冷静的月光,应是从几万亿年之前的远古射出的吧? 泛着一股彻骨的寒气,仿佛能洗净人的五脏六腑似的。

我坐了下来,盘起腿,对左轮王说:"怎么样? 开始吧。"

"不,稍等一下。今晚的月光太漂亮了,我想再看下月亮。"左轮王冲着我笑了一笑,仍在那里翘首仰望。从我这边看过去,左轮王全身上下仿佛镀了一层银白色的光芒。有山风悠悠的,不知从什么地方吹过来。

也不知看了多长时间的月亮,左轮王回过头来对我说:"好吧,开始吧——"随后,他坐在我的面前,从容不迫地从胸口掏出手枪,打开转轮,从口袋里摸出一粒子弹放入,轻轻地放在我面前。我的眼光瞥见了他在月光下现出的一丝不易觉察的微笑。

"开始吧,兄弟。"

我拿起枪。左轮王按住我的手,用一种鹰隼似的眼神盯着我:"我先来。"

他右手拿起枪,左手掌用力拍击了一下转轮。转轮快速地旋转起来,然后停止。左轮王眼睛闭上了,然后右臂徐徐上移,最后枪口顶在了太阳穴上。良久,我听到了"咔嚓"一声,是空枪。

左轮王缓缓地把枪放在地上,然后睁开双眼,眼睛在月色下如洞穴一样神秘。

我拿起枪。我把枪口顶在我的太阳穴上。我听见周身的血液像大河涨水一样咆哮,心音更如跌宕起伏的深潭。我努力沉静下来,让所有的躁动停滞。什么声音都没有,连同自己的心跳声。周围的一切都变得平静起来,朦朦胧胧像一幅虚假的画。

"咔嚓。"同样,我放的也是空枪。

我慢慢地把枪放在地上,屏住呼吸,闭上眼睛。突然,我的双目之间有一束白光向外渗出。追寻白光,我进入了一个令人头晕目眩的白色隧道。恍惚间,我听到了一种细若游丝,然而又是极其清晰的澄明铃声。慢慢地,我看见黑洞了,它就在隧道前面。我的身子继续轻扬地向前飘去,我清晰地看到一大片芳草地,那么真切,那么清明,那么细致,甚至连草的茸毛、花上的露珠都能细细地看得到,就像是端详一幅清晰无比的巨幅照片。看不到太阳,天又是那么晴朗;没有风,空气又是那么纯净。我突然看到眼前有一个村庄,粉墙黛瓦,绿荫密布,马头墙高高矗起……我突然醒悟,这就是我的家啊,是我期待已久的家园……

"砰!"我听见了一声枪响,眼前的全部画面完全消失。我睁开眼睛,看见左轮王歪倒在地上,殷红的血从他的太阳穴向周围渗开来,然后洇在泥土里。左轮王的右手已松开了左轮枪,抽搐着正试图抓取什么。我知道他的意思。我从行囊里取出那根金色孔雀翎,放进他的掌心,他的手死死地攥住。我看见他忧郁的脸上绽开一丝笑容,一种从未有过的真诚无比的笑容。我听见他在喃喃自语:

"真美啊!我……真……是……从来没——想到。"

一个同样飘着大雪的晚上,我把左轮王的手枪用油纸一层层地裹住,埋在了这个城市的某一处地下。我忘不了左轮王,他是我在这个城市认识的第一个人。我准备回家了,我已知道我的家乡在哪里了。

　　天在下着雪。雪是一片晶莹的、单薄的东西,太阳一出来它就会消失,但它又是一种厚实的、永久的东西。太阳出来了,它融化变成水,然后变成河,变成海;随后,它又上升至云端,又幻变成雪花。现在,这永恒的东西纷纷扬扬,落在这座城市所有的地方,倾听着人们的呓语,给人们以滋养,也暗示着一种必然的结局。

栀子花开漫天香

我永远忘不了那股浓烈的栀子花香。那股熏人的、沁人心脾的花香,在经过很多年时光的荡涤之后,已经和我的记忆合而为一,如同花粉酿造成记忆的蜂蜜,成为永远的甘甜和芬芳。每当我面对空蒙的远方,不经意地想起那段乡村生活,想起高高白杨树下嘈杂而破旧的中学时,我就会慢慢嗅到一股扑面而来的栀子花香:先是似有似无、忽现忽隐,渐渐地变得越来越强烈。我嗅着它,情不自禁地坠入一片光明之中。在色彩斑斓的大光明境界中,我仿佛能看到那一个乡野中学,见到那个美丽绝伦的女孩。

那时候我在上初三。一九七五年的春天。我是一个孱弱而木讷的男孩。我的母亲在乡村小学烧饭,我的父亲则是县城一家工厂的钳工。父亲很少回家,每次回家,母亲总是唠唠叨叨地向他数落柴米油盐、衣裳、被褥什么的。他们很少谈论我,甚至很少认真地看我。我总是默默地待在墙角,捧着破烂不堪的连环画,充耳不闻他们的争吵。父亲总是先默不作声,佝偻着身子躺在床上。母亲继续着她的数落,就像一架破旧得不能再破旧的胡琴,在拉着一首难听得不能再难听的歌。每当这个时候,我知道父亲耐不住了,他的脸开始由黄变青,由青发紫,最后是气急败坏,像弹弓似的从床上一跃而起,给母亲狠狠一击。母亲很自然地倒在地上号啕大哭,父亲便恨恨地咬着牙,骑上门口那辆破旧的红旗自行车,一溜烟地离去。

我知道母亲所有的愤怒都会转移到我身上。我就像是个稻草人,一言不发地承受着扑面而来的狂风暴雨。母亲骂我长着一副讨厌的狗崽子样,一对招风耳只能给这个家带来背运。我默默地聆听着,也似乎什么都不在听,等到母亲筋疲力尽,叉着腰重重地喘着粗气时,我会默不作声地用袖口揩一揩满脸的唾沫,径直走出大门,走向宁静而广袤的乡野。

在胡家桥中学后面,有一座突兀的山峰,名叫青云山。半山腰上有一座小小的寺庙。我们叫它龙王庙。村里年纪大的人说它不叫龙王庙,而叫青云寺。远远地看过去,青云寺像一枚微不足道的徽章,醒目地别在一片葱茏之中。我喜欢坐在屋子里看青云山,可是我从未去过青云山。我喜欢安然坐下,想象那是云端之上的眼睛,在漠然注视着山脚下的一切。

从胡家桥到青云山,有一条蜿蜒的羊肠小道,像一根闪着白光的绳索,连接着山之巅和忙忙碌碌的乡野。母亲有时跟父亲吵架吵得急了,总是恨恨地说我不是她生的,是从青云寺里抱来的。从我知晓这事的那天起,我便一直对青云寺抱有一种好奇,甚至抱有一种迷恋,经常痴痴地注视着前往青云寺的羊肠小道,努力压抑着心中拱动的欲望。这欲望像高墙内罪犯的欲望一样,强烈地冲动着,拼命想挣脱我的意志。我就经常处于这样的两难境地,看日照下泛着黄光以及月光里白得像丝带的小路,想象着青云寺的情景。我慢慢了解到,青云寺里住着一个老人,名字叫莲生。老一辈子人说他早在新中国成立前两年就来了,之后就一直生活在青云寺里,独自一人,非僧非道。据说莲生在寺边种了点花生、黄豆、蔬菜什么的,只是下山买点米。他还是属于大队管辖,好在胡家大队的人从不为难他。偶尔莲生悠悠哉哉地从我面前走过时,我总是莫名其妙地感到心慌意乱,甚至面红耳赤。我发现莲生似乎特别注意我,有两次竟盯着我仔细端详。我意识到他在认真地瞧我时,便慌忙地遁去了,就像一只躲避暴风雨的小蚂蚁。

胡家桥中学,是县里的农中,在这里上学,有一半的课程都跟农业种田有关。我不喜欢这些课程,我体质孱弱,尤其害怕光着脚踩在泥泞的水田里。当柔软无骨的蚂蟥吸附在我腿上时,我会脸色苍白、大呼小叫地跑上岸,一边哭喊着一边用手掌猛击蚂蟥。在我疯狂的打击下,蚂蟥会蜷成一团悄然滑落,我纤细的腿肚子上会出现一个个小孔,殷红的血如一条条虫一样爬出来。每当这个时候,那些强壮的同学会开心地大笑,嘲笑我是无可救药的胆小鬼。我绝对不是胆小鬼,我只是极端地讨厌这些滑腻肉麻的东西而已。

也因此,每次劳动课时,我总被老师安排跟女生在一起,大多在旱地里锄草,有时候也割稻,很少下水田栽秧什么的。即使是割稻,我也被强壮而好胜的女生落下好长一段距离。我异常沮丧,知道同学们看不起我,视我如一个孱弱、愚笨而懒惰的"小爬虫"。

我是班上最不受欢迎的人,至于最受欢迎之人,是体育委员李钢。李钢长得魁梧有力,阳刚气十足,言谈举止都有一股力量,皮肤总是晒得黝黑,走起路来神气活现。我知道女生们暗自喜欢他,他在哪里出现,哪里便会成为女生们视线的焦点。李钢表现得很骄傲,经常对人熟视无睹,说话大声,慷慨激昂,在一群唯唯诺诺的喽啰当中,俨然是《水浒传》中某一个趾高气扬的山寨之主。

也不知怎的,我在李钢面前总有一种无端而彻底的自卑感。尽管李钢从不视我为对手,我却在梦中无数次地与他斗殴,还曾经在众人的欢呼中给他雷霆万钧的一击,高大如泰山的李钢訇然倒下,如一摊烂泥……我咯咯笑着从梦中醒过来,然而四周漆黑,一切依然如故。在黑夜中我睁着空蒙之眼,想着此时酣然大睡的李钢连做梦都不会梦见我,心里更感无限沮丧。

春天是一个万物勃发的季节。每年一度的学校田径运动会照例举行,任何热闹的场合,我都像一个默默的局外人。操场上人声鼎沸,我蜷缩在巨大的声浪之中,像一个小小的无声符。煤灰铺成的跑道在我的视线里像一条黑色的传送带,传送着如同煤球似的同学们,他们龇牙咧嘴地奔跑着,笨拙地摆动着身子。我甚至可以看见他们黑黑细细的脖子上鼓起的弯弯曲曲的静脉,就像我喂鸭子时掘出的大蚯蚓。

觉得有些无趣,我离开了人群,走上了操场边的小山坡。在山坡上,我看得更清楚了:我看见在四百米赛跑中,李钢第一个冲到终点,许多女同学尖叫着拥向他;我看见班主任何长根老师梳着油光发亮的头发,兴奋地发出女人般的尖叫;我看见跛子校长胡守之在一旁鬼鬼祟祟地东张西望,好像防范阶级敌人搞破坏似的……突然,我的眼睛一亮,我看见了从没有目睹过的美丽,在起跑线不远处,一个女孩子穿着一件我未见过的黑底红碎花春秋衫,坐在操场边的长凳上,充耳不闻周围的喧哗与骚动,仿佛是波光潋滟中一朵含苞欲放的荷花。她正在安静地读一本书,脸上有一种汉白玉似的白净与纯真。人来人往之际,我看不清她的眉眼,只远远地看见她胸前别了一朵白色栀子花。很奇怪的是,我突然嗅到了一股栀子花香。在一刹那,我真弄不清我嗅到的花香是不是来源于她的身上。

我急急地跑下山坡,赶到她附近,在人群中偷偷窥视着她。我看见她白皙而小巧的脸庞,微微翘起的鼻尖,卷着的小辫子上缠着金丝橡皮筋……我感到心慌意乱,一股由内而外的兴奋与紧张占据了我。突然间,我感到脑门上挨了狠狠一击,班主任何长根正顶着个油光闪亮的脑袋厉声训斥我:

"你刚跑哪去了?怎么找不到你?要记住,这是集体活动,不能乱跑的!"

我支支吾吾地辩白着,自己也没有听清我试图在说什么。我看见何老师厌烦地耸耸鼻子:

"一会儿到教室里去,听听关于运动会的总结。"

我总是磨磨蹭蹭最后一个进入教室,这是我的习惯了。我一边往教室里走,一边用余光注视那个女孩。我看见她收起书也往我这边走来,我不知怎么回事,紧张得感到自己就像一个充足了气的气球,即将砰的一声炸裂。我不知所措地停在教室门口,不知该如何是好。她从我边上走了过去,似乎很专注地瞥了我一眼。我感到无地自容,又感到她似乎轻轻对我抿嘴一笑,随后,我看见她轻盈地走进旁边的教室。那是高一(1)班,在我们初三(2)班正隔壁。

我懵懵懂懂地进了教室,在前排找到自己的位置坐下。何长根老师走了进来,高声表扬运动会获奖的同学:李钢同学发扬大无畏的革命小将精神,连续夺得了三块金牌;王金花同学连夺女子铅球铁饼第一名……我看见王金花激动得面红耳赤,鼓鼓的胸脯一起一伏。王金花怎么也不像个初三的女生,她有着乡村劳动妇女所拥有的一切:肥大的屁股、粗壮的腿、有力的胳膊、呱呱的嘴。王金花力大无穷,从初一开始就是学校运动会铅球纪录保持者了。在学校里,她所有的自豪与荣光,就是在开运动会那两天,还有,就是劳动时的出力与出汗。

我不喜欢教室,不喜欢这个方方正正放着许多残破桌椅的地方,不喜欢墙上贴着的课程表、各种各样的标语,以及后面画得乱七八糟的黑板报。教室就像是个大大方方的纸盒子,把你装在里面,让你嗅着淡淡的石膏粉味,给你灌输毫无趣味的思想,直至让你变成个机器人。你甚至连瞅一眼窗外白杨树上鸣叫的知了,都会引来老师的呵斥,以及同学们的耻笑。我知道何长根老师怨恨我们,是村民们让他滞留在乡野里。何老师年轻时在这里下放,后来被推荐上了大学,因为下放时与大队周支书的女儿香香有过一段非同寻常的交往,周支书多次到学校要求将何老师分配过来。于是何老师不得不在毕业后回到这里当了一名"孩子王"。可是何老师仍是竭力与香香保持一种若即若离的关系,婚姻一直拖了下来。

我还是喜欢痴痴作想。每当沉入我的思绪,我的身躯就像一株吮吸到晨露的小草般,重新变得滋润起来。之后的几天,我感到浑身血液在快速流淌,一天到晚不得安宁,起初我并不清楚这种变化的根源,后来终于明白了:都是因为那个女孩,那个美丽绝伦、聪明纯真的女孩。因为她,我灵魂深处的某些东西被唤醒了;一扇门悄然打开,光线射了进来,一切变得亮堂起来。我后来知道,实际上也可以不是她,而是别的什么人、什么事。对悄然生长的少年来说,诸多人事,都是一种因缘,就像含羞草,随便触动一下,就会全身战栗。起初,我总是在下课时守在教室外的白杨树旁,怔怔地注视着高一(1)班教室,若是能看到她,哪怕只是远远一瞥,我那一天就是快乐的,反之,我就会怅然若失,会变得心事重重,想象她是不是病了,或者出了别的什么事情……她似乎永远清新脱俗,从没有高声说话,更不可能张牙舞爪,总是浅浅地笑着,或者神色并不太专注,看起来有浅浅的心思……我真切地认识到,因为有了她,残垣断壁、破败不堪的学校竟有了如此的生气,而天空也从没有过如此的蔚蓝。

那一天我仍在白杨树下漫不经心地等待什么。同学憨儿笑嘻嘻地走过来,咧嘴一笑说:"我知道你喜欢我表姐。他们都喜欢看我表姐。"

我兀自一愣,我不明白憨儿说的是什么。这时候她从隔壁班走出来了,憨儿冲着她大叫:"表姐!表姐!"她闻声看过来了,冲着憨儿莞尔一笑。憨儿跑过去,丑陋的矮身子一拐一拐的。她低下头,轻声向憨儿低语,随后把目光转向我,对我轻轻一笑。我如坠烟云,茫然不知所措。后来我继续听见憨儿对我说:"你不知道吧,她就是我表姐。"

憨儿笨拙地露出得意的笑,一对长长的门牙向外伸出,看起来挺吓人的。我无法把弱智而丑陋的憨儿与美丽绝伦的她联系起来。我不动声色,表现出超乎寻常的成熟和老到,试探地问:"怎么没听说你有个表姐呢? 她从哪地方来的?"

问话之时,我装作漫不经心地向四周环视一番。蓦地我看见李钢在教室门口的柱子旁冷冷地打量我,目光如鹰隼一样可怕。我不由自主地打了个寒噤。

从憨儿的介绍中,我得知那女孩叫杨柳,来自南边的一座大城市。女孩的父母原在那个城市的一个军事科研所工作,去年双双支边,便把女孩托付给了她的阿姨——憨儿的母亲了。杨柳的父亲选择胡家桥这个地方是有用意的——反正高中毕业之后要下放,与其下放在老少边穷地区,还不如下放在钟灵毓秀的皖南山区。

憨儿仰着个下巴愣头愣脑地问我:"娘说杨柳长得太漂亮,怕有人害她,让我一有时间就看着她……你是我好朋友,你帮我一起看着她,好吗?"

我点点头。

傍晚,我来到憨儿的家里。憨儿家院子里有一棵很大的杏子树,茂茂密密的树枝上结满了丰硕的青杏子。院墙不高,是土坯做的。沿着院墙,有一丛翠绿的栀子花树,上面开满了洁白的栀子花,香气袭人。我突然明白前些天我在操场上嗅到的栀子花香来源于何处了。

杨柳在院落里静静地看书,如一尊白玉雕像。我注意到她的皮肤,那么白,那么薄,透明得仿佛用手一捅就破。我看得心慌意乱。我在院子门口停住了,踌躇着,不知如何是好。我轻轻地咳了一声。杨柳抬起头来,朝着我莞尔一笑。我支支吾吾地说:

"我……我是来找憨儿的,是他叫我来的。"

杨柳似乎很高兴,忙端来小板凳让我在院落里坐。我知道几乎没有什么人肯找憨儿玩。我跟憨儿是好朋友。只有跟他在一起,我的心理才能得到彻底的放松。憨儿的思维简单而质朴,愚笨之余,有时冷不丁地冒出一两句对某些事情的见解,那么贴切,那么到位,真让人不明白是怎么回事。憨儿很小的时候是聪明伶俐的,十岁左右时,得过一次脑膜炎,发烧抽筋很长时间,之后就变成现在这样,又愚又钝又口吃。憨儿的母亲一直脸色苍白、弱不禁风,很少抛头露面,整天待在家中,用蒲草和稻秸秆编一种非常漂亮精美的扇子或草帽,让供销社代售。很少人知道憨儿的母亲竟有一个在大城市的姐姐。

憨儿的母亲正在堂前编扇子,瞧见我来,似乎很高兴,告诉我憨儿打猪草去了,一会儿就回来。她让我坐在她旁边。我照办了。我看见杨柳仍在院子里看着书,黑色的书皮上有一个很奇怪的名字:牛虻。憨儿娘似乎注意到我在看杨柳,便说:"那是憨儿的表姐杨柳,是我姐姐的孩子。在你们学校读高一。"

我应了一声。憨儿娘跟我拉起了家常:"我姐姐,比我漂亮,身体好,后来就上大学了。"

我问:"为什么你不上大学呢?"

憨儿娘苦笑一声,说:"小时候身体总是不太好,没念什么书。后来就嫁给憨儿爸,生下了憨儿……倒是难为憨儿了……"

憨儿娘话中有话,眼圈能见着红了。

我也无语。憨儿娘继续说:"也为难杨柳了,这么小的孩子,她爸妈也不知怎么想的,一道支边到了大西北。大西北远在天边呢,听说去一次要走一个月哩!"

憨儿娘瘦弱而惨白的手指灵巧地翻动,湿润而柔软的编织条在噼噼啪啪的响声中,一起一落地变幻着。

憨儿回来了,手臂上挎着一篮猪草。看见我在,他很高兴,把猪草放下,一溜烟就过来了。他露出丑陋至极的笑,一把搂住我,带着我走到杨柳面前说:"柳柳姐,这是我最好的同学。我们俩商量要保护你呢!"

我羞赧地低下了头。我不太愿意憨儿公开这句话,尤其在美丽绝伦的杨柳面前。我感觉自己就像是一只在雪白的路灯下仓皇乱舞的甲壳虫,只会嘤嘤嗡嗡地乱起哄。我看见杨柳异常亲切地对我笑了一笑,说:"还是个小骑士呢,不管怎么样,我真是要好好谢谢你们。"

我不知如何回答,也不懂骑士到底是什么意思,我只是红着脸看着那一轮满月,下定决心要为美丽的杨柳姐做一点事情。

我听见憨儿娘在屋子里干咳了几声。

我多长了一个心眼。我发现整个胡家桥中学都因为杨柳的到来,有着某种悄然变化。男生们尤其是高年级的男生,穿着要比以前整洁多了。有几个与杨柳同班的男生,竟然穿起了的确良,显得挺括而倜傥。男生们在说话时,不时会把眼神往高一(1)班那边瞟。杨柳一出现,他们的声音便明显地高亢起来,都想着怎么盖过其他人。女生们则抱成一团,经常表现出对杨柳的嫉妒,像一群多管闲事的乌鸦一样,叽叽喳喳地对着她指指点点。这当中变化最大的是高一(1)班李钢的哥哥李铁。这位英俊的高挑个儿也因为杨柳的到来变得温文尔雅起来,时常显现出虚假的微笑,乌黑的头发也经常加水梳得油光发亮。李铁和李钢是同父异母兄弟,相比较李钢,李铁显得斯文而含蓄。可是这一对兄弟几乎从不说话,反而互视为仇人。还有,原先高一(1)班是老师们谁也不愿意去的"刺儿头班",可是现在老师们也会有事无事地过来巡察,抢着给高一(1)班上课。甚至连跛子胡校长也经常站在高一(1)班门口,鬼头鬼脑地东张西望。我甚至发现高一(1)班的女语文教师不见了,取而代之的竟是我们的班主任何长根老师。

我隐隐约约莫名其妙地感到某种凶险,预感有一些可怕而讨厌的事情即将发生。在睡梦中,我几次梦见长着绿眼睛的大柴狗向我吠叫。我哭着醒过来,总是在受到母亲厉声责骂后又恍恍惚惚地睡去。

或许这只是我的多疑,日子在风平浪静之中缓缓地向前移动。

母亲和父亲继续为一些鸡毛蒜皮的事情争吵着,父亲经常摔门出走。母亲的脾气变得越来越焦躁,她经常性地诅咒着,说父亲跟一个丑八怪的小蹄子好上了,想要甩了我们娘儿俩。母亲甚至发誓要写信给父亲厂里的领导,让他身败名裂、毁于一旦。我无所谓地注视着这一切,冷静得出乎自己的意料。可是母亲的文化程度太低,每当她拿起笔、铺开纸,除了不停地咬着笔头外,信纸上总留不下几个字。之后,我有很长时间没有看见父亲停放在门口的破红旗自行车了,日子就这样僵持着过去了。

不久,我发现跛子校长经常在傍晚时散步光临我家,很热情地跟母亲打招呼,有时候还从口袋里掏出小本,把自己的诗念给母亲听。我家门口有一条板车道,板车道的对面是一小片翠绿的竹林,再过来就是清澈的河水了。跛子校的散步起先是在校园里,现在他走到我家门前这条小路上来了。他散步的姿态很奇怪,看起来像是走夜路似的,头低着,目光一直对着地上。对于跛子校长,我总是唯恐避之不及。那一次在家中,跛子校长还是看见了我,他以从未有过的慈祥目光望着我,摸了摸我的头。我感到皮肤一阵麻胀。母亲恰到好处地从屋里走出来:"哎呀,是胡校长啊,快请屋里坐吧。"

我曾听说过跛子校长的一些私事,据说他的老婆在老家的乡下,自从跛子校长到任以来,没有任何人见过那位乡下妇女的面容。跛子校长有时也开玩笑,说他的老婆是秋天打霜后的野菊花。只有放寒暑假时,跛子校长才会回老家与"野菊花"会面。这些都是我在何长根老师等人背后议论时听到的。我对这一类逸闻野史总是过耳不忘,却对书本上、课堂上的讲授充耳不闻,我不知道这是什么原因。

跛子校长喜欢诗歌,一直大力倡导师生们结合学工学农学军活动,创作具有战斗性和文学性的诗歌,把胡家桥中学变成了"赛诗台"。我一进中学就接受了这样的熏陶,我们的语文课和政治课经常进行如此创作,让大家当堂写诗。跛子校长还经常把高年级创作的好诗拿来,读给我们听,让我们学习借鉴。有一阵子,所有的学生与老师,都成了蹙眉苦吟的诗人。在诗歌创作中,我们班的李钢和王金花也成了轰轰烈烈诗潮中的佼佼者。李钢的一首诗还在学校广为流传。

要问苦不苦,

想想长征二万五;

要问累不累,

想想抗日老前辈。

高大硕壮的王金花也曾有诗曰:

踢开大山把秧栽,

撕片乌云引水来。

要问我们是什么人,

不是龙王,不是神仙,

我们是农民的好后代。

这一类豪迈激昂的诗歌曾经让我们由衷感到底气不足、自惭形秽。那一段时间我经常挨何长根老师的骂,而李钢、王金花、李铁们的诗歌却经常张贴在学校的墙报"赛诗台"上。那墙报每三天换一次,新陈代谢,每一个班级的班主任都声色俱厉地给学生们压着担子,要求自己的班级能多上几首。

每当校长朗读自己的诗歌时,母亲脸上总会洋溢着笑容,有开心的成分,也有献媚的成分。跛子校长更是扬扬自得,会更多地畅言自己对诗歌的看法。言谈之余,他偶尔也问一下我父亲的情况,母亲便会咬牙切齿,恶狠狠地看着我,愤怒地数落父亲的不是。我表现出麻木和无动于衷。跛子校长有时会显得尴尬和无趣,不轻不重地安慰母亲几句,就起身走了。

一有时间,我就到憨儿家去。我喜欢走进他家的墙角,嗅栀子花散发的香味。那是一种美丽的诱惑,一种无处不在的魅力。我觉得我天生就与那种花香存在着某种默契,那种让人感觉湿漉漉的,带有强烈挑战意味,热烈而绝不烦扰的花香呵,当它进入你的体内时,不是从鼻孔,而是从你每一个毛孔,以千万姿态进入,随后在你血液里蛰伏下来,甚至潜入你的意识,无形地左右你的行为、说话和举止……

我与杨柳成了好朋友。我听不太懂杨柳的话,因而很少跟她说话。但我喜欢和她在一起,端详她好看的一切,心里总是充满一种愉悦感。杨柳懂得可真多,她见过大海,她学过音乐、舞蹈,她有一副异常动听的歌喉。她是我心目中的姐姐,花仙子姐姐。杨柳经常把她父母亲从西北寄回的明信片给我们看。从明信片上,我知道了布达拉宫、扎什伦布寺,还有雄伟的雪山、高飞的秃鹫。

有时,我会莫名其妙地陷入深深的自卑。当同学们看见我与杨柳在一起时,我知道他们的心里是嫉妒我的。可我实在不应该引起他们嫉妒,因为我一直瘦弱、丑陋、懦弱、自私、敏感……只有和杨柳在一起时,我才觉得我丑陋的身躯中有一股潜在力量升腾而起。可是我需要嫉妒,这可以给我快感,就像是走一条艰险而高高在上的道路,周围布满起哄的人群,尽管难免心虚害怕,可是我仍努力克制它们,把自己最好的一面表现出来。

那一次早自习,我正在座位上有口无心地诵读着杨朔的《荔枝蜜》。杨柳径直走了进来,来到我面前对我说:"晚上到我家去,我爸妈又给我寄来了几张彩色图画书,我拿给你看。"

我点点头。杨柳转过头来,对何长根老师笑了笑,出了教室。教室里原先嘈杂的读书声突然停止了,一切变得死一样的安静,我突然感觉到背后一阵发寒,我怯怯地转过头一看,只见李钢从最后一排射来死蛇一样的目光,我不由自主地打了一个寒噤。

星期六是胡家桥中学的劳动日。我们又来到了距离中学五里路的青云山生产队,在桃林里锄草。青云山生产队是桃园之乡,种了数百亩桃树。队长是王金花的父亲李土地,与班主任何长根老师关系很密切。我经常看见李土地在夏季将一筐一筐最好的桃子送至何长根老师家,然后由何老师与王金花用长长的秤杆称桃子,一家一家地给学校的老师送去。最大最红的桃子当然送给跛子校长。青云山生产队也自然而然成了胡家桥中学学农点。

我看见杨柳在几十米外的田畦里,笨拙地拿着锄头锄草。何长根老师也在那里,一边说着一边向杨柳示意着什么,那姿势充满着关怀。在我旁边,王金花一直骂骂咧咧,动作幅度很大,故意掀起沙子与土,扬得到处都是。我一向忌惮着这个高大健壮的女同学,很怕她的凶悍与泼辣。我不由自主地转开身,想躲开她。她却横着个身子,挡在我面前:"怎么,想走,看不惯老娘是吗?"

我面红耳赤。我不太习惯这么面对面的争斗,没有理会她,想绕着道儿走过去。这时候李钢带着一群同学围上来,添油加醋地起着哄。

王金花忽然来了劲,猛地冲上来,将我狠狠地一推。我一个仰八叉躺在地上,灰尘和沙土霎时间撒得我满头满脸,脑子里一片空白。我气极了,随后抓着一把沙土冲着她掷了过去。我却听到一声尖厉而刺耳的哭叫,只见王金花一屁股坐在地上,双腿直蹬,伤心而绝望地号啕起来。

我不知怎么回事,如傻了一般坐在那里。这时候憨儿跑了过来,把我搀扶起来,又替我拍去满身的土。我看见何长根老师急急地赶来,脸色涨得通红。李钢向他小声地汇报着什么。何老师蹲下来柔声安慰着王金花,等王金花的哭声小了下去,他又走到我面前,像一个屠夫似的对我大吼:"你先回家好好反省三天,三天之内不许上学!"

我害怕极了,一股热血直冲我的脑门,我哇地哭了出来,一扭头,疯了似的狂奔。我听见身后憨儿凄凉的喊声,我不知怎么回答,也不想回答,我只想逃离这个世界,彻彻底底地逃离这个世界。

我就这样狂奔着。不知过了多长时间,我筋疲力尽了,不得不停了下来。我忽然发现自己已经跑到青云山上来,再往上走二百米左右就是青云寺了。我踌躇起来,不知道如何是好。刚才发生的事件如噩梦般再度袭来,死死地缠绕着我,让我挥之不去,心里仿佛悬着一个沉重的秤砣。这时候正是正午,却有着雷雨前的景象,乌云如妖怪一般遮蔽太阳,而太阳总是嬉戏地从乌云的嘴中逃脱,露出一张赤红的脸。突然一阵微风吹过,我嗅到一股异常熟悉的香味,是栀子花香!绵长而又源源不断地从青云寺里飘过来,我顿时感到心胸一爽,便抖擞起精神,向青云寺走去。

说是青云寺,其实就是个极其普通的民房,只不过寺院的墙壁是黄色的。我走近一看,院门是开着的,门楣之上的大理石板上镌刻的是篆书"青云寺"。我上了台阶进了里面,看见墙角有一丛盛开着的栀子花,绚烂而又妖娆,就像是一个精灵在蛊惑着世人。我继续往前走,走入正房,里面一片静寂,没有看见一个人。莲生不在。

我转过身来,不知道是该留下还是该走。这时候有脚步声响起,莲生走了进来,手中挎着的篮子里有豆荚、西红柿和茄子,想必刚从菜地回来。我面红耳赤,不知道该怎么说。莲生看见我,似乎并不感到意外,呵呵一乐:"我预感到有人要来,没想到是你这个小家伙。"说罢望了我一眼,随即出门端来一盆水,让我洗一洗沾满泪水和灰尘的脸和手。随后,他也不说话,只是忙着生火做饭、炒菜。只一会儿,饭菜就好了,他端了上来,我狼吞虎咽,一连吃了三大碗,这才长长地吐出口气,我从未吃过如此可口的饭菜。这个过程中,莲生一直没说话,就那样静静地看着我吃。待我吃完了,他才慢慢地问我:"好了?"我答道:"好了。"莲生笑了笑,于是站起身来收拾碗筷。

这时候天空忽然打起雷来,紧接着狂风大作,电闪雷鸣。我站起身来,拿着小凳子走到门边坐下,俯瞰着山脚。我看到胡家公社影影绰绰地笼罩在一片乌云之中,青砖黑瓦的房子如纸片一样飘摇于风雨之中,那么苍白无力,简直不堪一击。我真愿老天狠狠地下着瓢泼大雨,淹没这一切,只剩一叶方舟载着杨柳,飘往这云端之上。

莲生已忙好了他的事情,端着个小凳子也来到门边。我们谁也没说话,看雨在山下掀起一片白茫茫的雾。慢慢地,胡家桥消失了,眼前一片空蒙,只听见耳边一片哗哗之声。我们就这样听雨,听雨。直至后来,我心中迂回的最后一点不平和愤怒消失了,重新变得愉悦起来。这时候,风停了,雷停了,雨也停了,远处的胡家桥又闪烁着清新的亮丽,呈现在我们面前。

我得告辞了。莲生对我说:"从第一眼看见你,我就知道我们有缘。以后没事你就上我这儿玩。没人跟你玩,你就跟我这老头子玩。"我点点头。

我回到家里,天已经漆黑了。很奇怪,母亲没有数落我,而是用奇怪的眼神探询我的去向。我懒得跟她说。母亲最后熬不过了,说:"刚才胡校长来过了,他说他已经批评何老师了。王金花打你,是她不好,何老师不该让你不上学。胡校长让你星期一继续去上学。这个胡校长,人还算公道。"

母亲又瞪着眼睛疑惑地看着我,像是自言自语地说:"王金花为什么要打你呢?"半晌,她又恨恨地说,"你也真没用,受男同学欺负还不算,还受女同学欺负,简直是丢了我们家的脸!"

我漠无表情地听着母亲的唠叨,心若止水。我只想着杨柳家和青云寺的栀子花香是不是存在着什么必然的联系,为什么我一嗅到栀子花香就觉得心旷神怡。我恍恍惚惚地靠在床上,闭上了眼睛。也不知过了多长时间,我的眉宇之间蓦然呈现一大片白色的栀子花,那么真切,连花粉和翠绿叶片上的露珠都可以看得清。可是这一切分明不是梦,我能清醒地意识到自己是醒着的!我感觉自己完全处于一种自由状态,就像是一只蜜蜂或者蝴蝶,只要我想看,栀子花便会按我的意愿改变距离。我不愿意睁开眼睛,我想贪婪地看个够。我就这样浮游在一片白色的花上,那香气浓郁,如水一样从我每一寸肌肤掠过……过了好长时间,我感到身躯轻扬直上,大片的栀子花园在慢慢缩小。我的身体升至云端之上,远去的花丛变成一个点,倏忽远去,留下一个长长的尾巴……

我睁开了眼睛。我只知道这不是梦,又不明白是怎么回事。

第二天是星期天。一早,憨儿便来找我。他告诉我,你昨天跑走后,杨柳漫山遍野地到处找你,天降暴雨,她被淋得透湿,回到家就生病了,现在发起了高烧。

我跟着憨儿来到了他家,走进里屋,看见杨柳躺在床上,脸色苍白。我进去了,却不知所措,怯生生地站在一旁。杨柳冲着我笑了一下,示意我坐,然后问我跑到哪儿去了,怎么到处找也找不着。我支支吾吾地说我到青云寺去了,在莲生那儿吃的晚饭。杨柳似乎很感兴趣,问莲生跟我谈什么了。我说没有,几乎一个下午我都坐在门口看雨,莲生也在看雨。只是后来分别时,莲生说我跟他是有缘的,让我以后经常到他那儿去玩。

"缘?其实我们也是有缘的,要不从第一眼看见你,我怎么就感到亲切呢?"杨柳深有感触地说。

我感到震惊,也有些感动,我一向认为自己是猥琐、孤僻和丑陋的,几乎每时每刻,我都对自己表现出极度的自卑和厌恶,就像是厌恶积淀在身上的尘垢,让我没有想到的是,美丽绝伦的杨柳却如此真诚地对待我。"你知道吧?你比李钢那些人要强得多!"杨柳似乎看出了我的心思,再一次说。

我的眼泪几乎夺眶而出。

正在这时,门口传来说话声,是何长根老师。我的心一下揪紧起来,尴尬得不知道如何是好。这时候何长根进来了,拎着个塑料袋,里面有奶粉和麦乳精什么的。看见我,何老师一愣。我轻轻地喊了他一声。他支吾了一下,点点头,没有对我说什么,只是把东西放下,冲着杨柳说:"听憨儿说,你病了,星期天我没事,正好来看看你,顺便给你说件事。"

杨柳道了声谢谢。

何老师亲切地询问了杨柳的病情,问得十分仔细,又伸手在杨柳的额上摸一摸。我在一边看着,感到恶心极了。杨柳的脸上也滑过一丝不快,但极其轻微,轻微得让我也不敢肯定。随后,何老师没有提及桃林里那件不愉快的事情,也没有提及胡校长让我继续上学的事,就好像什么也没有发生过似的。末了,他对杨柳说:"暑假快到了,按县教育局要求,今年要组织个文艺演出队,准备参加全县教育系统会演。按要求,得先赴工厂与农村进行演出,以实际行动学工学农。我是校团委书记,胡校长让我负责这件事。我知道你以前在城市少年宫里学习过音乐和舞蹈,我想你肯定会积极参加的,是吗?"

杨柳点点头。

何老师站起身来,继续说:"你先考虑一下,出什么节目。有什么想法和建议,也可随时对我说。"

何老师转身准备走了。杨柳看了看我,突然叫住何老师,说:"能不能让他也参加? 他各方面条件都不错……"

我的心一下悬到嗓子眼里,脑袋一片空白,甚至连如何推托都想不起来。

何老师以一种怪异的眼光看了看我,顿了顿,终于点了点头:"行。就这么定了。"

夏天到来之后,杨柳似乎变得更加美丽了。尽管劳动不断,阳光毒辣,可是她仿佛永远也晒不黑似的,白嫩之中透出粉红,如早晨东边的彩霞。她的胸部也明显地凸现出来,浑身散发着一种让人心颤的气息。胡家桥这地方很少有女生穿裙子的,即使有穿裙子的,也如破布一样围在干瘦如芦柴棒或者粗壮如葫芦的腿上。可杨柳不是这样,她有好几条漂亮异常的连衣裙,其中有一条颜色洁白,上面有如海军蓝披肩似的翻领。杨柳娉娉婷婷地走动着,到哪儿都会引起无声的惊叹。

在杨柳的带动下,胡家桥中学的文艺演出队成立了。我、李钢、李铁都加入了这一让人羡慕的行列。演出队的团长是何长根老师,聘请的艺术指导是公社文化站的朱文芳老师。朱老师教我们跳用羊肚白毛巾扎在头上的劳动舞蹈,也教我们跳穿着白衬衫、蓝裤子的水兵舞。杨柳先前在上海少年宫学过舞蹈《白毛女》的片段,穿上白衣白裤,披散着一头乌黑的头发,像是一个远离这个时代的美丽狐仙。她的微笑和声音,所有动作和姿态,如同她身体散发出的芬芳,同属于一个特殊、神秘的整体,仿佛来自天边的某一个秘密花园。我不知道我为什么会产生这样的感觉。每次排练时,我都注意到何老师怔怔地站在那儿,用一副近乎贪婪的表情注视着杨柳。我看得心惊肉跳,有好几次因为注意力不集中、动作跟不上趟而遭到朱文芳老师的呵斥。

一个阳光灿烂的下午,文艺演出队排练完毕,我们一群男孩照例是要到河里游泳。杨柳叫住我让我也带她去。我注意到李钢阴恻恻的目光,犹豫了一会儿,还是点了点头。

我坐在河边等杨柳。身前左右是一大片卵石滩,靠近清澈河水的是一片细腻无比的黄沙,上面有着波的痕迹。李钢们在不远处嬉闹着,可以看到白腾腾的一片水花。我知道李钢会因为杨柳跟我亲近而伺机报复,心里升腾起一片愁云,但瞬间消失得一干二净。我没有力量反抗李钢,但我内在的本质总是让我有意无意地忽略李钢。

一个红色的身影向我走来,那是杨柳,穿一身我从未见过的游泳衣,红得就像一团火。她赤着脚,步伐轻盈而优雅,就像是一个传说中美丽的红毛狐狸。杨柳走近了。我变得心乱起来,几乎不敢去看她,怔怔地站起来。我听见杨柳对我说:"这件游泳衣,是爸爸前两年给我买的。那时,我几乎天天上游泳馆游泳。到了这里,原以为用不上了,没想到这里的水比游泳馆里的水还清,还绿,真是太迷人了。"

杨柳走进了绿得诱人的小河。那一点红色融化在一汪碧绿之中,就像是一大片绿叶托着一朵红玫瑰,在她周围,有两只漂亮异常的水鸟不时划过,它们也开心吧,有这样一个美丽的女孩做伴。杨柳的水性很好,蛙泳、仰泳、自由泳都行。她在水中快乐地游着,河水的涟漪一圈圈地扩展开来。

"下来呀,下来呀!"杨柳在水里一个劲向我打着招呼。

我笨手笨脚地走下河岸。河水慢慢地漫上我的身子,我的身体开始漂浮。我只会很蹩脚地来一点"狗刨式",把水打得轰天直响,水花乱溅。李钢们已停止了嬉戏,正坐在不远处的河岸上,先是专注地看着我们,随后又一股脑儿向着我们起哄。我不知所措。杨柳向我招呼道:"别理他们。"我们继续在水中游着。我感受到水对肌肤的触摸是那样轻柔和温顺,似乎能激发出我对过去时光的遐想。可那遐想是空蒙的,我只能旋转在外围,里面是什么,我一概不知。一直到李钢们的声音不再响起,天色也渐渐地黑了,杨柳才依依不舍地走上岸。来到一片葱茏的小树林边上,杨柳让我站在那儿望风,就手拎着一包衣服钻进去换衣服。

我目光炯炯地注视着四周,就像是连环画中放消息树的小八路,又像是一只神经兮兮的猫头鹰。我的心被突如其来的兴奋充斥着,仿佛浑身上下都有用不完的力量似的。

我这个忠实的"猫头鹰"终于有了用武之地。在那之后的好几天里,杨柳每次排练结束都约我一道来到河边游泳。在此之后,我经常攀在高高的大樟树上为杨柳望风。大樟树上有两只喜鹊,它们相亲相爱地在枯枝搭就的窝巢里生蛋。母喜鹊每天在里面孵着,公喜鹊则喳喳叫着给她寻觅食物,它们相敬如宾。而杨柳则在我的监护下做着自己的事情,她给我以充分的信任。这种信任感使我由衷地感谢她。

  那一天傍晚,杨柳游泳之后照例进入小树丛。我突然看见李钢轻手轻脚地溜过来,向杨柳所在的树丛摸去。他没有注意到头顶上的我。我感到害怕,有点无所适从,我知道我的干扰会引来李钢疯狂的报复。我的心悬在嗓子眼之上,看见李钢蹲伏在小树林前面如一头狡猾的狐狸,正准备拨开身前的树枝向里窥视。我急中生智,推开正在孵蛋的母喜鹊,从它的身子底下摸出几枚鸟蛋,瞄准李钢,凝神屏息,狠狠地掷了过去。第一只鸟蛋在他身边开了花,第二只鸟蛋正好打在他的头顶上。他悚然一惊,黄色的液体流了他满头满脸。李钢肯定是被这莫名其妙的打击弄蒙了,胡乱地用手抹了一把脸,像耗子那样仓皇逃遁。我心花怒放,旋即又颓唐下来,知道李钢报复心极强,若是之后确定是我在背后暗算了他,一定会跟我过不去的。

  杨柳从小树林里走出来。我也从大樟树上下了地。母喜鹊在我的头顶上叽叽喳喳地叫着,声音凄惨而愤怒。杨柳问:"怎么啦,你动它的窝了?"我没有作声。我感到歉疚,但没有说明原因。

  杨柳在前面边走边唱,我在后面瞧着头发湿漉的神采飞扬的杨柳,心情竟一下变得异常沉重起来。

第二天是星期日,因为朱文芳老师生病,何长根老师到县教育局有事,演出队没有排练,休息一天。一大早,杨柳和憨儿来我家找我,让我带他们到青云寺去玩。自从上次去过青云寺,我对它产生了一种更浓烈的依恋,对莲生更是有了一种亲切的情感。我总觉得上次只是一个引子,更深沉更潜在的伏笔还在后面。

我们很快乐地出发了。杨柳是第一次登青云山,显得兴奋而紧张,不时对着山谷大喊大叫,随后停下来听山谷的回声。过了半山腰之后,道路变得狭窄而蜿蜒,路上经常有一些蓝色四脚蛇以及红黄色的蜥蜴出没,当杨柳吓得大喊大叫时,我总是挺身而出,冲上前去用树枝将它们赶跑。我从没有想到自己会如此勇敢,心里油然想起了一个蹩脚的比喻:我不就是湛蓝的天宇上飞翔着的老鹰吗?

我喋喋不休地向杨柳解释说:路边的萎草是蕨菜,它们总是在春雨之后从泥土中长出,味道苦涩而鲜美。那种虎爬蕨是不能食用的,它与蕨菜的区别在于它的粗壮和张狂。不远处毛茸茸的长满刺的是酸枣,它的味道很甜,但必须把中间带茸毛的内核去掉。野山楂现在是不能吃的,即使是到了秋天,也不太好吃,但可以用棉线和针把它们一颗颗地穿起来,挂在脖子上,红润而缤纷,非常漂亮……我很兴奋,好像我不仅是山的主人,还是这一片土地的主人。我注意到杨柳的眸子里闪烁着兴奋和亮光,使她看上去更加美丽,而我也在与她的交往中,慢慢地失去了对她的仰视,觉得她就是我的一个好朋友。当然,有了如此想法时,我感觉自己变得轻松而愉快起来。

正午的时候,我们到达了青云寺,莲生不在,门开着。我们在院子里坐下来,细细地观察一下莲生所居住的环境:虽然破旧,却有生机,残垣上长满了爬山虎,院子里的屋角积满了青苔,正房的旮旯里黑不溜秋、残缺不全的大约是佛像吧,此时已结起了粗大的蜘蛛网。倒是厢房显得干净和明亮,衣被叠得整整齐齐的。黑色的屋檐下,竟有三四个燕子窝,不时有大小燕子呢喃着飞来飞去。

憨儿总是坐不住,他懵懵懂懂地东张西望,又走进了厢房。忽然,我们听见他在厢房里呼唤:"快来看,快来看!"我和杨柳走了进去。憨儿指着桌上的一部手稿大声嚷道:"莲生在写书哩!"

我走过去一看,果然不错。一厚沓白纸上,用蝇头小楷写满了字。我翻开第一页,看见上面端端正正写着书名:"青云山志"。

正说着,莲生回来了。瞧见我们在厢房,他乐呵呵地一笑:"是你们呀,小家伙!"我们便走出了厢房。憨儿愣生生地问:"莲生伯伯,你还在写书呀!"莲生轻轻一笑,未置可否。杨柳在一旁文文静静地笑着。我忙介绍:"这是憨儿的表姐杨柳,她父母去了大西北,就在我们学校高一读书。"莲生的眼睛亮了一亮,随即提着满筐的菜到厨房里去了。杨柳也跟着进去,帮着莲生洗菜。随后,我们看莲生做菜。莲生的刀功极好,茄子被他削得又薄又细,一片片从刀口飞出,就像被风吹落的叶子。莲生一边做菜,一边跟我们谈论我们的学校。他问起语文课本上选的是哪些课文,有音乐课吗,历史是怎样阐述的,认为李自成、洪秀全是大英雄吗,等等。我一一作了回答。我注意到莲生不断轻轻地叹气,他突然问:"你们学《论语》了吗?"我的回答当然是否定的。

菜烧得很香。或许是我们饿了,我们全都大口大口地吃起来。莲生一边吃着,一边跟我们漫无边际地聊天,我们也放慢了吃饭的速度。跟莲生在一起,我们有一种亲近感,但同时又存在着一种隔膜。这种亲近和隔膜并不矛盾,而是恰到好处地纠缠在一起,一直在内心缠绕。杨柳似乎也在想什么,露出细碎的白牙细嚼慢咽。而憨儿正低着个头,一声不吭。莲生似乎看出了我们的不自然:

"看到我写的《青云山志》吗?我很想极真实地记述青云山上百年的历史,虽然这地方微不足道,可一叶知秋,更能代表世事的变化……只是,你们千万不要向外人说,若这事传出去,也许我就写不成了。"憨儿突然懵懂地问道:"莲生伯伯,他们都说你不是本地人,是外地来的。你一个人住在这半山腰里,不冷清害怕吗?"

莲生笑了一笑,没有回答这个问题。

憨儿继续问:"以前你是干什么的呢?为什么要到这里来呢?"

"搞教育。当校长。是在浙江。后来……"莲生没有继续说下去。

我用目光示意憨儿不要再问了。我听说过关于莲生的一些说法,曾有人说新中国成立前莲生在浙南一座知名中学当校长,才高八斗,学问极深,又是风度翩翩的俊美青年,后来与一个美丽异常的女学生结了婚。婚后一段时间两人很是恩爱,可莲生一腔热情扑在教育上,不免冷落了新婚的妻子。美丽的妻子不甘寂寞,竟与一个国民党青年军官暗中来往,最后私奔而去。莲生怒发冲冠,一气之下,跑到九华山削发为僧,最后辗转来到青云山,当了一个半俗半僧的人。

杨柳自始至终都没有讲话。她睁着那双美丽的眼睛。世界的一切映照在她的眸子里都是洁净的。她似乎很兴奋,什么都在看,什么都在听,又似乎什么都不在看,什么都不在听。我忽然觉得她应该是我的妹妹,而不应该是我年龄上的姐姐。从心理上看,我所处的环境使我增添了一份苍老、诡谲和世故,而她似乎只是在阳光地里茁壮成长。我吃完饭后放下碗,陡然觉得自己长大了很多,身体也一下子结实起来。我突然觉得我应该比李钢强,比李铁强,比学校里任何一个打打闹闹的同学强。

我们告辞了。莲生把我们送出门口。憨儿和杨柳走在前面。道别的时候,莲生悄悄把我拉在一边,轻轻地说:"你得注意保护杨柳,她人那么单纯,长得又很美,怕要起事端哩!"

我的心凛然颤动了一下。我真不明白莲生怎么会有如此敏锐的观察力,是因为他长久地生活在半空之中吗?

我们的演出小分队开始行动了。小分队由何长根和朱文芳老师带队,从当地驻军处借了两辆卡车,当地驻军对当地群众的革命行动总是积极支持的。演出的时间很长,任务很紧,我们要在暑假一个月当中演出十六场,这十六场分布在全县十多个乡镇、厂矿。

出发仪式搞得很隆重。县教育局局长来了,还来了一个县革委会副书记。副书记是个女的,才二十多岁,大约是从知青中直接提拔上去的。女书记对我们这三四十人的演出小分队发表了热情洋溢的讲话,激励我们说,此行的任务异常艰巨,要认识到这不仅仅是演戏好玩,还要用无产阶级文艺去占领乡镇文艺阵地,让贫下中农和工人阶级能够看上一台充满革命性和战斗性的文艺节目。女书记还表扬了跛子校长,认为文艺演出小分队是跛子校长狠抓教育改革涌现的成果。跛子校长抑制不住得意,变得喜笑颜开。我在一旁看着他,突然觉得他喜笑颜开另有原因,很可能与我一个月不在家有关。

我悄悄地把在一旁看热闹的憨儿叫到一边,对他说:"你帮我注意一下,看跛子校长可经常去我家,好吗?记住,要绝对保密。"

憨儿有些不解,但还是慎重地点了点头。

两辆大卡车轰轰烈烈地出发了。锣鼓喧天,红旗猎猎,鞭炮齐鸣,我们坐在罩着绿篷的车厢里,何长根和朱文芳老师分别坐在两辆卡车的驾驶室里,我们异常兴奋地唱着歌:"青苗出土哟迎朝阳……"卡车行驶不到十公里,我那该死的晕车毛病犯了,晕得一塌糊涂,肚子里如翻江倒海一般。我告诫自己:别吐,别吐,这一吐,在杨柳他们面前,就一点面子也没了。但我终究没忍住,很快趴在卡车的栏杆上哇哇大吐起来,好像是一只吃了耗子药的猫。我感觉到他们的歌声停止了。李钢他们幸灾乐祸地起哄:哈,这家伙喝酒喝醉了,就像一头死猪!

我晕晕乎乎地听着,连一点反驳的气力都没有。忽然感觉到有毛巾递过来,毛巾异常柔软,散发一股淡淡的芳香。我看见杨柳那双美丽的大眼睛了,充满怜惜。她又把军用水壶递给我。我怕把壶口弄脏,连忙摆手拒绝了。杨柳似乎看出了我的心思,从包里拿出个小瓷杯来,倒了点水进去,递给我。我异常感动,觉得心中一股酸涩,但我还是强忍住了。

"噢——哈,好喝吧?"我突然听见李钢幸灾乐祸地怪叫一声。接着,那一帮人又跟着起哄。杨柳鄙夷地瞥了他们一眼,便没有再看他们。她低下头悄悄地告诉我,心里要放松,尽量向远处看。我点了点头,听见李钢他们闹腾得更厉害了。

"你给我住嘴!"猛然间我听到李铁的怒吼。我看见身材高挑的李铁,白皙的脸因为愤怒变得通红。李铁和李钢因为父母离异,总是像陌路人那样格格不入。从表面看起来,李铁似乎不太喜欢说话,要内向文雅一些,李钢则如一匹野马。可李铁绝对是个打架高手,他体育成绩出类拔萃,身体也比李钢高出半个头。从不惹事的李铁今天怒发冲冠了。

李钢对李铁的吼叫并不买账,怒气冲冲地回敬道:"你少来这一套,这又不碍你的事。一边待着去!"

李铁气得脸发青,牙齿咬得咯咯直响。突然,他一拳打在李钢的腮帮上。李钢也如疯牛一样扑上去,双方纠缠在一起,你一拳我一拳地打起来。

卡车嘎的一声停住了。何长根老师从驾驶室里急急地跳下来,爬上车厢,好不容易把两个人分开了。很明显,李钢吃了亏。他牙齿渗着血,恶狠狠地说:"你等着,总有一天我会宰了你!"

李铁一言不发,看也没看凶神恶煞的李钢。

何长根老师好不容易弄清了情况。很快,他把至少一半的责任怪罪于我,极其严肃地瞪了我一眼,对我说:"去,到前边驾驶室去,怎么净惹事端!"

我垂着个头默不作声地爬下汽车。我看见何长根一屁股坐在杨柳身边。我注意到杨柳脸色煞白,自李钢和李铁开始打架,她就再也没有作声。我真恨自己无用,在跳下汽车的一刹那,我想要是我有无穷的力量,非得把这辆破卡车高高地举起扔到太平洋去!

因为白天发生的不愉快事件,到达第一个目的地县水泥厂之后,何长根老师连晚召开了会议,狠狠地批评了李铁和李钢这种不顾大局的举动,警告说再要引起事端将要进行严肃处理。后一句话明显含有针对我的成分,我听得出来。但这件事自始至终我都是被动的,我真不明白何长根老师何以要针对我。当晚在会场上谁也没有作声,会后都默默地洗漱休息。杨柳和几个女生住厂工会的办公室里,我们三十多个男性则拥挤在礼堂的演出台上。尽管白天发生了那么多事情,但那一觉我睡得很沉。

第二天就是正式演出了。上午,我们搭起了舞台,其实说是舞台,只不过是简单地装上帷幕什么的,主要是增加点效果。中午过后,朱文芳老师给我们一一化妆,我被画成了浓眉大眼红扑扑的脸蛋。下午三点钟,演出正式开始。为了让工人们能看到我们的演出,工厂放假半天,数百名工人和家属簇拥进入礼堂。

杨柳兼任报幕员。她只要一出现,全场的观众就直愣愣地盯着她。有不少观众在交头接耳:呀,这个女孩子好漂亮!这些长期在山沟沟尘土飞扬的环境里工作的工人当然没见过如此漂亮的女孩。

杨柳的节目有四五个,有独舞《白毛女》、小提琴独奏《战马奔腾》以及与李铁和另外一个胖胖的同学高发龙在一起表演的《沙家浜》选段《斗智》。在题为《陕北风情》的节目中,我、李钢、李铁扎着羊肚白毛巾出场,在锣鼓声中蹦蹦跳跳,活像一只只毫无生气的玩偶。我下场之后就无所事事,愣生生地待在后台,帮忙拿拿道具,端端水什么的。在一阵忙乱之后,首场演出获得成功,台下响起了热烈的掌声。我知道在这荒凉寂寞的山沟里,工人们很少有鼓掌的机会,即使是看两个人吵嘴打架,或者公狗母狗绞尾巴,他们也会把手掌拍得啪啪响。

演出队的全体队员很兴奋,我也稍稍地有点兴奋,因为这毕竟是第一次。何长根和朱文芳老师更是兴奋异常,他们的脸变得红扑扑的,跟我们搽满胭脂的脸一样。幕谢之后,在后台,我听见何长根老师悄悄地对朱文芳老师说:

"真是谢谢你了。你太辛苦了!"

"少跟我来这套,谁跟谁呀……"

后面的话音低低的,谁也听不见了。我也不想听。我只知道朱文芳老师的爱人在部队,是个海军,去年我见过一次,他穿着一身蓝色的海军军服格外引人注目。我不想知道何长根和朱文芳老师之间的关系,我真的一点也不想知道。

我悄悄地远离何长根和朱文芳老师,来到另一角落。我发现只有杨柳和李铁在那里,他们似乎在谈论什么。我听见李铁说今天杨柳的节目演得太精彩了,无论是报幕、表演、舞蹈、唱歌,样样都是出类拔萃的。他还结结巴巴地称赞杨柳真是个天生的好演员,问她为什么不去报考文工团或歌舞团。我正要走开,忽然听到杨柳轻轻说:

"真是太感谢你了,昨天在卡车上……"

"别……别再提这件事……"

"你弟弟李钢,为什么总是对我有一种成见呢?像仇恨似的。"

"他那是……"李铁欲言又止,"反正……反正我和我弟弟不一样。以后有我在,没人敢欺负你。"

杨柳没再言语,轻轻地点了点头。

我悄无声息地退出去。我想哭,但似乎又没有眼泪。晚上,在大礼堂硬硬的木地板上,我翻来覆去睡不着。我突然想到莲生,他才真正是我的好朋友,还有憨儿。我真想马上就跟他们在一起,我一点也不想参加演出了。

李铁似乎也没睡。我注意到他的被单不时蠕动一下。何长根老师一晚上都不在。直到半夜我迷迷糊糊将要入睡时,一个身影悄无声息如老猫一样溜进来,我知道那是何长根老师。

自此以后,我的注意力开始集中到李铁身上了。我知道李铁是出类拔萃的,他修长而白皙,不苟言笑,具备乡镇优秀孩子拥有的一切。他的父亲是公社革委会副主任,一个复员军人。他的继母也就是李钢的母亲,现在是公社供销社的售货员。李铁学习成绩在年级中一直领先,体育成绩也不错,校体育纪录有几个是他保持的。李铁不像李钢那样张狂,总是显得平心静气而又拒人于千里之外。他似乎很有威信,但又从来不跟人过分亲近,他不像李钢那样身边总是围着一群跟前跟后的马屁精。李铁似乎永远也瞧不起那些马屁精,至少在表情上对他们嗤之以鼻。

自从卡车上那一场冲突发生之后,我总觉得吃了亏的李钢在蓄意报复,他经常如毒蛇一般躲在一边,嘴里念念有词,似乎在诅咒着什么。我想,引起李钢疯狂嫉妒的重要原因,可能是李铁与杨柳的亲近。一有机会,李铁就与杨柳在一起悄悄谈论什么。这样的情景使我感到紧张,我生怕会再引起什么事端。

巡回演出的时间战战兢兢地过去了半个月。在这半个月中,我们疲惫不堪地演出着,从一开始的完全投入慢慢地变成走过场,这也不是糊差事,实在是因为太累了。

每一次演出,只有杨柳最认真,一板一眼地唱着,表演着,嗓子也出现了轻微的嘶哑。何长根老师每天晚上都不见踪影,然后就是不知道什么时候归来。他明显地消瘦了,眼眶都黑了一圈。那一天在白华村演出时,跛子校长专程赶来看望我们,对我们的革命行动表示慰问和鼓励,希望我们再接再厉,把巡回演出圆满结束。跛子校长在讲话结束后,悄悄地把我叫到一边,从拎包里摸出一个包裹,说:"你母亲让我带给你的。不要给别人看见,悄悄地吃。"

我知道那是为我做的豆荚饼子。我很喜欢吃,此刻却一点都不想接它。跛子校长见我磨磨蹭蹭的,连忙塞给我:"快,拿着。记住,晚上悄悄地出动,一个人吃。分,是怎么也分不过来的。"

我木然地接过饼子。跛子校长看着我,想了想,又郑重其事地问:"听说你经常到青云寺找那个莲生?"

我没有回答。我不知道跛子校长是什么意思。

"你得提高警惕,那莲生经常向学生灌输一些坏思想。前几年,他也是这样,我向公社书记汇报过……"

我不知道跛子校长为何对莲生如此忌惮。

跛子校长吃过中饭就走了。那一天下午我们在白华村大队部前的空地演出,演出很不成功,虽然我们无精打采、心不在焉、错误迭出,可是我们还是赢得了当地群众一阵阵掌声。

晚饭我只吃了一点。我注意到杨柳,只见她同样漫不经心地吃了一点,就放下饭碗走出去。我悄悄地带上包裹跟了上去。我要与她分享。

白华村是一个风景秀美的村子。我看见杨柳往河滩那边走去,就悄悄地跟着她。这时候天已慢慢地黑下来。我看见杨柳一个人对着河水出神,并且听到她轻轻的抽泣声。我知道她肯定是在想念远在天边的父母。

一个身影慢慢地向杨柳靠近,高高的,瘦瘦的。我的心一下悬到嗓子眼里,我看见那是李铁。真的,是李铁。然后,我看见他俩并排走着,我听见李铁在安慰杨柳。然后,他们轻声交谈着,向我这边走来。

我急中生智,连忙爬上了树。我在茂密的柳树林中看见头顶上有一弯不明亮的新月,脚底下是坐在草地上说话的李铁和杨柳。

李铁:"这半个月,你累吗?"

杨柳:"还好,觉得挺有意思的,总比待在学校里上课好。再说,我也能到那么多的地方……这里好像每一个地方都很漂亮。"

李铁:"农村好,还是城市好呢?"

杨柳:"不太一样吧,农村很漂亮,城市也漂亮。"

李铁:"在这儿习惯吗?"

杨柳:"还行。我觉得这儿挺好的。人也挺好的,像阿姨、姨父、憨儿……他们都对我很好……只是,这地方没书看,也没人谈心……"

李铁:"我可以为你借些书看,我有个表哥在县文化馆工作,他那儿有个书库,有许多查封的书哩!"

杨柳:"真的?那太好了!"

一阵清风刮过来,杨柳不由自主地咳嗽一声。"走吧。"李铁说。于是杨柳和李铁站起身来,慢慢地向村部方向走去。我看见他们默不作声地走着,快到村部的时候,杨柳走在前边,李铁换了一个方向,向远处踱去。

我怔怔地待在树上,凝望那一轮新月。我发现了从未见过的奇迹:月亮正在慢慢变得清晰,越来越近,美丽的光晕陡然间消失了,就像一个缺口的瓷盘。我突然感觉自己是一个多么滑稽可笑的东西,竟然有莫名其妙的热情和忧愁,有着神经质似的好心却没有好报的伤感。我仿佛看到月亮正在慢慢地变大变圆,变成一面镜子,映现出我那可怜的自卑的脸。

我正准备攀下树枝,突然又看到有两个身影依偎着急急地走过来,来到我脚底下的草地上。我看清楚那是何长根和朱文芳老师,紧接着,我听到下面传来的窸窸窣窣,又听到一种奇怪的呻吟声。我心惊胆战,看见两个白色的影子重叠在一起,露水已经上来了,把我的身子弄得冰凉,可是我一动不动地贴在树枝上。不知过了多久,我发觉周围除了蛙鸣鸟啼之外,一片宁静。低下头看,何长根和朱文芳早就不在了。我蹑手蹑脚地爬下树,又悄无声息地往回走。在路途上,我忽然想起,我把那豆荚饼子遗忘在大柳树上了。

"去他妈的,那饼就应该喂乌鸦!"我恨恨地自言自语。

我解释说我在村边的祠堂里睡着了,忘了时间,所以我的夜半归来没有引起何长根老师的怀疑。

文艺演出越来越引起我的厌恶。我厌恶自己被画得像小丑似的在舞台上蹦蹦跳跳。在跳舞的时候,要求步调一致,要求思维停止,这又是一件多么可怕的事情!平日里我们已经受到过多的约束和干涉,在演出时我们受到得更多。有好几次,我几乎想摆脱那难听的音乐伴奏,流露出一点自己的随心所欲,但我仍努力克制着自己,我想到后果将会多么可怕。于是我不得不顺从于一种既定的丑陋,以赢来台下稀稀拉拉的掌声。

巡回演出终于结束了,我疲惫不堪地回到家中。我惊奇地发现在我离去的一个月时间里,母亲竟变得丰腴起来,脸上的皮肤也显得红润。这似乎是从没有过的现象。令我更加吃惊的是,母亲竟有了羞涩感——我无意而专注地看她的时候,她竟流露出一丝不好意思。她似乎显得十分温柔,很是关切地问我外面的生活怎么样,有没有生病,带去的饼子收到没有,是否好吃。我支支吾吾地敷衍着。也不知怎的,我受到一丝触动,仿佛心中有个冰块正在慢慢融化。我想静静地找一个地方流一点眼泪,而不是在我母亲面前。

晚上,我来到了憨儿家中。憨儿见我来,异常高兴。杨柳也很高兴,她问我整个演出感觉怎么样,累吗,又问我后来为什么老躲着她,是生她的气吗。我支支吾吾,竭力躲避她那明亮的眼睛,心里也有一丝感动。我干吗鸡肠狗肚呢?杨柳除了我这个朋友之外,也应该有其他的朋友。但我嫉妒李铁,我以为杨柳要是跟李铁交朋友的话心中就肯定不再有我。我是那样微不足道,胆小,孱弱,甚至晕车,一点儿男子汉形象都没有。我真讨厌这一次演出,它把许多事情彻底地搞乱了,把我,把何长根和朱文芳老师、李铁、李钢兄弟甚至杨柳都搞乱了。它让我突如其来地面对这种纷乱,一点儿思想准备都没有。但我隐隐约约地觉得,这一个乱,才是个头,可能更乱的事情还在后面。

我把憨儿叫到一边,对他悄悄地说:"走,跟我到河滩去。"

在静谧的河滩上,我询问了憨儿我临走时布置的任务。憨儿怯生生地告诉我,跛子校长在那段时间里,几乎每天晚上都到我家去,然后把门掩上。

我心若止水。这一切似乎在我的意料之中,但我恨不起来,只觉得心里一阵慌乱,头有点眩晕。

憨儿傻乎乎地问:"你还好吧?为什么不说话?你打听这个干吗?跛子校长不是经常去你家吗?会没事的吧……"

我打断了憨儿的问话,再三地叮咛憨儿不要将这件事向任何人讲。憨儿郑重其事地点了点头。然后,憨儿又详详细细地问我巡回演出的情况。我跟他简单地说了一些。他又细细地问杨柳表演得怎么样,说她回到家里总是不肯提自己。我告诉他杨柳演得棒极了,又报幕,又跳舞,又唱歌,就像一只百灵鸟一样。憨儿开心地大笑起来。他说他真是羡慕我,有这样一个机会跑一跑全县的乡镇、厂矿,一定有意思极了。

第二天是个阴天。晚上,天黑漆漆的,几乎伸手不见五指。我带上一张很大的牛皮纸,悄悄地潜入了校园。因为假期还没有结束,偌大的校园里长满了野草,显出一片冷清和寂寞,不知名的虫唧唧鸣叫。最后两排平房是教师宿舍,而靠山坡最里一间是跛子校长的。没有灯光,跛子校长不在,肯定又是到哪里"寻觅"东西去了。

我幽灵一般溜到他的门口。我的心跳得几乎张嘴就要从口中蹦出来。我挥起小锄头,掘了起来。土是沙土,很松,也很软,不一会儿我就挖出一个大大的坑来。我想了想,又悄悄地潜入旁边的茅厕,用粪勺子舀出满满一勺粪倒进坑里。然后我屏住呼吸,用牛皮纸盖好,四周紧紧地压一些土,再用少许细沙盖在中间——我的陷阱彻底地做好了。

我蛰伏于旁边的小山坡上。这时候天似乎亮了一些,从云端里露出点苍白朦胧的月光。我兴奋得连牙关都咯咯作响,浑身上下的关节也因为兴奋和紧张而异常酸痛,就像是在经历一次超负荷的体力活动一样。人实际上是需要一种超负荷的,无论是生理上还是心理上,它会刺激你的生长,激发你的潜力,使你快速地成熟起来。

就这样不知等了多长时间,我看见一个黑影蹒跚而来,一步一拐。我知道那是跛子校长,喜欢念革命顺口溜的跛子校长。我的心又一次强烈地撞击胸腔。跛子校长一步一步走向深渊——扑哧!我听见跛子校长深深踩在屎堆里的声音。在静静黑夜里,这种声音那么清晰,那么生动,又那么幽默。我差点开怀大笑起来。我看见跛子校长一屁股坐在地上,气急败坏地咒骂着。

我没敢继续看下去,悄悄地从山坡的另一侧溜下去,接连踩了几家嫩鲜鲜的萝卜地,然后返回家中。

我没有向任何人说及此事,连憨儿都没说。

开学了。

我不得不回到那嘈杂而又死气沉沉的教室。那时我们是春季开学,暑假之后,我们仍然是读初三。一切都跟以前一样。

唯一的变化是新开了一门《生理卫生知识》,这使整个初三年级的同学暗自兴奋不已。在发新书的时候,我注意到本来乱哄哄的教室突然静谧下来,同学们的脸都因为兴奋而变得潮红潮红的,仿佛能听到一片扑通扑通的心跳声。那上面的插图使整个初三年级的同学在几天内显得心不在焉。最为明显的是李钢,一有时间就在桌下暗暗地翻阅那本《生理卫生知识》。我注意到他总是显得神情恍惚,有时还怔怔地盯着前排某个女同学看。我真怕他会突然间干出什么事来。

班上出现了一些微妙的变化。总是有人传言某某跟某某好上了,某某某又跟某某某好上了,并且说有人看见他们在一起亲嘴。班上大部分男生和女生都被暗中配上了对,只有我是例外。

杨柳似乎跟李铁更加亲近些了。在憨儿家,我总是看到杨柳在捧读一本又一本书,有时是《保卫延安》,有时是《包法利夫人》。我知道那都是李铁借给她的。李铁三天两头就骑着那辆破旧的永久载重自行车往县城跑,然后如获至宝似的归来,有时候悄悄来到杨柳家,把书塞给杨柳。但他从不在杨柳家滞留,总是显得匆匆忙忙,就像是一只唯恐沾湿了爪子的猫。

我不太愿意搭理李铁,即使是他主动地跟我打招呼,我也采取一种视若无睹的态度,让他遭受一种尴尬,但他似乎从不尴尬。那一日我正在杨柳家,李铁进来,兴高采烈地从背包里摸出一本书,对杨柳说:"今天真是运气好了,我表哥拿了一本《说岳全传》给我。"

"真的!"杨柳显得相当兴奋,她美丽的杏眼圆睁着,"爸爸从小就跟我讲岳飞的故事。还有牛皋,气死金兀术,笑死老牛皋!"杨柳因为兴奋而变得喋喋不休,"我要写信把看《说岳全传》的事跟爸爸说。现在不用央求他,我自己也可以知道关于岳飞的精彩故事了。"杨柳感激地看着李铁,很真切地说,"李铁,你真好。"李铁似乎是第一次看到杨柳这么开心,脸突然涨红起来,慌忙地告辞了。从背影看,他的脚步趔趔趄趄的,就像一头逃遁而去的大灰狼。

一天,我和憨儿来到山坡,东一句西一句地聊着天。憨儿告诉我,最近杨柳好像情绪不太好,话说得很少,夜里也经常抽泣着惊醒。有一次杨柳对他妈说她想爸妈了,真想生出翅膀飞到大西北去。也不知怎的,杨柳的父母最近信也明显地少了。杨柳一直疑心,她的母亲是不是病了,因为她母亲身体一直不太好,何况是在条件艰苦的高原。后来我们谈论其他的事,憨儿告诉我他这辈子最想干的事就是开火车。山区是没有火车的,憨儿也只是在电影里见过。憨儿手舞足蹈地想象开火车的模样,一个人能带动那么长那么重的车厢,一吼叫起来真吓人,那可太威风了。憨儿又问我长大了想干什么,我答不上来,我似乎很少想这方面的事情,觉得自己也许什么也干不好。突然间我想起了莲生,想起了莲生的逍遥自在,无拘无束,想起了青云寺的超凡脱俗和与世无争。我油然地生出一种亲切感,轻轻地说:"我想出家,出家当和尚。"

憨儿一愣,继而哈哈大笑起来:"当和尚?那多没劲,没劲,太没劲了。"

正说着,李钢带着一帮人簇拥着过来,把我们团团围住。李钢那阴恻恻的眸子闪着狡黠的光。他似笑非笑地努努嘴,突然,我背后一个同学把我眼睛一蒙,其他几个同学一拥而上,把我压在地上。我不知道他们要干什么,拼命挣扎,大喊大叫。憨儿也要冲上前来解救我,但被几个同学推搡在外面,哇的一声大哭起来。

我感觉到他们在解我裤带。我的脚狠命地乱蹬,很快,我的脚腕被人死死地攥住了,我动弹不得。我只好吐唾沫,但我的脸很快被按得朝向一边。我筋疲力尽。我感觉到我的长裤被褪到肚皮以下,短裤也被扒开。我听见一阵肆意的大笑声:

"哈哈,哈哈,还没长毛哩!才是个小鸡鸡。"

我又羞又急,哇的一声哭起来。这时候我听见李钢大声说了一句:"跑!"立即,那帮家伙松开我,像惊飞的鸟雀一样散去。我疯狂地爬起来,拾起地上大大小小的石头,死命地向他们掷过去,但他们已经跑远了,我的石头无一击中。

我噙着眼泪,重新系好我的裤带。这时候李钢他们见我没有追上去,又在不远处停下来。李钢又是那副蛮不在乎的神情:

"哭什么哭？别开不起玩笑。"

那帮王八蛋又嘻嘻哈哈地哄闹起来。我只觉得胸腔都要炸裂，嘶哑着嗓子大声喊道："李钢，你不得好死！"

我想将于今后的某一天亲手宰了李钢，但我现在不行，我没有力量与李钢对抗。我身体孱弱，多愁善感的性格在这种直接的对抗中又不起一点作用，有百害无一利。我默默地吞下耻辱和羞愧，让它在我心里生出根来。我是要报仇的。虽然这需要一个漫长的等待，但我情愿慢慢地等待，直到我的手掌逐渐变得粗壮有力，有朝一日将李钢揉在手心里慢慢地捏死。

自从遭受这一奇耻大辱后，我变得更加沉默寡言，杨柳家我几乎再也没有去过。我知道憨儿向杨柳讲述这件事情时，肯定会描述当时的情况，这是我受到的耻辱，奇耻大辱。杨柳和憨儿曾来看过我，我躲避着不见他们。我也没有向母亲提及这些事，我知道提及的结果，会让她更恼怒生了我这个孱弱而不争气的儿子。在学校里，我也是匆匆过客，总是等上学的铃声一响才急冲冲地赶到教室，课间休息时坐凳子上一动不动，而下课铃一响就背着书包快快地逃离学校。我的目光变得阴鸷而充满仇恨。有好几次当我和李钢目光交汇在一起时，我看出了他的心虚。他会迅速把目光移开，故作轻松地与同学们说笑。

我的全身积蓄着一种力量，开始实施我的复仇计划。我在为一场决斗积极地准备着。我专程到县城去了一趟，用我仅有的几毛压岁钱买了一本教材《少林拳》。每天清晨，我早早地就起来了，沿着村边的公路跑步，每天跑三千米，然后走进村边的小树林，琢磨着书上的少林拳,一招一式地比画起来。晚上,我同样也是来到小树林,一招一式重复着早晨的动作,然后用白棉布包裹着粗大的树干,对着上面猛击。我想使自己孱弱的身体变得强壮起来。耻辱给我的教训是:身体远远超过思想,当你拥有强壮的身体时,你会赢得一切。

我默默地实施着我的计划,君子报仇,十年不晚。在很长一段时间竟无人知晓我的行为,只有母亲似乎察觉了我的异常,但她也懒得过问此事。一段时间之后,我发现自己的四肢变得粗壮了,也有些力气了。我感到很欣慰,但我明白自己还不足以战胜强大的李钢。我在心里产生了更急切的愿望。

星期天,我独自一人爬上了青云山,又来到了莲生的屋子,在他那儿待了整整一天。这一次我跟莲生谈了很多,把近来发生的一切都告诉了他:母亲与跛子校长的关系;何长根老师与朱文芳的秘密;演出队里发生的事;李钢带给我的耻辱以及我的复仇计划……一番倾诉之后,我感到胸中梗塞的东西消失了,呼吸从没有如此顺畅过,五脏六腑也仿佛被甘露冲洗过似的。莲生其实也没有做什么,只是专注地听,或者在想些什么,脸上没有什么表情,只是偶尔微笑一下。

临下山时,莲生忽然像想起什么似的告诉我,最近他没有什么事做,便试着抄写一部《论语》,然后翻译成白话。他说放在他那里没有用,送给我,让我在锻炼身体的同时,也试着随便翻翻。

我接了过来。那是一本厚厚的塑料封面的日记簿。我打开看了看,上面是用蝇头小楷抄录而又翻译的文字,娟秀而工整。我道了谢,然后告辞下山。

回到家天已黑了。母亲不在。我翻了翻日记簿上的《论语》,见第一段赫然写着的是:"子曰:学而时习之,不亦说乎?有朋自远方来,不亦乐乎?人不知而不愠,不亦君子乎?"

我读不出个所以然,想想又到了该练武的时候,便将日记簿往枕头下胡乱一塞,拎起沙袋,往小树林走去。

时间一天天地过去,转眼间,已是初冬了。那年冬天,比任何一个冬天都要寒冷,雨水也多,西北风呼啸,天气又阴又湿,能一直渗入人的骨子里去。

在这样的季节里,学生们大都待在教室里不愿出去。李钢他们总在教室后面的墙角里悄悄地聊着某件事情。他们总是在说"曼娜""曼娜"什么的,一个人轻轻地说上几句之后,一群人肆意地爆出一阵大笑。又似乎在传阅着一个练习簿,拉拉扯扯的。有一天我与憨儿在教室前掷乒乓球玩,乒乓球溜溜地滚到教室后面,我急急地跑去捡球。李钢看见我过去,扬了扬手中一个灰色的用女学生侧面画做封面的上海练习簿,对我嘲笑说:"怎么,你也想看吗?看了也白搭,你还没长毛呢!"说完又哈哈大笑起来。我气急了,想想还不是时候,努力克制自己不理睬他,捡了球又回到前排座位上。

过了几天,憨儿告诉我,李钢他们在传看一本书,手抄本,非常非常下流,叫《曼娜回忆录》。

这一天,天气转晴了,而且是个少有的大晴天,空中连一片云彩都没有,也没有风,显得很暖和。下午,是我们班的体育课,同时在操场上体育课的,还有杨柳所在的高一(1)班。我看见杨柳穿一件藏青色的套头衫,长长的头发系成个马尾。她正在练跳高,虽然她跳得不怎么样,但她的一举手、一投足,充满一种别致的魅力。

我们上课的内容是跑一百米和二百米。经过一个多月悄无声息的锻炼,我的体育成绩大大提高。在我们那组的二百米跑中,我居然得了第一名。体育课杨老师大为吃惊。我得意扬扬,很想看看李钢此时的态度,但当我暗暗地在操场上寻觅他时,他却不见踪影。

体育课快结束了,杨老师和高一(1)班的老师商议,两个班的同学打一场篮球赛,这才注意到李钢不在。正在这时,李钢急急地从教室方向跑过来,脸涨红着,向杨老师解释说他去厕所解手了。杨老师摆摆手,没时间听他解释。篮球赛开始了。

实际上这场球赛成了李铁、李钢兄弟之争。李铁、李钢都是中锋,他们竭尽全力,毫不相让。最终,个子稍高的李铁在对抗中占据了优势,凭着出色的弹跳,接连盖了李钢几个帽,又连续篮下进攻得手。高一(1)班理所当然获得了胜利。

杨柳自始至终地观看比赛。我想她的专注凝视是李铁发挥出色与高一(1)班取胜的重要因素。

这时候架在教学楼上的高音喇叭响了,里面传来跛子校长严厉的声音,说是有急事,让全校学生立即到操场上去开会。

跛子校长从没有像这次这样严厉。他站在学校操场水泥乒乓球台上进行了简短扼要的讲话,跟他站在一起的还有团委书记、我们的班主任何长根。跛子校长说："经同学举报,我们学校的一些同学当中正流行一本非常黄色的手抄本《曼娜回忆录》,内容淫秽下流,充满着资产阶级腐朽堕落思想。今天下午,我们突击检查了初三、高一、高二年级同学的书包,最后竟在高一(1)班杨柳同学的书包里发现了这本手抄本……"

大家的目光唰地一下齐齐地投向人群之中的杨柳。杨柳先是愣了一下,美丽的脸庞一下变得苍白。她喃喃自语:"我不知道,我不知道,我真的一点也不知道。"

随后,杨柳突然晕倒在操场上。

那年冬天的一个黄昏,我爬上高高的屋顶,帮助母亲晾晒煮熟了的南瓜。我们把南瓜切成块煮熟,然后放在圆圆的簸箕里,只要天不下雨,我们就把它一直搁在屋顶上。我们家屋子地势较高,顺着屋檐的方向往河边看,发现不远处李铁一个人坐在河滩的鹅卵石上怔怔发呆。虽然天气很冷,可李铁仍穿着单薄的四个口袋的黄军装。那黄军装让李铁在寒风中像一株并不粗壮的小树。

紧接着我看见李钢也走过来了。这时候李铁站起来迎了上去,他们面对面地站着。我看不清他们的脸,感觉到他们就像是两只即将开始撕咬的猎狗。他们的眼睛一定是充满血的,在对方的瞳孔里也能找到自己的倒影。我看得心惊肉跳,知道又将爆发一场大战。我期待着这场大战,就像六月的酷热空气里,一个烦躁得即将窒息的人盼望一场彻底的暴风雨一样。我幻想他们之间有一根导火索,由我去点燃,把他们俩啪的一声炸在一起,再也不分彼此。我悄悄地伏在屋檐上,目睹这场我期待已久的战斗。

李钢首先扑了上去。他们纠缠在一起,因为隔得较远,听不见声音,闻不到血腥味,这使得他们的打斗显得平淡异常。画面更像是乡野里上演的皮影戏,又像是一场拙劣的武打片。但是眼前的现实告诉我,这的确是一场殊死搏斗,没有人来劝架,只有你死我活。我想这可能是他们约好的,选好了黄昏时分在没有人的沙滩上搏斗。我想不仅仅是因为杨柳,可能还出于一种自出生之日开始积聚的隔阂与怨恨。

一开始,两人较量难解难分,紧接着我看见李钢鼻子出现了殷红的颜色。突然,我看见寒光一闪,李钢拔出刀来,刺向李铁。可能刺中了某个部位,李铁旋即和李钢相拥着倒在河滩上,争夺的焦点是那把刀……紧接着,我看见李铁抄起一块鹅卵石,向着李钢的头颅砸去……我吓得眼一闭,手一松,扑通一声,从房顶上滑了下来。

那一个冬天的黄昏,对胡家桥公社所有的人来说,都可以说是一个末日。第二天,整个胡家桥公社像炸了窝似的,每个人的表情都显出惶惶不可终日。晚上我们到河滩上去看李钢的尸体,河滩的柳树上,一盏汽油灯点得雪亮,照着的只是用花被单盖着的李钢,四周是一群乌泱泱的隐藏在黑暗中的人。我不知道自己该在心里想些什么,从那离开后,我看着不远处响着汤汤流水声的地方。那地方真黑,我第一次意识到黑夜如此之黑,也第一次意识到乡村如此之黑,那不完全是颜色,而是一个包容所有秘密的深渊。此刻李钢的灵魂在哪里呢?那个粗鲁的、凶悍的、不可一世的李钢,怎么会如此不堪一击呢?

李铁当天晚上就被逮走了。他脸色苍白,就像一张打了蜡的纸,那上面有一种空,是一种恐怖到极致的空白。公安局的人把他铐上,他挣扎着自己一步一步走向了吉普车,然后吉普车呼啸而去。

几乎所有的胡家桥人都在为李铁、李钢兄弟的自相残杀而叹息。他们怎么也不明白这一对亲兄弟何以要以死相拼。他们的父母也是,我看出他们的表情上有巨大的悲恸和内疚。我怔怔地看着这一切,默默地希望这所有的事情快快地过去,像一阵狂风吹过,很快地平静下来。

一切是在慢慢地平静下来。胡家桥就像是一张地图,被一阵外力狠狠地蹂躏着,揉成一个纸团,然后又被慢慢地抚平,似乎什么事也没有发生,但细细地看起来,纸团上还是有着褶皱的。倒不像是水面,一个石子丢下去,起了一道道波纹,一圈圈地散尽之后,依然平静如镜,仿佛什么也没有发生过。人们的记忆更接近于前者,在我看来。尤其是杨柳。在经历过这次事件后,她明显地变得沉默了,俊美的脸也苍白了许多。她似乎少了几分活泼,多了几分自怜和端庄,因而显得成熟,也就是人们常说的那种历经苦难之后的成熟。这种成熟包含很多镇定的成分,还有一种与世事疏远的距离感。

自从那次事件之后,我中止了每天悄无声息的练武。我失去了报仇的对象,从内心深处说有一种惊喜,也有一种失落。由于少了一种激发的力量,我的情绪变得低沉起来。我胸中已包藏了过多的秘密,与年龄、与胸腔的容量似乎不太适应。我不能向任何一个人叙述这种秘密,除了莲生。有时秘密在胸中孵得久了,就会渐渐膨胀,就像发酵了的高粱或者大米。这使得我经常在静夜之中喃喃自语。那是一种意识与存在的直接对话。

转眼,春节到了。那年的春节跟往年一样,只不过我在心里感觉自己长大了——我十四岁了。

春节之后,我上了高一,我被推荐上高中,很大一部分功劳属于跛子校长。憨儿辍学了,推荐名单中没有他。憨儿成绩一向不太好,本人也不太喜欢上学。我们的高一(1)班聚集了附近几个公社好几所中学推荐来的学生,一切都得从头开始。当然,我对这个班并不陌生,因为班主任仍是何长根老师,同学中仍有那个大屁股、大奶子的王金花。

山花灿烂的春季到来了。伴随春天的到来,胡家桥公社有一个消息爆炸了:部队文工团要在胡家桥公社招一个女兵!紧接着,有两个解放军军官频繁出现在胡家桥公社大院和我们学校。有一个是女军官,穿着小翻领、两个口袋的女军官服,威武而漂亮。每次只要他们一出现,胡家桥公社群众就会在他们身前身后指指点点。胡家桥人都在猜测,究竟哪个女孩会生出翅膀,去向那鲜花盛开的军营?

当女兵,是那个时代所有女孩梦寐以求的。它好像不是一种职业,而是一种光环,一种化实为虚的美丽。在众多人的眼中,这更像一个童话,一个可以完全脱离现实的童话。进入这个童话,似乎就可以摆脱踏踏实实、亦步亦趋的刻板生活,稍稍留意就会碰上一个个机遇……在一般人眼里,那种机遇是与成名成家、嫁给一个英俊而年青的军官、丰厚的俸禄、留在大城市等等联系在一起的。在人们看来,几乎所有优秀的男人都在军营,而当一个女兵,当然会得到无数优秀男人的怜爱。

学校的黑板报上很快就张贴了招兵的启事,要求报名者年龄在十四至十八岁之间,身高一米六四至一米七〇。学校里几乎所有达到这个标准的女生都报名了,一些矮于此标准的女生当场就哭了起来。

报名的名单很快就公布出来了,有王金花等,一共五十四人。就是没有杨柳。我大吃一惊,也深感奇怪。放学时,我看见杨柳正在怏怏地打扫教室。今天是她值日,我有意最后一个离开,然后走进了她的教室。

教室里灰尘弥漫。我看见杨柳一边咳嗽着,一边无精打采地打扫着卫生。我走过去,看见她脸色煞白,眼睛肿肿的,像是刚哭过。我刚开始问她为什么没报名,她眼眶里就有晶莹的液体流出来:"何长根……何长根老师不给我报名,他说……他说那手抄本的事情还没有查清楚。"

我气急败坏。我不知道何长根老师葫芦里卖的是什么药,但我觉察到他别有用心,何长根应该清楚那一切都是李钢设下的诡计。他为什么不许杨柳报名呢?我不得其解。

"那……报名快结束了呀。你还得向他解释,真的,你不能错过这个机会。"

杨柳木然地看着我,轻轻摇了摇头。

正说着,我看见何长根老师向教室走来,我赶忙跟杨柳打了个招呼,溜进自己的教室。过了一会儿,我看见何长根又昂起他梳得油光的脑袋,东张西望地走了出去。我又悄悄来到杨柳的教室,杨柳正怔怔地想些什么。

我问:"怎么样,他让你报名了?"

杨柳摇摇头:"何老师让我晚上去他房间,他想跟我谈谈。"

我怔住了,问:"谈什么他告诉你了吗?"

"没有。我想可能还是关于那本书的事。"

我放下心来。我想杨柳应该找个机会向他解释一下。这或许是件好事。一切解释开了,什么误会都没了,杨柳就可以报上名了。我又隐约想起在大树上看到的那个场面,心里有所不安。

杨柳想了想,说:"晚上你陪我去好吗?"

"陪你?"我犹豫一下,但我拗不过杨柳期待的目光,点了点头。

晚上,我和憨儿陪着杨柳来到学校。白天热闹的校园一下变得异常冷清。教师的宿舍也是这样,黑黑的一片。我这才想起今天是星期六,不少老师住在农村,早早地就回家去了。何长根老师的宿舍是第一间,最后一间靠拐角大一点的是跛子校长的。想到跛子校长,我便不由自主地想起那个恶作剧的晚上,心情也变得轻快起来。

到了何长根老师宿舍门口,杨柳对我们说:"你们在这里等我好吗?我一会儿就出来。"

我们在操场的黑暗之中看着杨柳轻轻地敲了敲门,然后看见何长根老师很热情地将杨柳迎进屋内,门很快地又关上了。

我和憨儿悄悄地潜回到何长根老师的宿舍前,透过毛玻璃的缺口向里窥视。我看见何长根老师满脸笑容地给杨柳端来一杯热气腾腾的茶。坐定之后,何老师先是询问了一下杨柳父母的近况,杨柳如实地回答了。何长根老师又亲切地询问了杨柳现在的情况,生活是否还习惯等等,然后话锋一转:"你怎么能看黄色小说呢?那会误了你前程的。"

我看见杨柳涨红了脸,急急地辩白着。何长根老师脸上现出莫测的微笑,听了一会儿,他口气一转说:"其实也没什么大不了的。不就是个手抄本吗?写得也就那么回事,男欢女爱嘛!"

何长根老师顺手从抽屉里摸出本东西,我仔细一看,正是那本灰色封面的手抄本。何长根老师把手抄本从桌子上推向杨柳,若无其事地说:"你看看,你看看,其实也没有多大关系嘛!"

我的心悬到嗓子眼里。我看见杨柳紧紧地低着头,一个劲地拒绝:"不,不……"

何长根老师站起身来,故作轻松地笑笑:"我知道你很想当女兵。这女兵也很适合你,文艺兵,是军区歌舞团招的。但当女兵的要求是很严格的,最起码,政审是要过关的……牵涉到你的问题嘛……"

杨柳眼泪都急出来了:"何老师,那手抄本真不是我……"

"我是相信你呀,可别人呢?毕竟,它是在你书包里发现的……再说,李铁、李钢的事也跟你有点关系。他们都说李铁跟你的关系很好,还借一些不干不净的书给你看……"

"何老师……"杨柳急得哭起来。

"我知道,我知道,"何长根打断了杨柳的申辩,"但是这政审的评语,关键还是在人写……"何长根狞笑着,一步一步走向杨柳……

我猝然一惊,吧嗒一下,用力过猛,将窗上的毛玻璃顶出点声响。何长根一惊,回过头来看着发出响声的地方。我低声说:"快跑!"和憨儿一溜烟地跑开了。

我们在操场的黑暗中大声地喘气。憨儿气喘吁吁地骂道:"这个何长根,真不是好东西!"我定住神,看见一个黑影轻轻地向我们走来,是杨柳。一句话也没说,我们跟着她悄无声息往家走。快到憨儿家了,杨柳回过头来对憨儿轻声说:"什么也不要向你娘说,她会担心的。"

我一晚上翻来覆去没有睡着。我诅咒这所学校,诅咒这山乡所有的事情。我觉得胡家桥就像一个耗子窝,一个令人窒息的、能毁灭一切幻想和追求的地方。我甚至想到那么美丽的杨柳,在将来的某一时刻,嫁给胡家桥的某一个种田佬,然后牵着两个拖着浓鼻涕的山伢子,替他们揩屎把尿,用很粗野的语句数落他们,然后在众目睽睽之下,蛮不在乎地解开衣襟喂奶……我不敢再想下去了,我只觉得心中一个美好的东西将要破灭,就像一个胀鼓鼓的气球不堪重压,即将叭的一声爆炸一样。或许爆炸的不止是这个气球,还有我心底滋生的一种东西,随之灰飞烟灭。我将继续变成一个死心踏地的山区庄稼汉,在麻木中度过我短暂的一生。

第二天清晨,母亲还在大睡。我悄悄地起床,冒着浓重的雾霭,来到了青云寺。莲生是我唯一的救命稻草,无奈何,我只得向莲生讨主意了。

我唠唠叨叨地叙述着,莲生很认真地听着,我终于讲完了。莲生沉默了很长时间,说:"可以去找胡校长,把事情跟他讲清楚。"

"找他?找他行吗?"我急切地问。

"行,肯定行。"莲生说。

"可是……可是谁去找他说呢?"我的疑难又出来了。

"……我去吧,我去跟他说。"莲生毫不迟疑地说。

我踌躇起来。我记得跛子校长在我面前竭力贬低莲生的事。但同时我又感觉到跛子校长对莲生总有一种心理上的忌惮。我别无他法,只得代杨柳赌一次了。

莲生轻松地摸着我的头说:"你不用担心。像这样的人,我自有办法说动的。"

整个上午,我待在青云寺里,心中焦躁不安。我不知道莲生此去的结果怎么样。我相信他能解决问题,又害怕他会给我带来不好的消息。我从莲生厢房的桌子上找到一枚五分的硬币,喃喃自语:"正面是成功,反面是失败。"我闭上眼睛,把钱币掷向天空,掷出那一瞬间开始,就像有一根极细的丝线把我的心和硬币系在一起,牵着那颗心一直上升,然后又下坠、下坠,重重地摔在地上,连翻几个筋斗。我感觉心重新回到了体内,睁开眼睛一看,是反面,露出满是稻穗的国徽,还有繁体字"中华人民共和国"。我的心往下一沉,似乎全身的每一块筋骨都松散了。但我转念又想,"反面"其实是"反过来"的意思,负负得正,杨柳肯定可以报上名的。我突然意识到,这样的行为与其说是替杨柳占卜未来,倒不如说是为自己,为自己命运的不确定寻找某种理由。就像我来到这世界上,是我,或者别的什么人,如同掷硬币一样不确定。每走一步,都像是掷硬币,随时都可能出现相反的结局。杨柳与自己是密不可分的,但杨柳此时已经虚化为一枚硬币,这硬币的意义又属于我。怔怔地看着硬币,我第一次真切地体味到世界之哲理之纷纭复杂,以及生命之于世界的无足轻重。

正午时候,我看见一个身影从山下蹒跚而至。是莲生。我的心怦怦直跳。莲生走近了。我发现此时我已说不出话来,只是怔怔地看着他。莲生笑了笑。我看出他的笑中有某种寓意,那是一种心满意足的笑。我的心就要狂喜起来,果然,莲生说:"成了,胡校长同意了,他同意让杨柳报名,参加从明天开始的体检。"

"真的?"我高兴极了。我怎么也想象不出胡校长同意的模样,问:"你怎么跟他说的?他怎么会同意呢?"

莲生笑笑,还是平平淡淡地说:"起初他是不同意的,但我自然会让他同意,只是这家伙恼羞成怒,让我也接受他一个条件。"

"什么条件?"我懵懵懂懂地问。

"说他再也不想看见我,让我离开胡家桥公社。"

"你答应了?"我一下子愣住了,怎么也想不到跛子校长会提出这样一个条件。

"答应了。"莲生回答说。

"为什么?为什么跛子校长要让你离开呢?"我急急地问。

"或许是因为他心虚……这个,你长大就会明白。"莲生说。

"你真会走?"我问。

莲生长嘘了一口气,说:"其实我也是想走的。毕竟一个小地方待久了,容易一叶障目,换个地方,可能更好些……"

我现出哀哀的神情。莲生看了看,叹了一口气,说:"只可惜像你们这些小孩,天资聪颖,只是一开始的教育……就错了。"莲生重重地叹了口气。

我不知道莲生在说什么,只觉得心中酸酸的,想哭。

那天中午,我在青云寺莲生那儿吃了最后一顿午饭。与莲生道别后来到山脚下,我眺望着半空中的青云寺,心中有一种说不出的迷茫。

杨柳被允许报名参军,这使她很意外。星期一上午,跛子校长把杨柳叫到办公室里,通知她赶快参加体检。杨柳激动得哭了。但她不知道这一切的结果是因为莲生和我。我不想和任何人说及这件事,即便是憨儿也不想告诉。

体检的时候暴露了一件惊天动地的丑闻:王金花在做检查时竟被发现有了一个月的身孕。当神色凛然的医生告诉王金花这一消息时,王金花当场吓得大哭起来,她一点也不知道怀孕是怎么回事。她哭哭啼啼地供出了何长根老师。

何长根老师第二天就被几个穿制服的公安带到县里去了。他脸色苍白,拎着一个包裹被推搡着进了吉普车。我们站在远远的地方看着这一切。吉普车发动的时候,我们看见一个女子哭泣着跌跌撞撞地奔来。那是周香香,何长根老师曾经的未婚妻。周香香拼命拉扯何长根老师,何长根老师用力一甩胳膊,一副冷漠的神情,义无反顾地钻进了吉普车。

吉普车拖着一溜青烟呼啸而去。

与此同时,杨柳参军显得异常顺利。那穿两个兜的女军官对杨柳非常喜爱。杨柳过五关斩六将,竟将对手一个个都淘汰了。当女军官、男军官找杨柳宣布决定,尚未开口时,杨柳已经猜出他们要告诉自己什么,喜极生悲,突然号啕大哭起来。

那天晚上,杨柳和憨儿来到我家。杨柳用颤抖的声音告诉我她已经被录取了。我只是若无其事地看着天上的星星,淡淡地说:"那太好了,向你祝贺。"

我的心里酸酸的。

又到栀子花飘香的季节。杨柳家的栀子花开了,全村的栀子花都开了。我在想象青云寺的栀子花,虽然莲生已去,但它们也会寂寞地开放的。

杨柳被敲锣打鼓地送走了。我站在远处看她,直到她完全从我的视线中消失。我突然感到,杨柳对我只是一种幻影。她本身其实是毫无意义的,她只是向我暗示一种东西,让我慢慢理解。世界也是如此,对每个人都是一种昭示……慢慢地,我觉得我也不存在了,虚化,更虚化,最后慢慢变成一缕空气,融入了无所不在的栀子花香里。

那天晚上,胡家桥的一切寂静如水。很晚了,我仍未睡。在煤油灯塔一点灯火里,我吮吸着夜色中弥漫的栀子花香,闭着眼睛一遍一遍地背诵《论语》中的某一段。

与眼镜蛇同行

一

我认识王滨是一个偶然的机会。那个时候北京举办各式各样的学习班,说是学习班,其实就是交上一笔学费包吃包住包旅游。那个春天我正在失恋,大学时的女友弃我南下深圳了。这件事当时闹得沸沸扬扬,我的情绪坏到极点。恰巧此时我们报社收到了北京某大学举办的"佛教与中国文化"学习班邀请函,学习班在北京西山一处风景名胜地。我便向领导要求去这个学习班,了解一下佛教与中国文化究竟有什么关系。那时候我们单位的经费很足,头头儿很爽快地答应了我的要求,并且用很关心的语气说:

"北京没去过吧?的确是好地方,一定要好好看看。"

于是我便背着行囊赶到北京。报过到之后,我被安排在招待所的302房间,房间里有两张床,另一张床一直空着。会议的第三天晚上,当我从八达岭长城疲惫不堪地回到房间时,发现另外一张床上躺着一个人。我明白,那是我的同室。他戴着一副很大的黑框眼镜,脑袋尖尖,身体细长,面色苍白,正慵懒地靠在床上,被褥只盖着肚子,闭着眼睛不发一言。过了一会儿,他的身体蜷缩起来,看起来很柔软,全身上下像没长骨头似的。看得出他没睡着,但似乎不太愿意睁开眼睛,也不想跟我打招呼。我也累得很,稍稍地洗漱了一番,就睡觉了。

第二天早晨醒来后,同室已不在床上了。上午的日程安排是讨论,讨论佛教与中国文学的关系。因为没有人发言,又因为参加学习班的还有两位漂亮的小姑娘,我有点兴奋,自恃是中国古典文学研究生毕业,夸夸其谈地说了一番。我说佛教跟文学实际上是相连的,佛教更接近于哲学,是一种世界观,文学呢,则更接近于技术性的操作,是一种具体的方法论。佛教比文学更广博,更侧重于谈虚弄玄。可是佛教会给文学带来较高的境界,一种弦外之音,可是这种方式,破坏了作品的现实性……现在看起来,我这番讲话完全空洞无物,阐述的只是似是而非、半通不通的书本道理,根本不是由心而发,或者说,当时我压根就没有自己的独立思想。我发言之后,座谈会上响起了稀稀拉拉的掌声,尤其是那两个漂亮的小姑娘,用一种很佩服的目光看着我。我自鸣得意,当时一点也没意识到那其实都是旅游的掌声。

突然间,我打了一个寒噤,有一道寒光向我射来,我意识到有人正在不屑地看着我。

我顺着那道寒光看过去,那个神秘的同室正专心致志地聆听着下一位发言,似乎连看也没看我。

晚上,在舞厅我认识了那两位漂亮的姑娘。我们在一起唱了卡拉OK,又跳起了舞,直至十点钟散场,我们才依依不舍地离去。回到房间后,我看见那家伙仍慵懒地躺在床上。不过这回他睁开了眼睛,主动打招呼说:

"回来啦?"

我应允了。随后我们开始聊天。他告诉我他叫王滨,是南方××大学数学系的教师。我很奇怪他竟说一口地道的北京话,看他那长相,也不像北方人。我也介绍了自己。他说他这段时间神经衰弱很厉害,到北京来,是来散心、来休息的。我瞅瞅他,很奇怪他什么行李也没带,一双皮鞋是花花公子牌的,很旧,也有点豁口了。我们便交谈起来。我故意提到上午那番讲话,想引起他说些什么,可是他只是笑笑,没有表示意见。我有点疑心那冷冷一瞥是不是他的。他问我在大学时学了些什么课,谁教的,问得很详细。我简单地介绍了一下,他听得很认真。那一晚我似乎很兴奋,一点也没有睡意。王滨看我没睡意,便问:"要不要听故事?我给你讲个故事吧,保你终身受益。"这时候灯已经关上,可是我仍能看见王滨一双细长的眼睛在黑暗中闪烁,像是很兴奋的样子。我点点头,没有表示反对。王滨便开始讲起来,仍慵懒地躺在床上,语气很冷,像是从窨穴里拂出的风。

二

故事的背景其实是次要的,王滨说,关键是故事本身。这是一个故事,也是一个传奇;可以算三个故事,也可以算三个传奇。这故事可以发生在古代,也可以发生在现代,也可以发生在将来。实际上历史就是故事的不断重复,历史本身,也是重复的。从这一点上讲,时间不是重要的,人物也并不重要,重要的是故事里面的合理性。合理性只要存在,故事就会发生。

——我承认,他的开头就把我绕晕了。

他继续说:

其实开头就是一个很俗的爱情故事,俊男爱上了靓女。我们还是给这故事的男女主人翁取个名字吧,也安排个地点和时间。时间就设定在古代,男主人公就叫董永,女主人公就叫七仙女。这样好记一些,也好阐述。董永和七仙女的故事全国人民都知道,所以就用他们的名字。

董永走投无路时,遇见了七仙女,以槐荫树为媒,双方私订了终身。这一个故事,大家都知道了。双方结婚后,董永和七仙女便一同回家。

这是一个大晴天,天气好得不能再好,也是春天,柳絮迎风飞舞,蓝蓝的天上白云飘。董永和七仙女在路上行走时,一直惹来路人的注视,都在心里惊叹:多么漂亮的一对玉人啊,真是珠联璧合,天造地设!董永和七仙女根本就不理会路人的侧目和评价,在这一对新人心里,世界什么都没有,除了甜蜜的爱情。

谁也没有注意有一辆大马车向这边驶来。马车的速度飞快,七仙女眼看就要被撞到了,董永赶快拉着她走到路边。七仙女有点不太高兴,娇嗔地看了一眼大马车上的人,事情就因此而发生了——

七仙女的目光很美。马车里的一个人立即被勾了魂,一下子怔住了。这个人就是皇帝,微服春游的皇帝。皇帝从没有见过如此漂亮的女子,心想:我那三宫六院七十二妃是些什么呀?跟这个女子比,简直什么都不是。我一定要得到这个女子,完完全全地得到她。

董永和七仙女继续赶路。马车在后面停住了,皇帝怔怔地注视他们的背影,目光中隐藏着一只无形的钩子,恨不得将七仙女拉回来。陪同皇帝的是一个老和尚,我们姑且称他为性空法师。性空法师微微一笑,说:皇上这是怎么啦?皇帝根本没听见,只是喃喃自语:如此美丽之人,难道是仙女下凡?

说到这里,王滨突然停住,转过头来问我:"皇帝说七仙女长得很美。你是学中文的,你说这美是客观的还是主观的?"

我迟疑了一下,随后依据书本对我们的教授,一本正经地说,美既是客观的也是主观的,它是客观与主观的结合,它是有阶级性的,焦大就不会认为林妹妹美……没等我说完,王滨就用不屑的语气说:"扯淡!焦大认为林妹妹不美,是因为吃不着葡萄说葡萄酸,要是把林黛玉给他,他不快活得上天才怪!林妹妹的美是客观的,美就是美,只是有些人不懂得欣赏,或者退而求其次罢了。美表现为外在,可是它后面应是有一层虚空理念的。这种理念是完全客观的,美之所以美,是因为它符合某种理念,应该是那么回事。即使没有人类,这种理念也应该是存在的。因此,人类只能说是发现美,而不能说创造美。"

我隐隐约约觉得王滨的理论似乎跟黑格尔的观点有些相似,便试探着说:"你这番理论似乎是黑格尔的。"王滨果敢地做了一个手势:"我从来没有看过黑格尔的著作。跟美一样,真理也是客观的,黑格尔发现的东西,我同样也可以发现。"我沉默了。老实说,

我觉得他说的东西,有一定道理。可是我对这东西兴趣不大,我只想接着听这个故事。王滨理解了我的沉默,接着往下讲:

皇帝迷上了七仙女,变得目光发直、如痴如醉。那个老和尚是国师,一看皇帝这样,立即明白了,微微一笑叫来随从,吩咐两句。随从们一听,赶上前去,不由分说,架上董永和七仙女就上了另一辆马车,直驶京城,没入宫中,分别将他们关在宫殿外的屋子里。

大祸是从天而降呀!彼此恩爱的一对情人一下就分开了,各自伤心欲绝。皇帝躲在暗处看着七仙女,自是另有一番滋味在心头。好在皇帝对董永和七仙女还是善待的,好吃好喝只管送上,只是不让他们见面。董永和七仙女各自独守空房,根本没心思吃喝,只是一心一意地情系对方,唯恐对方遭遇不测。

这样下去也不是办法呀!皇帝开始了劝说工作,他首先派人劝说董永,说一个大户看中了七仙女,只要董永愿意,并在契约上签字,他可以给董永田五百亩,美丽绝伦的女子十个,牛羊上千,另外加上大量金银财宝。董永把头摇得像拨浪鼓,死活也不同意。劝到最后,董永把契约撕得粉碎,扬起来像无数只白底黑斑的花蝴蝶。

皇帝一看劝董永没有希望了,只好从七仙女入手了。他找来一个画师,替自己画了一幅图,又派人去劝说七仙女,说有一个富户要娶她,这个员外富甲天下,身份九五,又将画像递给了七仙女。只见画像上的男子儒雅俊朗,细长的眼睛,修长的身材,比董永潇洒多了。七仙女看了看画像,轻蔑地笑了笑,将画像扔在地上,掷地有声地说:我生是董永的人,死是董永的鬼,就是皇帝我也绝不嫁！

这下皇帝可真没辙了,什么时候皇帝遇到过拒绝了?皇帝终日闷闷不乐,茶饭不思,有时候索性连朝也不上了。大臣们知道皇帝的心思,各种办法都想了,以砍头和凌迟来恫吓董永和七仙女都试过了,可他们仍然毫不畏惧。大臣们也没有办法了,都在暗地里叹息,难道如此英明的皇帝就这样陷入情网一蹶不振?

这时候性空说话了,性空去见卧病在榻的皇帝,说:陛下,老衲知道你病在何处。得人易,得心难,陛下暂且出游十天,等你归来之时,老衲保证七仙女快快乐乐地迎接你。

皇帝怎么也猜测不出性空会使出什么手段,不仅得人,而且还能得到心。可是性空的智慧让皇帝深信不疑,于是听从性空的劝告,出外云游去了。

第二天早晨,董永所住的地方门开了,几个人进来,不由分说,脱去了董永的衣服,董永用力挣扎,大声呵斥,可是无济于事。一会儿,董永就变得赤身裸体了。接着,他被蒙住双眼带到另外一个屋子里,感觉到里面很暖和。从脚步声来判断,身边的人渐渐远去,周围一片死寂。

董永解开蒙住眼睛的布条,让他大吃一惊的是,七仙女正在不远处的角落里,也是赤身裸体一丝不挂。她又害怕又害羞,正怔怔地看着自己。董永几乎不相信自己的眼睛,他们对视了一会儿,七仙女不顾一切地扑过来,拥着他,先是哭泣,然后破涕为笑,接着便狂吻起来。

接下来他们做爱了。先是温柔的,随后是几近于疯狂的,永不消停似的。连续多次后,他们安静下来,万般缱绻地依偎在一块。这时候他们才注意到,此刻他们待的地方,是一个小屋。屋子真小,只能容纳他们两人,没有窗户,没有家具,没有床榻,身下是柔软的地毯,黄黄的,泛着情欲的金光。不仅如此,他们还万分惊奇地发现,四壁甚至屋顶画满了鲜艳夺目的春宫图,男女交媾的动作千姿百态。两人都被这大胆的图画震惊了,也感染了,又开始疯狂地做爱,直至疲惫地松软下来。

这样疯狂的日子持续了两天。在这两天中,他们的做爱次数多达十几次,尽享及时行乐的激情。屋子的门边有一个洞,不时会塞进一点美味的食物。可是董永和七仙女连食物也不想吃,只想着做爱、做爱,渴望彼此融合,恨不得进入对方的身体之内。并且董永还别出心裁地参考壁画的姿态,要求七仙女全力配合他。

故事说到这里,王滨停住了。他什么也不说了,只是怔怔地看着我,然后,轻叹一口气,说:"每一个人都对性感兴趣,并沉耽于性。但人对性了解得实在太少了。实际上人生之谜有很大程度体现在性上。如果一个人能够冷静地保持双修,参悟性的真谛,就能在死亡时保持清醒,避免昏聩,堕入六界轮回。"

我听得惊心动魄,不由得倒吸一口凉气。可是我还是忘不了这个故事,极想知道董永和七仙女的结局,便有意岔开话题,说:"那个性空倒是个怪怪的人,他为什么让董永和七仙女不停地做爱呢?"

"性空是个高人!"王滨冷冷地说,"我在故事的后面还要说。

大家都是在红尘之中低头踟蹰,唯独性空跃出了红尘之外,只是一只脚踏在红尘之中。他所做的一切都是哑谜,只不过大家领会不了他的初衷。他很苦恼,又不能明说。毕竟,天机不可泄露呀——"

王滨继续往下讲故事:

做爱持续到第五天。董永和七仙女感到筋疲力尽了。说筋疲力尽是不准确的,实际上是他们彼此已经很厌倦了。七仙女在做爱时变得越来越清醒,她觉得董永的姿势和动作简直丑陋极了,自己只是因为不能否定自己才跟董永配合的。她感觉肉体的情欲在慢慢变得干涩,一点湿润的成分也没有了,有的只是乏味、厌倦甚至莫名其妙。她甚至感到人生的枯燥,自己朝思暮想、梦寐以求的东西竟是那样丑陋和龌龊。董永也有相同的感觉,感到自己正变成一个空洞的大躯壳。眼前的七仙女也变得异常丑陋,令人生厌,她的眼瞳死鱼一样向上翻着,一身松软的白肉简直令人望而作呕。

从第六天起,他们开始了抱怨和争吵。七仙女难以忍受董永身上散发的味道,她抱怨说董永把她的身体弄得如此之脏,嘴里不停啰啰唆唆地埋怨着。董永则感到异常沮丧和烦躁,眼前这个白色的肉体再也激不起他的热情,只能让他感到讨厌,讨厌极了。

从第八天开始,他们之间爆发了战争。董永扇了七仙女几个大嘴巴,而七仙女则像头凶猛的母狼一样咬住了董永的肩膀,死死地不松口。一直到看护闻讯而来,两人才好不容易被分开。七仙女仍不罢休,几乎是发疯似的大喊:快将这个猪猡赶走,快杀了他,我再也不要见他!

事情发展到这个地步,一切都好办了,也在性空的预料之中。宫女们将七仙女一番洗梳之后,七仙女又变得"玉臂清辉,光可鉴人"了。当然,性空没有理会七仙女的强烈要求,并没有杀董永,而是给他洗涤一新,给了他一些盘缠,又赐给了他一个稍有姿色的婢女,让他回家去了。

"你完全可以想象七仙女迎接皇帝时的心情,"王滨说,"连皇帝都诧异七仙女的改变。"王滨顿了一下,没有继续说话。我迫不及待地问:"完了?"王滨没有正面回答,只是诡谲地笑了笑。这时候已到半夜,北京西山这一带真是静寂,几乎所有的声音都消失了,只是不远处传来细若游丝的虫鸣。我没有丝毫的睡意,精神异常矍铄,只觉全身燥热,翻来覆去睡不着。王滨大约觉察到了我的异常,又打破了沉寂,说:"实际上故事永远是没有完的,故事就像环环相连的锁链,不存在结局,就像数学上的∞,无穷大,"他做了个手势,"只是换了种表达方式。现在的故事,也是古代故事的重复,只是换了一种表现方式而已。"

"后来呢?"我不想听他的哲学阐述,只是关注着故事。

"后来?哦……后来肯定是这样的——皇帝和七仙女结合以后,双方一直恩恩爱爱。皇帝封七仙女为贵妃,七仙女又生了一个皇子。皇帝龙颜大悦,传旨天下,进行大赦。同样,董永和赏赐给他的婢女也生活得很美满,生了个女儿,长得异常美丽伶俐。一段时间之后,董永的妻子患上风寒,医治无效,突然地就死去了。董永心里很是伤感,只是专心地劳作,终日辛勤,间或有享乐,可是时间很短。"王滨说。

三

"对真实的信赖是一种羁绊。"王滨起身喝了一杯水,之后躺在床上,又说,"我们对故事的态度也是如此。"他显得很凝重,仿佛沉浸在一种很幽远的遐思中,甚至可以从他脸上看出悲伤的成分来。几分钟后,他恢复了轻松,又继续讲述:"同样,新一轮故事的主人翁也需有个名号,我们姑且把皇帝和七仙女的儿子称为宝玉,把董永和婢女的女儿称作黛玉。"

有一天,董永抱着黛玉去散步,正巧碰到皇上出游,前呼后拥,声势浩大。董永远远地看过去,觉得皇帝有点面熟,再一看旁边那个抱着皇子艳丽无比的贵妃,吃了一惊:那不是七仙女吗?董永一下就明白了,更是别有一番滋味在心头。他赶忙抱着孩子回到家中,呆呆地坐在那里,心中慢慢升腾起恨意。董永在家想了三天三夜,终于把当初经历之事想明白了。他恨恨地想,当初皇帝以性为诱饵,突破人的底线,此招无比毒辣,实在是为人世所不容!于是寻思着要报复,只是苦于自己手无缚鸡之力。突然,他看见美丽绝伦的女儿黛玉,心念一动,想到了一个完美的复仇计划。

董永开始研究起医术。他收集了许多传统医药典籍,对诸多药物的习性加以认真研究。又买来诸多毒性很强的药物,譬如鹤顶红,俗称砒霜,先让黛玉尝试轻微服用。又让她用鬼芋、夹竹桃、猫儿眼睛草、观音莲等毒草每天洗浴下身,让她吃有孔的羊心、污浊的动物肝、眼睛是白色的鸭、长有睫毛的鱼等等。这些都是各式各样的毒药。董永为这一切制订了周密的计划,按照日月星辰的规律,剂量递增或递减,也为黛玉准备了很多解毒的方剂。董永在操作这一切时,执着得像一个疯子。自从跟七仙女分开后,他就疯过一次,那一次他是对人性帷幕后面的力量爆发出疑问。当他再一次目睹七仙女时,疑问变成了仇恨,他再一次变得疯狂。

时间一天一天地过去了,黛玉在邪恶与凶险中长大,她出落成一个美丽异常的少女,身上有一种奇特得几近于阴鸷的气质。一眼看去,独一无二,有一种近乎邪恶的极端之美,就像一种魔女的美丽。她走到哪里都会惊艳四方,人们都会被她的诡异之美震慑。她走到哪里,哪里的树木和花草会突然变得异常美丽,像注入了催花剂似的,将全部的能量都释放出来。而当她一离开,这些花草树木会立即枯萎。至于黛玉的双唇,更富有极大的魅力,她只要微微张开朱唇,对着某一处飞吻一下,对面的花草便掠过秋风一样,花瓣、树叶纷纷落下。

黛玉一天天地长大,董永却一天天地老了。这一个满怀仇恨的男人,每天陪伴着毒药一起生活,毒性侵蚀了他的心灵,让他的头发花白,让他的背驼了起来,让他的眼睛几乎失明。确切地说,董永自己已成为一剂毒药,整个世界在他眼中像快要灭掉的烛火,变得蒙蒙眬眬的,可是他一直想抓住它,体现自己对生命和上天的一点疑问和抗争。

就在这个时候,圣旨降下了,皇上要为他最爱的皇子宝玉选亲,告示贴满了全国的大街小巷。董永终于等到这一天了,他变得异常亢奋,连忙带着黛玉赶到京城。一切都在预料之中,黛玉以独特的气质、奇艳无比的美丽战胜了众多的竞争者赢得了胜利,宝玉一眼就相中了她。皇上和七仙女也觉得这个儿媳妇非常独特,或者说是奇特无比。皇上甚至自己也起了非分之想——但他最终还是放弃了自己的想法。

紧接着就是婚礼了,婚礼举办得异常热闹。皇上设宴大请文武百官,众多官员在婚礼上目睹了黛玉的面容后,也都觉得美得不可思议。那一天,宫廷里所有的花儿都开放了,虽然是夏天,连冬天的蜡梅以及早春的白玉兰也绽开了,香气馥郁,沁人心脾,仿佛全世界的香气都集中在皇宫里。那一天,京城里几乎所有的人都醉了,人人都有云端漫步的感觉。

只有一个人不在,那就是前面提到的性空法师。性空法师这时候年纪也大了,行动有点颤巍了,他估计自己很快就要圆寂了,数月之前,便向皇上请求闭关去作一幅画,一幅前所未有的登天图。皇帝同意了他的请求,宝玉和黛玉结婚之时,性空正在皇宫后花园的一间幽室里一心作他的画。

董永那天也来了,他穿着一身豪华的锦缎,脸上带着一丝邪恶的笑。因为相貌改变太大,皇上和七仙女已经认不出来他了。董永兀自一人呷着酒,身体冰冷,感到一丝秋天的凉意在身体内部慢慢散开了。

洞房之内是一片春意。宝玉情迷意乱地褪去了黛玉的衣裳。黛玉白藕似的手臂上有一块不大的朱砂印,那是"守宫砂",处女的标志。董永自黛玉童年起,就将喂了朱砂的壁虎捣烂,随后敷在黛玉的手臂上。宝玉莫名地感动起来,甚至热泪盈眶。他一直就是个软弱的孩子,觉得此生无法依附,现在有了另外一半,他的心中感到幸福极了。整个婚礼,黛玉表现得非常得体,也表现得无限温存。第二天早晨,等人们打开新房,这才发现,宝玉早已死在床上,面目狰狞,脸上挂着一种怪异的微笑。黛玉也死了,用丝绸将自己悬挂在硕大的床檐上。人们这才想起,这真是个奇怪的女子,似乎还没有听过她说话。之后,人们又在花园的大槐树下发现了董永的尸体。在此之后的几天内,原先大片大片开放的花朵纷纷凋落,后来,连叶子也落光了。御花园甚至整个京城里一片冬天的肃杀。

王滨在讲述这一段时语气已是很轻了,我忍不住问:"完了?"他转过头来,瞥了我一眼,说:"故事怎么会完呢?完的只是章节。每一个故事后面,都有一股力量,就像西西弗斯推着石头上山,石头上山之后,又会接着滚下来。故事的背后,会有着故事之外的东西。只要你留心,任何东西,包括山川河流,景象幻变,鸟儿的眼神,松鼠的细小动作,都是一种暗示。"他说话的语速很缓,一字一句,我知道他不完全是对我说话,是在进入一种思考。他又问:"知道诺查丹玛斯吗?"我说不知道。他又问:"理解一花一世界,一叶一菩提吗?"我说不理解。他叹了口气,说:"那还是听故事吧,我把故事讲完,你也该睡觉了。"

事情就这样发生了。皇上和七仙女也认出了董永,他们惊叹于董永如此的复仇方式:惨烈、诡异、毒辣。七仙女变得心情郁郁,不久,生了一场大病,很快就去世了。皇上大哭一场后,变得心灰意冷,觉得整个生命都变得毫无意义。这时候,他才想起性空。

皇上连忙派人把性空召来。性空来了,看得出,他衰老了很多,可看起来更加气定神闲了。皇上跟性空讲了这段时间发生的事,说着说着就感伤起来,眼泪都流出来了。性空则手持念珠,口中喃喃自语,什么也没说。看得出,他对人间的事已不太感兴趣了。

皇上努力抑制住悲伤,冷静下来,转移话题说:

"你那幅独一无二的画完成了?"

"完成了。"性空答道。

"带寡人去看看如何?"皇帝问。

"不行。"性空很直率地回答道。

"为什么?"皇帝感到诧异。

"因为陛下还没准备好。"性空回答说。

这样的问话一直重复了好多次,性空就是不答应带皇帝去看画。皇帝无奈,也更加好奇了,心里一直惦念着那画。

终于有一天,皇帝已彻底从世间诸多的烦恼中走出了,变得宽容、仁慈、开朗了,脸上出现了几乎从未有过的红润。并且,皇上已准备将皇位传给太子安度晚年了。这时候性空对皇帝说:

"我看你准备好了,跟我来吧。"

皇帝跟随性空来到他城外不远处山中的一间屋子里。进了院落之后,壁照的背后,画着一幅画,那简直是棒极了——青山绿水,白云蓝天,金灿灿的太阳当空照。看得久了,皇帝发现画消失了,呈现在眼前的是一片真的景致,不过白更白,青更青,蓝更蓝,黄更黄,那是一片从未目睹过的美丽。恍惚之中,一条小路延伸下来,正好位于他们的脚下。

"走吧。"性空笑眯眯地说。

"这条路通向哪里?"皇帝问。

性空说:"我也没去过。不过我们还是走吧,一起去看看。"说着做了一个"请"的姿势,引领着皇帝走上了那条道路。皇上带去的侍从看着他们在画上消失,再也没有回来。

四

"我说的这个故事是有含义的。"王滨在讲完故事之后,显得有点兴奋,"千万不要把它当作单纯的故事。"我不懂王滨指的到底是什么,只觉得这个故事有一种怪怪的感觉,但我不知道它究竟怪在什么地方。我呆呆地看着王滨,突然觉得他瘦长的身躯、苍白的面庞、怪谲的眼神、阴沉的语调以及神秘的思想很像一种动物。我不由自主打了个寒噤。王滨似乎看出了我的想法,又是很怪谲地一笑,说:"我知道你在心里把我当作什么了。"我佯作不知,用疑问的眼光看着他。他一笑,说:"眼镜蛇,对吧?"我怔住了,心里直发紧,我所想的事情,他怎么知道呢?这时候天已经拂晓了。睡意上来了,我困得厉害,不一会儿就沉沉地睡着了。第二天醒来之后,我发现对面床上没有人,想必王滨已起床走了。

当天的安排是游十三陵。十三陵真开阔,的确有着帝王之气。上上下下之中,我一直没有看到王滨。晚上,我仍没有见他回房住。第二天、第三天仍是没有见到他。

我感到诧异,便去问领队。领队不解地望着我,翻着花名册说:"我们学习班没有一个叫王滨的呀。跟你同房间的原来是有一个人的,可是他突然不能来,打电话请假,是奔丧去了。"

我大吃一惊,又说王滨是南方××大学派来的。领队一笑:"没有,绝对没有,肯定是个外人混进了培训班,在你的屋子里住了几天。你少了什么东西没有?"

我悻悻地从领队那儿退出来。那几日我一直心神不定地想着那件事,想着王滨和他讲述的那个怪怪的故事。回到家之后,我按照那座城市114提供的号码,打电话到那所大学的数学系。我佯称自己是王滨大学的同学,找王滨,问他在不在。电话那边很沉重地告诉我:"王滨,王滨一年前突发精神病,被送到医院去了。后来又从医院出走,不知所终。"

我放下电话,好长时间才恍过神来。我一抬头,发现窗外的玉兰花已经开了,难怪我嗅到一股神秘的暗香。

后　　记

　　这一本集子,是我自写作以来陆续写的一些中短篇小说。我写作,是从中短篇小说开始的,后来才转入散文、随笔、传记和长篇小说。我于中短篇小说,其实怀有很深的感情,感觉它们就像故乡周围熟悉的小路。我在这些小路上走出、归来,感觉草木葱茏,花放鸟鸣,有一种隐晦而丰富的意义暗藏。现在,我重新审视和整理这些文字,竟有惊鸿一瞥的感觉,仿佛《聊斋》中的书生与女鬼的隔日相逢。

　　是为后记。

赵焰
2023 年 6 月 18 日